Imitação Mortal

J. D. ROBB

SÉRIE MORTAL

Nudez Mortal

Glória Mortal

Eternidade Mortal

Êxtase Mortal

Cerimônia Mortal

Vingança Mortal

Natal Mortal

Conspiração Mortal

Lealdade Mortal

Testemunha Mortal

Julgamento Mortal

Traição Mortal

Sedução Mortal

Reencontro Mortal

Pureza Mortal

Retrato Mortal

Imitação Mortal

Nora Roberts
escrevendo como
J. D. ROBB

Imitação Mortal

Tradução
Renato Motta

Copyright © 2003 *by* Nora Roberts

Título original: *Imitation in Death*

Capa: Leonardo Carvalho

Editoração: DFL

Texto revisado segundo o novo
Acordo Ortográfico da Língua Portuguesa

2011
Impresso no Brasil
Printed in Brazil

CIP-Brasil. Catalogação na fonte
Sindicato Nacional dos Editores de Livros – RJ

R545i	Robb, J. D., 1950-
	    Imitação mortal/Nora Roberts escrevendo como J. D. Robb;
	tradução Renato Motta. – Rio de Janeiro: Bertrand Brasil, 2011.
	    448p.: 23 cm
	
	    Tradução de: Imitation in death
	    ISBN 978-85-286-1521-0
	
	    1. Romance americano. I. Motta, Renato. II. Título. III. Série.

	CDD – 813
11-5015	CDU – 821.111(73)-3

Todos os direitos reservados pela:
EDITORA BERTRAND BRASIL LTDA.
Rua Argentina, 171 – 2º andar – São Cristóvão
20921-380 – Rio de Janeiro – RJ
Tel.: (0xx21) 2585-2070 – Fax: (0xx21) 2585-2087

Não é permitida a reprodução total ou parcial desta obra, por
quaisquer meios, sem a prévia autorização por escrito da Editora.

Atendimento e venda direta ao leitor:
mdireto@record.com.br ou (21) 2585-2002

Ninguém se tornou grandioso por meio da imitação.

— SAMUEL JOHNSON

E o Diabo disse a Simon Legree:
"Gosto do seu estilo, tão perverso e livre."

— VACHEL LINDSAY

PRÓLOGO

O verão de 2059 era uma fera mesquinha e assassina que não dava sinais de que melhoraria de humor. Setembro se arrastava, seguindo as pegadas sufocantes de agosto, e envolvia Nova York em uma manta molhada de calor, umidade e mormaço.

O verão, pensou Jacie Wooton, acabava com os negócios.

Eram duas e pouco da manhã, horário nobre para os bares noturnos que transbordavam de clientes, e os que saíam para a rua sempre buscavam um pouco de ação extra antes de voltar para casa. Esse horário era a alma da noite, ela gostava de dizer. O momento em que os que tinham desejos e dinheiro para satisfazê-los saíam em busca de companhia.

Jacie tinha licença para trabalhar nas calçadas desde que estragara a própria vida com seu vício em substâncias ilegais, que lhe provocara algumas viradas de maré. Mas estava limpa agora. Pretendia batalhar e subir degrau por degrau a escada da prostituição até voltar ao topo e aos braços dos ricos e solitários.

Por enquanto, porém, tinha de ralar muito para ganhar a vida, e ninguém queria fazer sexo e pagar por ele num calor infernal como aquele.

O fato de ter visto só duas colegas circulando pela calçada nas últimas horas confirmou que também não havia muitas mulheres dispostas a oferecer sexo sob essa temperatura implacável, mesmo sendo pagas.

No entanto, Jacie era competente. Considerava-se uma excelente profissional desde a primeira noite, mais de vinte anos atrás, em que colocara em uso a carteira de acompanhante licenciada.

Podia derreter de calor, mas sua determinação não esmorecia. Talvez estivesse ligeiramente abalada em virtude da licença provisória para trabalhar nas ruas, que readquirira recentemente, mas nem isso a havia quebrado.

Ela aguentaria firme — em pé, deitada, de joelhos ou de quatro, dependendo da preferência do cliente — e cumpriria sua obrigação.

Faça seu trabalho, disse a si mesma. Receba o pagamento, projete uma data e em poucos meses você vai estar de volta à cobertura na Park Avenue, onde é o seu lugar.

Se a sensação de estar um pouco velha para trabalhar nas ruas passou pela sua cabeça, ela a bloqueou de imediato e focou a mente em marcar mais um gol naquela noite. Só mais um.

Afinal, se não conseguisse pelo menos um cliente naquela noite, não lhe sobraria nada para aprimoramentos estéticos depois de pagar o aluguel. E ela precisava de uma repaginada.

Não que estivesse sem saída, garantiu a si mesma enquanto circulava ao longo dos postes de iluminação pública na área de três quarteirões que marcara como sua, nas entranhas da cidade. Ela se mantinha em forma. É verdade que trocara o push que consumia antes pela vodca — e bem que ela precisava de uma dose naquele momento —, mas mantinha uma boa aparência. Um excelente visual.

Exibia a mercadoria em um provocante colete cheio de brilhos e uma microssaia que mal cobria o espaço entre as pernas, ambos em vermelho vivo. Até procurar um bom escultor de corpo, ela precisava do corpete para erguer os seios. Mas as pernas eram seu ponto forte. Longas, bem-modeladas e com um toque erótico representado pelas sandálias de salto altíssimo e tiras trançadas que lhe subiam até os joelhos.

Sandálias que a estavam matando enquanto caminhava de um lado para o outro em busca de, pelo menos, um cliente.

Para dar um descanso aos pés, encostou-se a um poste, empinou um dos quadris e olhou em torno da rua praticamente deserta com olhos castanhos que pareciam muito cansados. Talvez tivesse sido melhor usar a peruca longa prateada, disse a si mesma. Os homens curtiam cabelos exóticos. O problema é que naquela noite ela não teria aguentado o peso da peruca, e resolveu simplesmente arrepiar seus cabelos pretos muito curtos e lançar sobre eles uma névoa de spray prateado.

Um táxi passou, seguido por mais dois veículos. Ela se inclinou para a frente de forma sedutora e deu piscadelas ensaiadas, mas ninguém parou.

Mais dez minutos e ela encerraria o expediente. Talvez oferecesse uma chupada grátis ao senhorio se sua grana não desse para cobrir o aluguel.

Afastou-se do poste e caminhou devagar, por causa da dor nos pés, voltando para o quarto simples ao qual fora reduzida. Lembrou-se do tempo em que tinha um apartamento luxuosamente mobiliado no Upper West Side, um closet cheio de roupas lindas e uma agenda lotada.

Drogas ilegais, conforme sua terapeuta lhe explicara, sempre jogavam os usuários em uma espiral descendente que muitas vezes terminava em miséria e morte.

Sobreviver ela havia conseguido, pensou Jacie, mas estava no último degrau da miséria.

Mais seis meses, prometeu a si mesma, e estaria de volta ao topo.

Ela o avistou vindo em sua direção. Rico, excêntrico e certamente fora do seu alcance. Não era comum ver homens circulando por aquela região usando roupas de noite sofisticadas. Muito menos capa, bengala e cartola. E ele ainda trazia uma pequena bolsa preta.

Jacie exibiu sua cara de festa e pousou uma das mãos sobre o quadril.

— Oi, amor. Já que está pronto para a balada, que tal uma festa particular?

Ele sorriu para ela, exibindo, por alguns instantes, fileiras de dentes branquíssimos e perfeitos enquanto apreciava o material.

— O que você propõe? — quis saber ele.

Sua voz combinava com a roupa. Pertencia à classe alta e trazia uma pitada de prazer e de nostalgia na voz. Estilo, cultura.

— Tudo o que o seu mestre mandar. Você é meu amo.

— Uma festinha íntima, então, em algum lugar perto daqui. — Ele olhou em torno e apontou um beco estreito. — Mas não tenho muito tempo.

O beco significava uma trepada rápida, o que era ótimo para ela. Eles resolveriam logo o assunto e, se ela desempenhasse seu papel com capricho, talvez conseguisse uma grana extra. Certamente o bastante para o aluguel e a levantada nos seios que planejava, refletiu, enquanto seguia na frente dele.

— Você não é daqui da área, acertei?

— Por que diz isso?

— Pelo seu jeito de falar dá para a gente perceber. — Ela encolheu os ombros, pois o lugar de onde ele vinha não era da sua conta. — Diga o que quer de mim, amor, e podemos acertar o preço logo.

— Ah, eu quero tudo.

Ela riu e estendeu a mão para acariciá-lo entre as pernas.

— Humm, estou vendo que quer mesmo. É claro que poderá ter tudo. — *Então eu vou poder descer dessas sandálias que estão me matando e mergulhar em um drinque bom e geladinho.* Ela informou um preço alto, o maior que julgou possível para um cliente como aquele. Ao ver que ele aceitou de cara, sem piscar diante do valor elevadíssimo, se xingou por não ter pedido mais.

— Quero pagamento adiantado — avisou. — Assim que o dinheiro cair na minha mão, podemos começar a farra.

Imitação Mortal

— Muito bem. O dinheiro vem antes.

Sem apagar o sorriso, ele girou o corpo dela, colocando-a de frente para a parede. Cortou sua garganta com um golpe rápido, para que ela não tivesse tempo de gritar, usando a lâmina que trazia sob a capa. A boca da vítima se abriu em um esgar apavorante, e ela emitiu um som de gargarejo enquanto escorregava lentamente pela parede imunda.

—Agora, vamos à diversão — disse ele, e se pôs a trabalhar nela.

Capítulo Um

Quem pensa que já viu de tudo sempre se engana. Por mais que a pessoa tenha pisado em sangue e destruição, não importa quantas vezes tenha testemunhado o horror que os seres humanos infligem uns aos outros, ela nunca viu tudo.

Existe sempre algo pior, mais mesquinho, mais louco, mais malévolo, mais cruel.

Quando a tenente Eve Dallas se pôs ao lado do que antes fora uma mulher, perguntou a si mesma se alguma vez em sua carreira vira algo mais horrendo do que aquilo.

Dois dos policiais designados para proteger a cena do crime estavam vomitando na entrada do beco. O som de seus gemidos dolorosos ecoava na cabeça da tenente. Ela permaneceu em pé onde estava, mãos e botas já seladas para não contaminar as provas, enquanto esperava o próprio estômago se acalmar.

Será que ela já vira tanto sangue assim antes? Era difícil dizer. Melhor não tentar lembrar.

Ela se pôs de cócoras, abriu seu kit de serviço e pegou seu tablet de identificação por impressão digital para descobrir quem era a vítima. Não dava para evitar o sangue, e Eve parou de pensar a respeito.

Erguendo a mão largada e mole, pressionou o polegar da morta sobre o tablet.

— A vítima é do sexo feminino, branca. O corpo foi descoberto às três e trinta da madrugada por guardas que atenderam a uma ligação anônima. Foi identificada como Jacie Wooton, quarenta e um anos, acompanhante licenciada, residente no nº 375 da rua Doyers.

Eve respirou duas vezes, levemente ofegante.

— Garganta cortada. Pelos respingos, nota-se que no instante em que a lesão foi infligida a vítima estava de frente para a parede norte do beco. O padrão da trilha do sangue que escorreu indica que a vítima caiu ou foi colocada no chão de barriga para cima pelo agressor, ou agressores, que então...

Deus, por Deus!

— ... que então mutilou a vítima removendo toda a sua região pélvica. Tanto o corte na garganta quanto o da pelve indicam ação de um instrumento cortante manipulado com precisão.

Apesar do calor, a pele de Eve se arrepiou e ela se sentiu viscosa enquanto usava os medidores e registrava tudo.

— Desculpe, tenente — disse Peabody, sua auxiliar, que se colocara atrás dela. Eve não precisava se virar para saber que o rosto de Peabody estava pálido e brilhante em virtude do choque e da náusea. — Sinto muito, tenente; não consegui me segurar.

— Não se preocupe. Está melhor?

— Eu... Sim, senhora.

Eve fez que sim com a cabeça e continuou o trabalho. Robusta, firme e tão confiável quanto o nascer do sol, Peabody tinha dado uma olhada no corpo largado, ficou branca como papel e correu de volta para a entrada do beco, atendendo à ordem de Eve para que fosse vomitar longe dali.

— Consegui identificá-la. Jacie Wooton, morava na rua Doyers. Acompanhante licenciada. Quero que você faça uma pesquisa sobre ela.

— Nunca vi algo desse tipo, nunca imaginei...

— Caia dentro, Peabody. Vá pesquisar ali adiante, você está fazendo sombra aqui.

Peabody não estava na frente da luz, e sabia disso. Sua tenente estava lhe dando um tempo e, como sentiu vontade de vomitar de novo, aproveitou a ordem e correu de volta para a entrada do beco.

A blusa do seu uniforme ficara empapada de suor, e seus cabelos escuros cortados em forma de tigela estavam úmidos nas têmporas, sob o quepe. Sua garganta estava seca, e sua voz fraca, mas ela deu início às pesquisas. E observou o trabalho de Eve.

Eficiente, meticuloso, alguns diriam frio. Mas Peabody reparara no sobressalto de choque e de horror, e na compaixão que transpareceu no rosto de Eve antes de sua visão sair de foco por causa das lágrimas não vertidas. *Frieza* não seria o termo adequado. *Determinação*, sim.

A tenente estava pálida agora, notou Peabody, e não eram as luzes de apoio que tiravam a cor do seu rosto fino. Seus olhos castanhos pareciam focados e sérios, inabaláveis diante da atrocidade. Suas mãos estavam firmes, e suas botas respingadas de sangue.

Havia um filete de suor que lhe descia pelas costas da blusa, mas ela se mantinha firme, e aguentaria até terminar o trabalho ali.

Quando se levantou e esticou as costas, Peabody viu uma mulher alta e magra de botas muito surradas e manchadas, uma belíssima jaqueta de linho, com rosto forte, traços marcantes, a boca de lábios carnudos, olhos alertas em tom de castanho-dourado e cabelos curtos e desgrenhados, quase da mesma cor.

Mais que isso: viu uma tira que nunca virava as costas para os mortos que encontrava.

— Dallas...

— Peabody, não me importo que você vomite as tripas, desde que não contamine a cena. Informe os dados.

— A vítima morava em Nova York havia vinte e dois anos. Sua residência anterior era no Central Park Oeste. Ela estava morando por aqui havia dezoito meses.

— Puxa, isso é que é queda no padrão de vida. Por que ela decaiu tanto?

— Drogas ilegais. Foram vários golpes. Ela perdeu sua licença de acompanhante de luxo, cumpriu seis meses de cadeia, passou por desintoxicação, terapia e recebeu uma licença provisória para trabalhar nas ruas há um ano.

— Ela entregou o nome do traficante que lhe fornecia drogas?

— Não, senhora.

— Vamos esperar o resultado do exame toxicológico quando ela for transferida para o necrotério, mas eu não acho que esse tal de Jack seja o traficante dela. — Eve olhou para o envelope que fora deixado sobre o corpo, devidamente protegido para evitar manchas de sangue e com o nome da destinatária:

TENENTE EVE DALLAS, DEPARTAMENTO DE POLÍCIA DA CIDADE DE NOVA YORK

A mensagem fora escrita em um computador, na avaliação de Eve, com um tipo de letra sofisticado e impressa em um elegante papel creme, muito encorpado, pesado e caro. O tipo de material usado para convites de casamento, formatura e eventos especiais. Eve passara a conhecer essas coisas porque seu marido adorava enviar e receber convites impressos em papel de alta classe.

Pegou a mensagem protegida em um plástico e a leu mais uma vez:

Olá, tenente Dallas.

O tempo está quente o bastante para você? Sei que andou muito atarefada ao longo de todo o verão, e admirei de longe o seu trabalho. Ninguém melhor do que você, na força policial da nossa bela cidade, para me acompanhar em uma jornada que, espero, alcançará um nível muito íntimo.

Aqui está uma amostra do meu trabalho. O que achou? Mal posso esperar pelos nossos futuros contatos.

Jack

— Vou lhe dizer o que eu acho, Jack... Para mim, você é um doente mental. Etiquetem o corpo e embalem-no — ordenou Eve, com uma última olhada para a entrada do beco. — Enviem os dados para a Divisão de Homicídios.

O apartamento de Jacie Wooton ficava no quarto andar de uma estrutura residencial erguida para funcionar como abrigo temporário para os refugiados e vítimas das Guerras Urbanas. Várias estruturas como aquela ainda se aguentavam de pé nos bairros mais pobres da cidade, e sua substituição por unidades novas era uma constante reivindicação popular.

A cidade fingia negociar o problema emitindo ordens de despejo para os inquilinos dos imóveis desvalorizados, geralmente acompanhantes licenciadas, drogados e traficantes, e derrubava ou construía apenas um ou outro dos prédios.

Com o problema sendo empurrado com a barriga, a decadência dos prédios aumentava e nada de concreto era feito.

Eve imaginou que nada aconteceria enquanto as construções caindo aos pedaços não desabassem de vez, matando um monte de gente e soterrando os administradores da cidade em processos milionários.

Enquanto isso, aquele era o tipo de lugar onde se esperava encontrar uma prostituta em maré de má sorte.

Seu quarto parecia uma caixa de sapatos com um recesso mesquinho que funcionava como cozinha e um cubículo que servia de banheiro. A vista das janelas era a lateral do prédio ao lado.

Através das paredes finas, Eve ouviu o ronco de alguém, tão alto quanto uma serra elétrica. Certamente o vizinho do lado.

Apesar das circunstâncias, Jacie mantinha o local limpo, e tentara levantar o astral com um pouco de estilo. A mobília era barata, mas colorida. Não havia dinheiro para instalar telas de privacidade, mas Jacie instalara cortinas com rendas e babados nas janelas.

Deixara o sofá-cama onde dormia aberto, mas a cama estava feita e os lençóis eram de algodão de boa qualidade. Possivelmente sobras dos seus tempos de prosperidade, avaliou Eve.

Sobre uma mesa havia um *tele-link* barato ao lado de uma penteadeira feita de compensado, em cima da qual se espalhavam vários elementos necessários ao ofício da moradora: produtos de maquiagem, perfumes, perucas, bijuterias espalhafatosas e tatuagens temporárias. As gavetas e o armário tinham roupas de trabalho, basicamente, mas junto dos vestidos chamativos havia peças conservadoras que Eve imaginou que serviam para as outras horas do dia.

Eve encontrou também um suprimento de remédios de venda livre, incluindo Sober-Up, para curar ressaca. Havia um frasco pela metade e outro ainda fechado. Um achado consistente com as duas garrafas de vodca e uma terceira de bebida caseira estocadas na cozinha.

Não havia drogas ilegais, o que fez Eve deduzir que Jacie trocara a dependência das substâncias químicas pelo consumo de álcool.

Ligando o *tele-link*, Eve ouviu gravações das transmissões enviadas e recebidas nos últimos três dias. Uma foi para a terapeuta, solicitando uma renovação da sua licença de acompanhante. Outra, não respondida, foi do senhorio, que reclamava do atraso no aluguel. Uma terceira foi para um famoso cirurgião de escultura corporal, para perguntar o custo de alguns procedimentos.

Nada de papo com amigos, reparou Eve.

Ela verificou tudo, localizou seus registros financeiros e considerou o orçamento de Jacie organizado, modesto e eficiente. Ela cuidava bem do seu dinheiro, refletiu Eve. Pagava as contas e reinvestia boa parte dos rendimentos na profissão. As despesas mais altas eram em roupas, tratamentos de beleza, cabeleireiro e maquiagem.

Jacie tinha um belo aspecto, decidiu Eve, e parecia disposta a mantê-lo. Um caso típico de autoestima baseada em aparência, envolta em muito *sex appeal*, com o intuito de vender o corpo a fim de conseguir dinheiro para manter a bela aparência.

Um ciclo estranho e triste, em sua opinião.

— Jacie construiu um ninho aconchegante numa árvore podre — comentou Eve. — Não achei nenhuma ligação nem e-mails desse tal de Jack. Também não há nenhum Jack em sua agenda. Temos registros de ela ser casada ou ter morado com alguém?

— Não, senhora.

— Vamos conversar com a terapeuta que a acompanhava, para saber se existe alguém de quem ela era amiga ou confidente. Embora eu desconfie que não vamos encontrar ninguém.

— Dallas, acho que o que ele fez com ela... me parece algo pessoal.

— Parece mesmo. — Ela se virou e deu mais uma olhada em toda a sala. O lugar estava arrumado, era feminino e mostrava um desejo desesperado de exibir estilo. — Acho que foi algo pessoal, sim, mas não necessariamente ligado a essa vítima. Ele matou uma mulher que ganhava a vida vendendo o corpo. Aqui entra o lado pessoal: não a assassinou, simplesmente, mas lhe extraiu os órgãos que eram seu meio de vida. Não é difícil encontrar uma acompanhante licenciada nessa área, tarde da noite. Basta escolher a hora e o lugar. Uma amostra do trabalho dele — murmurou Eve. — Era só isso que ela representava.

Foi até a janela e estreitou os olhos, vendo a rua embaixo, o beco ao lado e a quina de outro prédio.

— Pode ser que ele a conhecesse ou já a tivesse visto. Pode ser também que a tenha encontrado por acaso, mas estava pronto para aproveitar a chance, caso ela surgisse. Tinha a arma, levava o bilhete escrito lacrado em um envelope plástico, tinha uma bolsa ou sacola para se trocar e guardar as roupas que vestia. Certamente ele saiu do local coberto de sangue.

"Ela entrou no beco em companhia dele", continuou Eve. "Está quente, é tarde da noite, não havia muitos clientes. Eis que surge um serviço, talvez o último, antes de ela voltar para casa. Ela era experiente, já estava na profissão havia vinte anos, e não viu nenhum perigo nele. Pode ser que estivesse bêbada ou que o cliente tivesse boa aparência. Mas ela não está acostumada a trabalhar na rua, e não teria os instintos para reconhecer uma situação de perigo."

Estava mais acostumada a luxos e vida boa, pensou Eve. Lidava com os impulsos sexuais de gente rica e discreta. Para ela, trabalhar em Chinatown devia ser como aterrissar em Vênus.

— Ela estava de frente para a parede. — Eve conseguia ver a cena completa, em sua mente. Os cabelos escuros com pontas espetadas em prata, o vermelho provocante do colete que usava. — Ela está pensando que vai poder pagar o aluguel com aquela grana, ou torce para que ele acabe rápido porque seus pés doem... Nossa, eles deviam estar doendo muito, esmagados naquelas sandálias. Está cansada, mas vai atender mais esse cliente antes de dar o expediente por encerrado.

"Quando ele corta sua garganta, ela fica absolutamente atônita. A coisa certamente foi rápida e limpa. Um golpe instantâneo da esquerda para a direita que lhe cortou a jugular. O sangue esguichou loucamente. Ela já estava morta antes mesmo de seu cérebro se dar conta do que acontecera. Para ele, porém, a coisa estava apenas começando."

Eve se voltou e analisou a penteadeira com atenção. Joias baratas, tintura labial cara. Perfumes, imitações de marcas famosas para lembrá-la de que, um dia, ela pôde usar a mercadoria genuína, e certamente voltaria a fazê-lo.

— Ele ajeita seu corpo sem vida, coloca-a no chão e lhe arranca os órgãos que a faziam ser mulher. Devia ter uma sacola para colocar tudo lá dentro. Em seguida, limpa as mãos.

Ela conseguia vê-lo também. Via sua sombra, ele agachado no beco imundo, as mãos gosmentas de sangue enquanto se limpava.

— Aposto que lavou seus instrumentos também, mas certamente limpou as mãos. Depois, pegou o bilhete que escrevera e o colocou com cuidado entre os seios dela. Precisava trocar de camisa, vestir um paletó, qualquer coisa, por causa do sangue. E depois?

Peabody piscou.

— Ahn... Saiu dali, congratulando-se pelo trabalho bem-feito. Foi para casa.

— De que modo?

— Humm... A pé, no caso de morar perto. — Ela respirou fundo, tentando se afastar do beco e entrar na mente da tenente... na mente do assassino. — Está se sentindo o máximo, e nem se preocupa de ser assaltado na rua escura. Se não mora perto, provavelmente está de carro, porque, mesmo trocando de roupa ou se cobrindo com um paletó, tem sangue demais espalhado pelo corpo. Seria um risco idiota tomar um táxi ou pegar o metrô.

— Muito bem. Vamos confirmar com as companhias de táxi, para ver se alguém pegou um passageiro por aqui logo depois do crime, mas acho que não descobriremos nada. Vamos lacrar este apartamento e interrogar o prédio inteiro.

Vizinhos, como era de esperar em lugares como aquele, não sabiam de nada, não tinham ouvido coisa alguma, não tinham visto nada. O senhorio controlava tudo de uma loja no centro de Chinatown, entre um mercadinho que anunciava a oferta do dia, que era pés de pato, e uma espelunca que oferecia consultas de medicina alternativa e prometia saúde, bem-estar e equilíbrio espiritual ou o seu dinheiro de volta.

Eve reconheceu de imediato o jeitão de Piers Chan, os braços musculosos em mangas de camisa, o bigodinho estreito sobre lábios finos, o ambiente sem ostentação e o anel com diamante cor-de-rosa.

Apesar do aspecto multirracial, Piers Chan tinha sangue asiático suficiente para lhe garantir uma loja em plena Chinatown, embora seu último ancestral a ver Pequim provavelmente nascera no tempo da guerra dos boxers.

Como Eve já imaginava, Chan mantinha uma casa para ele e sua família em um subúrbio sofisticado de Nova Jersey, mas bancava o proprietário durão no Lower East Side.

— Wooton, Wooton... — Enquanto dois funcionários silenciosos se mantinham ocupados nos fundos da loja, Chan folheava o livro de registro dos inquilinos. — Aqui está! Ela aluga um apartamento estilo deluxe na rua Doyers.

— Deluxe? — repetiu Eve. — O que torna aquele lugar luxuoso?

— Ora, ele tem uma cozinha embutida com geladeira e AutoChef, tudo incluído no preço. Por falar nisso, está com o aluguel atrasado. O vencimento foi na semana passada. Ela recebeu um lembrete eletrônico faz dois dias. Vou lhe dar mais um dia de lambuja, mas a ordem de despejo será automaticamente emitida na semana que vem.

— Isso não será necessário, porque ela se mudou para o necrotério. Foi assassinada hoje de madrugada.

—Assassinada? — Suas sobrancelhas se uniram em uma expressão que Eve interpretou como de irritação, e não de pena ou choque. — Maldição! Vocês lacraram o imóvel?

— Por que quer saber? — Eve colocou a cabeça meio de lado.

— Escute, tenho seis prédios com um total de setenta e dois apartamentos. Com tantos inquilinos assim, é normal aturar reclamações de uns e outros. Mas, quando me aparece alguém que morre sozinho, ou uma morte suspeita, ou um acidente, ou um suicídio — ele enumerou cada evento com seus dedos gordos —, ou um homicídio — terminou, usando o polegar —, os tiras aparecem, lacram o lugar e notificam o parente mais próximo de quem bateu as botas. Antes de eu me dar conta do que rolou, um tio ou outro parente qualquer aparece e limpa o lugar antes de eu ter tempo de cobrar o aluguel atrasado.

Ele espalmou as mãos e lançou um olhar ressentido para Eve.

— Estou só tentando ganhar a vida — explicou.

— Ela também estava, mas alguém resolveu retalhar a moça.

Ele estufou as bochechas com força.

— Quem abraça essa profissão sabe que está arriscado a levar umas porradas.

— Quer saber? — reagiu Eve. — Sua bondade e seus sentimentos humanitários estão quase me fazendo engasgar de tão comovida. Vamos direto ao ponto: você conhecia Jacie Wooton?

— Conhecia sua ficha, suas referências e o valor do aluguel. Nunca coloquei os olhos nela. Não tenho tempo para ficar de amizade com os inquilinos, porque eles são muitos.

— Hã-hã... E quando alguém atrasa o aluguel ou tenta escapar do despejo você certamente lhe faz uma visita e apela para seu senso de ética, certo?

Ele alisou o bigodinho com a ponta do dedo.

— Eu sigo as normas. Pago uma nota todo ano de advogados e taxas, mas coloco os caloteiros para fora. Tudo isso são despesas operacionais, fazem parte do negócio. Não reconheceria essa tal de Jacie Wooton nem que ela aparecesse aqui pessoalmente para me bater umazinha por cortesia. Além do mais, eu estava em casa ontem à noite, em Bloomfield, com minha mulher e meus filhos. Tomei café com eles e vim para a cidade no trem das sete e quinze, como faço todo dia. Se a polícia quer saber mais de mim, só consultando meus advogados.

— Que sujeito nojento! — exclamou Peabody ao chegar à calçada.

— Muito nojento, e eu seria capaz de apostar uma grana como ele aceita parte dos aluguéis em mercadorias de todo tipo. Favores sexuais, pacotinhos de droga, objetos roubados. Poderíamos espremê-lo um pouco se tivéssemos mais tempo e senso de virtude, mas deixa pra lá. — Ela virou a cabeça de lado para analisar melhor uma vitrine com uma fileira de aves tão magras e peladas que a morte certamente fora um alívio para as pobrezinhas, sem falar nos pezinhos com dedos unidos por uma membrana que estavam à venda. — Como é que se comem pés de pato? — quis saber Eve. — A gente começa a mastigar as pontas e vai subindo ou come dos tornozelos para baixo? A propósito: patos têm tornozelos?

— Não sei dizer... Já passei muitas noites em claro me perguntando a mesma coisa.

Eve lançou um olhar sério para sua auxiliar, mas ficou feliz em perceber que ela recuperara o bom humor habitual.

— Os açougueiros abatem esses bichos aqui na loja, não é? Cortam, retalham tudo na cozinha da loja, certo? Para isso é preciso ter um monte de facas afiadas, saber enfrentar muito sangue e ter um conhecimento perfeito de anatomia, concorda?

— Esquartejar uma galinha deve ser muito mais simples do que uma pessoa.

— É... Pode ser. — Analisando o assunto, Eve colocou uma das mãos no quadril. — Tecnicamente, concordo. Há mais volume no caso de um ser humano, e retalhar uma pessoa leva mais tempo e exige mais habilidade do que depenar um frango, por exemplo. Mas se o assassino não enxerga a vítima como um ser humano a coisa não deve ser muito diferente. Talvez ele tenha treinado com animais, para entender a sensação de cortar carne. Ou talvez seja um médico ou um veterinário que ultrapassou os limites da sanidade. Mas certamente sabia o que estava fazendo. Isso nos deixa com um açougueiro, um médico ou um amador talentoso, que certamente é alguém com habilidades suficientes para aperfeiçoar a técnica a ponto de torná-la uma homenagem ao seu herói.

— Seu herói?

— Jack — explicou Eve, girando o corpo e se dirigindo na direção do carro. — Jack, o Estripador.

— Jack, o Estripador? — Com o queixo caído de espanto, Peabody apressou o passo para alcançar a tenente. — Você quer dizer aquele cara de Londres, nos anos... Quando foi mesmo?

— Fim dos anos 1800, em Whitechapel, região pobre da cidade, na era vitoriana, um lugar frequentado por prostitutas. Ele assassinou entre cinco e oito mulheres, talvez mais. Todos os crimes aconteceram em um raio de dois quilômetros ao longo de um ano.

Eve se instalou atrás do volante e lançou um olhar para Peabody, que continuava de boca aberta.

— Que foi? — quis saber Eve. — Eu não posso estar por dentro das coisas?

— Claro que sim. A senhora está super por dentro de um monte de coisas, mas história geralmente não é seu ponto forte.

Imitação Mortal   25

Mas assassinato era, refletiu Eve, afastando-se da calçada com o carro e entrando no fluxo de trânsito. Sempre fora.

— Enquanto as outras crianças liam historinhas que falavam de patinhos feios não estripados, eu lia sobre Jack e outros assassinos em série.

— Você lia essas... esse tipo de material quando era menina?

— Lia, sim. Por quê?

— Bem, é que... — Peabody pareceu desconcertada, embora soubesse que Eve fora criada em instituições do governo, orfanatos e abrigos. — Não havia nenhum responsável por perto para monitorar seus interesses de leitura, Dallas? Meus pais, que sempre tiveram o cuidado de não reprimir os filhos, eram categóricos a respeito disso, radicalizavam mesmo. Sabe como é, anos de formação das crianças, época de pesadelos e traumas.

Eve fora submetida a todos os tipos de traumas muito antes de aprender a ler as primeiras palavras. Quanto aos pesadelos, convivia com eles desde que se entendia por gente.

— Enquanto eu pesquisasse no mundo virtual por dados sobre o Estripador ou sobre John Wayne Gacy, eu me manteria longe de encrencas no mundo real. Esse era o critério básico para os monitores.

— Entendo. Então você sempre soube que queria ser tira?

O que Eve sempre soube era que queria ficar fora do rol das vítimas. Mais tarde, percebeu que gostaria de defendê-las. E isso significava entrar para a polícia.

— Mais ou menos — respondeu e mudou de assunto. — O Estripador enviava bilhetes para a polícia, mas só começou a fazer isso depois de algum tempo. O padrão não teve início no primeiro crime, como agora. Esse assassino quer que saibamos logo de cara o que ele pretende. Quer brincar conosco.

— Quer brincar especificamente com você — afirmou Peabody, e Eve assentiu com a cabeça.

— Acabamos de encerrar um caso muito badalado, com muita exposição na mídia e muita agitação. Antes desse, tivemos os assassinatos da Pureza, no início do verão, outro caso quente.* Ele estava nos observando. Agora, quer um pouco dos holofotes sobre si mesmo. Jack atraiu muito o interesse do público, em sua época.

— Ele quer que você se envolva com o caso, quer os holofotes da mídia e a cidade fascinada por ele.

— Sim, esse também é o meu palpite.

— Ele vai caçar outras acompanhantes licenciadas na mesma área?

— Esse é o padrão. — Eve parou de falar. — É isso que ele quer que nós pensemos.

Sua próxima parada foi na sala da terapeuta de Jacie, que trabalhava em um conjunto de três salas na parte baixa do East Village. Em sua mesa grande e entulhada havia uma tigela com balas coloridas, e ela se mantinha atrás dela com um terno cinza que lhe dava um ar de matrona.

Eve avaliou sua idade em cinquenta e tantos anos. Tinha um rosto simpático e, para contrastar, olhos sagazes em um tom claro de castanho.

— Meu nome é Tressa Palank — apresentou-se, levantando-se da cadeira e cumprimentando Eve e Peabody com firmeza, antes de lhes oferecer as cadeiras. — Suponho que esta visita tenha a ver com algum dos clientes que acompanho. Tenho dez minutos antes da próxima sessão. O que posso fazer para ajudá-las?

— Fale-me de Jacie Wooton — pediu Eve.

— Jacie? — As sobrancelhas de Tressa se ergueram e um sorriso leve se insinuou em seus lábios. Ao mesmo tempo, uma sombra surgiu em seus olhos, transmitindo apreensão. — Não posso acreditar que ela esteja dando trabalho à polícia. Entrou no caminho certo, e me

---

* Ver *Reencontro Mortal* e *Pureza Mortal*. (N. T.)

Imitação Mortal

parece determinada a conseguir de volta sua licença de acompanhante grau A.

— Jacie Wooton foi assassinada nas primeiras horas de hoje.

Tressa fechou os olhos e não fez nada, exceto respirar fundo durante vários segundos.

— Eu sabia que talvez fosse uma das minhas pacientes. — Ela abriu novamente os olhos, mas se manteve firme. — Pressenti o pior assim que soube do assassinato em Chinatown. Foi uma sensação forte, lá no fundo, entende? Jacie. — Ela cruzou as mãos sobre a mesa e fixou o olhar nelas. — O que aconteceu?

— Ainda não estou liberada para descrever os detalhes. Posso contar apenas que ela foi esfaqueada.

— Mutilada. O noticiário disse que uma acompanhante licenciada tinha sido mutilada em um beco de Chinatown durante a madrugada.

Um dos guardas devia ter aberto o bico, pensou Eve, e o responsável pelo vazamento iria levar uma esculhambação inesquecível.

— Não posso lhe adiantar mais nada por ora. A investigação ainda está nos estágios iniciais.

— Conheço a rotina. Trabalhei na polícia por cinco anos.

— Você era tira?

— Atuei na investigação de crimes sexuais durante cinco anos. Depois passei a trabalhar como terapeuta. Não gostava das ruas nem do que via nelas. Aqui eu posso fazer algo para ajudar sem ter de enfrentar a realidade terrível do dia a dia. Meu trabalho não é moleza, de modo algum, mas é onde eu me saio melhor. Vou contar tudo o que puder. Espero que ajude.

— Ela conversou com você recentemente sobre um aumento de nível na sua licença?

— Sim, mas ele foi negado. Ainda lhe falta, ou melhor, *faltava*, mais um ano de condicional. Esse período é obrigatório depois de casos de prisão e envolvimento com drogas. Seu programa de reabilitação ia muito bem, embora eu suspeitasse que ela havia encontrado um substituto para o push, substância na qual era viciada.

— Esse substituto era a vodca. Havia duas garrafas em seu apartamento.

— Vodca é uma bebida legalizada, mas violaria as exigências da condicional e as aspirações para melhorar a licença dela. Não que isso importe agora.

Tressa passou as mãos pelos olhos e simplesmente suspirou.

— Não que isso importe — repetiu. — Ela não pensava em outra coisa, a não ser voltar a morar na parte nobre da cidade. Detestava trabalhar nas ruas. Apesar disso, nunca considerou seriamente a possibilidade de procurar outra profissão.

— Sabe informar se Jacie tinha clientes regulares?

— Não. Antigamente trabalhava com a agenda cheia, tinha uma lista extensa de clientes, homens e mulheres exclusivos. Ela era licenciada para atender ambos os sexos. Que eu saiba, porém, nenhum deles a acompanhou quando ela foi trabalhar no centro da cidade. Acho que ela teria comentado isso comigo, pois certamente se sentiria com o ego inflado.

— E quanto ao seu fornecedor de drogas?

— Jacie nunca revelou o nome dele, nem mesmo para mim. Mas jurava que não mantinha mais contato com ele desde que saiu da cadeia. Eu acreditava nela.

— Em sua opinião, ela escondeu o nome por medo de represálias?

— Não. Para mim, ela considerava isso uma questão de ética. Ela trabalhou como acompanhante licenciada por mais da metade de sua vida. Uma boa acompanhante é discreta e considera sagrada a privacidade dos seus clientes, como acontece com um médico ou um sacerdote. Ela julgava que seu respeito profissional era semelhante ao dessas atividades. Suspeito que seu fornecedor era um dos seus clientes, mas isso é apenas um palpite.

— Alguma vez ela demonstrou, durante as sessões, estar chateada, preocupada ou receosa de algo ou de alguém?

— Não. Estava só impaciente para readquirir seu antigo padrão de vida.

Imitação Mortal

— Quantas vezes por mês ela vinha se consultar aqui?

— A cada duas semanas, de acordo com as exigências da condicional. Nunca faltava às sessões. Mantinha os exames médicos em dia e se mostrava sempre disposta a se submeter a testes aleatórios. Cooperava de todas as maneiras. Tenente, Jacie era uma mulher comum, talvez um pouco perdida por se sentir fora do seu ambiente. Não tinha a malícia das profissionais de rua, pois se acostumou a clientes seletos e rotinas refinadas. Adorava coisas de boa qualidade, se preocupava com sua aparência, reclamava das restrições à sua licença. Atualmente, não mantinha amizade com colegas de profissão porque se envergonhava das circunstâncias do seu passado e sentia que as pessoas que participavam do seu momento econômico atual estavam abaixo dela.

Tressa colocou os dedos sobre os lábios por um instante e atalhou:

— Desculpe, tenente, estou tentando não me perturbar nem me envolver, mas não consigo evitar. Esse foi um dos motivos de eu não ser boa quando trabalhava na polícia. Gostava de Jacie e queria ajudá-la. Não faço ideia de quem poderia ter feito isso com ela. Talvez tenha sido um ato aleatório de ataque a uma pessoa indefesa. Afinal, ela era apenas uma prostituta.

Sua voz ameaçou falhar, mas ela pigarreou com força e respirou fundo.

— Tem muita gente por aí que ainda pensa desse jeito. Sabemos disso, certo, tenente? Minhas clientes chegam depois de terem sido espancadas, traumatizadas, humilhadas, arrasadas. Algumas desistem dessa vida, outras conseguem lidar com os reveses. Há pessoas que superam tudo, mudam de nível e vivem na opulência, como reis ou rainhas. E temos as que são lançadas na sarjeta. É uma profissão perigosa. Acontece a mesma coisa com policiais, bombeiros, profissionais da saúde e prostitutas. São profissões perigosas, com alta taxa de mortalidade. Ela queria ter sua vida de volta — lamentou Tressa —, e isso a matou.

CAPÍTULO DOIS

Eve deu uma passada no necrotério. Aquela era mais uma oportunidade, lembrou, de a vítima lhe contar alguma coisa. Sem ter amigos de verdade, nem inimigos conhecidos, sócios ou familiares, Jacie Wooton não passava de uma mulher solitária que exercia uma profissão na qual havia contato físico. Considerava o corpo seu maior trunfo e escolhera usá-lo para alcançar uma vida de conforto.

Eve precisava descobrir o que esse corpo poderia lhe contar sobre o assassino.

A meio caminho do longo corredor da casa dos mortos, Eve parou.

— Fique aqui — disse a Peabody. — Quero que você entre em contato e pressione os técnicos do laboratório. Implore, choramingue, ameace, escolha o que funcionar melhor, mas agite ao máximo para que eles pesquisem o material onde o bilhete foi escrito.

— Não esquente, eu aguento entrar na sala. Não vou dar outro chilique.

Ela já estava pálida, reparou Eve, e conseguiria suportar ver tudo mais uma vez — o beco, o sangue, os estragos. Eve sabia que

Peabody aguentaria o tranco, mas isso teria um custo. Um custo que não precisava ser cobrado de imediato.

— Não estou dizendo que você não vai aguentar. A questão é que preciso encontrar a fonte do papel do bilhete. Quando o assassino deixa alguma pista, nossa obrigação é segui-la. Vá se sentar em algum lugar e caia dentro.

Sem dar chance para Peabody retrucar, Eve acelerou o passo e atravessou as portas duplas que davam na sala onde o corpo estava sendo examinado.

Esperava que Morris, o legista-chefe, assumisse o trabalho, e não se desapontou. Ele trabalhava sozinho, como geralmente fazia. Vestia um avental transparente colocado sobre uma túnica azul e calça legging.

Seus cabelos compridos estavam presos em um rabo de cavalo brilhante coberto com uma touca cirúrgica, para impedir a contaminação do corpo. Um medalhão em prata com uma pedra vermelha pendia do seu pescoço. Suas mãos estavam ensanguentadas e seu rosto bonito e ligeiramente exótico tinha uma expressão séria.

Quase sempre ele colocava alguma música para tocar, mas naquele dia a sala estava silenciosa, a não ser pelo ronronar das máquinas e o zumbido assustador do bisturi a laser.

— Muitas vezes, Dallas — disse ele, sem erguer a cabeça —, vejo coisas que ultrapassam os limites do que é humano. Sabemos muito bem que os homens possuem a capacidade surpreendente de cometer crueldades abomináveis contra os companheiros de espécie, não é? Só que, de vez em quando, encontro coisas que vão um passo além.

— O corte na garganta a matou na hora.

— Misericordiosamente. — Com ar de compaixão, levantou os olhos. Por trás dos micro-óculos, eles não sorriram como costumavam fazer, nem exibiram a usual centelha de fascinação com o trabalho.

— Ela não sentiu o que fizeram com o corpo dela, não teria como saber. Já estava morta quando o carniceiro começou a trabalhar tranquilamente.

— Carniceiro?

— Sim, você tem outra palavra para isso? — Ele colocou o bisturi numa bandeja e ergueu a mão ensanguentada na direção do corpo mutilado. — Que outra palavra conseguiria descrevê-lo?

— Não conheço nenhuma, nem deve existir. Crueldade não é suficiente. Perversidade também nem chega perto. Não devemos enveredar pela filosofia do ato, Morris, isso não vai ajudá-la. O que eu quero saber é: ele sabia o que estava fazendo ou a retalhou aleatoriamente?

Morris ficou mais ofegante. Para se acalmar, arrancou os micro-óculos, a touca, foi até a pia, removeu o líquido selante e lavou o sangue das mãos.

— Sabia, sim. As incisões são precisas. Não houve hesitação, nem movimentos sem finalidade. — Foi até uma unidade de refrigeração e pegou duas garrafas de água. Depois de lançar uma para Eve, bebeu a outra com avidez. — Nosso assassino sabe colorir direitinho sem ultrapassar as linhas.

— Colorir? Que linhas?

— A infância prejudicada que você teve sempre me fascina, Dallas. Preciso me sentar um minutinho. — Foi o que ele fez. Passando a base de uma das mãos sobre a sobrancelha e seguindo pela testa até os cabelos. — Essa aqui me jogou no chão. Não dá para prever quando isso vai rolar, nem mesmo se vai rolar. Com tudo o que passa pelas minhas mãos, entra dia, sai dia, foi essa mulher de quarenta e um anos que pintava as unhas em casa e tinha um joanete no pé esquerdo que me derrubou do cavalo.

Eve não sabia o que fazer, pois nunca vira o chefe dos legistas desse jeito. Seguindo o instinto, pegou uma cadeira, se sentou ao lado dele e bebeu alguns goles de água, bem devagar. Morris deixara o gravador ligado, ela notou. Editar tudo aquilo, ou não, dependeria apenas dele.

— Você precisa de férias longas, Morris.

— Sim, já me disseram isso. — Ele riu. — Era para eu viajar amanhã. Duas semanas em Aruba. Sol, mar, muitas mulheres nuas, todas ainda respirando, muito álcool tomado em cascas de coco.

— Pois então vá.

— Já adiei a viagem — replicou ele, balançando a cabeça. — Quero cuidar dela. — Ele fitou Eve. — Alguns deles eu preciso acompanhar até o fim. Assim que ela chegou e vi o que haviam feito com ela, soube que não estaria relaxando em uma praia amanhã de manhã.

— Morris, eu poderia lhe dizer que você tem uma equipe fantástica aqui, gente que cuidaria bem dela e saberia lidar com qualquer outra vítima que surja nos próximos dias ou semanas. — Tomou um pouco d'água e observou o corpo vazio de Jacie Wooton, pousado sobre a mesa da sala gelada. — Eu poderia lhe garantir que vou encontrar o filho da puta que fez isso com ela, e montar um caso tão bem amarrado que ele não vai conseguir escapar da condenação. Eu poderia lhe dizer tudo isso e estaria sendo sincera. A verdade, porém, é que não conseguiria sair de viagem despreocupada. — Ela recostou a parte de trás da cabeça na parede. — Eu também não sairia daqui.

Ele imitou a posição de Eve, encostou a cabeça na parede, abriu as pernas e olhou para o corpo mutilado de Jacie Wooton sobre a bancada fria, diante deles.

O silêncio de ambos, depois de algum tempo, tornou-se solidário e amigável.

— Que diabos está errado conosco, Dallas?

— Não faço a menor ideia.

Ele fechou os olhos por um instante, sentindo-se acalmar pouco a pouco.

— Nós amamos os mortos, Dallas. — Ele deu uma risada de deboche que se transformou num sorriso, apesar dos olhos ainda fechados. — Mas não os amamos como os doentes mentais que transam com defuntos e têm titica na cabeça. Nosso caso é bem diferente. Não importa quem eles eram em vida, nós os amamos porque foram enganados e violentados. São os perdedores mais completos, os cães sem dono, os pobres coitados da vida.

— Acho que estamos enveredando pela filosofia novamente.

— Pois é. — Ele fez algo que raramente fazia: tocou Eve. Não passou de uma palmadinha solidária sobre as costas da sua mão, mas ela percebeu que aquilo era quase um ato de intimidade. Um contato afetuoso entre dois companheiros de batalhas, e mais pessoal do que qualquer coisa que a vítima sobre a mesa havia compartilhado com seus clientes.

— Eles vêm até nós — continuou Morris. — São bebês recémnascidos, velhos debilitados e tudo que existe entre uma condição e outra. Não importa quem os amou em vida, somos nós os seus companheiros mais íntimos depois da morte. Só que, às vezes, essa intimidade nos pesa no peito e faz tranças apertadas com as nossas entranhas. Essa é a verdade.

— Acho que não havia ninguém de verdade no coração dela. Pelo que eu vi em sua casa, pela ausência de traços sentimentais, pela falta de laços de família ou de amizade, acho que ela não queria ninguém na sua vida. Então, é isso... Para ela, somos só você e eu agora.

— Tudo bem. — Ele tomou mais um gole da água e se levantou. — Vamos em frente. — Deixou a garrafa de lado, passou uma nova camada de spray selante nas mãos e recolocou os micro-óculos. — Mandei acelerar os exames toxicológicos. Seu fígado estava meio estourado, por excesso de álcool. Mesmo assim, não encontrei indícios de danos graves no órgão, nem doenças. Sua última refeição foi massa, cerca de seis horas antes de morrer. Ela passou por cirurgias para aumento de seios, uma repuxada básica nos olhos, uma levantada de bunda e uma escultura de queixo. Procedimentos executados por um bom profissional.

— Recentes?

— Não. Faz dois anos, pelo menos a bunda, que foi a última operação de manutenção que ela fez.

— Encaixa na história. Ela enfrentava uma maré de má sorte, andava há dois anos sem poder bancar um bom trabalho de plástica.

— Trabalhar nas ruas lhe garantiu essa última cirurgia depois de morta. O assassino usou uma faca de excelente qualidade, provavelmente um bisturi, para lhe cortar o pescoço da esquerda para a direita, em movimento descendente. Pelo ângulo da lesão, o queixo dela estava levantado, a cabeça para cima. Ele a atacou por trás. Provavelmente, puxou-lhe a cabeça pelos cabelos com a mão esquerda e usou a direita para lhe rasgar a garganta. — Morris demonstrou o gesto usando as duas mãos no ar. — Foi um único golpe que lhe cortou a jugular.

— Jorrou muito sangue — comentou Eve, analisando o cadáver, mas imaginando Jacie Wooton viva, em pé, de cara para a parede imunda do beco. Então o puxão de cabelo, o corte perfeito e rápido, a dor aguda, a agitação, muito sangue esguichando forte.

— E como! Ele certamente ficou todo sujo, mesmo estando atrás dela. Mas foi uma incisão longa e firme — assegurou Morris, cortando o ar com o dedo. — Rápida, num gesto curto, eu diria. Não exatamente limpo ou cirúrgico, mas garanto que não foi a primeira vez dele. O assassino já retalhou carne antes. Aposto que não trabalhou apenas com bonecos de simulação. Ele já lidou com carne e sangue, antes de chegar a essa pobre mulher.

— Você disse que não foi um corte cirúrgico. Então não foi um médico?

— Não descarte isso de cara. Ele tinha pressa, a luz era escassa, ele estava excitado, com medo de ser descoberto, e certamente agitado. — O rosto exótico de Morris refletia sua repugnância interior. — O que quer que tenha motivado o... Puxa, me faltam palavras para descrever esse ato. Só sei que todos esses elementos somados podem ter mascarado suas habilidades verdadeiras. Ele retirou o aparelho reprodutor dela com muita presteza, mas não dá para afirmar se ocorreu contato sexual antes da remoção. O tempo entre o corte da garganta e a mutilação foi de minutos, não houve tempo para jogos doentios.

— Mas você diria que ele é da área médica? Quem sabe um paramédico, um veterinário, um enfermeiro...? — Ela parou e virou a cabeça de lado. — Talvez um patologista?

— É possível que sim, claro. — Ele abriu um sorriso leve. — Foi necessária muita habilidade, dadas as circunstâncias. Por outro lado, ele não se preocupou com as chances de sobrevivência da vítima. Mas precisou de bons conhecimentos de anatomia e instrumentação cirúrgica. Eu diria que estudou e praticou muito, mas não tem, necessariamente, uma licença médica e, repito, não precisava manter a paciente viva. Ouvi dizer que ele deixou um bilhete.

— Sim, endereçado a mim, o que determinou minha designação como investigadora principal.

— Então é algo pessoal com você.

— Eu diria até íntimo.

— Vou lhe repassar os dados e o laudo assim que puder, Dallas. Quero fazer mais alguns testes para ver se consigo descobrir o instrumento exato que ele utilizou.

— Ótimo. Pegue leve, Morris.

— Ah, eu sempre pego — disse ele, encaminhando-se para a porta atrás dela. — Dallas? Obrigado.

Eve se virou e olhou para o legista.

— Não tem de que, Morris.

Ao seguir pelo corredor, chamou a auxiliar com a mão.

— Conte-me o que eu quero saber, Peabody.

— O laboratório, depois de ser implacavelmente assediado por sua humilde auxiliar, conseguiu descobrir que o bilhete e o envelope têm altíssima qualidade. Não usaram papel reciclado, o que me deixou chocada, pois fui criada sob os conceitos ecológicos da Família Livre. O fato é que o material foi comprado e manufaturado fora dos Estados Unidos e de seus territórios. Temos leis aqui que impedem a fabricação de papel virgem.

Eve ergueu as sobrancelhas enquanto voltava para o calor das ruas.

Imitação Mortal

— Ora, mas eu pensava que os partidários da Família Livre desprezassem as leis que interferem nos rumos da sociedade.

— Certamente desprezamos, mas só quando isso serve aos nossos interesses — explicou Peabody, entrando no carro. — O material é inglês. O papel foi fabricado na Grã-Bretanha e só é encontrado em raros fornecedores na Europa.

— Mas não em Nova York.

— Não, senhora. Na verdade, é difícil comprar até mesmo pela internet ou por entrega postal, porque é proibido. Papel não reciclado foi banido radicalmente em nosso país.

— Hum-humm... — Sua mente já estava vários passos à frente, mas, como Peabody estava estudando para o exame de detetive, Eve achou que aquela seria uma boa oportunidade para um teste rápido. — Como será que o papel fabricado na Europa foi parar em um beco de Chinatown?

— Bem, as pessoas contrabandeiam todo tipo de produtos banidos nos Estados Unidos. Ou usam o mercado negro. Tem mais uma brecha: quem viaja com passaporte de outro país, fazendo turismo ou negócios com o nosso país, tem permissão para entrar com uma pequena quantidade de produtos não legalizados. A pessoa também poderia ser um diplomata ou algo assim. De qualquer modo, é preciso pagar o preço lá fora, que é elevadíssimo. O papel em que o bilhete foi impresso, por exemplo, custa vinte euros. Por folha! O envelope custa doze.

— Quem lhe contou isso foram os rapazes do laboratório?

— Não, senhora. Já que eu estava à sua espera aqui no corredor, pesquisei tudo on-line.

— Bom trabalho. Descobriu os fornecedores?

— Todos os conhecidos. Embora o papel seja fabricado exclusivamente na Grã-Bretanha, existem dezesseis distribuidores e dois atacadistas que fornecem papéis com esse estilo e gramatura. Dois ficam em Londres.

— É mesmo?

— Achei que como o assassino está copiando o trabalho de Jack, o Estripador, Londres devia ser o primeiro local para pesquisa.

— Então comece o trabalho. Vamos investigar todos os distribuidores, mas os de Londres têm prioridade. Peça a eles a lista dos compradores desse papel.

— Sim, senhora. Tenente, sobre hoje de madrugada... Sei que eu não cumpri com minha obrigação e...

— Peabody — interrompeu-a Eve. — Eu reclamei de você não cumprir com sua obrigação?

— Não, mas...

— Alguma vez aconteceu de você estar sob meu comando e eu não lhe informar que seu trabalho não correu de acordo com minhas expectativas, ou que fiquei insatisfeita com seu desempenho, ou que você estragou as coisas de algum modo, jeito ou forma?

— Ahn... Não, senhora. — Peabody estufou as bochechas e soltou o ar com força. — Agora que mencionou, realmente não.

— Então, tire isso da cabeça e me consiga a lista de clientes.

Na Central, em plena sala de ocorrências, Eve se viu soterrada de perguntas, especulações e boatos sobre o assassinato de Jacie Wooton. Se os tiras estavam agitados daquele jeito, o público devia estar ainda mais ávido por novidades a respeito do caso.

Eve escapou de mansinho para a sua sala, programou café no AutoChef e só então foi conferir suas mensagens e recados.

Parou de contar os recados de repórteres quando chegou a vinte. Seis dessas ligações eram de Nadine Furst, do Canal 75.

Com o café na mão, Eve se sentou à sua mesa e tamborilou com os dedos sobre a superfície. Ela teria de enfrentar a mídia mais cedo ou mais tarde.

Quanto mais tarde, melhor. Na verdade, fazer isso num dia qualquer do próximo milênio seria o ideal. Mas Eve teria de oferecer uma declaração à imprensa. O melhor era divulgar uma versão oficial curta e objetiva, decidiu. Recuse e evite gravações e entrevistas exclusivas, lembrou a si mesma.

Esse era o objetivo do assassino. Ele queria que ela saísse por aí falando do assunto, ocupando espaço nos noticiários e lhe oferecendo muita fama e glória.

Muitos criminosos eram assim. A maioria deles, refletiu. Só que esse queria mais: queria sensacionalismo. Queria a mídia gritando:

ESTRIPADOR DOS TEMPOS MODERNOS
RETALHA NOVA YORK

Sim, esse era o seu estilo. Grande, valente e escandaloso.

Jack, o Estripador, pensou Eve. Virou-se para o computador e começou a fazer anotações:

Avô dos modernos assassinos em série.

Nunca foi pego, muito menos identificado.

Tema principal de numerosos estudos, histórias e especulações há quase dois séculos.

Foi foco de fascinação e revolta... E medo.

A badalação da imprensa foi o combustível do pânico e do interesse que gerou em sua época.

O imitador planeja escapar sem ser preso. Deseja injetar medo e fascinação na população, e quer se lançar contra a polícia. Deve ter analisado a história do ancestral histórico. Provavelmente estudou medicina formal ou informalmente, a fim de cometer o primeiro crime. Imprimiu o bilhete em um papel sofisticado, possível símbolo de riqueza ou requinte.

Alguns dos principais suspeitos do Estripador foram pessoas que pertenciam à classe alta, refletiu Eve. Até da realeza. Estavam acima da lei, ou pelo menos se consideravam assim.

Outras especulações aventaram a possibilidade de o Estripador ser um norte-americano em visita a Londres. Eve sempre achara isso uma bobagem, mas... será que o novo assassino era um inglês visitando os Estados Unidos?

Quem sabe um... como é que se chama mesmo?... um anglófilo? Alguém que admira as coisas vindas da Grã-Bretanha? Será que ele viajou até lá e visitou as ruas de Whitechapel, para reviver tudo? Será que se imaginou como o Estripador?

Começou a redigir um relatório, mas parou e resolveu ligar para a dra. Mira, psiquiatra da polícia, a fim de marcar uma consulta.

A dra. Charlotte Mira vestia um dos seus terninhos elegantes, num tom de gelo-azulado que combinava com o lindo trio de finos cordões de ouro. Seus cabelos claros em tom castanho haviam recebido luzes em locais estratégicos. Aquilo era novo, reparou Eve, e pensou se era algo que devia comentar, elogiar ou simplesmente fingir que não notou.

Ela nunca se sentia completamente à vontade em território feminino.

— Obrigada por me encaixar na sua agenda, doutora — agradeceu Eve.

— Estava me perguntando se você entraria em contato comigo ainda hoje. — Mira apontou para uma das poltronas acolhedoras. — Todo mundo está comentando sobre o caso, um assassinato particularmente pavoroso, por sinal.

— Quanto mais pavoroso, mais famoso.

— Sim, tem razão. — Como imaginava que Eve havia tomado apenas o desjejum o dia todo, Mira programou chá em seu AutoChef. — Não sei se tudo o que ouvi contar é correto.

— Eu estava preparando um relatório. Sei que ainda é cedo para pedir um perfil, mas não queria esperar mais. Acho que ele está só começando. Jacie Wooton não foi um alvo específico. Talvez eles nem se conhecessem.

— Você acredita que foi um ataque aleatório?

— Não exatamente. Ele procurou um tipo particular de mulher, uma acompanhante licenciada. Uma prostituta. Uma prostituta pobre em uma área pobre da cidade. Ele buscava coisas específicas. Jacie Wooton está morta porque o encontrou, nada mais que isso. Vou lhe relatar tudo verbalmente, doutora, e depois que filtrar os detalhes eu lhe envio um relatório oficial por escrito. O que eu quero no momento, ou melhor, o que eu preciso — corrigiu —, é a indicação de que estou pegando o caminho certo.

— Conte-me o que sabe. — Mira entregou a Eve uma xícara de porcelana fina. Depois, se sentou e equilibrou a própria xícara sobre o joelho, com muito estilo.

Eve começou pela vítima, oferecendo à médica um esboço de Jacie Wooton, como ela era e como fora achada. Descreveu o bilhete, falou do trabalho de campo que desenvolvera até aquele momento e informou as descobertas preliminares de Morris.

— Jack — murmurou Mira. — Jack, o Estripador.

— A senhora conhece a história dele? — quis saber Eve, inclinando-se para a frente.

— Qualquer criminalista que se preze estudou a mente doentia de Jack. Você acha que está lidando com um imitador?

— A senhora acha isso?

Recostando-se, Mira tomou um pouco de chá e respondeu:

— Ele certamente preparou o terreno para que chegássemos a essa conclusão. Deve ter um bom nível de instrução e é egocêntrico. Abomina as mulheres. O fato de ter escolhido esse estilo de matar é prova disso. O homem que lhe serviu de inspiração para esse crime atacou, matou e mutilou mulheres de várias formas. Ele escolheu imitar um assassino que estripava e removia os órgãos que davam às vítimas sua condição de mulher.

Pelo assentimento de cabeça de Eve, a doutora notou que a tenente já chegara à mesma conclusão.

— Basicamente ele a castrou, anulou sua sexualidade. O sexo, para ele, representa luxúria, violência, controle, humilhação. Sua relação com as mulheres não deve ser saudável nem tradicional. Ele se enxerga como alguém que pertence à elite, é sagaz e até mesmo brilhante. Só você serviria para ele, Eve.

— Serviria para quê?

— Como adversária. O maior e mais ardiloso assassino dos tempos modernos não aceitaria uma tira qualquer para persegui-lo. Ele não tinha contato com Jacie Wooton, nisso eu concordo. Se a conhecia, era apenas para selecionar a vítima certa. Mas ele conhece você. Você é um alvo tanto quanto ela. Mais até. Ela era apenas um peão, uma emoção rápida, um movimento inicial. Você é o próprio jogo.

Eve também já chegara a essa conclusão, e se perguntava sobre como tornar essa informação útil.

— Mas ele não quer me matar, doutora — afirmou.

— Não... Pelo menos, por enquanto. — Uma leve ruga de preocupação surgiu na testa de Mira. — Ele quer que você viva para observá-lo e caçá-lo. Quer que a mídia divulgue as façanhas dele e a sua investigação, Eve. O tom do bilhete foi de provocação, e ele certamente continuará a provocá-la. Justamente você, não apenas uma tira, mas uma tira de alto nível, muita competência, e *mulher*, ainda por cima. Ele jamais aceitaria perder para uma mulher. A certeza de que vai esmagar você e ser sua maior derrota representa grande parte da excitação que sente.

— Então vai ficar extremamente decepcionado quando eu o agarrar.

— Ele poderá se voltar contra você caso sinta que sua investigação está chegando muito perto e vai arruinar sua fantasia. Agora é tudo um desafio, mas não creio que ele vá tolerar a humilhação de ser impedido por uma mulher. — Mira balançou a cabeça. — Muito disso tudo depende de até que ponto ele assumiu a personalidade do Estripador e em qual *persona*, entre as várias atribuídas ao Estripador original, ele acredita que se encaixa. É um caso problemático, Eve. Quando ele disse "amostra do meu trabalho", será que ele queria dizer que aquela era a primeira ou será que ele já matou antes e isso não foi descoberto?

— É o primeiro assassinato dele aqui em Nova York, mas vou efetuar uma pesquisa completa no CPIAC, o Centro de Pesquisa

Internacional de Atividades Criminais. Vários psicopatas que tentaram imitar Jack, o Estripador, apareceram ao longo da história, mas não sei de nenhum que tenha escapado à justiça.

— Mantenha-me atualizada e eu vou montar um perfil mais substancial.

— Obrigada. — Eve se levantou, mas hesitou. — Escute, doutora: Peabody teve um probleminha hoje de manhã. A vítima foi achada em um estado terrível, foi muito impressionante e... bem, ela passou mal do estômago. Agora está se culpando por isso, como se fosse a primeira tira a vomitar no sapato — completou Eve, num murmúrio. — O fato é que ela anda meio estressada, pois está se preparando para o exame de detetive e, ao mesmo tempo, procura um apartamento para alugar com McNab, algo em que eu não quero nem pensar, mas ela quer. Será que a senhora conseguiria uma horinha para dar uma força para ela, sei lá, aconselhar algo? Ah, que merda!

Mira soltou uma gargalhada gostosa.

— É muito lindo você estar preocupada com Peabody.

— Não quero ser "muito linda" — reclamou Eve, com irritação — nem quero parecer preocupada. Simplesmente esse não é o momento certo para Peabody enfiar a cabeça na privada.

— Pode deixar que eu converso com ela. — Mira virou a cabeça meio de lado. — E você, como está?

— Eu? Estou ótima, tudo bem, não posso reclamar, ahn... As coisas com a senhora também vão bem?

— Sim, estou em um momento excelente. Minha filha e sua família estão passando alguns dias em nossa casa. É sempre maravilhoso recebê-los e ter a chance de brincar de vovó.

— Uh-huh... — Mira, com seu espetacular terninho gelo-azulado, não era exatamente a imagem que Eve fazia de uma avó.

— Gostaria muito que você os conhecesse, Eve.

— Ah, tudo bem...

— Vamos oferecer um almoço informal ao ar livre no domingo. Adoraria se você e Roarke pudessem comparecer. Vai ser às duas da tarde — avisou, antes mesmo de Eve pensar numa desculpa para não ir.

— Domingo. — Uma pequena bolha de pânico foi se alojando em sua garganta. — Não sei se Roarke já marcou algum compromisso, e eu...

— Pode deixar que eu pergunto a ele, Eve. — Um brilho alegre surgiu nos olhos de Mira quando ela colocou a xícara de lado. — Não é nada sofisticado, apenas uma reunião de família. Agora vou deixar você voltar ao trabalho.

A médica foi até a porta, abriu-a e só faltou empurrar Eve para fora. Em seguida, encostou-se na porta fechada e riu abertamente. Estava absolutamente encantada e se divertira ao notar a expressão de embaraço e leve horror no rosto de Eve diante da ideia de participar de um almoço de família.

Olhou para o relógio de pulso e correu para o *tele-link*. Entraria em contato com Roarke agora mesmo e deixaria Eve acuada, antes de ela conseguir bolar uma estratégia de fuga.

Eve ainda estava apavorada e atônita ao voltar para a Divisão de Homicídios. Peabody saiu do cubículo onde trabalhava e correu apressadamente atrás da tenente.

— Senhora... Tenente... Dallas!

— O que faz as pessoas se reunirem em um almoço em pleno domingo? — resmungou Eve. — Para que preparar almoço em casa, para início de conversa, ainda mais ao ar livre? Está quente pra caramba fora de casa. Sem falar nos insetos. Não entendo o conceito.

— Dallas!

— Que foi? — Com as sobrancelhas unidas, Eve girou o corpo para trás subitamente. — O que quer de mim?

— Consegui a lista das pessoas que compraram o papel britânico. Tive que lançar um charme para uns e outros, mas convenci os dois distribuidores a me informar o nome dos clientes que encomendaram o material usado no bilhete de Jacie Wooton.

— Já fez uma varredura nesses nomes?

— Ainda não. Acabei de pegar a lista.

— Deixe-me ver esse troço. Preciso de algo para colocar meu cérebro de volta nos trilhos. — Ela puxou o disco de dados da mão de Peabody sem cerimônia e o colocou para reproduzir no computador. — Não vejo uma caneca de café na minha mão... — reclamou Eve quando os nomes começaram a aparecer. — E preciso de uma, imediatamente.

— Sim, senhora, claro que precisa. Reparou na lista? Tem uma duquesa, um conde, Liva Holdreak, a atriz, além disso...

— O café ainda não está na minha mão, como é possível?

— *Além disso*, Carmichael Smith, o superstar internacional da música, tem um pedido fixo, renovado a cada seis meses, de uma caixa com cem folhas e cem envelopes. — Enquanto falava, Peabody colocou uma caneca na mão estendida de Eve. — Na minha opinião, sua música é um cocô, mas ele em si é um supergato.

— É uma alegria receber tantas informações, Peabody. Mas saber que a música do artista é um cocô, apesar de ele ser um supergato, vai me ajudar a prendê-lo pelo assassinato de uma pobre acompanhante licenciada? Precisamos manter o foco nas prioridades aqui.

— Puxa, estava só comentando — resmungou Peabody.

Eve analisou os nomes e colocou os que só tinham casa na Europa no fim da lista. Conversaria primeiro com os que tinham uma segunda casa nos Estados Unidos.

— Carmichael Smith mantém um apartamento no Upper West Side. Liva Holdreak também tem casa nos Estados Unidos, só que em Nova Los Angeles. Vamos colocá-la mais para baixo na lista. — Ela avaliou cada um dos nomes. — Sr. e sra. Elliot P. Hawthorne, de Esquire. Idades: setenta e oito e trinta e um, respectivamente. É pouco provável que o velho Elliot tenha resolvido retalhar acompanhantes licenciadas com essa idade. Está casado há dois anos, terceira mulher. Elliot gosta de esposas jovens, e aposto que prefere as burras.

— Não me parece burrice casar com um cara velho e podre de rico — argumentou Peabody. — Talvez ela seja calculista.

— Você pode ser burra e calculista ao mesmo tempo. Ele tem casas em Londres, Cannes, Nova York e Bimini. Ficou milionário do jeito mais antigo que existe: herança do papai. Sem ficha criminal, nada de especial. Mesmo assim, vamos ver se ele está em Nova York. Pode ter criados, empregados, assistentes ou parentes malucos à sua volta com acesso ao papel estiloso.

Eve acompanhou a lista com o dedo.

— Pegue esses nomes, Peabody. Descubra se algum deles está em Nova York.

Será que era assim tão simples?, questionou Eve para si mesma. O assassino seria tão arrogante a ponto de deixar uma pista facilmente rastreável? Talvez, talvez. Mas ela teria de provar tudo, mesmo que conseguisse achá-lo graças ao papel caro.

— Niles Renquist — declarou. — Trinta e oito anos. Casado, tem um filho. Cidadão britânico com residências em Londres e Nova York. É assessor de Marshall Evans, chefe da delegação britânica na ONU. Você mora em uma residência caríssima da Sutton Place, Niles? Muito chique. Não tem ficha criminal, mas certamente merece uma olhadinha.

Eve provou o café e pensou vagamente em comida.

— Pepper Franklin. Que tipo de nome é esse: Pepper? Uma atriz? Ah, claro que sim. Atriz britânica atualmente estrelando a remontagem de *Uptown Lady*. Nenhum registro criminal. Só temos gente que é limpeza total nesta lista.

Isso era decepcionante.

Mas ela descobriu um passado interessante ao pesquisar Leo Fortney, companheiro de Pepper Franklin.

Uma queixa por assédio, um atentado à moral e aos bons costumes, e uma agressão de cunho sexual.

— Um típico bad boy — ralhou Eve. — Mau e também muito ocupado.

Quando Peabody voltou, Eve já estava com uma lista de prioridades na mão enquanto vestia a jaqueta.

— Carmichael Smith, Elliot Hawthorne, Niles Renquist e Pepper Franklin estão todos em Nova York, pelas informações que levantei.

— Apronte-se — avisou Eve. — Vamos fazer uma visitinha aos nossos amigos ingleses. — Ela saiu da sala. — Será que a ONU está em sessão aberta?

— ONU? Organização das Nações Unidas?

— Não. Organização dos Nulos Ultraidiotas.

— Já entendi, fui imbecil em perguntar — disse Peabody, com ar de dignidade. — Vou verificar, tenente.

Capítulo Três

Aquilo parecia uma corrida de obstáculos, e isso irritou Eve. Toda vez que ela conseguia ultrapassar uma barreira, apareciam outras três. Não adiantou apelar para o bom-senso, não serviu de nada exigir nem ameaçar. Nada a fez se livrar do labirinto de assistentes, assessores, coordenadores e atendentes pessoais de Carmichael Smith ou Niles Renquist.

Ela foi obrigada a marcar hora para o dia seguinte.

Isso certamente a deixou menos disposta a ser diplomática com a loura que se apresentou como "secretária social" do sr. Fortney.

— Escute, esta não é uma visita social — explicou Eve, só faltando esfregar o distintivo no nariz da loura. — Está vendo isso aqui? Essa plaquinha linda indica que eu não estou nem um pouco sociável hoje. Nós, da polícia, chamamos isso de investigação oficial.

A loura, porém, manteve o rosto fechado e conseguiu exibir uma cara de bonequinha irritada.

— O sr. Fortney está ocupadíssimo — disse, pronunciando os "esses" com um silvo agudo que Eve imaginou que homens idiotas julgavam sexy. — Não posso incomodá-lo.

Imitação Mortal

— Se você não for avisar ao seu chefe que a tenente Dallas do Departamento de Polícia da Cidade de Nova York está aqui fora para falar com ele, todo mundo neste prédio vai ser muito incomodado.

— Mas ele não se encontra...

Eve já ouvira essa xaropada de "ele não se encontra" quando tentou falar com Carmichael Smith, que provavelmente estava malhando em sua academia particular. Também ouvira a mesma frase quando procurou Niles Renquist, que devia estar reunido com vários chefes de Estado.

Mas não ia aturar essa desculpa padrão de uma loura metida a gostosa que trabalhava como "secretária social" do companheiro de uma atriz famosa.

— Peabody — disse Eve, sem tirar os olhos da loura. — Convoque uma batida para procurar substâncias ilegais. Sinto um cheirinho de zoner no ar.

— Do que a senhora está falando? Que tolice é essa? — Obviamente com raiva, a loura deu pulinhos de indignação do alto de suas plataformas com salto doze, e seus peitos impressionantes pularam como bolas de futebol. — Não existem batidas policiais desse tipo.

— Pois pode apostar que existem. E sabe o que rola numa batida dessas? Ela sempre vaza para a mídia, ainda mais quando envolve uma celebridade. Acho que a sra. Franklin vai ficar muito chateada com essa história.

— Se a senhora acha que pode me intimidar com...

— A Divisão de Drogas Ilegais já está vindo para cá, tenente. Vão chegar em meia hora — informou Peabody, desligando o comunicador e tentando falar com rispidez. Andava treinando um tom duro. — A senhora já está autorizada a isolar o prédio.

— Obrigada, policial, você trabalhou rápido. Venha comigo.

— O que aconteceu? — A loura seguiu aos pulinhos atrás de Eve, que já saía da sala. — Para onde está indo? O que vai fazer?

— Vou isolar o prédio. Quando uma batida é autorizada, ninguém mais pode entrar nem sair dos andares.

— A senhora não pode... Não vai... — Ela agarrou o braço de Eve.

— Ô-ô... — Eve parou e olhou com atenção para a mão branquíssima e para as unhas pintadas de rosa-bebê que a apertavam. — Isso caracteriza agressão à polícia e tentativa de obstruir uma investigação oficial. Como você me parece meio tapada, vou algemá-la logo, em vez de derrubá-la no chão primeiro.

— Eu não agredi ninguém! — A loura largou o braço de Eve como se ele estivesse em chamas, e deu um passo para trás. — Não fiz nada disso! Droga... Tudo bem, a senhora *ganhou*! Vou avisar Leo.

— Humm. Sabe de uma coisa, Peabody? — disse Eve, de nariz para cima, aspirando o ar com força. — Acho que esse cheiro não é de zoner, afinal de contas.

— Tem razão, tenente. Acho que é gardênia. — Peabody abriu um sorriso largo ao ver a loura correndo para a sala do chefe. — Ela deve ser muito tapada mesmo para achar que uma batida policial pode ser montada via comunicador.

— Tapada ou culpada. Aposto que ela tem algum bagulho escondido aqui. Para onde você ligou?

— Para o Serviço de Meteorologia. A temperatura está quente e vai continuar elevada, caso lhe interesse saber.

Com o queixo erguido, a loura voltou e anunciou, com muitos silvos:

— O sr. Fortney aceitou recebê-las.

Eve seguiu a mulher, que se mostrou muito contrariada.

Fortney estava em uma das cinco salas do conjunto que ocupava. O lugar parecia ter sido decorado por alguém louco ou daltônico, possivelmente ambos, e o senso de estilo casual de Eve foi atacado por cores berrantes e padrões contrastantes que dominavam todas as paredes, o piso e o teto.

Fortney fora um pouco mais longe na bizarrice da decoração e colocara pegadas de animais nas paredes, acompanhadas de pintas de leopardo, listras de tigre e manchas de diversos animais selvagens. Mesinhas de tampos brilhantes colocados sobre colunas fálicas acentuavam o clima exótico do lugar.

A mesa de Fortney era uma versão maior das menores, com colunas que pareciam pênis pintados em vermelho vivo. Ele caminhava de um lado para outro atrás da mesa quando elas entraram, e continuou falando muito depressa em um microfone preso a um fone.

— Precisamos decidir isso nas próximas vinte e quatro horas. Sim ou não, ficar em cima do muro é pior. Já recebi o esboço, as projeções e o fator Q. Vamos resolver esse negócio.

Ele fez um gesto convidando-as a entrar, estendendo a mão que brilhava com anéis de ouro e prata.

Enquanto continuava a caminhar e falar, Eve se sentou em uma das poltronas estofadas em padronagem imitando pele de tigre e o analisou. Ele estava fazendo toda aquela pose para ela, disso não havia dúvida. Resolveu entrar no jogo.

Ele vestia uma jaqueta comprida, chamativa, e calças largas, ambas em tom de uvas verdes. Seus cabelos de cor púrpura eram compridos e finos, emoldurando-lhe o rosto estreito com feições marcantes. Seus olhos tinham quase a mesma cor da roupa e eram tão verdes que não poderiam ser naturais.

No mesmo estilo das mãos, suas orelhas brilhavam em argolas de ouro e prata.

Sua altura era de cerca de um metro e noventa, calculou Eve, contando o salto alto das sandálias. Estava em boa forma, considerando seu tipo físico. Levava a malhação a sério, imaginou Eve, e certamente gostava de se exibir em roupas sofisticadas.

Mostrava tanto empenho em passar a imagem de homem importante e ocupado que Eve percebeu que ele não era nem uma coisa nem outra.

Removendo o fone da cabeça, sorriu para ela.

— Desculpe, tenente Dennis. Estou atolado de trabalho.

— Dallas.

— Ah, claro... tenente Dallas. — Soltou um rá-rá rouco, foi até um balcão comprido e se agachou na direção de uma pequena unidade de refrigeração que não se via de fora. Continuou a falar em estilo metralhadora, sem sotaque perceptível. Eve percebeu que ele era da Costa Oeste. — Isso aqui está uma loucura hoje, estou resolvendo mil coisas ao mesmo tempo. Estou com a garganta seca, morrendo de sede. Aceitam um drinque?

— Não, obrigada.

Ele pegou uma garrafa com um líquido laranja meio espumante e serviu um copo para si mesmo.

— Suelee disse que a senhora insistiu muito para falar comigo.

— Suelee me pareceu muito empenhada em me impedir de fazê-lo.

— Bem... Rá-rá, estava só cumprindo com sua obrigação. Não sei o que faria sem Suelee guardando os portões.

Ele sorriu amplamente e se sentou na quina da pavorosa mesa vermelha com uma pose que dizia "sou ocupado e atraente, mas implacável".

— A senhora ficaria espantada se soubesse a quantidade de gente que tenta entrar em contato comigo, todos os dias. Ossos do ofício, é claro. Geralmente são atores, roteiristas e diretores — ele ergueu a mão e acenou de forma dramática —, mas não é sempre que uma policial atraente me convida para uma reunião.

Seu sorriso de dentes brancos e perfeitos foi tão brilhante que eles quase refulgiram.

— Conte-me o que tem em mente, tenente. Peça, vídeo, livro animado? Dramas policiais não atraem mais tanto interesse ultimamente, mas sempre existe espaço para uma boa história. O relato de uma policial na primeira pessoa é sempre um bom ângulo. Qual é seu lance?

— Descobrir o seu paradeiro entre a meia-noite e as três da manhã, na madrugada de hoje.

— Como assim?

— Sou investigadora principal em um caso de homicídio, e seu nome apareceu. Preciso saber por onde o senhor andou no período informado.

— Homicídio? Eu não... *Oooh!* — Soltando outra risada rouca, ele balançou a cabeça para os lados, e seus cabelos balançaram com força. — Uma fala interessante. Vamos ver... qual seria minha primeira reação? Choque, insulto, medo?

— Uma acompanhante licenciada foi brutalmente assassinada na madrugada de hoje em Chinatown. O senhor pode acelerar o processo, sr. Fortney, me informando onde estava entre meia-noite e três da manhã.

— Isso é sério? — Ele baixou o copo.

— Meia-noite e três da manhã, sr. Fortney.

— Puxa, meu Deus. Minha nossa! — Ele colocou a mão livre sobre o coração e bateu de leve duas vezes. — Eu estava em casa, é claro. Pepper vai direto para casa depois do teatro. Geralmente vamos para a cama cedo quando ela está em temporada. Atuar é muito exaustivo para ela, tanto física quanto emocionalmente. As pessoas não percebem o quanto é estressante atuar num palco noite após noite, e o quanto uma atriz fica arrasada depois de...

— Não estou interessada em saber onde a sra. Franklin estava — interrompeu Eve. *Nem nas suas táticas para me enrolar*, pensou. — Onde o senhor estava?

— Em casa, como lhe disse. — Seu tom era de irritação agora. — Pepper deve ter chegado à meia-noite, ou pouco antes disso. Estávamos na cama antes da uma, como eu já falei. Ela tem o sono muito leve. Talvez por ser uma mulher tão criativa e sensível. Ela poderá confirmar que acorda só de eu me mexer de leve na cama.

Ele se serviu de mais um drinque, um maior dessa vez.

— Quem é mesmo essa pessoa assassinada? Eu a conheço? Não utilizo os serviços de acompanhantes. É claro que tenho contato com todo tipo de gente, e pode ser que alguns dos atores promissores que conheço trabalhem como michês.

— Foi uma mulher. O nome dela é Jacie Wooton.

— Esse nome não me diz nada. Absolutamente nada. — O vermelho de indignação que surgira em seu rosto quando ele falava do seu álibi fraco desapareceu lentamente. Ele deu de ombros, como quem não tem nada a ver com a história. — Nunca estive em Chinatown.

— O senhor comprou material de escritório em Londres há alguns meses. Foram cinquenta folhas de papel de carta liso, acompanhados por envelopes em cor creme, material não reciclado.

— Comprei? É possível que sim. Compro muitas coisas de presente para mim, para Pepper e para amigos. Que diabos o meu material de escritório tem a ver com o assunto?

— É muito caro e muito distinto. Seria útil se o senhor me mostrasse o material.

— Papel comprado em Londres há vários meses? — Ele soltou o seu rá-rá novamente, mas dessa vez o som era de irritação. — Até onde eu sei, esses papéis de carta ainda estão em Londres. Acho que eu devia entrar em contato com meu advogado.

— A escolha é sua. O senhor pode pedir ao seu representante para nos encontrar na Central de Polícia para discutir seus antecedentes. Agressão e crimes sexuais.

Seu rosto ficou quase da mesma cor que seus cabelos.

— Esses incidentes são coisa do passado. A senhora deve saber que a acusação de agressão sexual foi completamente injustificável. Não passou de uma briga com uma mulher com quem eu estava na época. A coisa aumentou de tamanho por vingança dela, depois que eu a dispensei. Não a processei, como devia ter feito, porque isso só serviria para atrair mais publicidade negativa para meu nome, além de arrastá-lo na lama.

— E quanto ao atentado à moral e aos bons costumes?

— Um mal-entendido. Bebi demais em uma festa, fiquei meio tonto, estava aliviando a bexiga quando um grupo de garotas passou no local. Fui tolo e imprudente, mas não criminoso.

Imitação Mortal 55

— E o espancamento?

— Uma briga com minha ex-mulher, iniciada por ela mesma, por falar nisso. Simplesmente uma infeliz exibição do meu gênio irritadiço, do qual ela se aproveitou para me arrancar a pele no processo de divórcio. Não gosto que alguém venha me jogar na cara coisas do passado, muito menos de ser acusado de assassinato. Eu estava em casa ontem à noite, dormindo. A noite toda. Isso é tudo que eu tenho a declarar sem a presença do meu advogado.

— Engraçado — comentou Eve, quando elas voltavam para o centro. — Um cara é acusado de três delitos, mas em nenhum deles a culpa era sua. Foi tudo um mal-entendido.

— Pois é, a lei é sempre cruel e injusta.

— O que temos aqui, Peabody, é um homenzinho ridículo com cara de fuinha que gosta de se exibir. Olhem para mim. Sou importante, sou poderoso, sou alguém na vida. Tem um histórico de dar porrada em mulher, mostrar o pinto para moças desavisadas e fazer cara de estouradinho. Vive rodeado de símbolos fálicos e mantém uma loura peituda tomando conta dos portões.

— Não gostei dele, mas é grande a diferença entre balançar o pinto no meio da rua e retalhar uma acompanhante licenciada.

— Uma questão de passos e estágios — declarou Eve. — Vamos ver se Pepper está em casa. Não podemos nos esquecer de perguntar como ela dormiu a noite passada.

A casa, com revestimento de tijolinhos, era linda, antiga e elegante. Levava toda a pinta de ter um sistema de segurança particular, calculou Eve, enquanto caminhava em direção à porta. Um sistema do tipo que dá para ligar e desligar ao bel-prazer do morador.

Tocou a campainha, analisou a entrada da residência, a fileira de vasos com flores nos cantos dos degraus e olhou para as casas vizinhas.

Quando a porta se abriu, Eve teve uma lembrança súbita e desagradável de Summerset, o mordomo sargentão de Roarke que representava a maior maldição da sua vida.

O mordomo se vestia totalmente de preto, como Summerset. Era alto, esquelético e exibia um topete azul-acinzentado que se aboletava sobre o rosto comprido e fino.

Ela sentiu vontade de vomitar.

— Posso ajudá-las?

— Sou a tenente Dallas, esta é a policial Peabody. — Preparada para colocá-lo a nocaute, se necessário, Eve exibiu o distintivo. — Preciso falar com a sra. Franklin.

— A sra. Franklin encontra-se em seu momento de meditação e ioga. Posso ajudá-las em mais alguma coisa?

— Sim, pode me ajudar caindo fora daqui e indo avisar à sra. Franklin que tem uma tira na porta querendo conversar com ela sobre uma investigação policial.

— É claro — concordou ele, com tanto contentamento que Eve piscou duas vezes. — Por favor, queiram entrar. Coloquem-se à vontade na sala de estar enquanto eu informo a sra. Franklin da sua chegada. Desejam algo refrescante para beber, enquanto esperam?

— Não. — Ela olhou para ele desconfiada. — Muito agradecida.

— Não levará mais de alguns instantes. — Depois de acompanhá-las até uma sala grande e ensolarada, cheia de sofás brancos como a neve, ele seguiu na direção de uma escadaria.

— Quem sabe poderíamos trocar Summerset por ele?

— Ei, Dallas, veja só isso.

Eve se virou e analisou o quadro que tinha deixado Peabody de boca aberta. Um retrato em tamanho natural de Pepper Franklin se erguia majestosamente sobre o consolo verde-mar de uma lareira revestida internamente em pedra branca. A mulher que servia de modelo para a foto parecia estar vestindo apenas as névoas à sua volta. Elas eram claras e a envolviam com suavidade, revelando um corpo impressionante. Seus braços estavam estendidos, como se estivessem à espera de um abraço de boas-vindas.

Sorria com ar onírico, e seus lábios tinham um tom forte de rosa. Seus cabelos eram um elegante apanhado de cachos dourados que lhe emolduravam o rosto em formato de coração e lhe ressaltavam os olhos profundamente azuis.

Notável, avaliou Eve. Sensual. Poderosa.

O que será, perguntou a si mesma, que uma mulher com tanta classe, estilo e força está fazendo ao lado de um perdedor como Fortney?

— Eu já a vi no cinema, em revistas e entrevistas, mas essa imagem é... Uau! — disse Peabody. — Ela parece, sei lá... a rainha das fadas.

— Obrigada. — A voz também parecia envolta numa névoa sensual. — Era esse o objetivo — afirmou Pepper ao entrar na sala. — O conceito teve por base o meu papel no filme *Titânia*.

Ela vestia uma malha roxa de ginástica e trazia uma pequena toalha em volta do pescoço. Seu rosto, de beleza ainda impressionante, estava pontilhado de gotas de suor, e seus cabelos estavam presos sobre a cabeça de forma casual.

— Tenente Dallas? — Ela estendeu a mão. — Desculpe minha aparência, estava no meio de minha sessão de ioga. Isso ajuda a me manter em forma... corpo, mente e espírito. Também me faz suar como um porco.

— Desculpe interrompê-la.

— Imagino que seja algo importante. — Ela se sentou, deixando-se afundar no sofá branco enquanto soltava um longo suspiro. — Por favor, sentem-se também. Ó Deus, Turney, obrigada. — Ela pegou uma garrafa de água que o mordomo lhe trouxe numa bandeja de prata.

— O sr. Fortney está no *tele-link*. Já ligou três vezes na última meia hora.

— Ele devia saber que este é o momento da minha sessão de ioga. Avise a ele que eu já ligo de volta.

Ela tomou um gole longo, deixou a cabeça pender levemente de lado, com ar simpático, e perguntou:

— E então, do que se trata?

— Gostaria que a senhora confirmasse o paradeiro do sr. Fortney na madrugada de hoje, entre meia-noite e três da manhã.

— Leo? — Seu sorriso fácil se desvaneceu. — Por quê?

— O nome dele surgiu no curso de uma investigação. Se pudermos confirmar onde ele estava nesse período, poderemos eliminá-lo da lista de suspeitos e seguir em frente.

— Ele estava aqui, em minha companhia. Cheguei em casa quinze para a meia-noite mais ou menos. Alguns minutos depois, talvez. Tomamos um drinque. Eu me permito curtir um cálice de vinho antes de dormir, depois de uma apresentação. Conversamos sobre temas variados e subimos para o quarto. Creio que eu estava na cama, dormindo, quando bateu meia-noite e meia.

— Sozinha?

— Quando fui para a cama, sim. Sempre fico esgotada depois da peça, e Leo é um notívago. Ele ainda ia assistir a um pouco de tevê, fazer algumas ligações ou algo desse tipo. — Ela deu de ombros, com elegância.

— Tem sono leve, sra. Franklin?

— Eu? Nem de longe. Durmo como uma pedra. — Começou a rir da sugestão, mas logo percebeu a implicação do que dissera. — Tenente, Leo estava aqui. Com toda a honestidade, não consigo imaginar que tipo de investigação a senhora está desenvolvendo que possa ter alguma ligação com Leo.

— Mas a senhora certamente sabe que não é a primeira vez que o nome dele aparece em uma investigação policial.

— Esses incidentes fazem parte do passado. Ele teve um período de má sorte com mulheres, até me conhecer. Estava comigo ontem à noite, e tomamos café juntos hoje de manhã, por volta das oito horas. Do que se trata, afinal?

— No outono o sr. Fortney comprou material de escritório em Londres. A senhora confirma isso?

— Ora, pelo amor de Deus! — Pepper pegou a garrafa e tomou mais alguns goles de água. — Continuo zangada com ele por causa disso. Foi uma atitude ridícula e descuidada. Comprar papel não reciclado! Não sei onde ele estava com a cabeça. Não me diga que ele trouxe esse material para território norte-americano? — Ela girou os olhos para cima, com impaciência. — Escute, tenente... Sei que isso é contra a lei, tecnicamente. Sou uma artista muito envolvida com grupos de proteção ambiental e tive vontade de arrancar a pele dele por comprar aqueles papéis. Para ser franca, chegamos a brigar por causa disso, e eu o fiz prometer se livrar do material. Certamente existe uma multa pela infração, e eu o obrigarei a pagá-la.

— Não sou da Patrulha Ecológica. Trabalho na Divisão de Homicídios.

— Homicídios? — Seus olhos azuis brilhantes ficaram sem expressão.

— Nas primeiras horas da manhã de hoje uma acompanhante licenciada de nome Jacie Wooton foi assassinada em Chinatown.

— Sim, eu soube. — A mão de Pepper voou para a garganta e se grudou nela, receosa. — Ouvi no noticiário hoje de manhã. A senhora não pode estar achando que... Leo? Ele jamais faria uma coisa dessas.

— Material de escritório do tipo que o sr. Fortney comprou em Londres foi usado para deixar um bilhete junto do corpo.

— Ele... ele certamente não foi o único idiota a comprar esse material proibido. Leo estava em casa na noite passada. — Ela pareceu morder cada palavra para acentuar sua indignação. — Tenente, ele é tolo, de vez em quando costuma ser um pouco exibido, mas não é cruel nem violento. E estava em casa.

* * *

Eve foi para casa, mas se sentia insatisfeita. Fez tudo o que pôde por Jacie Wooton naquele dia, mas não era o bastante.

Precisava limpar sua mente. Descansaria por umas duas horas e depois voltaria ao trabalho. Tornaria a ler os relatórios, as anotações, e tentaria juntar as pontas em seu escritório doméstico.

Leo Fortney e Pepper Franklin simplesmente não combinavam um com o outro. O sujeito era um babaca, um fanfarrão, um perdedor com carinha bonita. Sua impressão era que Pepper Franklin funcionava como cabeça do casal. Era inteligente, forte e estável.

A verdade é que nunca dava para descobrir o porquê de pessoas diferentes acabarem juntas.

Eve já desistira de tentar entender como foi que ela e Roarke haviam virado um casal tão sólido. Ele era rico, lindo, esperto demais e um pouco perigoso. Estivera em toda parte e havia comprado mais da metade do que existia de interessante. Já fizera de tudo na vida, e muitas dessas atividades não ficavam do mesmo lado da lei que Eve.

Ela era uma tira. Solitária, de pavio curto e pouco sociável.

Mesmo assim, ele a amava, refletiu, no instante em que entrava com o carro pelos portões de ferro da mansão onde moravam.

E pelo fato de que ele a amava, Eve tinha acabado ali, morando em um gigantesco palácio de pedra cercado de árvores, flores, em um ambiente de fantasia. Era ridículo, pensou, que uma mulher que passava o dia imersa em realidades muitas vezes adversas e hostis acabasse voltando, à noite, para um paraíso como aquele.

Estacionou diante da casa. Deixaria sua viatura verde-ervilha bem ali, como uma espécie de homenagem a Summerset, o duende medonho de seu paraíso pessoal. Ele ainda estava de férias — aleluia! —, mas, como detestava o seu hábito de estacionar o carro feio diante da entrada espetacular da casa, Eve não viu razão alguma para guardar o carro na garagem.

Entrou e sentiu o ar fresco e refinado da casa que Roarke havia construído, e foi imediatamente recebida pelo gato. Galahad, muito gordo e obviamente irritado, bateu com a cabeça na canela de Eve, à guisa de saudação, e soltou um miado estridente.

Imitação Mortal 61

— Ei, eu preciso trabalhar para ganhar a vida, sabia? Não posso fazer nada se você fica sozinho o dia todo desde que Aquele Cujo Nome Não Deve Ser Pronunciado viajou de férias. — Mesmo assim, se abaixou e pegou o gato no colo. — Você precisa de um hobby. Pode ser que já existam máquinas de realidade virtual para animais de estimação. Se não existirem, aposto que Roarke vai voar nessa ideia.

Ela acariciou o gato enquanto caminhava pelo saguão e descia para a academia de ginástica.

— Pode ser que ele fabrique pequenos óculos ajustáveis de realidade virtual para gatos, com programas baseados em caça a rato, guerras, quem sabe escapar de um doberman e outras aventuras desse tipo.

Ela o largou no chão do ginásio e, sabendo o caminho mais rápido para alcançar seu coração, pegou uma tigela de atum no AutoChef.

Com o gato ocupado, ela se despiu, vestiu um short e uma roupa de ginástica e programou vinte minutos de corrida na pista com vídeo. Optou por uma sessão de jogging à beira-mar em ritmo lento, para poder sentir a textura da areia sob os pés.

Quando alcançou uma velocidade constante, começou a suar em profusão e apreciou a brisa salgada do mar e o som das ondas quebrando junto dela.

Os outros que curtam sua ioga, pensou. Para Eve, uma boa corrida seguida de um ou dois rounds de boxe com um androide e uma bela sessão de natação com braçadas enérgicas eram o melhor remédio para equilibrar o corpo, a mente e o espírito.

Quando a máquina piscou, indicando o fim do programa, ela pegou uma toalha e enxugou o rosto suado. Pensando em desafiar um dos androides para um mano a mano, girou o corpo.

Ali estava Roarke, sentado num banco com o gato no colo e os olhos na esposa.

Olhos espetaculares, por sinal, reparou, num tom violento de azul e em um rosto entalhado por anjos inspirados. O poeta perigoso ou o perigo poético? Não importava o ângulo de visão, ele era sempre um colírio.

— Oi. — Ela passou os dedos pelos cabelos úmidos. — Há quanto tempo você está aí?

— O bastante para sacar que você precisava muito dessa corrida. Deve ter sido um dia duro, certo, tenente?

Havia um leve sotaque irlandês em sua voz, e suas entonações oníricas tão características sempre conseguiam, de forma inesperada, envolver o coração dela. Ele pousou o gato no banco, foi até onde ela estava, lhe ergueu a cabeça pelo queixo e passou o polegar na covinha que havia ali.

— Soube do que houve em Chinatown. Deve ter sido isso que tirou você da cama tão cedo.

— Sim, o caso ficou comigo. Estava só espairecendo um pouco antes de mergulhar no trabalho.

— Muito bem. — Ele tocou os lábios dela com os dele. — Quer dar uma nadada agora?

— Depois. — Ela girou os ombros para dissolver a tensão muscular que se alojara neles. — Agora vou partir para uma sessão de luta livre. Pensei em usar um dos androides, mas já que você apareceu...

— Quer lutar comigo?

— Você é melhor que o androide — analisou, dando um passo atrás e circulando em torno dele. — Mas ganha por pouco.

— Puxa... E pensar que existem homens que chegam em casa depois de um longo dia de trabalho e são saudados com alegria por suas mulheres. — Ele flexionou os dedos dos pés e mexeu o corpo para a frente e para trás, satisfeito com a ideia de um exercício daquele tipo. — Eles ganham um sorriso, um beijo, talvez um drinque gelado. — Seu sorriso se abriu. — Deve ser um porre.

Eve avançou nele, que desviou, mas ela erguera a perna com agilidade e o chute passou a centímetros do rosto dele. Ele espalmou o pé dela e desequilibrou a perna que ficara no chão, por meio de uma rasteira. Ela despencou de costas, mas rolou de lado e estava novamente em pé em questão de segundos.

Imitação Mortal

— Nada mau — reconheceu ela, e acertou-lhe um soco no estômago antes de os braços dele conseguirem armar a defesa —, mas eu estava me segurando.

— Não posso aceitar isso.

Ela girou o corpo para pegar impulso e soltou um gancho de esquerda acompanhado de um cruzado de direita que teriam lançado a cabeça dele para trás com violência, caso o tivessem acertado. Mas ele desviou e as costas de sua mão pararam a milímetros do nariz dela.

Com o androide, ela teria golpeado com força, e certamente teria sido golpeada de volta. Com Roarke, a busca por controle era mais desafiadora e muito mais divertida.

Ela o pegou de guarda abaixada e o fez voar por sobre a cabeça, mas quando pulou no tatame atrás dele, para prendê-lo no chão, ele já estava novamente em pé. Ela deu uma cambalhota inesperada para o lado, mas se ergueu meio desequilibrada, o que lhe deu a chance que ele esperava.

Ela ficou sem ar ao atingir o tatame com força, de costas, e sentiu o peso dele grudando-a no chão.

Olhou para cima e fitou os olhos do marido pouco acima dos dela. Enquanto tentava recuperar o fôlego, ergueu a mão e enterrou os dedos em sua juba preta que lhe chegava quase aos ombros.

— Roarke — murmurou, com um suspiro fraco, puxando-o pelos cabelos para lhe dar um beijo ardente.

Quando ele relaxou e mergulhou a cabeça, ela lhe deu uma tesoura com as pernas em arco e o derrubou de costas.

Olhou novamente para os olhos dele, mas dessa vez riu abertamente e lhe apertou a traqueia com o cotovelo.

— Seu otário.

— Eu sempre caio nesse truque, né? Pelo visto, você venceu. — Ele deixou o corpo mole e franziu o cenho.

— Que foi? Machuquei você?

— Não. Meu ombro é que ficou meio arrasado. — Ele o massageou, fazendo uma careta.

— Deixe-me dar uma olhada. — Ela se afastou, aliviando o peso de cima dele.

E se viu pregada no chão, de costas, embaixo dele.

— Sua otária — foi a vez dele dizer, e riu quando os olhos dela se estreitaram.

— Golpe baixo!

— Tanto quanto pronunciar meu nome com um murmúrio sedutor. Você está imobilizada, querida. — Ele a beijou de leve na ponta do nariz. — Completamente paralisada. — Os dedos dele se uniram com os dela e ele lhe abriu os braços. — Agora eu vou possuir você.

— Tá se achando, né?

— Estou. Vitória, pilhagem de guerra, essas coisas. Você não vai dar uma de má perdedora, né? — perguntou, com os lábios roçando os dela.

— Quem disse que eu perdi? — Ela ergueu os quadris de leve. — É como eu falei: você é melhor que um android. — Ela arqueou as costas. — Me acaricie — exigiu.

— É claro. Vamos começar com isso.

Sua boca esmagou a dela de um jeito morno e suave, arrastando-a para um beijo que foi se tornando ardente até que, mais uma vez, ela perdeu o fôlego.

— Isso nunca é demais — cochichou ele, arrastando os lábios de leve pelo rosto dela e descendo até a garganta. — Nunca será.

— Sempre existe mais.

E ele exigiu mais, descendo lentamente e começando a arranhar, com os dentes, o volume do seu seio sob a camiseta de algodão.

O coração dela começou a lhe martelar o peito, cheio de excitação e expectativa. Os dedos dela se fecharam contra os dele, que continuavam a mantê-la prisioneira. Ela não tentou se libertar, pelo

Imitação Mortal

menos por ora. Aquilo também era um exercício de controle. Dele e dela. E de confiança. Uma confiança absoluta.

Quando ele baixou as mãos até a cintura dela e seguiu, com a boca errante, o passeio pelo seu peito, ela se segurou para enfrentar a onda de prazer que chegava.

A pele dela já estava úmida, e os músculos retesados. Ele adorava senti-los duros e fortes sob a pele macia. Adorava as linhas dela e suas curvas sutis, quase delicadas.

Ele soltou as mãos dela e lhe arriou o short. Franzindo a testa de leve, apalpou a lateral de sua coxa com a ponta dos dedos.

— Tem um machucado aqui. Você vive com marcas roxas.

— Riscos da profissão.

Ela já enfrentara riscos maiores, ambos sabiam disso. Ele baixou a cabeça e beijou com carinho a marca roxa quase evanescente.

Divertida com aquilo, ela lhe acariciou os cabelos.

— Não esquenta, mamãe — brincou ela. — Não está doendo.

O riso ficou preso em sua garganta no instante em que a boca dele começou a trabalhar mais embaixo.

Uma das mãos dela lhe agarrou os cabelos com força e a outra apertou a superfície do tatame. O relaxamento se foi e a excitação chegou. Uma onda de calor veio junto, acompanhada de uma dor atordoante que a pressionou por dentro e implodiu num espocar de prazer.

— Vou ensiná-la a não me chamar mais de "mamãe" — avisou ele, mordiscando o espaço entre suas coxas enquanto ela estremecia.

Ela recuperou o fôlego e repetiu, com voz sibilante:

— Mamãe.

Isso o fez rir.

Ele a apertou com os braços e ambos rolaram sobre o tatame de um jeito brincalhão agora. Suas mãos ávidas buscavam contato com a pele, e eles arrancaram o resto das roupas um do outro, enquanto seus lábios se mordiscavam ou se demoravam um pouco mais, experimentando sabores.

Ela se sentiu livre, despreocupada e tolamente apaixonada ali, com o corpo colado ao dele. Foi fácil sorrir, mesmo quando estremeceu; foi fácil esfregar o rosto ao dele em inocente demonstração de afeto ao sentir que ele a penetrava.

— Acho que prendi você no chão novamente — avisou ele.

— Por quanto tempo acha que pode me manter assim, pregada?

— Mais um desafio, é...? — A respiração dele pareceu ofegante, mas ele continuou a se mexer devagar dentro dela, fitando-a fixamente.

Com estocadas longas, lentas e quase indolentes, ele a excitou novamente e viu seus olhos perderem o foco e o calor lhe invadir o rosto. Então ouviu o gemido grave e indefeso de puro prazer.

— Sempre existe algo além — afirmou ele, capturando os lábios dela com sofreguidão até sentir ambos decolando no mesmo orgasmo.

Capítulo Quatro

Eles comeram na sala de jantar por ideia de Roarke, que propôs uma refeição normal, como se fossem pessoas que têm vida pessoal fora da profissão. O argumento foi convincente o bastante para fazer Eve esquecer a ideia de devorar um sanduíche qualquer na mesa do escritório doméstico. Mas o prazer da salada de caranguejo desapareceu quando Roarke lembrou-lhe que eles tinham um compromisso para a noite do dia seguinte.

— Um jantar de caridade, com baile — completou, ao ver que ela olhava para ele sem expressão. — Na Filadélfia. Precisamos aparecer lá, pelo menos. — Tomou um gole de vinho e sorriu para ela. — Não se preocupe, querida, não vai doer nem um pouco, e só precisaremos sair de casa depois das sete da noite. Se estiver atrasada, você pode trocar de roupa no jatinho.

Emburrada, ela cutucou o caranguejo grelhado com a ponta do garfo.

— Eu já sabia desse evento?

— Sabia. Se ao menos tivesse o trabalho de dar uma olhada em sua agenda pessoal, não ficaria tão surpresa ou consternada com essas pequenas obrigações sociais.

— Não estou consternada. — Jantar, baile, roupas sofisticadas, gente bem-vestida. Nossa! — É que... e se algum lance novo aparecer no novo caso que estou investigando?

— Eu compreenderia.

Ela segurou um suspiro longo, porque aquilo era verdade. Ele sempre compreendia. Eve já ouvira muitos comentários de outros tiras sobre esposas ou namoradas que não compreendiam, não aceitavam e não gostavam daquela vida.

E sabia que não era nem de perto tão flexível e compreensiva quanto ao papel que devia desempenhar como esposa de um dos homens mais ricos e influentes dentro e fora do planeta.

Espetou mais um pedaço de caranguejo e fez um esforço para dar prioridade ao seu status de mulher casada.

— Tudo bem, não vai ser problema.

— Talvez seja até divertido, querida. O domingo certamente será ótimo.

— Domingo?

— Humm. — Ele completou a taça de vinho dela, percebendo que Eve iria precisar de uma força. — O almoço ao ar livre na casa da dra. Mira. Faz muito tempo desde a última vez que eu curti algo assim, parecido com um piquenique em família. Tomara que tenha salada de batata por lá.

Ela pegou o vinho e bebeu quase tudo.

— Já vi que ela ligou para o seu trabalho. E você aceitou?

— Claro! Seria educado levarmos uma garrafa de vinho, ou será que cerveja é mais adequado? — Curtindo aquilo, ele ergueu uma sobrancelha. — Qual dos dois, em sua opinião?

— Não faço ideia. Não sei nada sobre essas coisas. Nunca fui a um almoço de família ao ar livre. Não compreendo os rituais do evento. Já que nós dois estamos de folga no domingo, podíamos aproveitar para ficar em casa, na cama, fazendo sexo suarento o dia todo.

— Humm... Sexo ou salada de batata. Agora você me colocou entre duas coisas que adoro. — Ele riu, olhou para ela com carinho e lhe entregou meio pãozinho já com manteiga. — Eve, é só uma reunião de família. A doutora nos convidou porque você é importante para ela. Vamos apenas circular por lá falando de abobrinhas, conversando sobre beisebol ou algo assim. Vamos encher a pança e nos divertir. E você terá a chance de conhecer a família dela. Depois, prometo voltarmos para fazer sexo suarento.

Ela fez cara de poucos amigos, olhando para o pãozinho.

— É que essas coisas me deixam nervosa, só isso. Você adora bater papo com estranhos. É uma das coisas que eu não entendo em você.

— Você também conversa com estranhos o tempo todo, querida. A única diferença é que você os chama de suspeitos.

Derrotada, ela encheu a boca de pão.

— Vamos lá, por que não me conta algo que não a deixe nervosa? Fale-me do caso.

Havia um lindo crepúsculo do lado de fora das amplas janelas, e a luz de muitas velas dançava, linda e alegremente, por sobre a mesa. O vinho refulgia nas taças de cristal, e a prataria cintilava. A mente de Eve, porém, voltava o tempo todo para o corpo retalhado que estava em uma gaveta gelada no necrotério.

— Esse assunto não é nem um pouco apropriado para o jantar.

— Só no caso de pessoas normais. Para nós, funciona. As notícias que eu vi na tevê davam poucos detalhes.

— Eu sei, mas não vou conseguir manter a mídia com a bola baixa quando o assassino voltar a atacar. Passei o dia me esquivando de repórteres, mas vou ser obrigada a lhes jogar algum pedaço de filé amanhã, para aplacar seu apetite. A vítima foi uma acompanhante licenciada obrigada a trabalhar nas ruas por envolvimento com drogas. Ela parecia estar limpa agora, mas bem que eu gostaria de descobrir quem é o seu fornecedor, só para amarrar essa ponta.

— Uma acompanhante morta não agita a mídia por muito tempo, isso é normal.

— Não é quem morreu, mas sim o modo como o crime foi cometido. É isso que fará os repórteres babarem. O assassino a matou num beco. Pelo que encontramos, ela entrou lá para fazer seu trabalho. Ele a virou de cara para a parede e rasgou sua garganta de lado a lado. Mesmo estando atrás dela, certamente não conseguiu evitar o banho de sangue.

Ela tornou a pegar o vinho, mas ficou olhando fixamente para a bebida, em vez de tomá-la.

— Depois, ele a deitou de barriga para cima no chão do beco. Morris acha que foi usado um bisturi para fazer o resto. Ele arrancou os órgãos reprodutores dela. Dava até para nadar no sangue que havia em torno do corpo.

Eve tomou um gole e respirou fundo. Havia algo especial no sangue, refletiu. O sangue de uma pessoa morta é diferente. Depois que alguém sente o seu cheiro característico, a memória do odor nunca mais se apaga.

— Um trabalho limpo, apesar da sangueira. Foi quase cirúrgico. Ele devia ter uma sacola para levar os órgãos embora; teve de trabalhar muito rápido e depois se limpar todo, antes de voltar para a calçada. Mesmo num bairro perigoso e àquela hora da noite, ninguém deixaria de notar um cara coberto de sangue.

— Mas ninguém notou.

— Não. — Eles teriam de verificar isso novamente. E uma terceira vez depois. Mas as chances eram zero. — A regra nesses casos é "não vi nada, não ouvi nada, mas conto tudo que você quiser ouvir, desde que não me meta em apuros". Ele não a conhecia, disso eu tenho quase certeza. Se a conhecesse, teria lhe retalhado o rosto também. O padrão é esse. Foi um crime movido a adrenalina e luxúria. Cometido por um sujeito que odeia mulheres. Peabody vomitou mais que um cachorro vira-lata, e passou o resto do dia lamentando sua reação.

Ele imaginou o estado em que a vítima ficara e o cenário em volta, e acariciou a mão de Eve.

— Já aconteceu com você? Passar mal assim?

— Não na cena do crime. Seria como dizer para o assassino: "Você fez mais do que eu posso suportar, não aguento lidar com isso, não consigo estar diante desse corpo e ver o que você fez sem sofrer." Muitas vezes, mais tarde, eu revivo o pesadelo. Geralmente no meio da noite. Aí eu passo mal.

Ela tomou mais um gole.

— Vamos em frente... Ele deixou um bilhete endereçado a mim. Não dê chilique — pediu ela, quando sentiu os dedos de Roarke apertarem sua mão com mais força. — A coisa é mais profissional que pessoal. Ele admira o meu trabalho e queria me dar a chance de apreciar o dele. Queria que eu pegasse o caso. Tudo tem a ver com ego. Eu desvendei dois casos muito famosos neste verão, casos que receberam muita atenção da mídia. Ele quer esse tipo de badalação.

Os dedos dele continuaram agarrados à mão dela.

— O que foi que ele disse no bilhete?

— Só se exibiu. E assinou como Jack.

— Então está imitando Jack, o Estripador.

— Você me poupa um monte de explicações quando saca tudo logo de cara. Isso mesmo: a escolha da vítima, o local, o método, até o bilhete deixado especificamente para uma tira. Muita coisa já vazou para os repórteres, e se eles conseguirem enterrar os dentes nessa história suculenta, vai ser uma festa completa. Quero agarrá-lo depressa, antes de o pânico se instalar. Andei pesquisando o bilhete e o papel especial onde ele foi impresso.

— O que há de especial no papel?

— Material não reciclado, caríssimo, fabricado na Inglaterra e vendido exclusivamente na Europa. Você fabrica papel com material não reciclado?

— As indústrias Roarke são verdes. É nossa pequena contribuição para as causas ambientais, o que nos garante uma dedução maravilhosa de impostos na maioria dos mercados do planeta e fora dele. — Roarke ignorou o androide que chegou para tirar a mesa e trazer pequenos *parfaits* de sobremesa, acompanhados de café.

— Aonde a busca pelo papel vai levar você?

— Estou focando primeiro os distribuidores de Londres, na pista do Estripador. Encontrei duas celebridades, um político, um magnata aposentado e o amante babaca de uma atriz chamada Pepper.

— Pepper Franklin?

— Essa mesma. Ela me parece limpeza, mas o cara... — Eve parou de falar e estreitou os olhos enquanto Roarke pegava a primeira colherada do seu *parfait*. — Você a conhece?

— Humm. Uma delícia isto aqui. Muito refrescante.

— E trepou com ela.

Embora seus lábios se abrissem de forma quase imperceptível, ele conseguiu manter o rosto mais ou menos sério, enquanto comia outra colherada do *parfait*.

— Essa é uma expressão muito feia. Prefiro dizer que tivemos um breve e maduro relacionamento, que incluiu uma eventual trepada.

— Eu devia ter desconfiado. Ela é exatamente o seu tipo.

— Você acha? — indagou ele.

— Sexo grandioso, elegante e sofisticado.

— Querida — ele se recostou para curtir o café —, como você é convencida, hein? Não que você não seja tudo isso e muito mais, é claro.

— Não estou falando de mim. — Ela olhou para ele com cara feia, mas resolveu atacar o *parfait*. — Eu devia ter sacado que Pepper tinha sido uma das suas ex-amantes no instante em que vi o retrato dela de corpo inteiro.

— Ah, ela guardou o quadro? *Titânia?*

Eve engoliu o *parfait* quase inteiro e disse:

— Agora só falta me contar que foi você quem deu o quadro a ela.

— Uma espécie de presente de despedida.

— Tipo o quê? Um prêmio de consolação num programa de auditório?

A gargalhada dele foi cheia e divertida.

— Pode ser. Como ela está? Não a vejo há sete ou oito anos.

— Está ótima. — Observando-o com atenção, Eve lambeu a colher. — Mas o gosto dela por homens piorou muito.

— Puxa, obrigado. — Ele pegou a mão dela e a beijou. — Enquanto isso, meu gosto por mulheres melhorou consideravelmente.

Eve achou que aquela era uma boa oportunidade para armar uma cena de ciúme e ver o que acontecia. Só que esse tipo de coisa não funcionava com ela.

— Tá legal, tá legal, pode me enrolar. Ela está com um cara chamado Leo Fortney. Golpista. Tem um selo escrito "golpista" grudado na testa e vários registros na polícia, incluindo agressão sexual.

— Não me parece o tipo de sujeito com o qual Pepper se envolveria. Ele é o seu principal suspeito?

— Está no topo da lista, embora tenha dito que estava em casa na hora do crime. Pepper confirmou, mas ela estava dormindo e não vou levar esse álibi em consideração. O pior é que ele mentiu ao dizer que os dois passaram a noite agarradinhos, e ela disse o contrário, antes de perceber que estava comprometendo o cara. Mesmo assim, ela me parece uma mulher direita. — Ela parou de falar e esperou.

— Ela é, sim — confirmou Roarke.

— Pois é. Talvez ele não estivesse em casa, mas ela pensa que estava. Vamos ver como a coisa rola. Enquanto isso, marquei uma entrevista informal para amanhã com Carmichael Smith.

— O rei da música pop. Letras irritantes, de tão açucaradas, e arranjos com excesso de orquestração.

— Foi o que me disseram.

— O que talvez não tenham contado a você, mas contaram a mim, é que Carmichael Smith gosta mesmo é de garotinhas, de preferência mais de uma ao mesmo tempo. Usa e abusa das fãs e de profissionais do sexo para ajudá-lo a... relaxar durante as sessões de gravação ou entre um show e outro.

— Menores de idade?

— Já ouvi boatos de que, de vez em quando, pinta uma fã menor de idade nessas baladas, mas geralmente ele é cuidadoso. Nunca usou de violência, pelo que eu saiba. Embora aprecie muito jogos de submissão, geralmente quem faz o papel de subjugado é ele.

— Tem contrato com você?

— Não, continua gravando para seu selo antigo. Eu provavelmente conseguiria escalá-lo para a minha gravadora, mas a música que ele faz me irrita.

— Obrigada pela informação, mas vamos em frente. Temos Niles Renquist, que trabalha para um emissário da ONU chamado Marshall Evans.

— Conheço Renquist, socialmente. Você também.

— É mesmo?

— Você o conheceu na primavera passada, acho, em um desses compromissos sociais aterrorizantes. — Ele viu os olhos dela se franzirem ao tentar descobrir o lugar, o encontro, o homem. — Foi mais uma apresentação rápida do que um encontro, na verdade. Um leilão beneficente, ou algo assim... Agora você me pegou — murmurou, tentando lembrar também. — Só olhando na minha agenda para saber a data e o local exatos. Mas o evento aconteceu alguns meses atrás, aqui em Nova York. Você deve ter sido apresentada a ele e à esposa, em algum momento da noite.

Como ela não conseguia se lembrar, desistiu e perguntou:

— Eu fiz algum comentário sobre ele?

— Acho que não. Ele é, deixe-me tentar descrever... conservador, um pouco demais até. Trinta e poucos anos, se expressa bem e tem bom grau de instrução. Um pouco presunçoso, pode-se dizer. Sua esposa é muito bonita, uma beleza do tipo "salão de chá inglês". Eles têm casa aqui e na Inglaterra. Sei disso porque me recordo de ela me confessar que adorava Nova York, mas preferia sua casa nos arredores de Londres, onde se dedicava à jardinagem.

— Qual foi a *sua* impressão do casal?

Imitação Mortal

— Não posso dizer que gostei muito deles. — Roarke deu de ombros. — São pomposos demais para o meu gosto, muito preocupados com distinções e níveis entre classes sociais. O tipo de gente que eu acho tediosa ou até mesmo irritante, quando em excesso.

— Você conhece um monte de gente que se enquadra nessa descrição.

— É mesmo. — Sorriu de leve. — Tem razão.

— Você conhece Elliot P. Hawthorne?

— Sim, já fiz negócios com ele. Setenta e poucos anos, animado, curte muito jogar golfe. Segundo soube, adora mimar sua terceira esposa, muito mais jovem do que ele, e viaja sem parar, depois que se aposentou. Gosto muito dele. Isso ajuda em alguma coisa?

— Existe alguém que você não conheça?

— Existe, mas é gente que não vale a pena mencionar.

A noite em companhia de Roarke tinha ajudado a clarear suas ideias, decidiu Eve ao entrar no elevador lotado da Divisão de Homicídios. Sentia-se descansada, bem alimentada e com a corda toda, pois a avaliação informal que Roarke fizera de alguns dos nomes da sua lista lhe ofereceu uma perspectiva diferente. Era mais pessoal e certamente mais informativa do que os fatos duros de uma pesquisa tradicional.

Ela poderia misturar os dados adicionais enquanto interrogasse cada pessoa, e abordaria as questões com base em informações privadas. Antes, porém, ela precisava verificar se havia alguma atualização dos relatórios do laboratório e do legista, convocar Peabody e dançar conforme a música da mídia.

Saiu do elevador abrindo caminho a cotoveladas e seguiu em direção à sua seção.

Deu de cara com Nadine Furst.

A repórter de noticiários ao vivo tinha os cabelos mais curtos, em um novo penteado. Que mania era aquela de todo mundo mudar o penteado ao mesmo tempo? Nadine parecia mais loura e seus cabelos tinham mais volume, apesar de estarem afastados do rosto perfeito e marcante.

Vestia um terninho curto e justo sobre calças compridas que combinavam com ela, tudo em vermelho vivo. Isso mostrou a Eve que Nadine estava pronta para entrar no ar.

Carregava uma caixa branca com alguma coisa dentro que espalhava no ar um cheiro delicioso de gordura e açúcar.

— Donuts! — exclamou Eve. O aroma era inconfundível e ela avançou na caixa com a determinação de um perdigueiro sobre a raposa. — Você trouxe donuts! — Deu um tapinha na caixa. — É por isso que sempre passa pela sala de ocorrências, escapa do assessor para civis e repórteres, e consegue alcançar a minha sala. Você suborna meus homens!

— E daí? — Nadine agitou os cílios imensos várias vezes.

— Daí que eu quero saber como é que nunca sobrou nenhum donut para mim.

— Porque eu calculo o momento certo para entrar e deixo minha caixa na sala de ocorrências. Às vezes são brownies. Quando todos os tiras da Divisão de Homicídios voam na caixa como uma matilha de coiotes esfomeados, eu vou para sua sala e aguardo sua chegada sentadinha.

Eve esperou um segundo e decidiu:

— Traga os donuts e deixe a câmera aqui fora.

— Preciso da minha câmera — disse Nadine, apontando para a mulher ao lado dela.

— E eu preciso de um domingo de sol em uma praia deserta onde eu possa agitar e me refrescar com a espuma das ondas, pelada como Eva no paraíso, mas isso não vai rolar. Donuts pra dentro, câmera pra fora.

Para garantir que sua determinação seria cumprida, e também para evitar uma revolta entre os policiais, ela agarrou a caixa antes de entrar na sala de ocorrências.

Várias cabeças se ergueram ao mesmo tempo, farejando o ar.

— Nem pensem nisso — ameaçou Eve, mantendo o passo firme em meio ao coro de protestos e reclamações.

— Tem três dúzias de donuts aí dentro — informou Nadine, acompanhando Eve até sua sala. — Você não vai conseguir devorar todos sozinha.

— Devia fazer isso, só para dar uma lição naqueles glutões gananciosos. Mas isso é uma aula de disciplina e autoridade. — Ela abriu a caixa e inspirou fundo enquanto analisava o conteúdo com atenção. Havia muitas escolhas; as rosquinhas estavam brilhantes, cheirosas e eram todas dela. — Vou deixar que pensem que vou comer tudo até não aguentar mais, depois vou vê-los chorar de gratidão quando eu deixar os restos para os chacais.

Ela pegou um, programou café no AutoChef e deu uma mordida, de olhos fechados.

— Recheio de creme. Iam-iam... — Mastigando devagar, olhou para o relógio de pulso e começou uma contagem regressiva de dez até zero, caminhando em direção à porta. Peabody apareceu de repente quando Eve chegou no um.

— Dallas! Oi! Eu estava passando e...

Dando uma mordida gigantesca, Eve bateu a porta na cara desapontada de sua auxiliar.

— Quanta crueldade — comentou Nadine, tentando ao máximo disfarçar a vontade de rir.

— Cruel, mas divertido.

— Agora que já nos divertimos, preciso de uma atualização das informações sobre o assassinato de Jacie Wooton, e também de uma entrevista exclusiva. Teria sido mais fácil combinar tudo se você fizesse a gentileza de retornar minhas ligações.

— Não posso atender aos seus pedidos, Nadine. — Eve se sentou na quina da mesa.

— Preciso confirmar se é verdade, como andam falando, que uma espécie de recado foi deixado na cena do crime, e qual é o conteúdo da mensagem. Também tenho de saber sobre os progressos, ou a falta deles, desde que...

— Nadine, não posso atendê-la, de verdade.

Sem se deixar intimidar, Nadine se serviu de café, sentou-se na cadeira mal-ajambrada diante da mesa e cruzou as pernas.

— O público tem o direito de saber. E eu, na qualidade de profissional da mídia, tenho a responsabilidade de...

— Por favor, poupe-me disso, Nadine. Podemos continuar dançando esse tango, mas você foi legal, me trouxe esses deliciosos donuts e não quero que desperdice seu tempo, porque não vai rolar. — Eve lambeu o resto de açúcar grudado no polegar, enquanto Nadine fumegava. — Vou emitir um comunicado para a imprensa, dar uma declaração formal, e você vai receber o material, junto com os outros profissionais da mídia, daqui a uma hora. Não posso lhe adiantar nada nem dar uma entrevista exclusiva. Preciso me segurar um pouco...

Nadine abrandou sua irritação e resolveu ir direto ao ponto:

— O que torna este caso diferente, Dallas? Se existe alguma ordem de bloqueio de informações para a mídia...

— Pode parar, Nadine! Corta essa onda de repórter indignada por um segundo. Você é minha amiga. Gosto de você, e acho seu trabalho bom e responsável.

— Que bom, isso é ótimo, digo o mesmo de você, mas...

— Não estou deixando você de fora. Simplesmente estou lhe dando o tratamento que daria a qualquer outro profissional da imprensa.

As diferenças, pensou Eve, era ela se empanturrar de donuts e bater um papo pessoal com uma repórter.

— Meu favoritismo com você foi um dos motivos de você ter sido tirada da cobertura do caso Stevenson, mês passado.*

---

* Ver *Retrato Mortal.* (N. T.)

— Mas isso foi...

— Nadine. — Foi o tom paciente na voz de Eve, algo raro, que fez Nadine se acalmar. — Houve queixas e especulações que podem prejudicar nós duas, a não ser que eu volte aos trilhos na nossa relação tira/repórter. Não posso lhe dar dicas dessa vez. Preciso que os fuxicos diminuam, senão vou ser vista como a queridinha de Nadine Furst, ou você será vista como minha protegida. Se seus colegas começarem a reclamar de falta de ética e favoritismo, isso não vai ser bom para mim nem para você.

Nadine silvou de raiva por entre os dentes. Já ouvira as queixas, soubera das especulações e sentira um ar de ressentimento entre seus colegas e subordinados.

— Você tem razão — concordou —, e isso me deixa puta. Mas não significa que eu vou deixar de correr atrás das informações, Dallas.

— Eu sei.

A luz da determinação brilhou nos olhos da repórter mais uma vez, combinando com um sorriso maroto quando completou:

— Nem deixar de subornar seus homens.

— Eu gosto de brownies, em especial daqueles com pedaços de chocolate dentro.

Nadine pousou a caneca de café e se levantou.

— Olhe, caso você precise vazar alguma informação para a mídia, tente fazê-lo com Quinton Post. Ele é muito jovem, mas é um excelente profissional. Para ele, o bom trabalho vale tanto, ou até mais, que os índices de audiência. Isso não vai durar muito — acrescentou, alegremente —, mas você pode usá-lo enquanto ele ainda tem todo esse idealismo.

— Vou me lembrar disso.

Sozinha, Eve reviu sua declaração oficial e enviou cópias dela aos canais competentes. Em seguida, pegou a caixa de donuts, levou-a até a sala de ocorrências e a colocou, sem avisar, ao lado do AutoChef.

Todos os movimentos pararam ao mesmo tempo e um silêncio sepulcral caiu sobre a sala.

— Peabody — chamou, em meio à súbita calmaria. — Vem comigo.

Ela mal alcançou a porta de saída e o barulho de pés apressados e vozes empolgadas tomou conta do ambiente.

O amor entre tiras e donuts, pensou, era uma tradição tão antiga que quase lhe trazia lágrimas aos olhos.

— Aposto que alguns tinham recheio de geleia. Tenho certeza — resmungou Peabody, enquanto elas abriam caminho pelo corredor, rumo ao elevador.

— Vi uns dois ou três cobertos por confeitos coloridos, daqueles pequenininhos — descreveu Eve.

O queixo quadrado e firme de Peabody estremeceu de emoção.

— Meu desjejum foi banana seca e pão dormido.

— Assim você parte meu coração. — Ao chegar à garagem, Eve saltou do elevador. — Carmichael Smith é nossa primeira parada. Temos que conversar com ele no horário entre a terapia à base de água e a limpeza diária de pele.

— Você bem que podia ter guardado um donut para mim. Só unzinho.

— É verdade — concordou Eve, entrando no carro. — Eu realmente poderia ter guardado. Por falar nisso... — Ela procurou por alguma coisa no fundo do bolso e pegou um saco plástico para lacrar evidências em cenas de crime. Dentro estava um donut recheado com geleia — ... acho que foi exatamente o que eu fiz.

— Isso é para mim? — Transbordando de alegria, Peabody pegou o saco depressa, abriu-o e colocou o nariz dentro. — Você guardou um donut! Você é muito boa para mim. Retiro tudo o que estava pensando a seu respeito... que você é fria, egoísta, uma vaca que se entope de donuts sozinha, essa espécie de coisas. Obrigada, Dallas.

— De nada.

— Só que eu não devia comer isso. — Peabody mordeu o lábio inferior, acariciando o saco plástico enquanto Eve saía com o carro da vaga. — Não devia mesmo. Estou de dieta. Preciso perder alguns metros quadrados de bunda, e acho que...

— Ah, qual é? Me dá isso aqui!

Quando Eve estendeu o braço, Peabody se encolheu, apertou o saquinho entre os seios e fez uma cara feroz.

— É meu! — protestou.

— Peabody, você é uma fonte de constante fascinação.

— Obrigada. — Bem devagar, para saborear o momento, Peabody abriu o lacre do saco plástico. — Afinal de contas, eu mereço. Estou queimando um monte de calorias estudando para a prova de detetives, ando muito estressada com isso. O estresse suga as calorias como um aspirador de pó, sabia? É por isso que você é tão magra.

— Não sou magra. Nem estressada.

— Se você me mostrar um grama de gordura corporal, eu a lambo. Com todo o respeito, *senhora* — acrescentou Peabody, com a boca cheia. — Vivo estudando nos discos do curso e fazendo simulações de casos. McNab está me ajudando. E quase não tem sido babaca, ultimamente.

— Maravilha das maravilhas.

— E o dia da prova já está chegando. Será que daria para você apontar meus pontos fracos, para eu poder trabalhar neles?

— Você se questiona demais. Mesmo quando os instintos lhe dizem que está certa, não confia neles. Tem instintos excelentes, mas costuma ter medo de segui-los sem o aval de um superior. Muitas vezes duvida da própria competência, e, quando faz isso, está duvidando de mim.

Eve olhou para o lado e não se surpreendeu ao ver Peabody anotando tudo num tablet, enquanto comia o donut.

— Está guardando tudo direitinho?

— Colocar por escrito me ajuda a enxergar, entende? Depois vou fazer essas afirmações diante do espelho: "Tenho autoconfiança, sou uma competente agente da lei." — Ela corou de leve. — É uma boa tática.

— Se funcionar, tudo bem.

Eve embicou num espaço estreito junto da curva.

— Vamos descobrir, com competência e confiança, onde Carmichael Smith estava na noite de anteontem.

— Sim, senhora, mas antes eu preciso me xingar e me estressar por ter me entupido com um donut recheado. Esse estresse vai anular as calorias ingeridas, entende? Será como se eu não tivesse comido nada.

— Então é melhor limpar o restinho de geleia que ficou no seu lábio.

Eve saltou do carro e avaliou o prédio. Ele fora um dia, ela supôs, um pequeno prédio de três andares com vários apartamentos. Agora era uma residência única em uma rua elegante. Um sistema de segurança, duas entradas na frente e pelos menos uma saída, ela imaginou, nos fundos.

O local não era muito longe de Chinatown, geograficamente falando, mas ficava a muitos quilômetros do bairro chinês em qualquer outro quesito. Não havia acompanhantes licenciadas ali, nem carrocinhas de lanches nas esquinas próximas. Um ponto caro com baixa taxa de criminalidade.

Ela circulou pela calçada e subiu até a entrada principal, que ficava no segundo andar.

Painel de segurança, placa de reconhecimento palmar e scanner de retina. Um homem muito cuidadoso. Ela apertou o painel e fez cara feia ao ouvir a música que encheu o ar. Muitas cordas e um teclado meloso acompanhavam uma voz masculina suave.

— "O Amor Ilumina o Mundo" — identificou Peabody. — Essa canção é uma espécie de marca registrada dele.

— Tem mais calorias que o seu donut.

— SEJAM BEM-VINDAS — saudou o computador, com uma voz feminina muito educada. — ESPERO QUE SEU DIA ESTEJA

Imitação Mortal 83

CORRENDO DE FORMA MARAVILHOSA. POR FAVOR, INFORMEM SEUS NOMES E O OBJETIVO DE SUA VISITA.

— Tenente Eve Dallas. — Ela ergueu seu distintivo, para que ele fosse escaneado. — Assunto policial. Marquei um encontro com o sr. Smith para este horário.

— UM MOMENTO, POR FAVOR... OBRIGADA, TENENTE. O SR. SMITH A AGUARDA. VOCÊS ESTÃO LIBERADAS PARA ENTRAR.

Quase imediatamente, a porta foi aberta por uma mulher negra vestida toda de branco. Havia mais música no saguão, uma doce melodia que açucarava o ar.

— Bom-dia. Obrigada por serem pontuais. Por favor, entrem e coloquem-se à vontade na sala de estar. Carmichael já vem recebê-las.

Ela se afastou deslizando, como se tivesse rodas em vez de pés, e apontou para um aposento imenso pintado de dourado-claro. Um telão de relaxamento cobria uma das paredes do salão e nele se via um barco branco deslizando suavemente sobre um mar muito azul e tão calmo quanto uma superfície de vidro. Almofadões estofados com gel denso estavam espalhados por toda parte, à guisa de mobília, todos em tons pastel. Havia também mesinhas compridas e baixas, no mesmo tom dourado-claro das paredes.

Um gatinho branco, muito peludo, estava encolhido sobre uma das mesinhas e piscou os olhos cor de esmeralda ao ver Eve.

— Por favor, fiquem à vontade. Vou avisar Carmichael de sua chegada.

Peabody chegou perto de uma das poltronas e a cutucou com cautela.

— Aposto que a criatura senta num troço desses, afunda quase até o chão e o gel molda sua bunda. — Colocou a mão para trás e deu um tapinha no próprio traseiro. — Isso seria embaraçoso.

— Essa música doce vai acabar me provocando uma cárie. — Eve passou a língua sobre os dentes da frente e se virou quando Carmichael Smith fez sua entrada triunfal.

Era alto, mais de um metro e noventa. Tinha corpo musculoso, coberto por uma capa branca que esvoaçava sobre uma camiseta branca colante que exibia os músculos peitorais e sua barriga de tanquinho. Sua calça era preta, igualmente agarrada no corpo, e exibia o contorno dos seus outros atributos. Seus cabelos pretos tinham dramáticas mechas brancas e estavam presos, fazendo ressaltar seu rosto largo de feições marcantes que se afilavam até terminar num queixo pontudo.

Seus olhos penetrantes pareciam chocolate derretido, e sua pele tinha cor de caramelo-claro.

— Ah, tenente Dallas. Ou devo chamá-la de sra. Roarke?

Eve ouviu o risinho abafado de Peabody, mas o ignorou.

— É melhor tenente Dallas.

— Claro, claro. — Deu dois passos largos e a capa tornou a esvoaçar. Pegou a mão que Eve ainda não estendera e a aninhou entre as dele. — Só hoje de manhã eu liguei seu nome à pessoa. — Ele apertou-lhe a mão com carinho e lançou um charme para Peabody. — Essa lindeza, como se chama?

— É minha auxiliar, policial Peabody. Tenho algumas perguntas, sr. Smith.

— Ficarei mais que feliz em responder a elas. — Ele tomou a mão de Peabody do mesmo jeito que tomara a de Eve. — Por favor, por favor, sentem-se. Li está nos trazendo um pouco de chá. Tenho uma mistura especial para tomar de manhã, que dá muita energia. É simplesmente fantástico. Me chame de Carmichael.

Ele se sentou devagar em um almofadão cor de pêssego e colocou o gatinho no colo.

— E aí, Floco de Neve, achou que papai tinha se esquecido de você?

Eve não queria se sentar em um dos almofadões de gel, mas também não queria ficar em pé, olhando para ele de cima para baixo. Sentou-se na mesinha de centro.

— Pode me dizer onde estava no início da madrugada de ontem, entre meia-noite e três da manhã?

Imitando o gato, ele piscou duas vezes.

— Nossa, isso parece muito oficial. Houve algum problema?

— Sim, o assassinato de uma mulher em Chinatown.

— Não compreendo. Quanta energia negativa! — Ele respirou fundo. — Tentamos manter um fluxo de pensamentos positivos nesta casa.

— É, mas Jacie Wooton certamente achou que morrer retalhada foi uma experiência muito negativa. Posso ser informada do seu paradeiro, sr. Smith?

— Li — chamou, e a negra de roupa branca esvoaçante chegou deslizando. — Conheço alguém chamado Jacie Wooton?

— Não.

— Sabemos onde eu estava na noite de anteontem entre meia-noite e três da manhã?

— Sim, claro. — Ela serviu chá dourado-claro de um bule azul-bebê em xícaras da mesma cor. — Você esteve em uma festa oferecida pelos Rislings até as dez. Levou a sra. Hubble em casa, tomou um drinque de despedida no apartamento dela e voltou por volta de meia-noite. Passou vinte minutos em seu tanque de isolamento, para eliminar todos os fluidos negativos, antes de se recolher. Foi para a cama à uma e meia e me chamou pontualmente às oito, como de hábito, na manhã seguinte.

— Obrigado. — Ele pegou a xícara de chá que deixara sobre a mesa. — É difícil guardar todos esses detalhes de cabeça. Estaria perdido se não fosse Li.

— Quero os nomes e endereços das pessoas que estiveram com você, para confirmar essas informações.

— Estou me sentindo muito desassossegado a respeito disso.

— É só rotina, sr. Smith. Assim que eu confirmar seus álibis, poderei ir em frente.

— Li vai lhe fornecer tudo de que precisar, tenente. — Fez um gesto com a mão. — Entenda que é importante para meu bem-estar e para meu trabalho mantermos meus sentidos estimulados por pensamentos positivos de amor e de beleza.

— Então tá. Você comprou material de escritório na firma Whittier's, em Londres. Sua última compra aconteceu quatro meses atrás.

— Certamente que não! Nunca compro nada. Não posso ir pessoalmente a loja alguma, entende? Minhas fãs são muito entusiásticas. Tudo é sempre comprado e trazido para mim, ou para Li, ou então alguém da minha equipe vai às compras. Gosto de papel de boa qualidade. É importante enviar bilhetes em papel bom para amigos e para quem contribui para o meu trabalho.

— Foi papel creme, com muita gramatura e não reciclado.

— Não reciclado? — Ele abaixou a cabeça, sorrindo para a xícara como um menininho pego no flagra com a mão no pote de biscoitos. — Estou com vergonha de reconhecer que uso papel assim. Não é muito ecológico de minha parte, mas o papel é belíssimo. Li, meu papel de carta veio de Londres?

— Posso verificar.

— Ela vai verificar.

— Ótimo. Quero uma amostra do papel, se não se importa, e também os nomes dos membros da equipe autorizados a fazer compras para você em Londres.

— Vou cuidar disso — informou Li, deslizando para fora da sala.

— Não entendo no quê o meu papel para escrever bilhetes é importante para a polícia, tenente.

— Um bilhete impresso nesse papel sofisticado foi deixado junto ao corpo.

— Por favor! — Ele ergueu as duas mãos e as levou pelo corpo enquanto inspirava fundo, afastando-as ao expirar. — Não quero uma imagem desse tipo corrompendo meus sentidos. É por isso que só ouço as músicas que eu mesmo componho. Nunca assisto aos noticiários, a não ser às reportagens sobre espetáculos e eventos sociais. Há escuridão demais no mundo. Desespero demais também.

— Eu que o diga.

Eve saiu com uma amostra do papel que ele usava e a lista dos membros da sua equipe em Londres.

Imitação Mortal

— Cara esquisito! — comentou Peabody. — Mas é saradão, e não me parece o tipo que sai à caça de acompanhantes licenciadas.

— Gosta de sexo com vários parceiros, e de vez em quando com menores.

— Oh. — Peabody torceu o nariz e olhou para a casa, atrás delas. — Meus instintos sobre esse sujeito foram para o espaço.

— Talvez ele ache que tietes menores de idade tenham menos negatividade, em termos sexuais, do que mulheres adultas que curtem a bosta de música que ele faz sem sair gritando depois de cinco minutos.

Ela entrou no carro e bateu a porta.

— Se essa canção "O Amor Ilumina o Mundo" grudar na minha cabeça, eu volto aqui e dou umas porradas nele com um taco de beisebol.

— Ah, esse é um pensamento positivo — decidiu Peabody.

Capítulo Cinco

Sabendo que a segurança no prédio das Nações Unidas era rigorosa, Eve decidiu evitar uma briga com os guardas e estacionou o carro no piso superior de uma vaga de dois andares na Primeira Avenida.

A caminhada de um quarteirão iria ajudar a queimar as calorias dos donuts.

Eles ainda permitiam visitas guiadas ali, Eve confirmara isso, mas elas eram severamente vigiadas, por receio de ataques terroristas, uma ameaça sempre presente. Mesmo assim, as nações em todo o mundo e as dissidências oficiais fora do planeta tinham reuniões e assembleias, marcavam votações e criavam protocolos dentro do imenso prédio branco que ocupava o espaço de seis quarteirões.

As bandeiras ainda tremulavam, um símbolo colorido, supunha Eve, da determinação dos povos em se entenderem e conversarem sobre os problemas da humanidade. E, ocasionalmente, resolver alguns deles.

Mesmo com seus nomes na lista de visitantes, Eve e Peabody passaram por uma série de vistorias. Logo de cara suas armas foram recolhidas, uma exigência que sempre deixava Eve agitada.

Imitação Mortal

Seus distintivos foram escaneados, suas impressões digitais confirmadas. A bolsa de Peabody foi escaneada e, em seguida, revistada manualmente. Todos os aparelhos eletrônicos, incluindo os *tele-links*, os tablets e os comunicadores, passaram por análises minuciosas.

Em seguida, elas foram submetidas a um exame com sensor de metais, outro aparelho capaz de identificar armas incendiárias, um detector de armas e um scanner de corpo, antes de terem sua entrada liberada.

— O.k. — declarou Eve. — Tudo bem que eles precisam ser cuidadosos, mas estamos a um passo de ter nossas partes íntimas perscrutadas.

— Pois é. Algumas dessas exigências foram implantadas depois do caso Cassandra.* — Peabody entrou com Eve e um guarda em um elevador à prova de bomba.

— Da próxima vez que precisarmos conversar com Renquist, ele terá de ir até nós.

Elas foram acompanhadas na saída do elevador e direcionadas para outro ponto de checagem, onde foram novamente escaneadas, analisadas e verificadas.

O guarda as levou até uma assistente que se comportava como militar. Um scanner de retina analisou os olhos da assistente e um comando de voz desbloqueou mais uma porta à prova de bomba. A partir dali, a paranoia com segurança acabava e o ambiente parecia um escritório normal.

Era uma colmeia de estações de trabalho, mas certamente uma colmeia muito eficiente. Os funcionários, todos de alto nível, vestiam ternos conservadores e usavam headsets. As funcionárias usavam saltos muito altos que faziam clique-clique no piso de lajotas. As janelas eram lacradas com vidros triplos e equipadas com detectores de tráfego aéreo que, ao menor indício de aproximação de uma

---

* Ver *Lealdade Mortal*. (N. T.)

aeronave, faziam surgir escudos contra impacto. Mesmo assim, a luz entrava e a vista do rio era decente.

Um homem alto vestindo um terno no mesmo tom de cinza que todos os colegas usavam assentiu com a cabeça para a assistente e sorriu para Eve.

— Olá, tenente Dallas. Meu nome é Thomas Newkirk, assistente pessoal do sr. Renquist. Vou acompanhá-las a partir deste ponto.

— Vocês têm por aqui um grande aparato de segurança, sr. Newkirk. — Ela avistou câmeras e sensores de movimento ao longo do corredor em frente. Olhos e ouvidos em toda parte, pensou. Quem podia trabalhar direito sendo vigiado daquele jeito?

Ele seguiu o movimento dos olhos dela.

— Depois de algum tempo, a gente para de se incomodar. É o preço a pagar pela segurança e pela liberdade.

— Uh-huh. — Newkirk tinha um rosto quadrado e maxilares tão retos que pareciam ter sido entalhados pela lâmina de uma espada. Tinha a pele muito pálida, olhos azuis, rosto vermelho e cabelos louros cortados à escovinha.

Andava muito ereto, com passos largos, firmes, e braços colados ao corpo.

— Você já foi militar?

— Capitão da RAF. O sr. Renquist tem vários ex-militares em sua equipe. — Usou um cartão mestre para ter acesso a outra porta que dava para o conjunto de salas administrado por Renquist.

— Um momento, por favor.

Enquanto aguardava, Eve analisou a área. Mais um monte de salas, a maioria delas separada das outras por paredes de vidro, de tal forma que os funcionários ficavam sempre à vista uns dos outros, e todos monitorados pelas câmeras. Aquilo não parecia incomodá-los, e todos continuavam a trabalhar em seus teclados e headsets.

Olhou para a direção que Newkirk tomou e viu que o caminho terminava em uma sala fechada onde se lia o nome de Renquist.

A porta se abriu e Newkirk apareceu novamente.

— O sr. Renquist vai recebê-la agora, tenente.

Aquele aparato era exagerado demais para um homem comum. Foi essa a primeira impressão que ela teve de Renquist. Ele estava em pé, atrás de uma mesa que parecia ser feita de madeira maciça, provavelmente muito antiga, com uma esplêndida vista do East River atrás dele.

Era alto, com uma compleição que insinuava malhação regular ou muita grana paga a um escultor de corpo. Mas Eve percebeu que sua musculatura provavelmente definida estava oculta sob o terno cinza genérico, embora a roupa certamente lhe tivesse custado os olhos da cara.

Era atraente, para quem gosta de tipos educados com ar distinto. Tinha pele clara, nariz proeminente e testa larga.

Os olhos, num tom suave de cinza, eram seu melhor atributo, e olhavam para ela fixamente naquele momento.

Sua voz era marcante, com um sotaque britânico tão pronunciado que ele parecia falar com bolas de gude na boca, e Eve achou que elas iriam pular fora a qualquer momento.

— Tenente Dallas, é um prazer recebê-la. Já li e ouvi muita coisa a seu respeito. — Ele estendeu a mão, e Eve sentiu um aperto firme, duro, típico de políticos. — Creio que já nos encontramos uma vez, há algum tempo, em um evento beneficente.

— Parece que sim.

— Por favor, sentem-se. — Ele apontou para as poltronas e se acomodou atrás da mesa. — Diga-me o que posso fazer pela senhora, tenente.

Eve se sentou em uma poltrona dura e muito desconfortável. Um homem atarefado, refletiu, não pode ficar com gente em sua sala tomando-lhe o tempo.

Sua mesa era cheia de equipamentos. Havia um centro de dados e de comunicação, com a tela piscando em modo de espera, uma pilha de discos, outra pilha de papel e um segundo *tele-link*. Em meio à parafernália eletrônica, duas fotos emolduradas. Dava para ver, meio de lado, o rosto de uma menina clara com cabelos cacheados, louros como os do pai. A outra foto Eve imaginou que era da esposa.

Eve conhecia bastante sobre política e protocolo para saber iniciar o jogo de forma correta.

— Gostaria de agradecer em meu nome e em nome da polícia de Nova York por sua cooperação. Sei o quanto o senhor é ocupado, e agradeço o horário que abriu em sua agenda para conversar comigo.

— Acredito firmemente em ajudar as autoridades locais, onde quer que eu esteja. A ONU é, pode-se dizer, a força policial do planeta. De certo modo, temos a mesma profissão, tenente, a senhora e eu. Em que posso ajudá-la?

— Uma mulher chamada Jacie Wooton foi assassinada na noite de anteontem. Sou a investigadora principal do caso.

— Sim, ouvi falar do crime. — Ele se inclinou para a frente e suas sobrancelhas se uniram de preocupação. — Uma acompanhante licenciada, morta em Chinatown.

— Sim, senhor. Durante minha investigação, estou tendo necessidade de pesquisar e rastrear uma marca de papel de escritório. O senhor adquiriu folhas desse papel de carta há seis semanas, em Londres.

— Sim, estive em Londres no início do verão, por alguns dias, e realmente comprei papéis de carta. De vários modelos, pelo que me recordo. Em parte, esse material é para meu uso pessoal, mas alguns são para presente. Estou entendendo errado ou essa compra me torna suspeito da morte em questão?

Ele era frio, reparou Eve. Parecia mais intrigado do que preocupado com a situação. Se Eve não se enganava, a leve curva em seus lábios também demonstrava um pouco de diversão com a história.

— A fim de acelerar a investigação, preciso verificar os nomes de todos os compradores e confirmar seu paradeiro na noite do crime.

— É claro. Tenente, pode me garantir que essa linha de investigação é segura e discreta? Ter meu nome ligado, ou mesmo mencionado, ao de uma acompanhante licenciada ou a um assassinato poderia gerar muita especulação indesejada na mídia, que respingaria em mim mesmo e no emissário Evans.

— Os nomes não chegarão à mídia.

— Muito bem. Trata-se da noite de anteontem?

— Sim, entre meia-noite e três da manhã.

Ele não olhou na agenda. Em vez disso, uniu os dedos formando uma torre e observou Eve por trás deles.

— Minha esposa e eu fomos ao teatro. Uma montagem da peça *Seis Semanas*, de William Gantry, um dramaturgo britânico, em cartaz no Lincoln Center. Estávamos em companhia de mais dois casais. Saímos do teatro por volta das onze da noite e fomos tomar um drinque no Renoir's. Creio que saímos de lá, minha esposa e eu, por volta de meia-noite. Devemos ter chegado em casa à meia-noite e meia. Minha esposa foi para a cama, e eu ainda trabalhei em meu escritório doméstico por mais uma hora, talvez um pouco mais. Como de hábito, assisti a mais meia hora de noticiário, e então me recolhi.

— O senhor viu ou falou com alguém depois que sua esposa foi para a cama?

— Receio que não. Só sei dizer que estava em casa cuidando dos meus afazeres quando esse crime aconteceu. Não entendo como comprar um papel especial em Londres me liga a essa mulher ou à sua morte.

— O assassino deixou um bilhete em um papel desse tipo.

— Um bilhete? — As sobrancelhas de Renquist se uniram. — Ora, mas essa é uma atitude muito arrogante da parte dele, não acha?

— Ele não tem um álibi comprovado para a hora do crime — comentou Peabody quando elas saíram do prédio e voltavam para o carro.

— Esse é o problema de estar sozinho às duas da manhã. Os suspeitos vão alegar que estavam em casa, inocentemente aconchegados na cama. Todos têm seu próprio sistema de segurança, ou sabem lidar com seguranças de hotéis ou apartamentos, e é difícil dizer que algum deles é um mentiroso descarado.

— Acha que o sr. Renquist é um mentiroso descarado?

— Ainda é cedo para dizer.

Ela acompanhou Elliot Hawthorne até o décimo primeiro buraco na partida de golfe que disputava em um clube privado de Long Island. Era um homem robusto, de gestos duros, com uma densa juba de cabelos brancos que se espalhavam sob o boné e combinavam com o exuberante bigode branco e o rosto bronzeado. Algumas rugas marcavam as laterais da sua boca e se espalhavam para os lados a partir dos olhos, que eram claros e penetrantes, conforme Eve reparou quando ele pegou a bola no último buraco.

Ele entregou o taco para o *caddie*, entrou no carrinho elétrico e fez sinal para que Eve o acompanhasse.

— Fale depressa. — Foi tudo o que disse, dirigindo o carrinho em alta velocidade.

Foi o que Eve fez, dando-lhe todos os detalhes em poucas palavras, enquanto Peabody e o *caddie* voltavam a pé.

— Prostituta morta, bilhete em papel sofisticado. — Ele grunhiu alguma coisa ao parar o carro. — Já usei o serviço de prostitutas, no passado, mas nunca guardei seus nomes. — Ele saltou, girou a bola na mão e analisou a situação. — Tenho uma jovem esposa, não preciso mais de prostitutas e não me lembro de ter comprado esse papel. Quando um homem tem uma mulher jovem, compra todo tipo de merdas inúteis. Londres?

— Sim.

— Agosto. Londres, Paris, Milão. Ainda tenho negócios por lá, e minha mulher adora fazer compras. Se a senhora diz que eu comprei esse papel, é porque comprei mesmo. E daí?

Imitação Mortal

— Esse material tem ligação com o assassinato. Se o senhor puder me informar onde estava na noite de anteontem entre meia-noite e três da manhã, eu...

Ele soltou uma gargalhada gostosa, ficou no lugar onde se agachara para guardar a bola, mas lhe deu toda a atenção.

— Minha jovem, tenho mais de setenta anos. Estou em forma, mas preciso dormir bem. Jogo golfe todas as manhãs... dezoito buracos. Antes disso, tomo um bom desjejum, leio os jornais e verifico as cotações da bolsa. Estou de pé todo dia às sete. Vou para a cama antes das onze, a não ser que minha mulher me arraste para alguma festa. Anteontem à noite eu fui para casa antes das onze e, depois de fazer amor com minha esposa... uma atividade que já não leva tanto tempo quanto antigamente... caí no sono. Não posso provar nada disso, é claro.

Ele deu um tapinha nas costas de Eve e se virou para o *caddie*.

— Traga-me o taco sete de ferro, Tony.

Eve o observou posicionar a bola e suspirar fundo, antes de atingi-la com precisão, fazendo-a descrever um belo arco. Ela quicou no *green* e rolou suavemente, até parar a cerca de um metro e meio do buraco.

Pelo sorriso amplo de Hawthorne, Eve percebeu que aquela fora uma bela tacada.

— Gostaria de conversar com sua esposa.

Ele deu de ombros e devolveu o taco de ferro para o *caddie*.

— Fique à vontade. Ela está aqui no clube, em uma das quadras. Tem aula de tênis hoje.

Darla Hawthorne pulava de um lado para o outro em uma quadra coberta, vestindo um top rosa-bebê e uma microssaia plissada. Dançava mais do que jogava, mas parecia ótima nisso. Seu corpo saíra diretamente do sonho molhado de um adolescente. Exibia seios avantajados e saltitantes que mal cabiam no top, além de pernas compridas totalmente à mostra e um bronzeado que combinava com os tênis cor-de-rosa.

Seu bronzeado era tão uniforme que ela parecia ter sido pintada daquela cor.

Seus cabelos, que deviam alcançar a cintura quando soltos, tinham uma presilha em tecido, evidentemente cor-de-rosa, formando um rabo de cavalo, e eram devidamente transpassados pelo buraco posterior da viseira da mesma cor. Corria alegremente de um lado para outro da quadra, quase sempre perdendo a bolinha amarela.

Quando ela se abaixou para pegá-la, em determinado momento, Eve foi agraciada com uma visão privilegiada de sua bunda arrebitada em forma de coração, oculta apenas por uma calcinha minúscula sob a microssaia.

Seu professor, um sujeito musculoso de cabelos com luzes douradas e dentes branquíssimos, pediu mais força e raça.

Em determinado momento, ele foi até onde a aluna estava, se colocou atrás dela e puxou suas costas para junto de si, a fim de ajustar seu saque. Ela lhe lançou um sorriso arreganhado, acompanhado de um balançar de cílios agitado por cima do ombro.

— Sra. Hawthorne? — Antes de a bola entrar em jogo novamente, Eve invadiu a quadra.

O instrutor correu na direção de Eve, apavorado e exclamando:

— Botas!? Você não pode pisar nessa quadra sem estar com o calçado adequado.

— Não vim aqui para jogar. — Exibiu o distintivo. — Preciso de um momento a sós com a sra. Hawthorne.

— Pois então tem de tirar as botas ou ficar fora da quadra. Temos regras por aqui.

— Qual o problema, Hank? — perguntou a aluna.

— Tem uma policial aqui, sra. H.

— Oh. — Darla mordeu o lábio inferior e deu tapinhas no peito para acalmar o coração enquanto seguia em direção à ponta da rede. — Escute, se é sobre a multa por excesso de velocidade, eu vou pagá-la, só que no momento...

— Não sou do Departamento de Trânsito. Posso ter um minuto do seu tempo?

— Claro. Hank, preciso mesmo fazer uma pausa, estou toda suada. — Ela caminhou, rebolando muito, até um banco. Abriu uma bolsa rosa e pegou uma garrafa de água fabricada por um designer. Água com grife.

— Poderia me informar onde a senhora esteve na noite de anteontem? Entre meia-noite e três da manhã?

— O quê? — Por baixo do brilho de suor no rosto oval perfeito, Darla empalideceu. — Por quê?

— Informação de rotina para uma investigação que estou fazendo, sra. Hawthorne.

— Fofinho sabe que eu estava em casa. — Seus olhos verdes refulgentes de sereia começaram a brilhar com lágrimas. — Não sei por que ele mandou me investigarem.

— Não a estou investigando, sra. Hawthorne.

Hank chegou, entregou-lhe uma toalha e perguntou:

— Algum problema, sra. H?

— Nenhum problema, vá malhar um pouco em algum canto por aí. — Dispensando-o sem muita sutileza, Eve se sentou ao lado de Darla. — Meia-noite de anteontem e três da manhã.

— Eu estava em casa, na cama. — Ela lançou um olhar desafiador para Eve. — Com Fofinho. Onde mais eu poderia estar?

Boa pergunta, pensou Eve.

Ela quis saber sobre o papel de carta, mas Darla deu de ombros. Sim, eles tinham estado na Europa em agosto, e ela comprou um monte de coisas. Por que não compraria? Como conseguiria se lembrar de tudo o que comprara, ou o que Fofinho comprara para ela?

Dallas insistiu por mais cinco minutos e, por fim, se levantou para dar chance a Darla de ir se consolar com Hank. Ele lançou para Eve um olhar de poucos amigos, antes de levar a aluna para o que Eve supunha ser a sede do clube.

— Interessante — disse Eve, bem alto. — Parece que nossa Darla estava fora da quadra treinando agarrar as bolas de Hank durante, pelo menos, parte da noite em questão.

— Certamente também recebeu aulas de recebimento em fundo de quadra — concordou Peabody. — Pobre Fofinho.

— Se Fofinho sabe que sua mulher está jogando partidas íntimas como o professor de pênis, isto é, tênis, pode ser que tenha resolvido usar o tempo em que sua mulher estava polindo o cabo da raquete do instrutor para ir até a cidade e acabar com Jacie Wooton. Quando sua mulher recebe bolas fora da quadra, qualquer homem fica bolado. Não só é capaz de matar uma prostituta... afinal, sua mulher jovem e infiel não passa de uma puta... como ainda usa a piranha traíra como álibi. Game, set, match point, fim de partida. Tudo muito limpo.

— É. Adorei suas metáforas esportivas.

— Obrigada. A gente faz o que pode. De qualquer modo, tudo não passa de uma teoria. Vamos ver o que mais conseguimos descobrir sobre Hawthorne.

Ele fora casado três vezes, conforme Roarke já havia informado, sendo que cada nova esposa era mais nova que a anterior. Havia se divorciado das duas senhoras Hawthorne anteriores, e lhes deixara a menor pensão possível, graças a inteligentes acordos pré-nupciais. Acordos à prova de espoliações futuras, reparou Eve.

O sujeito não era tolo.

Será que um homem tão cuidadoso e astuto poderia ser desatento às puladas de cerca da esposa?

Ele não tinha ficha criminal, embora tivesse sido processado algumas vezes em tribunais civis por questões financeiras. Uma rápida busca mostrou que a maioria desses processos tinha sido aberta por investidores sem sorte ou insatisfeitos.

Imitação Mortal

Possuía quatro casas e seis meios de transporte, inclusive um iate. Era filiado a muitas instituições de caridade. Sua fortuna era avaliada em quase um bilhão de dólares.

O golfe, segundo vários artigos e reportagens que Eve encontrou, era uma espécie de divindade em sua vida.

Todos os nomes de sua lista tinham um álibi confirmado pelo cônjuge, associado ou empregado. Isso significava que nenhum deles tinha muito peso.

Recostando-se na cadeira, Eve colocou os pés sobre a mesa, fechou os olhos e se transportou mentalmente ao beco em Chinatown.

Ela entrou na frente dele. Foi ela quem levou o cara. Seus pés doíam. Ela sofria por causa de um joanete. Seus sapatos a estavam matando. Eram duas da manhã. Estava quente, com ar abafado. Pouco movimento naquela noite. Havia só duzentos dólares em sua bolsa.

Ela conseguiria atender no máximo quatro ou cinco caras naquele circuito por noite, dependendo do que eles quisessem.

Já estava naquela vida há muito tempo e sabia que o pagamento era sempre antecipado. Será que ele recolheu a grana de volta ou ela nem teve chance de receber o pagamento? Foi a segunda hipótese, decidiu. Ele tinha pressa. Girou o corpo dela de repente. Queria que ela estivesse de frente para a parede.

Será que ele a tocou? Será que passou a mão pelos seios dela, pela bunda, pelo espaço entre suas pernas?

Não, não haveria tempo para isso. Nem interesse. Especialmente com as mãos empapadas de sangue.

Sangue quente. Foi isso que o fez desistir.

Colocou-a de frente para a parede. Puxou-lhe a cabeça por trás, agarrando-a pelos cabelos com a mão esquerda. Rasgou-lhe a garganta com a direita, em um movimento da esquerda para a direita, dirigido levemente para baixo.

O sangue esguichou com violência, molhou a parede, respingou no rosto dela, escorreu pelo seu corpo e atingiu as mãos dele.

Ela ficou viva por pouquíssimos segundos, muito poucos. Segundos de choque e espanto, nos quais ela não conseguiu gritar e sentiu o corpo estremecer em espasmos leves enquanto morria.

Ele a colocou no chão, de barriga para cima, com a cabeça na direção da parede oposta, e pegou seus instrumentos.

Tinha de haver luz, algum tipo de iluminação. Não dá para executar um trabalho com esse nível de precisão no escuro. Um bisturi a laser, talvez. E ele usou a luz do instrumento para guiar o caminho.

Colocou o que tinha ido buscar em uma sacola lacrada e limpou as mãos. Trocou de camisa ou despiu o casacão que usava sobre a roupa. Colocou tudo na sacola ou, talvez, em uma mala. Deu uma olhada geral em si mesmo, para ver se conseguiria sair pela rua sem ser notado.

Pegou o bilhete. Sorriu para o papel, divertindo-se com aquilo. Colocou-o cuidadosamente sobre o corpo.

Saiu do beco. Tinha levado quinze minutos, talvez, não mais que isso, e já estava caindo fora, carregando o troféu de volta para o carro. Excitado, mas controlado. Precisa dirigir com cuidado. Não pode se arriscar a ser parado pela polícia quando está fedendo a morte e carrega um pedaço da vítima.

Volta para casa. Religa o sistema de segurança. Toma uma ducha. Joga as roupas fora.

Ele conseguiu. Imitou um dos maiores assassinos da era moderna e não seria identificado, como ele não foi.

Eve abriu os olhos e olhou para o teto. Se foi um dos cinco suspeitos, ele também seria obrigado a se livrar das partes do corpo que arrancara ou então ter um lugar muito seguro para manter o material como suvenir.

Será que um reciclador de lixo doméstico daria conta de material orgânico desse tipo, ou seria preciso algo especial para processar material hospitalar? Ela precisava verificar isso.

Analisando um mapa das ruas próximas na tela do computador, ela calculou o tempo e a distância do local do assassinato até a residência de cada um dos suspeitos. Calculando quinze minutos no beco, mais o tempo para caçar a vítima — provavelmente escolhida antes —, limpar-se e dirigir de volta para casa. Qualquer um dos cinco poderia ter feito o trabalho em menos de duas horas.

Empertigando-se para alongar as costas, começou a redigir um relatório, torcendo para surgir alguma inspiração. Quando isso não aconteceu, releu os fatos descritos, revisou o texto e o arquivou.

Passou mais uma hora aprendendo tudo sobre recicladores de lixo e a facilidade de comprar bisturis a laser. E resolveu voltar à cena do crime.

A rua era muito movimentada durante o dia. Dois bares, uma lanchonete, um mercadinho e um banco eram os estabelecimentos comerciais que ficavam mais perto do beco.

Só os bares permaneciam abertos até depois de meia-noite, mas ambos ficavam nas extremidades da rua, longe do beco. Embora a vizinhança já tivesse sido investigada, ela retornou a todos os lugares, repassando as perguntas de rotina e levantando novas possibilidades, mas voltou de mãos abanando.

Acabou em pé na entrada do beco mais uma vez, em companhia de um policial de ronda, o androide de segurança da área e Peabody.

— Foi como eu disse — afirmou o guarda, que se chamava Henley. — Eu a conhecia. Todos aqui conhecem as acompanhantes licenciadas locais. Ela nunca nos causou problemas. Pelo rigor da lei, elas não poderiam usar os becos nem outros locais de acesso público para trabalhar, mas a maioria faz isso. De vez em quando, nós damos uma dura.

— Ela nunca reclamou de algum cliente que ficou violento e a ameaçou?

— Não, mas não reclamaria mesmo. — Henley balançou a cabeça. — Costumava se manter longe de mim e do androide. Ela nos cumprimentava com a cabeça quando passávamos de viatura, mas não era do tipo amigável. Temos casos de violência por aqui, homens e mulheres que espancam acompanhantes licenciadas. Sem falar nos idiotas que tentam assaltá-las, às vezes ameaçando-as com tacos de beisebol. Alguns já até partiram para a agressão, mas não desse jeito. Nunca tivemos nada igual por aqui.

— Quero uma cópia dos relatórios sobre os casos em que eles usaram um taco ou qualquer tipo de arma branca.

— Posso conseguir isso para a senhora, tenente — prontificou-se o androide. — Quer que eu pesquise a partir de que data?

— De um ano atrás até hoje. Procure especialmente as mulheres atacadas, prioridade para acompanhantes licenciadas. Talvez ele tenha treinado antes.

— Sim, senhora. Para onde devo transmitir os resultados?

— Mande para a Central. Henley, qual é o lugar mais seguro para estacionar nesta área? Edifício-garagem ou subsolo, nada de vagas junto à calçada.

— Bem, quem quer sossego e criminalidade baixa deixa o carro a oeste daqui, talvez na rua Lafayette. Se estiver cheio por lá, muito movimentado, com riscos de alguém mexer no seu carro, a melhor opção é deixá-lo no outro lado da rua Canal, em plena Little Italy, onde os restaurantes ficam abertos até mais tarde.

— Certo, vamos tentar isso. Um de vocês vai daqui até a rua Lafayette, e o outro segue na direção norte. Perguntem aos moradores e comerciantes que possam ter circulado por aqui a essa hora da noite. Vejam se alguém reparou em um cara sozinho carregando uma sacola. Qualquer tipo de sacola, mas provavelmente grande. Ele se movimentou depressa, não ficou de bobeira por aqui e foi direto para o carro. Falem também com as acompanhantes licenciadas — acrescentou. — Uma delas talvez o tenha abordado e foi dispensada.

— Isso é um tiro no escuro, senhora — disse Peabody, quando eles se separaram.

— Alguém o viu. A pessoa não sabe disso, mas tenho certeza de que ela o viu. Se tivermos sorte, poderemos remexer em algumas lembranças. — Ela ficou parada na calçada, cozinhando no calor e olhando a rua de um lado a outro.

Imitação Mortal 103

— Vamos ver se conseguimos descolar um aumento de orçamento para fazer uma varredura de segurança e inspeção, com pente-fino, em um raio de dois quilômetros quadrados a partir da cena do crime. Já que as coisas correram tão bem para ele da primeira vez, aposto que não vai esperar muito antes de encenar o segundo ato

Capítulo Seis

Aquele ia ser um encontro difícil, mas tinha de ser enfrentado. Roarke só esperava que um pouco da tensão que sentia na base do crânio pudesse se dissolver quando tudo acabasse.

Ele já adiara o problema por muito tempo, e isso não era do seu feitio. A verdade, porém, é que ele não tinha se sentido completamente à vontade desde que conhecera Moira O'Bannion e ela lhe contara sua história.

E a história da mãe dele.

A vida, pensou, olhando pela janela do seu escritório no centro de Manhattan, podia nos pegar desprevenidos, e sempre o fazia quando estávamos menos preparados.

Já passava das cinco, e o horário era proposital. Ele queria conversar com Moira no fim do dia, para que não houvesse nenhum assunto de negócios depois do encontro. Assim ele iria para casa logo depois, tentaria colocar tudo de lado e passaria uma noite agradável em companhia da esposa.

Seu *tele-link* interno tocou e, droga, ele quase deu um pulo.

— Sim, Caro.

— A sra. O'Bannion está aqui.

— Obrigado. Acompanhe-a até a minha sala, por favor.

Ele observou o tráfego, olhou para o ar e para o céu e pensou, distraído, que voltar para casa àquela hora devia ser um inferno. Os bondes aéreos de conexão já estavam lotados e ele, de sua localização alta e privilegiada, conseguia ver dezenas de rostos irritados, pessoas apertadas como remadores em um navio de escravos, efetuando a longa jornada de volta para casa.

Na rua abaixo, os maxiônibus se arrastavam, barulhentos, os táxis pareciam um rio longo, obstruído e serpeante. As calçadas e passarelas aéreas permaneciam lotadas.

Eve estava lá embaixo, em algum lugar, ele esperava. Sem dúvida irritada com a ideia de ter de se arrumar toda para um evento social, depois de passar o dia em busca de um assassino.

O mais provável é que chegasse em cima da hora, com o rosto afogueado e poucos minutos para fazer a estranha transição de tira para esposa de empresário. Ela dificilmente faria ideia do quanto o empolgava e deliciava assistir a essa mudança brusca.

Ao ouvir uma batida na porta, ele se virou.

— Entre.

Sua assistente pessoal trouxe a visitante e ele apreciou, por um instante, a visão de duas mulheres arrumadas e muito bem-vestidas, ambas de certa idade, que entravam ao mesmo tempo em sua sala.

— Obrigado, Caro. Sra. O'Bannion, obrigado por ter vindo. Gostaria de se sentar? Quer beber alguma coisa? Café? Chá?

— Não, obrigada.

Ele tomou sua mão e a sentiu trêmula ao cumprimentá-la. Apontou uma poltrona, sabendo que seus modos eram diretos, práticos e, talvez, um pouco frios. Não conseguiu evitar isso.

— Agradeço muito a senhora ter reservado alguns minutos do seu tempo para vir me ver — começou ele —, especialmente no fim de um dia de trabalho.

— Tudo bem, não há problema.

Ele notou que ela olhava com atenção em torno da sala, analisando o espaço e o estilo do ambiente. As obras de arte, a mobília, os equipamentos, os muitos *elementos* que o rodeavam.

As coisas que ele precisava ter gravitando à sua volta.

— Pensei em ir vê-la no Dochas, mas me ocorreu que ter um homem circulando pelo abrigo talvez deixasse as mulheres e crianças nervosas.

— É bom para elas ter contato com homens. Especialmente homens que as tratam como pessoas e não lhes desejam fazer mal algum. — Ela cruzou as mãos sobre o colo, e, embora seus olhos se encontrassem no mesmo nível, ele quase conseguiu sentir o martelar rápido do coração dela. — Parte da interrupção do ciclo de abuso é superar o medo para reconstruir a autoestima e os relacionamentos normais.

— Quem sou eu para discordar? Mesmo assim, eu me pergunto... Se Siobhan Brody tivesse mais medo, será que não teria sobrevivido? Não sei exatamente como transmitir essa sensação — continuou, antes de ela ter chance de falar —, nem a maneira certa de fazê-lo. Pensei que fosse mais fácil explicar o que penso. Antes de qualquer coisa, porém, quero me desculpar por levar tanto tempo para reencontrá-la.*

— Vim aqui esperando ser demitida. — Como acontecia com ele, a voz dela tinha sotaque irlandês nos tons e na melodia de certas palavras. — Foi para isso que você me chamou aqui?

— Não, nem pensei nisso. Desculpe, eu devia ter imaginado que a senhora estava preocupada por eu ter deixado as coisas mal resolvidas entre nós. Estava zangado e... distraído. — Ele riu de leve e se controlou para não passar a mão pelos cabelos. Estava *nervoso*, admitiu para si mesmo. Ela não era a única nervosa ali. — *Distraído* está longe da realidade, para ser franco.

---

* Ver *Retrato Mortal*. (N. T.)

— Você estava é furioso, e pronto para me aplicar um belo chute no traseiro.

— É verdade. Convenci a mim mesmo de que a senhora mentia.

— Os olhos dele se mantiveram fixos nos dela, sem piscar, sérios.

— Tinha de me sentir assim. Tinha de haver alguma coisa suspeita na história de uma garota que a senhora conheceu em Dublin e que seria minha mãe. Essa informação ia de encontro a tudo que eu sabia e acreditava ser verdade a vida toda, entende?

— Sim, eu entendo.

— Muitas pessoas, ao longo da minha vida, vieram me procurar com a história de que eram parentes meus. Um tio, um primo, uma irmã, gente de todo tipo. Claro que eles foram investigados, ignorados e expulsos.

— O que eu lhe contei não foi uma história inventada, Roarke, mas a verdade de Deus.

— Sim, eu sei. — Ele olhou para as próprias mãos e reconheceu nelas, nas palmas largas e nos dedos compridos, as mãos do pai.

— Eu pressenti. Bem lá no fundo eu sabia. Isso tornou tudo pior, quase insuportável.

Ele tornou a erguer os olhos e a fitou.

— A senhora tem o direito de saber que eu vasculhei sua vida profundamente.

— Imaginei que o fizesse.

— E vasculhei a vida dela também. E a minha história. Nunca tinha feito isso de forma tão completa.

— Não compreendo. Eu não teria lhe contado tudo de forma tão direta se não achasse que você conhecia pelo menos parte da história. Um homem como você consegue descobrir qualquer coisa que queira.

— Era uma questão de orgulho pessoal não fazê-lo. No fundo eu nem me importava com isso, por acreditar que Meg Roarke era minha mãe. Eu me sentia tão feliz por vê-la pelas costas quanto ela em relação a mim.

Moira soltou um longo suspiro.

— Eu recusei o café porque minhas mãos tremiam quando cheguei. Será que você me ofereceria um pouco agora?

— Claro! — Ele se levantou e abriu um painel embutido na parede. Dentro havia uma minicozinha totalmente equipada. Ela riu, surpresa, e ele programou café.

— Nunca vi um lugar como esta sala, tão opulenta. Meus pés afundaram quase até os tornozelos no carpete. Você ainda é jovem para ter tanta coisa na vida.

O sorriso que ele lançou foi mais de amargura que de diversão.

— Comecei cedo.

— É verdade. Meu estômago ainda está aos pulos. — Ela apertou a barriga com a mão. — Tinha certeza de que você tinha me chamado aqui para me despedir, ou talvez me ameaçar com algum processo. Não saberia o que contar à minha família, nem às pacientes do Dochas. Detestava a ideia de ir embora de lá. Acabei me afeiçoando ao lugar.

— Como eu disse, vasculhei sua vida. Elas têm sorte de a senhora estar trabalhando no abrigo. Como quer o seu café?

— Cheio de creme, se você não se importa. Este prédio inteiro pertence a você, então?

— Sim.

— Parece uma lança preta, poderosa e elegante. Obrigada. — Ela aceitou o café e tomou o primeiro gole. Seus olhos se arregalaram e logo em seguida se estreitaram para apreciar o conteúdo da xícara. — Isso é café *de verdade*?

A tensão que ele sentia na base do crânio desapareceu de vez com a gargalhada curta e gostosa que soltou. Foi embora, finalmente.

— É café de verdade, sim. Vou lhe mandar um pouco. Quando eu conheci minha esposa eu lhe ofereci café, e a reação dela foi igual à sua. Eu também lhe enviei um pacote de presente. Talvez seja por isso que ela se casou comigo.

— Humm... duvido muito. — Ela manteve os olhos fixos nos dele. — Sua mãe está morta, e foi ele quem a matou, não foi? Patrick Roarke, o seu pai, assassinou sua mulher, como eu sempre suspeitei.

— Isso mesmo. Fui até Dublin e confirmei tudo.

— Vai me contar como foi?

Ela foi espancada até morrer, pensou Roarke. *Ele a surrou sem dó nem piedade, com suas mãos tão parecidas com as minhas. Depois, atirou-a no rio. Foi assim que se livrou da jovem morta que o tinha amado muito, a ponto de lhe dar um filho.*

— Não, não vou entrar em detalhes. Vou lhe dizer apenas que achei um homem que trabalhava para ele naqueles dias. Ele acompanhou tudo. Conhecia minha mãe e sabia o que tinha acontecido.

— Se eu tivesse sido um pouco mais experiente e menos arrogante... — lamentou Moira.

— Isso não faria diferença. Se ela tivesse permanecido no abrigo em Dublin, ou voltado para sua família em Clare, ou simplesmente fugido, o resultado seria o mesmo, desde que ela me carregasse junto. Não sei por que... orgulho paterno, maldade, instinto sanguinário, o fato é que ele não a queria, só queria a mim.

Saber disso iria assombrá-lo pelo resto dos seus dias. Talvez as coisas fossem assim mesmo.

— Meu pai a teria encontrado de qualquer jeito — concluiu ele.

— Essa é a coisa mais gentil que você poderia me dizer — murmurou ela.

— É a pura verdade. — Ele precisava deixar o assunto para trás o mais rápido possível. — Fui até Clare e visitei a família dela. A minha família.

— É mesmo? — Ela estendeu o braço e colocou a mão sobre a dele. — Puxa, fico muito feliz por isso.

— Eles foram... extraordinários. A irmã gêmea de minha mãe, Sinead, abriu seu lar para me receber. Simples assim.

— Pois é. O pessoal da costa oeste irlandesa é famoso por sua hospitalidade.

— Ainda estou atônito e grato. E também me sinto grato à senhora, por me contar tudo. Queria que soubesse disso.

— Sua mãe ficaria satisfeita com esse desfecho, não acha? Não apenas você ter descoberto tudo, mas também por ter tomado essa atitude. Acho que ela ficaria muito feliz. — Ela colocou o café de lado e abriu a bolsa. — Você não pegou esta foto quando esteve comigo. Quer ficar com ela?

Ele segurou a foto de uma jovem com cabelos ruivos e lindos olhos verdes que segurava no colo um menininho de cabelos escuros.

— Obrigado. Gostaria muito de ficar com ela, sim.

Um sujeito de terno branco cantava uma música que dizia que o amor era suave, mas complicado. Eve tomou um pouco de champanhe e concordou com a letra da canção. Pelo menos sobre o amor ser complicado. Por que outra razão ela estaria ali, lutando para tirar um assassinato da cabeça enquanto ocupava espaço em um salão de baile na Filadélfia?

Deus era testemunha de que o amor — e Eve chutaria a bunda de Roarke, mais tarde, por tê-la deixado sozinha ali — era o único motivo de Eve estar em pé ao lado de uma mulher que vestia um longo de seda cor de lavanda e matraqueava *sem parar* sobre moda e estilistas famosos.

Sim, sim, sim, ela conhecia Leonardo pessoalmente. Afinal, ele era casado com sua amiga mais antiga. *Bem que ela gostaria de ter Mavis ao seu lado naquele momento.* Sim, sim (*que saco!*), foi ele que tinha desenhado o vestido que ela usava.

E daí? Era apenas uma roupa. As pessoas só usavam roupas para não saírem peladas ou não sentirem frio.

Mas o amor a obrigava a deixar boa parte dos seus pensamentos fora da conversa. Nos poucos momentos em que Eve conseguia encaixar uma palavra na muralha de ruídos que a mulher construíra à sua volta era para dizer algo como *Sim.*

— Ora, aqui estou, diante da mulher mais deslumbrante do salão. A senhora nos daria licença? — Charles Monroe, bem-educado e lindo, lançou um sorriso irresistível para a mulher que atormentava Eve. — Detesto ter de roubá-la da senhora.

— Pode me matar — murmurou Eve quando Charles a arrastou dali. — Pegue a arma na minha bolsa, encoste-a na minha jugular e atire. Acabe com o meu suplício.

Ele simplesmente riu e a levou até a pista de dança.

— Quando passei por ali, reparei que você estava a um passo de pegar na bolsa sua pistola a laser e acertar a pobre mulher entre os olhos.

— Errou. Meu plano era enfiar a arma em sua boca, que não parava fechada. — Ela deu de ombros. — De qualquer modo, obrigada por me salvar. Não sabia que você estava neste evento, Charles.

— Eu me atrasei um pouco, acabei de chegar.

— Está trabalhando? — Charles era um acompanhante licenciado de alto nível.

— Vim com Louise.

— Ah. — Como Charles era um homem que ganhava a vida vendendo o próprio corpo, Eve não conseguia imaginar como é que ele e a dedicada dra. Louise Dimatto haviam embarcado em uma relação amorosa e a mantinham.

Tem gente de todo tipo, lembrou a si mesma.

— Eu ia procurar você, tenente, para falar de Jacie Wooton.

A alma de tira que Eve tentava ocultar assumiu a conversa.

— Você a conhecia, Charles?

— Sim. Não muito bem, para ser franco. Não sei de ninguém que realmente conhecesse Jacie Wooton. Frequentávamos os mesmos círculos sociais e esbarrávamos um no outro de vez em quando. Até alguém acabar com ela.

— Vamos procurar um lugar tranquilo — propôs Eve.

— Não sei se esse é o momento adequado para...

— Por mim está ótimo. — Assumindo o comando, ela o empurrou pela pista de dança, observando os grupos de convidados, as mesas, e decidiu sair do salão.

Chegaram a um terraço enfeitado com flores e igualmente cheio de mesas e pessoas. Pelo menos ali era mais silencioso.

— Conte-me o que sabe.

— Não sei quase nada. — Ele caminhou devagar até a ponta do terraço e olhou para as luzes da cidade. — Ela já era veterana na profissão quando eu entrei para esta vida. Gostava do bom e do melhor. Usava as melhores roupas, frequentava os melhores lugares, tinha os melhores clientes.

— Usava os serviços do melhor traficante também?

— Não sei quem era seu fornecedor de drogas. Não sei mesmo — ressaltou. Não vou fingir que não sei nada dessas coisas, mas estou limpo, ainda mais agora que estou namorando uma médica — completou, com um sorriso. — A morte de Jacie pegou todos em nosso mundo de surpresa. Se era viciada em alguma coisa, sabia esconder muito bem. Se eu soubesse de alguma coisa sólida, eu lhe diria, Dallas. Sem hesitar nem enrolar. Até onde eu sei, ela não tinha amigos. Nenhum amigo de verdade. Nem inimigos, por falar nisso. *Vivia* para o trabalho.

— Entendo. — Eve ensaiou colocar as mãos nos bolsos, mas lembrou a tempo que o vestido justo cor de cobre que usava não tinha bolsos. — Se algo novo passar pela sua cabeça, não importa que pareça bobagem ou mesmo insignificante, quero ser informada.

— Tá bom, prometo. Fiquei abalado pela forma como a coisa ocorreu e pelos boatos que ando ouvindo. Louise está preocupada. — Ele olhou para o salão, por entre as portas do terraço. — Ainda não comentou nada, especificamente, mas eu sei que está grilada. Quando a gente ama alguém, dá para perceber sinais de estresse no outro.

— É, acho que dá. É melhor ter cautela, Charles. Você não se encaixa no perfil da vítima, mas é melhor tomar muito cuidado.

— Sempre — replicou.

Imitação Mortal

* * *

Eve não comentou nada com Roarke a respeito daquela conversa ao voltar para casa. Mas ficou remoendo o assunto na cabeça, analisando tudo e considerando possibilidades.

Quando estavam no quarto de dormir, ela desabafou com o marido, enquanto despia o vestido mínimo.

— Não me parece que ele seja uma boa fonte de informações nesse caso — comentou Roarke.

— Não, mas não é isso que está me preocupando. Depois de voltarmos para o salão, eu observei os dois juntos, ele e Louise. Parecem duas rolinhas, ou algo assim. Devem ter ido rolar entre os lençóis completamente nus a noite inteira.

— Rolinhas nuas. Não, isso não me parece nem um pouco atraente. Deixe-me pensar em outra imagem.

— Rá-rá... O que estou querendo dizer é... como é que ela pode rolar com ele pelada, a noite toda, sabendo que ele vai fazer a mesma coisa com um monte de clientes que estão na sua agenda para amanhã?

— Porque são coisas diferentes. — Ele levantou a colcha e a colocou nos pés da cama. — Uma é pessoal, a outra é profissional. É o trabalho dele.

— Ah, isso é conversa-fiada. Racionalização para boi dormir. Se não, faça o favor de me dizer, com sinceridade: se eu fosse uma profissional do sexo, você ficaria tranquilo e aceitaria numa boa o fato de eu cavalgar o pau de outros caras?

— Você usa expressões tão românticas, querida. — Ele olhou para ela, em pé, com o pequeno vestido cintilante ainda na mão. Não vestia nada, a não ser um tapa-sexo triangular, pequeno demais para ser chamado de calcinha, um cordão triplo de pedras multicoloridas que ainda não tirara e sandálias de saltos altíssimos, sem tiras atrás.

E uma cara emburrada.

— Não, eu não ficaria tranquilo. Não acharia nada bom, nem de longe. Não gosto de compartilhar minhas coisas. Nossa, como você está sexy! Por que não vem até aqui para rolarmos na cama, nus como duas rolinhas?

— Estamos conversando.

— Você é que está — corrigiu ele, saltando da plataforma e seguindo na direção dela.

— Por falar em conversa... — Ela se esquivou e foi para trás do sofá. — Ainda preciso te dar umas porradas por você me deixar com aquela maluca magricela que parecia uma árvore de Natal roxa.

— Eu estava preso do outro lado do salão.

— No cu, pardal.

— Ora, querida Eve, adoro essa parte da sua anatomia. — Ele fingiu avançar, ela desviou. E eles rodearam o sofá. — É melhor correr — avisou ele, com suavidade.

Com um pulo rápido, foi o que ela fez. Quando os dois ficaram sem fôlego, ela se deixou agarrar.

Não havia nada de sólido. Nenhuma dica, nenhuma pista nova, nem algum fato antigo que parecesse promissor. Analisou a lista de suspeitos e as possibilidades, buscou novas rotas. Ela vasculhara com pente-fino os locais próximos do beco e tornou a analisar os laudos do laboratório.

Passou todos os elementos que tinha pelo CPIAC, comparou crimes similares e descobriu um em Londres, há mais de um ano, que poderia ter ligação. O caso ainda estava em aberto. Não era exatamente igual, reparou. Tinha sido mais sujo e mais desleixado.

Talvez um treino?

Não houve bilhete impresso em papel elegante e caro, apenas o corpo mutilado de uma jovem acompanhante licenciada. Uma mulher com tipo físico diferente de Jacie Wooton, pesquisou Eve, e especulou se não estaria saindo do foco, se agarrando a fragmentos irrelevantes.

Imitação Mortal

Encontrou vários desmembramentos e esquartejamentos, ataques a várias acompanhantes, especialmente de rua, que haviam sido atacadas e mortas por clientes ou interessados em seus serviços. Mas nada que remetesse à barbárie elegante de Jack.

Conversou com vizinhos, colegas, pessoas ligadas à sua lista de suspeitos, e manteve o nível das conversas entre o informal e o discreto. Forçando dicas, investigando detalhes em busca de uma rachadura. Não conseguiu nada.

Enfrentou a chegada do domingo contrariada e azeda. Seu estado de espírito não estava para piquenique. A única esperança de superar o desânimo seria conseguir encostar Mira num canto para tentar espremer alguma ideia do seu cérebro de psiquiatra.

— Talvez você deva dar um dia de folga à mente da doutora e à sua — aconselhou Roarke.

Ela olhou para Roarke com irritação, enquanto seguiam pela calçada rumo à bela casa de Mira, que ficava num bairro lindo.

— O quê?

— Você está resmungando em voz alta, querida. — Ele deu um tapinha no ombro dela, em sinal de apoio. — Acho que falar sozinha durante a visita a uma psiquiatra não é um comportamento aconselhável.

— Vamos ficar só duas horas. Lembra? Foi o que combinamos.

— Humm. — Com esse som neutro, ele a beijou na testa e a porta se abriu.

— Olá. Vocês devem ser Eve e Roarke. Sou Gillian, filha de Charlotte e Dennis.

Levou um tempo para a ficha cair, pois Eve raramente pensava em Mira pelo seu nome de batismo. Mas Mira estava claramente estampada nas feições da filha.

Embora seus cabelos fossem mais compridos que os da mãe, descendo muito abaixo dos ombros em cachos, tinham o mesmo tom negro e brilhante da zibelina. Os olhos eram suaves, pacientes, igualmente azuis, e estavam grudados nos de Eve, observando-a com atenção. Era mais alta e esbelta que a mãe, nesse ponto puxara ao pai; vestia um top largo, delicado, com calças que acabavam muito acima dos tornozelos.

Um dos tornozelos exibia uma tatuagem, três divisas militares entrelaçadas. Braceletes lhe dançavam alegremente nos pulsos, e muitos anéis lhe enfeitavam os dedos. Estava descalça, e seus dedos dos pés tinham sido pintados com esmalte rosa-claro.

Ela era da religião Wicca, lembrou Eve, e também mãe de dois dos netos de Mira.

— É um prazer conhecê-la. — Roarke já tomava a mão de Gillian e se colocava suavemente entre as duas mulheres que se analisavam abertamente. — Você se parece com a sua mãe, que sempre considerei uma das mulheres mais lindas que conheço.

— Obrigada. Mamãe já me contou que você é muito charmoso. Por favor, entrem. Estamos todos espalhados pela casa — ela olhou para trás e para cima, de onde um choro forte de bebê se fez ouvir —, mas a maioria está nos fundos. Vou lhes trazer algo para beber, a fim de prepará-los para a trepidante experiência que será passar uma tarde com a família Mira.

Já havia um número considerável de pessoas no local, reunidas na cozinha e em uma sala para atividades genéricas, que era grande como um galpão e tão barulhenta quanto. Através de uma parede envidraçada de dois andares de altura que dava para os fundos do terreno, era possível ver outras pessoas em um amplo quintal preparado com mesas, cadeiras e um equipamento grande para grelhar, que fumegava alegremente.

Eve avistou Dennis, o simpático e distraído marido de Mira, que manejava uma espécie de garfo compridíssimo. Tinha um boné dos Mets na cabeça, de onde escapava uma explosão de fios grisalhos, e vestia um short largo que lhe descia quase até os joelhos com forma de maçanetas que Eve, secretamente, achou lindos.

Outro homem estava ao seu lado, talvez seu filho. Os dois pareciam manter um papo intenso, animado e divertido que envolvia risos largos e a ingestão de algo bebido diretamente das garrafas.

Imitação Mortal   117

Crianças de várias idades corriam e se agitavam por toda parte. Uma menina com cerca de dez anos se mantinha sentada em um dos bancos altos junto ao balcão, de cara amarrada.

A comida estava espalhada em toda parte e era oferecida a eles enquanto as apresentações eram feitas. Alguém colocou uma margarita na mão de Eve.

Quando Roarke optou por cerveja, foi informado de que ela estava lá fora, num imenso isopor. Um menino — Eve não conseguira guardar o nome de todos, pois eles apareciam aos bandos — recebeu a incumbência de acompanhar Roarke e apresentá-lo ao resto da turma.

Com a mão do menino agarrada à sua, Roarke olhou por sobre os ombros, lançou um piscar de olhos cruel para Eve e caiu fora.

— Agora parece caótico, mas depois... Vai ficar muito pior. — Com uma risada, Mira pegou uma tigela com mais comida em um refrigerador imenso. — Estou muito feliz por ter vindo. Lana, pare de fazer bico e vá lá em cima ver se a tia Callie precisa de ajuda com o bebê.

— Sou sempre eu que tenho de fazer *tudo*. — Mas a menina desceu do banco e caiu fora.

— Ela está irritada porque se comportou mal e não pode ver tevê nem usar o computador por uma semana — explicou Gillian.

— Ah.

— Sua vida, como ela a conhece, está acabada — completou Gillian, abaixando-se para recolher um bebê que engatinhava, de sexo indeterminado para Eve.

— Uma semana é um período de tempo interminável quando se tem nove anos. Gilly, prove essa salada de repolho. Acho que falta um pouco de endro.

Atendendo à ordem, Gilly abriu a boca e aceitou a garfada que sua mãe lhe colocou na boca.

— Falta um pouco mais de pimenta também, mamãe — alertou ela.

— Quer dizer que... ahn... — Eve já se sentia em um universo paralelo. — A senhora chamou um monte de gente.

— *Minha família* é um monte de gente — explicou Mira, rindo.

— Mamãe acha que ainda temos o mesmo apetite de quando éramos adolescentes. — Gillian acariciou as costas da mãe, de forma distraída. — Sempre faz comida demais.

— Faz? A senhora *preparou* tudo isso, doutora?

— Hã-hã — assentiu Mira. — Adoro cozinhar, sempre que posso. Especialmente quando reúno a família. — Suas maçãs do rosto estavam vermelhas de prazer, e seus olhos riram ao piscar para a filha. — Convoco as meninas para me ajudar. Atitude terrivelmente machista, é claro, mas todos os meus homens são completamente inúteis na cozinha. — Ela olhou para fora. — Mas, quando se veem às voltas com uma churrasqueira grande e complicada, sentem-se à vontade.

— Todos os homens da família fazem churrasco e gostam de grelhar tudo. — Gillian fez o bebê que apoiara no quadril pular de leve. — Roarke também é assim?

— Você fala de grelhar comida? — Eve olhou para onde ele estava, aparentemente curtindo tudo, com um jeans adequado a um piquenique e uma camiseta azul desbotada. — Não, acho que ele não tem uma churrasqueira desse tipo, não.

Havia cachorros-quentes com salsichas de soja, muito hambúrguer, a salada de batatas sobre a qual Roarke fantasiara, salada de macarrão, pedaços de fruta nadando em um suco adocicado, generosas fatias de tomate, a salada de repolho e os terríveis e engordativos ovos. Tigelas, bandejas, pratos de tudo isso e de muitas outras coisas estavam espalhados sobre a mesa. A cerveja estava estupidamente gelada e as margaritas circulavam sem parar.

Eve se viu envolvida em uma conversa sobre beisebol com um dos filhos de Mira, e ficou chocada quando uma criança loura escalou sua perna e se aboletou em seu colo.

Imitação Mortal

— Qué um pôco — balbuciou o menino, exibindo para Eve a boca sorridente manchada de ketchup.

— O quê? — Ela olhou em volta, quase em pânico. — O que ele quer?

— O que você tiver para oferecer — explicou Mira, dando palmadinhas carinhosas na cabeça do pimpolho ao passar direto, abraçando outro bebê que acabara de pegar no colo da nora.

— Pegue alguma coisa aqui. — Eve ofereceu um prato com a esperança de que o bebê pegasse alguma coisa e fosse cuidar da própria vida. Mas ele enfiou os dedos gordinhos na salada de frutas que Eve comia e pescou uma fatia de pêssego.

— Qué um pôco? — ofereceu a Eve, depois de dar uma dentada.

— Não, vá em frente.

— Cai fora, Bryce. — Gillian o tirou do colo de Eve e, na mesma hora, se tornou sua melhor amiga. — Vá ver o que o vovô tem para você.

Em seguida, sentou-se ao lado de Eve, ergueu as sobrancelhas para o irmão, que estava ao lado delas, e disse:

— Cai fora você também. Isso é papo de mulher.

Ele se afastou devagar, sem parecer incomodado. Cordialidade, percebeu Eve, era uma característica comum aos membros masculinos dessa família.

— Você deve estar desnorteada e meio deslocada — disse Gillian, puxando assunto.

Eve pegou um resto de hambúrguer e colocou tudo na boca.

— Isso é uma observação casual ou o resultado de uma análise psicológica?

— Um pouco dos dois. Tem a ver com ser filha de duas pessoas observadoras e sensíveis. Famílias muito grandes podem ser território estranho para quem tem família pequena. Mesmo assim, o seu marido se enturmou bem. — Ela olhou para onde Roarke estava, ao lado de Dennis e Bryce. — Ele é mais do tipo social que você. Isso tem a ver com o trabalho que ele desenvolve, mas o resto faz parte da sua natureza.

Gillian comeu uma garfada de salada de macarrão.

— Tem uma ou duas coisas que estou louca para lhe dizer, e espero que não se ofenda. Não que eu tenha escrúpulos em ofender as pessoas, mas prefiro fazer isso deliberadamente, e não sem querer.

— Não me ofendo facilmente.

— Não, imagino que não. — Gillian trocou o prato de salada pelo copo de margarita. — Bem, antes de qualquer coisa, devo dizer que o seu marido é, sem sombra de dúvida, o homem mais magnífico que eu já vi em toda a minha vida.

— Não me ofendo com isso, desde que você não esqueça que ele tem *dona*.

— Eu não paquero mais, e, se o fizesse, mesmo que eu tentasse muito, acho que ele nem iria reparar. Além do mais, sou apaixonadíssima pelo meu marido. Estamos juntos há dez anos. Nos conhecemos muito jovens, e isso foi motivo de preocupação para meus pais, na época, mas a união deu certo. — Ela mordeu um pedaço de cenoura. — Temos uma vida confortável, feliz, e três filhos. Gostaria de ter mais um.

— Mais um o quê?

Gillian riu e se virou para trás.

— Mais um filho, ora. Tomara que eu seja abençoada com a vinda de mais uma criança. Mas estou divagando aqui, duvido muito que esse povo me ofereça outra chance de conversarmos a sós. Sabia que eu tinha ciúmes de você?

Os olhos de Eve se estreitaram, voaram para onde Roarke estava e depois fitaram Gillian mais uma vez, fazendo-a dar uma sonora gargalhada.

— Não, não é por causa dele, e não posso culpá-la por achar isso. Tinha ciúmes de você com a minha mãe.

— Agora eu boiei.

— Ela ama você — disse Gillian, e observou uma espécie de embaraço encher o rosto de Eve. — Minha mãe a respeita, se preocupa, admira e pensa muito em você. Tudo o que ela faz por mim e para mim. O relacionamento entre vocês duas... bem, me deixou perturbada em algum nível básico.

— Mas não é a mesma coisa, nem um pouco — começou Eve a dizer, mas Gillian balançou a cabeça.

— É exatamente igual. Eu nasci do corpo dela, do seu coração e do seu espírito. Você não saiu do corpo dela, mas, sem dúvida, é filha do seu coração e do seu espírito. Eu me senti dividida quando ela me contou que tinha convidado você para vir aqui hoje.

Ela lambeu um pouco de sal da borda do copo de margarita enquanto analisava Eve.

— Uma parte da reação foi totalmente egoísta. "Por que ela vem? Você é minha mãe." O outro lado estava ardendo de curiosidade. "Finalmente vou poder dar uma boa olhada nela."

— Não estou competindo com você pelo...

— Afeto de minha mãe? — Gillian completou, sorrindo de leve.

— Não, sei que não. É falha minha. Foi o fato de estar voltada para o próprio umbigo que provocou esses sentimentos desagradáveis e destrutivos em mim. Minha mãe é a mulher mais extraordinária que eu já conheci na vida. Inteligente, compassiva, forte, sagaz, generosa. Nem sempre eu soube apreciá-la, como geralmente acontece quando alguém especial está tão próximo de nós. À medida que fiquei mais velha, porém, e tive filhos, passei a valorizar muito mais todas essas características dela.

Seu olhar passeou pelo quintal, mas de repente parou na figura de sua própria filha.

— Espero que, um dia, Lana sinta a mesma coisa a meu respeito. De qualquer modo, o caso foi que eu achei que você estava roubando pedacinhos da minha mãe de mim. Estava determinada a antipatizar com você logo de cara, uma atitude que vai de encontro a tudo em que acredito, vai contra tudo o que eu sou, mas então você chegou aqui e... — Ela ergueu o copo, fez um brinde silencioso e tomou um gole — ... e eu não consegui ir em frente com meu ciúme.

Gillian pegou a jarra de margarita e serviu um pouco mais para ambas.

— Você veio até aqui hoje por causa dela, não foi? Provavelmente teve de ser convencida pelo seu marido lindíssimo, mas basicamente veio por ela. Minha mãe é importante para você, num nível pessoal. E percebo o jeito como você olha para o meu pai também, com uma espécie de carinho charmoso. Isso prova que é muito boa para julgar as pessoas, e já soube pela minha mãe, que também é boa nisso, que você é uma boa policial e uma mulher bondosa. Assim, ficou mais fácil compartilhar minha mãe com você.

Antes de Eve pensar numa resposta adequada, Mira chegou, carregando mais um bebê adormecido em seu ombro.

— Todos já foram servidos?

— Servidíssimos — garantiu Gillian. — Por que não o entrega para mim, mamãe? Pode deixar que eu o levo lá para cima.

— Não, ele está bem aqui comigo. Não tenho tempo de niná-lo tanto quanto gostaria. — Com muita agilidade, Mira se sentou e deu palmadinhas nas costas do bebê, de leve. — Eve, é melhor eu lhe avisar: Dennis convenceu Roarke de que ele não pode mais viver sem ter uma boa churrasqueira.

— Bem, só falta a churrasqueira, porque do resto ele já tem tudo. — Ela deu a última mordida no hambúrguer. — Isso é a pura verdade.

— Dennis argumenta que o segredo está no cozinheiro, e não na forma de preparar a comida. Vou alegar isso depois que você provar meu bolo de morango e minha torta de pêssego.

— Torta? A senhora fez torta? — Obviamente, percebeu Eve, havia muita coisa boa em um almoço ao ar livre. — Acho que eu adoraria...

O comunicador de Eve tocou e sua expressão ficou subitamente séria. O sorriso descontraído de Mira também desapareceu.

— Sinto muito. Desculpem-me por um instante.

Eve se levantou e pegou o aparelho no bolso enquanto caminhava de volta à cozinha, onde o silêncio era maior.

— Que foi? — quis saber Gillian. — O que aconteceu?

— É o trabalho dela — murmurou Mira, lembrando-se de como os olhos de Eve haviam ficado duros e frios subitamente. — Alguém morreu. Leve o bebê, Gilly.

Ela se levantava quando Eve voltou.

— Preciso ir — explicou, e baixou a voz quando Mira chegou junto dela e tocou em seu braço. — Sinto muito. Preciso ir embora.

— Mesmo padrão?

— Não. Foi ele, mas o padrão mudou. Vou lhe transmitir os detalhes assim que puder. Droga, estou com a cabeça meio tonta. Margaritas demais.

— Vou lhe dar um pouco de Sober-Up.

— Obrigada. — Ela acenou com a cabeça para Roarke no instante em que ele se aproximou. — Você pode ficar se quiser. Isso vai levar algum tempo.

— Não, eu a levo até lá. Se houver necessidade, vou para casa e deixo o carro com você. Foi outra acompanhante licenciada?

Eve balançou a cabeça para os lados.

— Depois eu conto. — Respirou fundo, analisando o quintal com um monte de familiares espalhados, muitas flores e comida. — A vida nem sempre é um piquenique.

Capítulo Sete

— Deixe-me na esquina, assim você não precisa contornar o quarteirão para voltar.

Roarke a ignorou e seguiu em direção às luzes ofuscantes.

— Se eu der meia-volta daqui, seus colegas vão perder a chance de ver sua chegada triunfal neste belo veículo.

O veículo em questão era uma joia prateada muito brilhante, com teto em vidro fumê retrátil e um motor com ronco de pantera. Aquilo a deixava mortificada, conforme eles dois sabiam, pois os outros tiras sempre assobiavam, emitiam gritos escandalosos e zoavam a ligação entre Eve e os brinquedos milionários de Roarke.

Ela se preparou para aguentar as piadinhas e pegou os óculos escuros. Era um modelo novo, um daqueles itens que apareciam de forma habitual e misteriosa entre as suas coisas. Eve tinha a leve impressão de que os óculos eram estilosos, e sabia que deviam ter custado absurdamente caro. Para se poupar um pouco, tornou a enfiá-los no bolso.

— Não há razão para você ficar aqui esperando até eu acabar. Não sei quanto tempo vamos levar.

— Vou esperar só um pouco, e prometo ficar fora do seu caminho.
— Parou o carro atrás de uma viatura e de uma ambulância.

— Que *máquina*, hein, tenente? — comentou um dos guardas no instante em que ela saltou. — Aposto que solta faíscas nas retas.

— Feche a matraca, Frohickie. O que temos aqui?

— Irado — murmurou ele, passando a mão de leve sobre o capô reluzente. — Vítima do sexo feminino, estrangulada em seu apartamento. Morava sozinha. Não há sinal de arrombamento. Seu nome é Lois Gregg, sessenta e um anos. O filho ficou preocupado quando ela não apareceu numa reunião familiar nem atendeu o *tele-link*. Veio vê-la, entrou no apartamento e a encontrou.

O policial falava depressa e fez questão de lançar uma última olhada para o carro, antes de entrar no prédio.

— Estrangulada?

— Sim, senhora. Há também sinais claros de agressão sexual com um objeto. Quarto andar — informou em voz alta, ao entrar no elevador. — Parece que ele usou um cabo de vassoura para violentar a vítima. A cena é horrível.

Eve não disse nada e esperou que os dados se assentassem na sua mente.

— Ele deixou um bilhete — informou Frohickie. — Endereçado à senhora. O canalha prendeu o envelope entre os dedos dos pés da vítima.

— DeSalvo — murmurou ela. — Meu bom Deus.

Então limpou a mente por completo, para entrar na cena do crime sem imagens preconcebidas na cabeça.

— Preciso de um kit de trabalho e de uma filmadora.

— Já mandei pegar, pois soube que a senhora estava fora de casa ao receber o chamado.

Ela o perdoou pelos elogios ao carro.

— A cena está isolada? — quis saber ela.

— Sim, senhora. Colocamos o filho na cozinha, acompanhado de um guarda e de um paramédico. Ele está em péssimo estado, mas garante que não tocou nela nem em nada.

— Minha auxiliar está chegando. Mande-a entrar quando chegar. Você precisa ficar aqui fora — avisou a Roarke.

— Entendo — disse ele, mas se sentiu desconcertado por saber que ficaria fora da ação, enquanto Eve enfrentaria o que certamente seria mais um pesadelo.

Ela entrou com passos largos pela porta, e reparou que não havia sinais de entrada forçada nem de confrontos físicos na sala de estar simples e arrumada. As cortinas lisas azul-claras eram finas e deixavam entrar bastante luz. As telas de privacidade não haviam sido acionadas.

Eve se agachou para examinar algumas gotas de sangue em um dos cantos do carpete.

Dava para ouvir um choro sentido em outro aposento. Devia ser o filho na cozinha, imaginou, mas bloqueou a imagem da mente. Erguendo-se, chamou os outros guardas, passou spray selante nas mãos, prendeu o gravador na lapela e entrou no quarto.

Lois Gregg estava deitada na cama, de barriga para cima, nua, ainda amarrada, com a faixa com a qual fora estrangulada em torno do pescoço formando um laço festivo.

O envelope creme com o nome de Eve estava preso entre os dedos de seu pé esquerdo.

Havia mais sangue — não tanto quanto em Jacie Wooton — sobre o lençol branco liso, em suas coxas e no cabo de vassoura que ele abandonara no chão.

A vítima era uma mulher miúda, com cerca de cinquenta quilos e pele cor de caramelo, indicando herança racial mista.

Os capilares estourados em seu rosto e em seus olhos, bem como a língua inchada e para fora, eram sinais de estrangulamento. Ela havia lutado, pensou Eve. Mesmo depois de sua mente ter apagado, o corpo continuou lutando pelo ar. Pela vida.

Eve notou o robe comprido, verde, ao lado da cama. Ele usara a faixa da roupa para estrangulá-la.

Ele deve tê-la mantido consciente enquanto a atacava. Queria ver de perto seu rosto, sua dor, seu horror, todo o terror. Sim, quis isso dessa vez. Quis ouvi-la gritar. Um prédio elegante como aquele devia ter paredes à prova de som. Ele certamente verificara isso antes de vir aqui hoje.

Será que ele informou o que pretendia fazer com você? Ou trabalhou em silêncio enquanto você implorava por sua vida?

Ela gravou a cena, documentando a posição do corpo, o local onde o robe estava e também o cabo de vassoura e a forma como as cortinas tinham sido cuidadosamente cerradas.

Só então pegou o envelope, abriu-o e leu.

Olá, mais uma vez, tenente Dallas. Que dia lindo, não? Um dia que pede um belo passeio até a praia ou uma boa caminhada no parque. Detesto interromper seu domingo, mas sei que você adora seu trabalho — como eu adoro o meu —, e acho que não vai se importar.

Entretanto, fiquei um pouco desapontado por várias razões. Primeira: você barrou as notícias a meu respeito na mídia. Eu estava louco para ficar famoso. É claro que você não vai conseguir manter essa panela de pressão fechada por muito tempo. Segunda: achei que você estaria quase me alcançando e me dando muito trabalho a essa altura.

Tenho esperança de que esse meu mais recente presente lhe sirva de inspiração.

Boa sorte!

Al

— Canalha presunçoso! — exclamou em voz alta. Em seguida, lacrou o bilhete e o envelope antes de abrir o kit de serviço.

Já tinha completado o exame preliminar quando Peabody chegou.

— Desculpe, tenente. Estávamos no Bronx.

— Que diabos vocês estavam... — Ela parou de falar. — O que é isso? Que roupa é essa que você está usando?

— É um... ahn... vestidinho de verão. — Corando um pouco, Peabody passou a mão sobre a roupa cor de papoula. — Levamos tanto tempo na viagem de volta que pensei em vir direto para cá em vez de passar em casa para vestir a farda.

— Ah. — O vestido tinha alças finas nos ombros e parecia envolvê-la até a cintura como se fosse um espartilho baixo, que exibia o que McNab tinha tanto orgulho em anunciar: Peabody era robusta.

Seus cabelos cortados reto estavam cobertos por um chapéu de palha de abas largas, e a tintura labial que usava combinava com o vestido.

— Como pretende trabalhar usando essa roupa?

— Bom, eu...

— Você disse "estávamos"? Você trouxe McNab?

— Sim, senhora. Estávamos no zoológico do Bronx.

— É um adianto ele estar aqui. Diga-lhe para verificar o sistema externo e os discos de segurança do saguão e dos elevadores. Este prédio deve ter tudo isso.

— Sim, senhora.

Peabody saiu para transmitir a ordem, e Eve entrou no banheiro da suíte.

Ele deve ter se lavado depois, percebeu, mas não deixou vestígios disso. O boxe estava seco, as toalhas pareciam limpas. Lois era uma mulher que não gostava de coisas desarrumadas nem fora do lugar, refletiu Eve.

Ele deve ter trazido sabonete e toalha, ou então levou consigo os que usou.

— Mande os peritos examinarem os ralos. Talvez tenhamos sorte — disse a Peabody, que voltava.

— Não estou sacando. Esse assassinato não tem nada a ver com o de Jacie Wooton. Tipo diferente de vítima, método diferente. Havia algum bilhete?

— Sim. Já está lacrado.

Peabody analisou a cena. Tentou guardar tudo de memória, como se fosse um gravador. Reparou, como Eve fizera, no pequeno vaso de flores na mesa de cabeceira, na caixinha de miudezas sobre a penteadeira, na qual estava escrito EU AMO A VOVÓ em elaboradas letras cor-de-rosa, nos porta-retratos e hologramas da penteadeira, da mesa de cabeceira e sobre a pequena escrivaninha junto à janela.

Era triste, pensou. Sempre era triste ver pedacinhos de uma vida que terminara.

Tentou tirar isso da cabeça. Dallas certamente o faria. Ou então enterraria as lembranças para usá-las depois. Não se deixaria distrair pela piedade.

Peabody analisou tudo novamente, deixando de ver as coisas sob sua ótica de mulher e usando a mente de tira.

— Você acha que pode haver mais de um assassino? Uma equipe?

— Não, é um só. — Eve ergueu uma das mãos da vítima. As unhas eram curtas e não estavam pintadas. Não havia anéis, mas ela percebeu um círculo pálido na pele em torno de um dos dedos, onde certamente ficava uma aliança. Terceiro dedo da mão esquerda. — Ele só está nos mostrando o quanto é versátil.

— Não entendo.

— Pois eu, sim. Veja se descobre onde ela guardava as joias. Quero achar uma aliança.

Peabody se pôs a procurar nas gavetas.

— Talvez você possa me explicar o que entendeu, já que eu não consegui.

— A vítima é outra mulher madura. Não houve sinal de entrada forçada nem de luta. Ela o deixou entrar porque achou que era confiável. Ele devia estar de uniforme de uma empresa de manutenção ou reparos. Ela dá as costas para ele e recebe uma porretada. Há uma laceração na parte de trás do crânio e um pouco de sangue no carpete da sala.

— Ela era uma acompanhante licenciada?

— Não creio.

— Achei as joias. — Peabody ergueu uma caixa transparente com muitas peças em diversos tamanhos. — Ela gostava de brincos. Aqui tem alguns anéis também.

Ela entregou a caixa a Eve, que olhou atentamente. Conviver com Roarke e aturar sua mania de comprar adereços caros e brilhantes para ela a ensinara a identificar, de longe, se uma joia era verdadeira ou simples bijuteria. A maioria dos enfeites e penduricalhos de Lois era bijuteria, mas também havia peças caras, de boa qualidade.

Ele não se interessara por elas. Provavelmente não havia procurado nada nas gavetas.

— Acho que ele não queria joias. Mas ela usava uma aliança, e ele a arrancou do seu dedo. Um símbolo, um suvenir?...

— Pensei que ela morasse sozinha.

— Morava mesmo. Mais um motivo para ele escolhê-la. — Eve se afastou da caixa lotada de pedras bonitas e cordões de metal, e olhou mais uma vez para Lois Gregg. — Ele a trouxe até o quarto. Seu equipamento está com ele, provavelmente em uma caixa de ferramentas dessa vez. Algemas para suas mãos e pés. Ele tira o roupão dela e a amarra. Pega o que escolheu para estuprá-la. Só então resolve acordá-la. Ele não brincou com a outra vítima, mas esta aqui é diferente.

— Por quê? — Peabody colocou a caixa de joias sobre a penteadeira. — Por que ela é diferente?

— Porque é exatamente isso que ele busca: variedade. Ela grita quando volta a si e percebe tudo. Berra a plenos pulmões quando lhe vem à cabeça tudo o que se passou e o que vai acontecer em seguida. Mesmo que parte dela rejeite o que vê e se recuse a acreditar, ela grita e se remexe, tentando se desvencilhar. E implora. Eles sempre gostam quando a vítima implora. Quando ele começa a trabalhar nela, quando a dor a atinge com força, quente, desumana, impossível, ela grita ainda mais. Ele se excita com tudo isso.

Eve levantou uma das mãos de Lois e, em seguida, foi até os seus pés.

Imitação Mortal

— Ela feriu os pulsos e tornozelos para se soltar, torcendo-os e puxando-os na tentativa de se libertar. Não desistiu até o fim. Ele deve ter curtido muito tudo isso também. Eles acham excitante quando você luta para escapar. Sua respiração fica mais ofegante junto do seu rosto, e eles sentem tesão. Sentem-se mais poderosos quando a vítima luta e não pode vencer.

— Dallas. — Peabody manteve a voz baixa e colocou a mão sobre o ombro da tenente, ao vê-la ficar pálida e com a pele pegajosa.

Eve encolheu os ombros e deu um passo atrás, com cuidado. Ela sabia exatamente o que Lois Gregg havia sentido. Mas isso não iria derrubá-la, nem atirá-la de volta às suas lembranças e pesadelos, ao sangue, ao frio e à dor.

Sua voz estava firme e fria ao continuar.

— Quando ele acabou de estuprá-la, pegou a faixa do robe. Ela está meio incoerente agora, por causa das dores e do choque. Ele sobe na cama, se coloca por cima dela e a olha fixamente no fundo dos olhos enquanto a estrangula, enquanto a ouve lutar em busca de ar, enquanto sente seu corpo se debater sob o seu, em uma paródia doentia de sexo. Essa é a satisfação dele: quando o corpo dela corcoveia sob o dele e seus olhos se arregalam. É só então que ele se solta.

"Quando volta à realidade, ele amarra a faixa em um lindo laço em torno do seu pescoço e coloca o bilhete entre seus dedos dos pés. Tira a aliança do seu dedo anular, achando o detalhe divertido. Uma coisa tipicamente feminina: usar um símbolo de união, mesmo sem ter homem nenhum que o represente. Guarda a aliança no bolso ou a coloca em sua caixa de ferramentas. Em seguida, dá uma olhada em volta e fica satisfeito. Está tudo como deveria estar. Uma imitação excelente."

— De quê?

— A pergunta certa é "de quem" — corrigiu Eve. — Albert DeSalvo. O Estrangulador de Boston.

* * *

Eve foi para o corredor do prédio, onde os tiras circulavam sem parar, fazendo o possível para manter as pessoas que moravam naquele andar dentro de casa.

Ali estava Roarke, notou. Um homem com mais dinheiro que Deus, sentado de pernas cruzadas, no chão do corredor, com as costas na parede, trabalhando em seu tablet.

Provavelmente ficaria contente mesmo que tivesse de ficar fazendo aquilo durante horas, por motivos que ela jamais conseguiria entender.

Foi até onde ele estava e ficou de cócoras ao seu lado, de forma a colocar seus olhos no mesmo nível.

— Vou precisar ficar por aqui mais um pouco. Você devia ir para casa. Depois eu pego uma carona com alguém até a Central.

— A coisa foi feia?

— Muito. Preciso conversar com o filho da vítima, e ele... — Ela expirou com força. — Os paramédicos lhe deram um calmante, mas ele está muito agitado e arrasado.

— Geralmente um filho fica assim quando a mãe é assassinada.

Apesar da presença de outros tiras ali, ela colocou a mão sobre a dele, de forma carinhosa.

— Roarke...

— Os demônios são imortais, Eve, as pessoas simplesmente aprendem a conviver com eles. Nós dois sabemos disso há muito tempo. Saberei lidar com os meus, ao meu modo.

Ela começou a falar novamente, mas ergueu a cabeça e viu McNab sair do elevador.

— Tenente, não temos imagens nos discos desde as oito da manhã. Não há nada gravado no equipamento externo, nem no elevador, nem no corredor deste andar. O melhor que posso afirmar é que ele comandou tudo com um misturador de sinais do lado de fora, antes de entrar no prédio. Posso confirmar isso depois, mas no momento não estou com meus equipamentos.

Ele estendeu as mãos com um sorriso nos lábios e apontou para o short vermelho que vestia, a camiseta azul grudada no corpo e as sandálias abertas com solado amortecido a ar.

— Então vá pegá-los — disse ela.

— Por acaso eu tenho umas coisinhas no carro que talvez possam ajudar — interrompeu Roarke. — Quer que eu lhe dê uma mãozinha, Ian?

— Isso seria *mag*, Roarke. O sistema de segurança aqui é bem decente, acho que ele usou equipamento remoto de uso restrito da polícia, ou algo de qualidade ainda melhor. Não dá para saber até conferir o painel e os circuitos.

Eve se levantou, esticou as costas e estendeu a mão. Roarke agarrou o braço dela para se levantar.

— Fique à vontade — liberou ela. — Descubra qual foi o equipamento usado.

Oito da manhã foi o horário de entrada, pensou. Pela hora da morte, que ela já estabelecera com precisão, o assassino havia passado mais de uma hora com Lois Gregg. Um tempo superior ao gasto com Jacie Wooton. Teve mais chance para brincar, mas foi bem rápido, mesmo assim.

Voltou ao apartamento e entrou na cozinha.

Jeffrey Gregg já não chorava, mas as lágrimas haviam deixado seu rosto em petição de miséria. Estava muito vermelho e inchado, quase tanto quanto a mãe.

Ele se sentara sobre uma mesinha revestida de laminado e segurava um copo d'água. Seus cabelos castanhos estavam eriçados, em tufos, nos locais em que Eve imaginou que ele os tivesse puxado ou passado os dedos, em desespero.

Devia ter trinta e poucos anos. Vestia um short marrom e uma camiseta branca, pronto para um domingo comum de verão.

Eve se sentou diante dele e esperou que seus olhos arrasados se erguessem.

— Sr. Gregg, sou a tenente Dallas. Preciso conversar com o senhor.

— Eles disseram que eu não podia ir até lá para vê-la, que eu não devia entrar. Quando eu... quando eu a encontrei, não entrei no quarto. Simplesmente saí correndo e chamei a polícia. Eu devia ter entrado ou feito alguma coisa. Devia tê-la coberto, talvez?

— Não. O senhor fez a coisa certa. Ajudou-a mais fazendo exatamente o que fez. Sinto muito, sr. Gregg, lamento sinceramente a sua perda.

Palavras inúteis, Eve sabia. Completamente inúteis. Ela odiava repeti-las. Odiava ter perdido a noção de quantas vezes tinha dito exatamente aquela frase ao longo dos anos.

— Ela nunca magoou ninguém. — Ele conseguiu levar o copo aos lábios. — A polícia precisa saber disso. Ela nunca fez mal a ninguém em toda a sua vida. Não compreendo como é que alguém pode ter feito isso com ela.

— A que horas o senhor chegou aqui? — Eve já sabia, mas fazê-lo repetir a história o ajudaria a repassar os detalhes.

— Eu... ahn... cheguei por volta das três da tarde, acho que quase quatro. Não, eram três e pouco. Estou meio confuso. Tínhamos combinado de almoçar com minha irmã em Ridgewood, e mamãe ficou de ir para a minha casa. Moro na rua 39. De lá iríamos todos de trem até Nova Jersey. Mamãe tinha ficado de chegar lá em casa à uma da tarde.

Ele tomou um pouco mais de água antes de continuar.

— Ela costumava se atrasar. Sempre brincamos com ela por causa disso, mas, quando deu duas da tarde e ela não apareceu, comecei a ligar para apressá-la. Como não atendeu, imaginei que estivesse a caminho, mas ela não apareceu. Liguei novamente para o *tele-link*, mas ninguém atendia. Minha mulher e minha filha já estavam agitadas e irritadas. Eu também. Já estava pau da vida.

Ao se lembrar disso, recomeçou a chorar.

— Fiquei tão revoltado com o atraso que vim até aqui pegá-la. Não estava nem um pouco preocupado, para ser franco. Nunca

Imitação Mortal

imaginei que pudesse ter lhe acontecido algo, muito menos que durante todo esse tempo ela já estava...

— Ao chegar aqui, você entrou direto — insistiu Eve. — Tem a chave do apartamento?

— Sim, tenho a chave do portão lá embaixo e do apartamento. Achei que houvesse algo errado com os *tele-links*, mas como às vezes ela se esquecia de recarregar a bateria, eles apagavam. Certamente era isso: os *tele-links* estavam sem carga, e ela não percebeu que já estava tarde. Era nisso que eu pensava quando entrei. Chamei por ela, gritando: "Que droga, mãe, já devíamos ter ido para a casa de Mizzy há duas horas." Como não respondeu, pensei: *Droga, ela está indo para a minha casa e nos desencontramos. Que saco!* Mesmo assim, fui até a porta do quarto dela, nem sei por quê. E ela estava lá... Meu Deus, meu Deus, mamãe!

Ele desabou novamente. Eve balançou a cabeça para impedir que um paramédico lhe aplicasse outro tranquilizante.

— Sr. Gregg... Jeff, você tem de ser forte. Precisa me ajudar. Você viu alguém perto do apartamento ou circulando do lado de fora?

— Não sei. — Ele enxugou o rosto com as mãos. — Eu estava irritado e com pressa, não vi nada estranho.

— Sua mãe comentou alguma coisa sobre estar incomodada com alguma coisa, ou ter notado algo diferente? Havia alguém com quem ela estivesse preocupada?

— Não. Ela mora aqui há doze anos. É um prédio de bom nível, muito seguro. — Ele respirou fundo várias vezes, para acalmar a voz. — Ela conhece todos os vizinhos. Leah e eu moramos a alguns quarteirões daqui e nos vemos toda semana. Ela teria comentado comigo se houvesse algo errado.

— E o seu pai?

— Eles se separaram, deixe ver... faz vinte e cinco anos. Ele mora em Boulder. Meus pais não se veem muitas vezes, mas se dão bem um com o outro. Nossa... Puxa, meu pai jamais faria uma coisa dessas. — Sua voz ficou embargada e ele começou a se balançar para a frente e para trás. — É preciso ser louco para fazer uma coisa dessas.

— Uma pergunta de rotina: sua mãe estava envolvida com alguém?

— Não havia ninguém especial na vida dela, atualmente. Antes, havia Sam. Eles estiveram juntos por dez anos, mais ou menos. Ele morreu em um acidente de trem há uns seis anos. Era o cara certo para ela, eu acho. Não houve mais ninguém especial desde então.

— Ela usava uma aliança?

— Aliança? — Ele olhou para Eve sem expressão, como se a pergunta tivesse sido feita em uma língua estrangeira. — Sim. Sam deu a ela uma aliança quando eles passaram a morar juntos. Ela sempre a usava.

— Pode me descrever essa joia?

— Ahn... Era de ouro, eu acho. Tinha umas pedras, talvez? Nossa, não lembro direito.

— Tudo bem. — Ele já passara por muita coisa, ela decidiu. Aquilo era um beco sem saída. — Um dos guardas vai levar você para casa agora.

— Mas... não há mais nada? Não há nada que eu deveria fazer? — Ele olhou com ar de súplica para Eve. — A senhora poderia me dizer o que eu devo fazer agora?

— Simplesmente vá para casa e fique com sua família, Jeff. É o melhor que você pode fazer, por ora. Vou cuidar da sua mãe.

Eve caminhou ao lado dele até a porta e o entregou a um guarda que o levaria para casa.

— Diga-me algo interessante — exigiu de McNab.

— Foi realmente um misturador de sinais remoto. Ele deve ser um cara com muita habilidade na área de eletrônica e segurança, ou então tem grana suficiente para comprar um aparelho desse tipo. Só que são necessárias muitas doletas, muitas de verdade para comprar uma beleza dessas no mercado negro.

— Por quê? — quis saber Eve. — Em um prédio desse tipo, a segurança geralmente é boa, mas não costuma ser do mais alto nível.

Imitação Mortal

— Certo, mas o lance não é ele ter mexido no sistema de segurança, simplesmente. A questão é *como* ele mexeu. — McNab pegou um pacote de chicletes em um dos muitos bolsos da sua roupa, ofereceu a Eve e atirou um deles na boca quando ela recusou.

— Ele desligou todo o equipamento de segurança do prédio sem mexer com os outros aparelhos. As luzes, os controles de temperatura, os eletrônicos domésticos e os de uso pessoal não foram afetados. Exceto aqui. — Sem parar de mascar, ele apontou para as lâmpadas da sala de estar. — Neste apartamento, e só nesta sala. Acender luzes! — ordenou, e Eve notou que as lâmpadas permaneceram apagadas.

— Sei, isso encaixa com a teoria. "Desculpe incomodá-la, madame, mas fomos informados sobre um defeito em alguns dos circuitos do prédio." Ele devia estar usando um macacão de eletricista. Aposto que trazia uma caixa de ferramentas e um sorriso largo e gentil. Talvez ele até a tenha incitado a testar as luzes da sala. Quando elas não acenderam, ela abriu a porta.

— Para mim foi isso mesmo — informou McNab, soprando uma impressionante bola roxa com a goma de mascar e fazendo-a estourar com um estalo.

— Verifique os *tele-links*, não podemos deixar escapar nada. Se achar alguma coisa, estarei na Central. Peabody!

— Estou aqui, senhora.

-— Não me acompanhe usando esse chapéu idiota. Guarde-o em algum lugar — ordenou Eve ao sair com passadas largas.

— Eu gosto do chapéu — protestou McNab, baixinho. — É sexy.

— McNab, para você até um tijolo é sexy — replicou Peabody, mas disse isso olhando para os lados, para ver se a barra estava limpa, e deu um beliscão na bunda dele. — Talvez eu o use mais tarde. Vou usar *apenas* o chapéu.

— She-Body, assim você me mata.

Ele deu uma olhada para se certificar de que Eve estava longe e agarrou Peabody num beijo rápido e ardente.

— Chiclete de mirtilo! — Divertindo-se com isso, Peabody soprou uma bola roxa com a goma de mascar que recebera durante o beijo. Em seguida, correndo atrás de Eve, tirou o chapéu.

Encontrou a tenente do lado de fora de um carro absolutamente maravilhoso que pertencia ao seu marido, que estava ao seu lado e também era absolutamente maravilhoso.

— Não precisa! — estava dizendo Eve. — Nós pegamos carona com uma das viaturas. E se eu tiver de voltar tarde para casa, pode deixar que aviso.

— É melhor me avisar de qualquer modo, que eu mando alguém pegá-la.

— Eu consigo meus próprios meios de transporte.

— Mas isso não é um meio de transporte, tenente — ronronou Peabody de empolgação e acariciou o carro. — É uma *carruagem* dos sonhos.

— A gente pode se apertar aqui e eu levo vocês — propôs Roarke.

— Nada disso. — Eve cortou Roarke. — Ninguém vai se apertar em lugar nenhum.

— Vocês é que sabem. Peabody, você parece deliciosa. — Ele pegou o chapéu da mão dela e o colocou em sua cabeça. — Tão bonita que a gente sente vontade de dar uma mordida.

— Oh! Que bom... Puxa! — Sob o chapéu de palha, ela sentiu a cabeça ficar leve.

— Arranque esse risinho ridículo da cara, tire o chapéu e vá nos conseguir uma carona para a Central — ordenou Eve, estalando os dedos.

— Hã? — Peabody soltou um imenso suspiro. — Sim, senhora, já estou indo agitar tudo isso.

— Você *precisa* fazer isso com ela? — perguntou Eve quando Peabody foi embora com um ar sonhador.

— Preciso. Quando ela se tornar detetive, vou sentir saudade do tempo em que usava farda Enquanto isso, é bom vê-la variar a indumentária. A gente se vê logo mais em casa, tenente. — Sem se importar de a deixar fula da vida, ele a segurou pelo queixo e pressionou os lábios com firmeza contra os dela. — Você está absolutamente deliciosa, como sempre, querida.

— Sei, sei, sei. — Enfiando as mãos nos bolsos, ela se afastou.

Já tinha anoitecido quando ela voltou para casa. Por teimosia ou não, resolveu não ligar para Roarke buscá-la, mesmo depois de perceber que estava sem dinheiro para o táxi. Pescou algumas fichas de metrô no bolso e descobriu que os trens estavam apinhados de gente que fora passar o domingo fora da cidade.

Preferiu ficar em pé, balançando ao ritmo do vagão que seguia rumo à noite.

Eve quase não andava mais de metrô. Não que sentisse falta disso. Reparou que metade dos cartazes de propaganda nos vagões vinha escrita em outra língua, e muitos passageiros pareciam drogados ou irritados. Sem falar em alguns que fediam como se tivessem uma objeção religiosa contra sabonetes e água.

Como, por exemplo, o mendigo encarquilhado e sem dentes com a licença pendurada no pescoço encardido que lhe lançou um sorriso onde só se viam gengivas. Mesmo assim, bastou um olhar duro para fazê-lo desviar o rosto.

Eve achou que talvez sentisse falta de momentos como aquele, pelo menos um pouco.

Virou-se de lado e resolveu passar o tempo de viagem analisando os outros passageiros. Viu estudantes concentrados, lendo livros em seus tablets. Crianças curtiam vídeos diversos. Um velho roncava tão alto que Eve imaginou que ele já passara da estação de destino. Havia algumas mulheres com olhar cansado, acompanhadas de crianças, e dois sujeitos fortinhos que pareciam entediados.

E notou um sujeito magrelo com cara de nerd vestindo um casacão inadequado para o verão que parecia estar se masturbando no fundo do vagão.

— Ora, mas que diabos! — Ela resolveu ir até lá, mas um dos fortinhos avistou o nerd no mesmo instante que ela e, ressentindo-se da atividade que presenciou, deu-lhe um soco na cara.

Sangue esguichou e várias pessoas gritaram. Embora o nariz do sujeito agredido parecesse uma fonte, ele não interrompeu o que estava fazendo.

— Pode parar! — agitou-se Eve, abaixando-se para agarrar o fortinho número um no instante exato em que um dos passageiros sentados entrou em pânico, se levantou do banco de repente e derrubou Eve contra o punho do fortinho número dois.

— Mas que porra! — reagiu ela, vendo estrelas cintilando ao balançar a cabeça com força. — Sou da polícia! — Com a lateral do rosto latejando, lançou o cotovelo contra o fortinho número um, a fim de impedi-lo de socar o pervertido patético que continuava se masturbando no piso do vagão, ao mesmo tempo que pisava com toda força no pé do fortinho número dois.

Quando ela ergueu o nerd com uma das mãos e rosnou com força, todo mundo recuou. Algo no brilho assassino dos seus olhos fez o que o punho do primeiro agressor não conseguira: ele perdeu o tesão.

Eve viu o membro do imbecil se esvaziar como um balão e suspirou, com nojo, ordenando:

— Tirem essa "coisa" da minha frente.

— Dane-se o metrô! — resmungou, enquanto seguia pela calçada até a porta de casa. A viagem relativamente curta lhe custara um maxilar dolorido e uma dor de cabeça, sem falar no tempo que levara para sair da droga do vagão arrastando o imbecil, a fim de entregá-lo às autoridades do local.

Não notou que soprava uma brisa tão agradável que parecia quase um bálsamo. Nem que o ar vinha carregado de sugestões

Imitação Mortal

doces e florais. Não se importou que o céu estivesse tão claro que era possível ver uma lua crescente pendurada no firmamento como uma luminária.

Tudo bem, até que estava bonito, mas *que inferno de noite.*

Entrou em casa pisando duro. Depois de uma pergunta curta e grossa, foi informada pelo sistema que Roarke estava na sala de entretenimento familiar.

Que era diferente da sala de entretenimento particular, lembrou. Onde é que ficava a grande mesmo? Como não tinha certeza da ala da casa em que ficava o lugar, e caminhar da estação do metrô até o portão tinha sido cansativo, pegou o elevador.

— Sala de entretenimento familiar! — ordenou, e foi levada para cima e, em seguida, para a ala leste.

O salão de entretenimento principal da mansão era outro, reservado para festas e eventos, lembrou. Capaz de receber mais de cem pessoas em poltronas confortáveis, o salão tinha um telão maior que o de muitos cinemas.

A sala familiar era um local íntimo, para os padrões de Roarke. Cores fortes, lembrou Eve, e poltronas simples, embora igualmente macias. Havia dois telões — um para vídeos e outro para games. O sistema de som elaborado, de última geração, tinha de tudo, desde os deselegantes discos de vinil da coleção de Roarke, que ele ouvia ocasionalmente, até as caixas de som mais finas e poderosas que existiam.

Ela entrou na sala em meio a um ribombar que parecia vir de todas as paredes. Seus olhos se arregalaram diante da batalha espacial travada no telão de vídeos.

Roarke estava recostado numa das poltronas de reclinar com o gato no colo e um cálice de vinho na mão.

O trabalho a esperava, disse a si mesma. É preciso fazer mais pesquisas sobre o Estrangulador de Boston e continuar procurando uma ligação entre Jacie Wooton e Lois Gregg, embora tivesse quase certeza de que não encontraria conexão alguma entre as vítimas.

Iria perturbar os peritos, os legistas e os técnicos do laboratório. Nenhum deles iria lhe dar muita atenção em uma noite de domingo, quase às dez da noite, mas ela planejava incomodá-los mesmo assim.

Poderia rodar programas de probabilidades, repassar as anotações, as listas de suspeitos, e analisar o quadro que montara com os dados dos dois crimes.

Em vez disso, porém, caminhou devagar e pegou o gato do colo de Roarke.

— Você está no meu lugar — avisou ao animal, colocando-o na poltrona ao lado. Aninhando-se suavemente entre as pernas de Roarke, tomou um gole do vinho dele e perguntou: — Sobre o que é essa história?

— Sobre água, a *commodity* mais importante para este planeta localizado no quadrante zero.

— Não existe nenhum quadrante zero.

— É obra de ficção, minha querida e pouco sonhadora Eve. — Ele a puxou para perto de si com força e lhe plantou um beijo distraído na testa, enquanto acompanhava a ação. — O planeta está sem água potável. Foi montada uma operação de resgate para levar um suprimento para os habitantes da colônia e purificar o pouco que eles tinham. Mas há outro grupo que quer a posse da água. Já houve duas ou três batalhas sangrentas para ver quem fica com a preciosidade.

Algo explodiu na tela, um festival de cores acompanhado por um *bum* ensurdecedor.

— O filme é bom — comentou Roarke. — Há uma mulher, chefe da polícia ambiental, que são os mocinhos. Ela está relutantemente apaixonada pelo capitão perigoso que se ofereceu para entregar a mercadoria, por um preço alto. Começou há menos de meia hora. Se quiser assistir, eu volto para o início.

— Não, eu acompanho a partir daí.

Eve pretendia ficar sentada diante do telão só por alguns minutos, para descansar a mente. Mas se deixou envolver pela história e, afinal, era simples se deixar ficar ali, estendida na poltrona com ele, enquanto batalhas imaginárias eram travadas.

Por fim, o Bem derrotou o Mal.

— Nada mau — sentenciou ela, quando os créditos começaram a rolar pela tela. — Ainda vou trabalhar mais uma ou duas horas.

— Vai me contar em que pé está o caso?

— Talvez. — Ela se levantou da poltrona, alongou o corpo e piscou como uma coruja quando ele acendeu as luzes.

— Mas que droga, Eve, onde foi que você enfiou a cara dessa vez?

— Não foi culpa minha. — Fazendo biquinho, ela tocou o maxilar com todo cuidado. — Alguém me empurrou em cima de um punho que parecia um tijolo no exato momento em que eu tentava impedi-lo de transformar em ketchup o rosto de um sujeito que batia punheta no metrô. O cara que me golpeou não teve culpa. Afinal, a porrada nem era para mim.

— Minha vida — refletiu Roarke, depois de alguns instantes — era cinzenta antes de você entrar nela.

— É, sou um verdadeiro arco-íris. — Ela massageou o maxilar.

— Pelo menos o meu rosto é. Está a fim de me ajudar em um trabalho burocrático?

— Posso ser convencido a isso, mas só depois de passarmos alguma coisa nesse machucado.

— Não está doendo muito, não. O guarda da linha me disse que o punheteiro é passageiro regular. O apelido dele é Dado Tarado.

— Que pedaço maravilhoso de informação sobre a fauna nova-iorquina. — Ele a empurrou na direção do elevador. — Isso quase me faz ter vontade de andar de metrô.

Capítulo Oito

No apartamento apertado de Peabody, McNab treinava com ela uma série de intensas simulações computadorizadas. Nas últimas semanas ele se mostrara um instrutor competente e dedicado, mas muito exigente e irritante.

Com os ombros curvados, ela tentava desvendar uma cena de assassinato, apontando escolhas e opções na investigação simulada de um homicídio duplo.

Praguejou quando o caminho que escolheu resultou em um apito irritante — contribuição pessoal de McNab à simulação — e a figura séria e sombria de um juiz de toga surgiu, balançando o dedo para ela.

Nã-nã-não. Rotina inadequada, com contaminação da cena do crime. A prova não pode ser aceita por este tribunal. O suspeito ganhou passe livre para fora da cadeia por causa da incompetência dessa detetive.

— Ele *precisa* falar desse jeito?

— Assim não tem blá-blá-blá jurídico — explicou McNab, enfiando um monte de batatas fritas na boca — e a gente vai direto à questão.

Imitação Mortal

145

— Não quero fazer mais nenhuma simulação. — Ela armou um bico com os lábios, e isso agitou a libido de McNab. — Meu cérebro está prestes a escorrer pelos ouvidos a qualquer minuto.

Ele a amava, e teve de lutar contra a vontade de arrancar as roupas dela em segundos para transar sobre o tapete da sala.

— Escute, gata, você arrebenta na parte escrita. Tem uma memória fabulosa para detalhes, códigos de leis e tudo o mais. Além disso, sabe se expressar muito bem verbalmente, quando consegue impedir que a voz fique esganiçada.

— Minha voz não é esganiçada.

— Mas fica muito estridente quando eu mordo seus dedos dos pés. — Ele exibiu todos os dentes quando ela olhou para ele com cara de poucos amigos. — Apesar de eu adorar o som, a equipe que vai lhe aplicar o teste talvez não seja tão romântica. É melhor maneirar nos guinchos.

Ela manteve o bico, mas abriu a boca, chocada, quando ele deu um tapa em sua mão, impedindo-a de alcançar o saco de batatas fritas.

— Nada de batatas até você levar uma simulação até o fim.

— Caraca, McNab, não sou um bicho amestrado fazendo gracinhas por um biscoito.

— Não, mas é uma policial que quer virar detetive. — Afastou ainda mais o saco do alcance dela. — Além do mais, está apavorada.

— Não tô apavorada, não! Ligeiramente ansiosa, o que é compreensível, em virtude do processo de testes ao qual vou ser submetida, e para os quais tento me preparar da melhor forma e... — Ela soprou o ar com força enquanto ele a analisava com pacientes olhos verdes. — Estou aterrorizada! — Quando o braço de McNab a envolveu com carinho, ela enfiou o nariz no ombro magro dele. — Estou morrendo de medo de estragar tudo e decepcionar Dallas... e você também. E Feeney, e o comandante, e a minha família, nossa!

— Você não vai estragar nada, nem me decepcionar. Isso não tem nada a ver com Dallas, nem com ninguém. Tem a ver com você.

— Mas ela me treinou, foi ela quem me indicou para a seleção.

— Porque deve achar que você está pronta. É claro que não é moleza, She-Body. — Ele deu um cheiro na bochecha dela. — Ninguém espera que seja. Mas você teve o treinamento, a experiência de trabalhar em campo, tem instintos e cérebro. Mais uma coisa, gata: você tem coragem e coração também.

Ela ergueu a cabeça e olhou para ele com ternura.

— Ah, que lindo você dizer isso!

— É a pura verdade, e vou dizer outra... Só tem uma coisa que você não tem: colhões.

A afeição melosa que ela sentia por ele se transformou numa reação de insulto.

— Ei, que papo é esse?

— E por não ter colhões — continuou ele, calmamente —, não confia na sua intuição nem no seu treinamento. Vive duvidando de si mesma. Em vez de ir em frente com o que sabe, fica questionando o que não sabe, e é por isso que se dá mal nas simulações.

Ela se afastou dele, ofegou de raiva e explodiu:

— Odeio você por estar sempre certo.

— Nada disso... Você me ama porque eu sou *pintoso*.

— Babaca.

— Cagona.

— Cagona? — Os lábios dela formaram um sorriso relutante. — Caraca! Tudo bem, prepare outra simulação para mim. Uma que seja bem difícil. E quando eu me der bem vou ganhar não apenas as batatas como também... — O sorriso dela se ampliou. — Você vai ter de usar o meu chapéu.

— Combinado.

Ela se levantou e começou a andar de um lado para outro enquanto ele programava uma nova simulação de caso. Ela admitiu para si mesma que estava receosa por querer tanto aquilo. Mas não usara essa vontade a seu favor, e deixara o temor corroer sua autoconfiança. Isso tinha de acabar. Mesmo com as palmas das mãos suadas e os nós no estômago, isso precisava ter um fim.

Dallas nunca se deixava dominar pelo medo, pensou. E ela ficava com medo, é claro. Medo e algo ainda mais profundo e sombrio. Deixara isso transparecer na cena do assassinato de Lois Gregg naquela tarde, ainda que só por um instante. De vez em quando, num caso de homicídio sexual, isso transparecia, deixava a tenente pálida e a levava a um lugar terrível, Peabody tinha certeza. Era algo íntimo e pessoal.

Estupro era o mais provável, e certamente brutal. E ela devia ser muito jovem. Foi antes de entrar para a polícia. Peabody já estudara toda a carreira de Eve na polícia de Nova York com detalhes, como um modelo a seguir, e nunca viu um relatório de ataque sexual a Dallas.

Portanto, isso acontecera antes de ela entrar na academia. Quando era adolescente, ou talvez criança. Por solidariedade involuntária, seu estômago se contorceu. Dallas tinha certamente coragem e colhões para enfrentar isso e reviver tudo o que lhe acontecera cada vez que entrava em uma cena que ecoava violência sexual.

Mas, para usar esse terror, em vez de se deixar ser usada por ele, era preciso mais que tudo isso, decidiu Peabody. Era preciso algo que ela só conseguia descrever como heroísmo.

— Está pronto — avisou McNab. — É um caso muito especial.

Peabody respirou fundo e se endireitou.

— Eu também estou pronta. Vá para o quarto, pode ser? Quero fazer tudo sozinha.

Ele a fitou por alguns segundos, viu o que esperava ver e concordou com a cabeça.

— Vamos nessa. Pegue o cara, She-Body.

— Vou pegar mesmo.

Ela suou para desvendar o caso que ele montara, mas manteve o foco. Parou de perguntar a si mesma o que Dallas gostaria que ela fizesse em determinada situação. Chegou mesmo a deixar de se preocupar com o que Dallas faria e se concentrou apenas no que precisava ser feito. Preservar a cena e observar os detalhes. Coletar os indícios e identificar os dados. Questionar minúcias, relatar e investigar. Tudo começou a se encaixar em sua cabeça, à medida que um padrão conhecido surgia. Ela abriu caminho em meio a testemunhas que faziam declarações conflitantes, lapsos de memória dos envolvidos, entrelaçamentos de fatos e mentiras, procedimentos laboratoriais e jurídicos.

Construiu peça por peça, num entusiasmo crescente, um caso sólido.

Pensou em ir com mais cautela nos estágios finais que levariam à prisão, mas foi em frente, selecionou os fatos e provas. E foi recompensada pela imagem de um promotor que determinou na tela, com empolgação na voz:

Pode amarrar tudo. Assassinato em primeiro grau.

— *Yes!* — Ela pulou da cadeira e fez uma pequena dança de vitória. — Consegui um mandado de prisão! Peguei o canalha assassino! McNab, pode trazer as batatinhas.

— Estão aqui! — Ele apareceu na sala com um sorriso de orelha a orelha. Trazia o saco de batatas em uma das mãos e estava completamente nu, a não ser pelo chapéu de palha. Como o acessório estava pendurado em algo entre as suas pernas, Peabody imaginou que seu sucesso o deixara tão feliz quanto ela mesma.

Riu tanto da cena que sentiu uma pontada nas costelas.

— Você é um retardado mesmo — conseguiu dizer em meio às gargalhadas, e pulou em cima dele.

Para Eve, tudo era uma questão de misturar fatos inegáveis com especulação dirigida.

— O assassino sabia das rotinas das vítimas e certamente as conhecia. Não quer dizer que eles interagiam, nem que elas o conheciam, mas *ele* as conhecia. É arrogante demais para pegar vítimas aleatórias. Ele as estudava antes.

Imitação Mortal 149

— Esse é o padrão, certo? — perguntou Roarke, virando a cabeça de lado enquanto a ouvia. — Se o grande amor da minha vida fosse dentista, eu estaria estudando os mais recentes avanços em tratamentos e higiene bucal.

— Nem me fale em dentista — avisou Eve, passando a língua sobre os dentes, numa reação automática.

— Claro que não, vamos continuar com assassinatos sanguinários. — Como sabia que seria impossível dissuadi-la de mais uma caneca de café, apesar de já ser meia-noite, serviu uma para si mesmo. — Lançar a isca, selecionar a vítima, ficar de tocaia e planejar tudo. Não são essas as etapas básicas seguidas por um serial killer típico, se é que podemos usar essa palavra?

— Existe uma empolgação com tudo isso, o controle, o poder, os detalhes. Ela está viva agora porque eu permito, amanhã estará morta porque é assim que eu quero. É óbvio que ele nutre uma admiração por serial killers que ficaram famosos por seus atos. Jack, o Estripador, o Estrangulador de Boston, então ele os imita. Só que tem um estilo especial. É melhor do que eles, porque é versátil.

— E quer que você saia à caça dele porque a admira.

— De um jeito doentio. Quer a fama. Não lhe basta matar, isso não o empolga o bastante. A caçada, sim. Ser caçador e presa ao mesmo tempo o deixa ligado. Ele caçou essas mulheres.

Eve se virou para o quadro que montara em seu escritório doméstico, com fotos de Jacie Wooton e Lois Gregg vivas e mortas.

— Ele as observou, aprendeu tudo sobre suas rotinas e seus padrões de comportamento. Precisava de uma prostituta para imitar o Estripador, e tinha de ser uma acompanhante licenciada especial. Jacie Wooton se enquadrava no modelo. Ele *esperava* que ela fosse passar por aquela rua, e naquela hora. Não foi por acaso. Do mesmo modo, Lois Gregg se encaixava no modelo de vítima do Estrangulador, e ele sabia que ela estaria sozinha em casa em pleno domingo de manhã.

— E também sabia que alguém iria encontrá-la antes de o dia terminar?

— Exato. — Bebendo um gole de café, ela concordou com a cabeça. — A gratificação foi mais rápida desse jeito. O mais provável é que tenha sido ele mesmo quem ligou, de forma anônima, para a emergência, no primeiro crime. Queria que Wooton fosse achada o mais depressa possível, para que o horror e a adulação da mídia tivessem início.

— O que sugere que ele se sente muito seguro.

— Sim, muito seguro — concordou Eve. — E muito superior. Se Lois Gregg não tivesse parentes nem amigos, que certamente verificariam sua ausência em questão de horas, ele teria de esperar pela próxima emoção ou arriscar uma nova ligação anônima para a emergência. Foi por isso que direcionou a ação para essas mulheres, especificamente, como provavelmente já determinou quem vai ser a próxima vítima.

Ela se sentou e esfregou os olhos.

— Vai imitar mais alguém. E vai ser um assassino que provocou agitação da mídia em seu tempo, e deixou corpos onde eles poderiam e seriam encontrados. Vamos eliminar os serial killers que enterraram, esquartejaram ou ingeriram suas vítimas.

— Por sinal, um grupinho igualmente interessante.

— E como! Mas ele não vai copiar alguém como o chef Jourard, o cara francês dos anos 2020.

— Aquele que mantinha suas vítimas conservadas no freezer?

— Sim, para depois desmembrá-las, cozinhá-las e servi-las para inocentes clientes em seu elegante bistrô em Paris. A polícia levou quase dois anos para agarrá-lo.

— Ele era famoso por seus timos e pâncreas refogados.

Eve estremeceu de leve e afirmou:

— Pessoas que comem os órgãos internos de qualquer animal me deixam atônita. Puxa, estou perdendo o foco.

— Porque está cansada. — Ele passou a mão ao longo do braço dela, acariciando-o.

— Pode ser. Ele vai continuar sendo objetivo, não vai brincar com as pessoas como Jourard, ou Dahmer, ou Ivan, o Açougueiro, aquele maníaco russo. Mas, como as pessoas não escapam de ser como são, ele tem muitos outros para imitar. E vai continuar matando mulheres.

Ela foi até o quadro.

— Quando um cara mata mulheres como ele fez com essas duas é porque tem problemas com elas. Mas o assassino não tem ligação direta com as vítimas. Vou insistir na pesquisa do papel e do bilhete. Preciso ver se alguém da lista tem interesse especial em serial killers.

— Há uma pessoa com quem talvez você goste de conversar — sugeriu Roarke. — Thomas A. Breen. Ele escreveu o que alguns consideram o livro definitivo sobre os serial killers do século vinte, e outro sobre assassinatos em massa ao longo da história. Eu cheguei a ler alguns dos seus livros, já que o assunto é do interesse da minha esposa.

— Thomas A. Breen. Talvez eu já tenha lido alguma coisa dele. O nome é vagamente familiar.

— Ele mora aqui em Nova York. Levantei seus dados quando você estava na Central, pois imagino que você gostaria de bater um papo com ele.

— Que cara esperto!

Dessa vez, quando ela estendeu o braço para pegar o bule, ele colocou a mão sobre a dela para impedi-la.

— Tão esperto que reparei que você já alcançou sua cota de café para o dia todo, e mesmo assim está quase cochilando.

— Só queria rodar mais alguns programas de probabilidades.

— Ordene o que quer e deixe o sistema processando tudo enquanto dorme. De manhã cedo os resultados estarão prontinhos, à sua espera.

Ela poderia ter argumentado com ele, mas estava cansada demais. Em vez de brigar, fez o que ele sugeriu. Mesmo assim, de vez em quando o seu olhar era atraído para o quadro, fitando Lois Gregg.

Ouviu o jeito como o filho dela, um homem adulto, havia chorado a ponto de soluçar. Lembrou-se da devastação absoluta que viu nos olhos dele no instante em que apelou, pedindo que ela o orientasse sobre o que deveria fazer em seguida.

"Mamãe", ele a havia chamado, como uma criança. Apesar de ter mais de trinta anos, disse "mamãe" como um menino perdido e desorientado.

Eve sabia que Roarke também sentira um pouco daquele desamparo, o luto de um menino, ao saber que a mãe que nunca conheceu fora assassinada. Já estava morta havia mais de três décadas, e mesmo assim ele sofreu.

E naquele mesmo dia, à tarde, uma mulher adulta a analisara com desconfiança e ressentimento pelo seu relacionamento com a mãe dela.

O que será que ligava uma criança, de forma tão inexorável, à própria mãe? Seriam os laços de sangue?, perguntou a si mesma enquanto tirava a roupa para se deitar. Será que era uma coisa gravada no útero, ou algo aprendido e desenvolvido após o nascimento?

Assassinos de mulheres e criminosos sexuais muitas vezes surgiam a partir de sentimentos ou relações pouco saudáveis com uma figura materna. Do mesmo modo que os santos geralmente nasciam de relacionamentos saudáveis com a mãe. Toda a normalidade da raça humana se situava em algum ponto entre esses dois extremos.

Será que esse assassino odiava a mãe? Abusou dela ou sofreu abusos maternos? Será que ele estava matando a mãe em cada uma daquelas mulheres?

Pensando em mães, ela pegou no sono e começou a sonhar com a sua.

Era do cabelo que ela mais gostava, dourado, brilhante e lindo, comprido e cacheado. Adorava tocar nele, embora soubesse que não devia fazer isso. Gostava de alisá-lo, como vira um menino fazer com seu cãozinho certo dia.

Imitação Mortal

Não havia ninguém em casa e tudo estava silencioso, do jeito que ela gostava. Quando sua mamãe e seu papai saíam, ninguém berrava, nem fazia barulhos assustadores, nem a proibia de fazer o que gostava.

Ninguém batia nela, nem a esbofeteava.

Mas ela não devia entrar no quarto onde mamãe e papai dormiam. O mesmo lugar onde a mamãe, às vezes, trazia outros papais para brincar com ela em cima da cama, sem roupa.

Só que havia muitas coisas *maravilhosas* lá dentro. Como os cabelos compridos e dourados, ou vermelhos, e também as garrafas com cheiro de flor.

Ela entrou caminhando pé ante pé e foi até a penteadeira. Vestia jeans largos demais e uma camiseta amarela manchada de suco de uva. Seus ouvidos eram apurados, como acontece geralmente com as presas, e ela parou para escutar com atenção antes de entrar no quarto, pronta para sair correndo e voltar para a sala, se necessário.

Seus dedinhos se estenderam e acariciaram os cachos dourados da peruca. A seringa de pressão largada de forma descuidada, ao lado, não a interessou. Ela sabia que a mamãe precisava tomar remédio todo dia, às vezes mais de uma vez por dia. Em alguns dias, o remédio deixava sua mamãe sonolenta, e outras vezes a deixava com vontade de dançar sem parar. Ela era mais legal quando dançava; embora sua gargalhada fosse assustadora, aquilo era melhor do que os gritos e surras.

Havia um espelho sobre a penteadeira, mas ela só conseguia ver a testa e o topo da sua cabeça, mesmo assim quando se colocava na ponta dos pés. Seus cabelos eram feios, marrons, retos e curtos. Não eram tão bonitos quanto os cabelos de mentirinha da mamãe.

Sem conseguir resistir, colocou a peruca sobre a cabeça. Os cachos lhe escorreram até a cintura e a fizeram se sentir bonita e feliz.

Havia um monte de brinquedos na penteadeira, e tintas para pintar o rosto de várias cores. Uma vez, em um dia em que a mamãe estava feliz, ela pintou seus lábios e bochechas, e disse que ela parecia uma bonequinha.

Se ficasse parecendo uma bonequinha, talvez mamãe e papai gostassem mais dela. Não iriam gritar tanto, nem bater nela, e ela poderia sair para brincar lá fora.

Cantarolando baixinho, usou a tintura labial e apertou os lábios um contra o outro, como vira a mamãe fazer. Esfregou um pouco de cor na bochecha e tentou subir, meio desajeitada, nos sapatos de salto alto que estavam diante da penteadeira. Ficou um pouco desequilibrada, mas conseguiu ver mais um pedaço do seu rosto no espelho.

— Parece uma bonequinha — repetiu, feliz por se ver com os cachos dourados e o rosto pintado.

Começou a colocar mais coisas no rosto, muito empolgada, e ficou tão distraída com a brincadeira e a diversão que não ouviu quando eles chegaram.

— Sua *vadiazinha* idiota!

O grito a assustou e ela caiu dos sapatos. Ainda despencava para trás quando percebeu a mão que estalou com força em seu rosto. Sentiu uma dor intensa quando seu cotovelo bateu no chão, mas antes mesmo de as lágrimas surgirem, a mamãe a agarrou pelo braço machucado e a colocou novamente em pé.

— Eu disse para você nunca entrar aqui. Já avisei que você não pode tocar nas minhas coisas.

As mãos da mamãe eram brancas, muito brancas, e as pontas das suas unhas eram vermelhas, como se sangrassem. Ela as usou para dar tapas em seu rostinho pintado, que sentiu fisgadas de dor.

A menina abriu a boca para chorar, mas a mão se ergueu mais uma vez e tornou a espancá-la.

— Que droga, Stel! — O papai entrou depressa e agarrou a mamãe, empurrando-a com força sobre a cama. — O sistema à prova de som deste apartamento é quase inexistente. Você quer que as porras das assistentes sociais apareçam aqui para encher o nosso saco novamente?

Imitação Mortal

— Essa merdinha estava mexendo nas minhas coisas. — A mamãe pulou da cama e fechou os dedos de pontas sangrentas, transformando-os em garras. — Olha só a cagada que ela fez! Estou farta, cansada de ter de limpar tudo e depois aturar os choramingos dela!

No chão, encolhida com os braços sobre a cabeça, a menina tentava não emitir som algum. Nem um pio, pensava, para eles esquecerem que ela estava caída ali, tentando parecer invisível.

— Eu nunca quis essa pirralha, para começo de conversa. — Mamãe quase mordia as palavras e parecia ranger os dentes. A menina imaginou aqueles dentes mordendo seus dedinhos das mãos e dos pés. O terror a fez miar como um gatinho acuado, e ela apertou as mãos de encontro aos ouvidos para bloquear o som. — Ter essa criança foi ideia sua. Cuide você dela agora!

— Pode deixar que eu vou cuidar. — Ele recolheu a menina do chão. Embora ela tivesse medo do pai de um jeito profundo e instintivo, naquele momento o medo da mãe foi maior, por causa das palavras que pareciam morder, e das mãos muitos brancas que a esbofetearam.

Então ela o abraçou, recurvada, e estremeceu quando ele passou a mão na peruca que lhe caíra sobre os olhos e foi descendo com as mãos até suas nádegas.

— Tome uma dose, Stella — sugeriu ele —, você vai se sentir melhor. Pode deixar que eu cuido do caso, vamos comprar um androide para tomar conta da menina.

— É, sei... — debochou ela. — Isso vai acontecer. E também vamos ter uma casa imensa, uma frota de carros caros e todas as outras merdas que você me prometeu. A única coisa que consegui de você até agora, Rich, foi essa pirralha choraminguenta.

— Um investimento para o futuro. Ela vai se pagar um dia, não vai, garotinha? Tome uma dose, Stella — repetiu, ao sair do quarto com a menina pendurada no quadril. — Vou limpar a cara dela.

A última coisa que a menina viu, ao sair do quarto, foi o rosto de sua mamãe. E os olhos castanhos com sombra dourada nas pálpebras de cílios afiados como as palavras; cílios que pareciam dentes pontudos cheios de ódio.

Eve acordou, mas não sentiu o pânico estrangulado dos pesadelos que costumava ter, e sim uma espécie de choque embotado e frio. O quarto estava escuro e ela percebeu que rolara para a ponta da cama, como se precisasse de privacidade para viver seu sonho.

Abalada, ligeiramente enjoada, ela se virou de barriga para cima e se enroscou em Roarke. Os braços dele a enlaçaram e a puxaram mais para perto. Envolta pelo seu calor, ela fingiu pegar no sono outra vez.

Não contou sobre o sonho a Roarke, na manhã seguinte. Não sabia se devia ou podia fazer isso. Queria trancar as lembranças, mas se sentiu presa a elas durante a rotina matinal.

Foi um alívio Roarke ter uma manhã cheia de reuniões, pois ela conseguiu enrolá-lo e acabou saindo de casa sem muita chance de conversa.

Ele conseguia enxergá-la muito bem por dentro, e com muita facilidade, um talento que sempre a deixava espantada e irritada, mas o fato é que ela ainda não estava pronta para explorar as coisas das quais se lembrara.

Sua mãe era uma prostituta drogada que nunca desejou ter uma filha. Mais que indesejada, ela fora desprezada e odiada.

Que diferença isso fazia?, Eve perguntou a si mesma enquanto dirigia rumo à Central. Seu pai fora um monstro. Era pior descobrir que a mãe fora igual? Isso não mudava nada.

Ela estacionou na garagem do prédio e foi direto para sua sala. A cada passo que dava, em meio à agitação do andar, foi se sentindo mais segura de si. O peso da arma lhe serviu de conforto, tanto quanto o distintivo em seu bolso.

Roarke lhe dissera, uma vez, que aqueles objetos eram símbolos, e realmente eram. Símbolos de quem e do que ela era.

Imitação Mortal

Atravessou a sala de ocorrências, onde o turno da manhã começava. Fez um desvio e passou pelo cubículo de Peabody no instante em que sua auxiliar tomava o último gole do café que comprara na rua.

— Thomas A. Breen — anunciou Eve, recitando um endereço no East Village. — Entre em contato e agende um encontro o mais depressa possível. Pode marcar na casa dele.

— Sim, senhora. Teve uma noite difícil? — Ao ver o olhar frio que Eve lançou, Peabody encolheu os ombros. — Pela sua cara, parece que você não dormiu direito, mas isso é só um comentário. Eu também dormi pouco. Estou queimando as pestanas, estudando para a prova. O dia está chegando.

— Se pretende trabalhar oito horas por dia e voltar para casa, é melhor nem pegar o distintivo. Marque a entrevista. Vamos atualizar a lista de suspeitos, começando por Fortney. — Ela fez menção de sair, mas se virou e disse: — Estudar demais pode atrapalhar e provocar estafa, sabia?

— Sim, mas é que eu estava arrebentando nas simulações. Consegui vencer duas, ontem à noite. Foi a primeira vez que eu me senti pronta para a batalha.

— Ótimo. — Eve enfiou os polegares nos bolsos e tamborilou na jaqueta com os outros dedos. — Ótimo — repetiu, seguindo para sua sala a fim de cobrar do laboratório os resultados sobre Lois Gregg.

O bate-boca com Dick Cabeção a deixou mais animada ao ler o relatório dos legistas. Morris qualificou de "cirúrgicos" os instrumentos usados em Jacie Wooton. O resultado do exame toxicológico mostrou que seu organismo estava livre de drogas químicas.

Já que ela não andava consumindo drogas, perder tempo correndo atrás do seu fornecedor não era prioridade.

As investigações em Chinatown e arredores não resultara em nada, mais uma vez.

* * *

— Não havia traços de esperma em Lois Gregg — contou Eve a Peabody, enquanto seguiam para o Village. — Os legistas descobriram que ela foi estuprada e sodomizada com um cabo de vassoura. Não havia impressões digitais no local do crime, com exceção das dela e de familiares, além de duas vizinhas que estão limpas. Foram achadas fibras de cabelo artificial. O Cabeção acha que o nosso rapaz usou peruca e bigodes falsos, mas ainda não tem certeza.

— Então ele usou um disfarce?

— Sim, para o caso de ter sido visto nos arredores. Precisava ficar de tocaia, vigiando-a, e deve ter feito isso durante algumas semanas, para confirmar sua rotina dominical. Mas como será que ele a escolheu? Tirando na porra do palitinho? Como foi que ele escolheu essa acompanhante licenciada em especial e essa outra mulher em particular?

— Talvez exista alguma ligação entre elas. Uma loja onde as duas faziam compras, um restaurante, um consultório. Um médico, um banco.

— É possível, e esse é um bom campo para você investigar. Estou mais inclinada a achar que o bairro foi o foco principal. A vizinhança. Selecione o local, depois a vítima, e então planeje tudo.

— Por falar em vizinhança, essa aqui me parece muito agradável — comentou Peabody, observando as calçadas sombreadas, as casas antigas e grandes, as lindas jardineiras colocadas no peitoril das janelas e arranjos em vasos no chão. — Vou gostar de morar num lugar desses um dia, quando eu me estabelecer na vida, formar uma família, essas coisas. Já pensou nisso? Ter filhos e tudo o mais?

Eve pensou nos olhos cheios de ódio olhando para ela dentro do sonho.

— Não.

— Pois é, eles exigem muito tempo e dedicação. Mas acho que vou entrar nessa daqui a uns seis ou oito anos. É claro que vou fazer um bom test drive com McNab primeiro, antes de assumir um compromisso mais sério do que morar junto. Ei, sua pálpebra não começou a tremer!

Imitação Mortal 159

— Porque não estou ouvindo nada do que você está falando.

— Está, sim — murmurou Peabody quando Eve parou junto do meio-fio. — Ele tem sido o máximo, estudando comigo para a prova. Faz diferença ter alguém do nosso lado. E ele quer isso para mim porque é o que eu quero. Isso é... é muito legal.

— McNab é um idiota na maior parte do tempo, mas está apaixonado por você.

— Dallas! — Peabody se remexeu no banco com tanta intensidade que o quepe tombou sobre um dos seus olhos. — Você usou a palavra começada com "a" e "McNab" na mesma frase. E não foi sem querer.

— Cale a boca.

— Calei... Tô feliz. — Com um sorriso gigantesco, ela ajeitou o quepe. — Vou saborear isso em silêncio.

Elas caminharam três casas adiante e chegaram a uma residência de três andares que Eve imaginou que um dia fora um prédio de apartamentos. Escrever sobre serial killers era uma atividade obviamente lucrativa, para Breen se dar ao luxo de ter uma casa como aquela.

Subiu um lance curto de degraus em lajotas, chegou à porta principal e reparou no sofisticado sistema de segurança que certamente dava ao proprietário confiança suficiente para ter, nos dois lados da porta, vitrôs de vidro jateado.

Ele era casado, segundo informações que Eve obtivera, e tinha um filho de dois anos. Breen recebia um subsídio do governo para trabalhar como pai profissional, em casa, em tempo integral, enquanto sua esposa ganhava muito bem como vice-presidente e editora de uma revista de moda chamada *Outré*.

Um arranjo simpático e interessante para o marido, refletiu Eve, tocando a campainha e erguendo o distintivo para ser escaneado.

O próprio Thomas Breen atendeu a porta, com o filho sentado sobre os ombros, uma perna de cada lado. O menino agarrava os cabelos do pai como se fossem as rédeas de um cavalo.

— Anda, corre! — gritou o garoto, usando os pés como esporas na lateral do corpo do pai.

— Só até aqui, amigão. — Breen apertou os tornozelos do menino para ampará-lo melhor ou, pensou Eve, para impedi-lo de continuar atacando-o com os calcanhares. — Tenente Dallas?

— Isso mesmo. Obrigada por abrir um espaço na sua agenda para conversar comigo, sr. Breen.

— Tudo bem. Sempre fico feliz em ajudar a polícia e acompanho o seu trabalho, tenente. Tenho planos de escrever um livro sobre assassinatos famosos em Nova York, um dia. Sua experiência será uma das minhas principais fontes.

— O senhor vai ter de conversar com o relações-públicas da Central a respeito disso.

— Ah, eu sei, claro. Desculpe.

Ele deu um passo para trás. Tinha trinta e poucos anos, altura mediana e um corpo sarado. Pela definição dos músculos dos seus braços, Eve percebeu que ele não passava o dia todo só no computador. Tinha um rosto interessante, bonito sem ser embonecado.

— Pistola a laser! — gritou o menino, ao avistar a arma sob a jaqueta de Eve. — Solte uma rajada!

Breen riu, tirou o menino dos ombros com um movimento rápido e eficiente, que fez o jovem cavaleiro gargalhar de alegria.

— Jed tem sede de sangue, é traço de família. Vou deixá-lo com o androide lá em cima e já volto para conversarmos.

— Androide não! — protestou o menino, e seu rostinho angelical assumiu um ar de revolta. — Quero ficar com o papai!

— Só um pouquinho, campeão. Depois, vamos ao parquinho. — Ele fez cócegas no menino enquanto subia a escada ao seu lado.

— É legal ver um pai lidar com o filho desse jeito e curtir tanto — comentou Peabody.

— É. Queria saber o que um sujeito bem-sucedido acha de usar o subsídio federal para trabalhar como pai profissional enquanto a mãe do rebento é uma executiva atarefada em uma firma importante.

Imitação Mortal

Alguns homens se sentiriam diminuídos. Outros julgariam a própria mulher ambiciosa e dominadora. Talvez a mãe dele também seja assim. Ela é neurologista e o pai sempre cuidou da casa. Já viu, né? — acrescentou Eve, olhando longamente para as escadas.

— Alguns homens criariam um ressentimento contra as mulheres em geral, diante dessa rotina.

— Essa é uma visão machista.

— De fato. Mas tem muito homem machista.

Peabody franziu o cenho.

— É preciso uma mente especial para transformar uma cena doméstica linda como a que acabamos de ver em motivo para assassinatos em série.

— Sim, esse é um dos meus talentos inatos, Peabody.

Capítulo Nove

Breen as recebeu em uma sala aconchegante ao lado da cozinha. Dois janelões davam para os fundos da residência, e era possível ver um terraço muito limpo, cercado por uma mureta. Mais adiante havia árvores frondosas. Com uma vista daquelas, parecia que eles estavam em um bairro elegante afastado do centro, e não em plena Manhattan.

Alguém colocara vasos de flores no terraço e duas espreguiçadeiras. Havia ainda uma mesinha sob a sombra de um elegante ombrelone listrado de azul e branco.

Dois caminhões de plástico estavam caídos de lado, e seus ocupantes coloridos haviam sido atirados longe, como se tivessem sofrido um terrível acidente.

Por que, perguntou-se Eve, as crianças estavam sempre batendo seus veículos de brinquedo uns contra os outros, simulando desastres? Talvez isso fosse algum instinto primitivo do tempo das cavernas e do qual as crianças se livrassem ou reprimissem ao se tornarem adultas.

O pai de Jed parecia muito civilizado, sentado em sua cadeira com rodinhas sobre a qual deslizava diante de sua mesa de trabalho.

Imitação Mortal

Ganhava a vida escrevendo sobre gente que não reprimia nenhum instinto e que, em vez de superá-los, tinha trocado a violência simulada dos brinquedos pela morte e pelo sangue de verdade.

Havia todo tipo de gente no mundo, conforme Eve sabia muito bem.

— Então, tenente, em que posso ajudá-la?

— Você pesquisou muita coisa sobre serial killers — afirmou ela.

— Eles são figuras históricas, antes de qualquer coisa. Embora eu também já tenha entrevistado assassinos da nossa época.

— Por que faz isso, sr. Breen?

— Pode me chamar de Tom. Por quê? — Ele pareceu surpreso por um instante. — É um assunto fascinante. A senhora já teve contato direto com essas pessoas. Não os acha fascinantes?

— Não sei se usaria essa palavra.

— Mas já deve ter se perguntado o que os faz ser do jeito que são, estou certo? — Ele se inclinou para a frente. — O que os diferencia do resto de nós. Têm algo a mais ou a menos do que os outros? Nasceram para matar ou essa necessidade surgiu neles com o tempo? Foi uma circunstância específica que os transformou ou uma série de eventos? Na verdade, a resposta para cada uma dessas perguntas não é a mesma, e *isso* me fascina. Às vezes, um sujeito passa a infância na pobreza, sofrendo abusos diversos — juntou os dedos indicadores, com ar pensativo —, e se torna um membro produtivo da sociedade: um presidente de banco, um marido fiel, um bom pai, um amigo leal; joga golfe nos fins de semana e leva o cãozinho schnauzer para passear todas as noites. Usa as dificuldades do passado como trampolim para algo melhor e maior. Certo, tenente?

— Enquanto outro usa o próprio passado como desculpa para mergulhar na podridão. Sei, sei, entendo o que quer dizer. E por que escreve sobre a podridão?

Ele se recostou na cadeira.

— Bem, tenente, eu poderia lhe dizer um monte de tolices sobre o estudo do assassino e da podridão em que ele rasteja poderem dar à sociedade uma percepção ampliada sobre o como e o porquê. Poderia argumentar que a compreensão e a *informação* podem vencer o medo. E isso seria verdade — acrescentou, com um sorriso jovial. — Em outro nível, porém, é simplesmente divertido. Curto esse assunto desde que era menino. Jack, o Estripador, foi o maior deles para mim. Li tudo que me caiu nas mãos sobre seus crimes, assisto a todos os vídeos produzidos sobre ele, surfei em inúmeros sites que falam dele, inventei histórias nas quais eu era um tira da sua época e o investigava. Ao longo do tempo, expandi meu interesse, estudei perfis e tipos, os passos e estágios de cada caso, que a senhora conhece quais são: circundar a presa, caçá-la, a emoção do processo e o assassinato.

Ele encolheu os ombros.

— Cheguei a um ponto em que achei que deveria me tornar um tira para caçar os bandidos, mas superei essa fase. Pensei em cursar psicologia, mas isso não me satisfez. O que queria fazer de verdade era escrever, era nisso que eu era bom. É por isso que escrevo sobre meu maior foco de interesse na vida.

— Sempre ouço dizer que alguns autores precisam experimentar o assunto que abordam, colocar a mão na massa, antes de conseguirem descrever tudo em palavras.

Um ar divertido surgiu no rosto dele.

— A senhora quer saber se eu saio por aí retalhando prostitutas de rua em nome da pesquisa literária? — Seu riso aumentou de intensidade, mas parou de repente, como uma onda atingindo o quebra-mar, ao notar que ela não desgrudara os olhos dele.

Piscou várias vezes e engoliu em seco.

— Puta merda, a senhora acha isso mesmo? Sou suspeito? — A cor saudável do seu rosto desapareceu, deixando-o pálido e brilhante. — De verdade?

— Gostaria de saber onde você estava no dia 2 de setembro entre meia-noite e três da manhã.

— Estava em casa, provavelmente. Eu não... — Ergueu as duas mãos e massageou os lados da cabeça. — Puxa, agora eu fiquei bolado. Achei que sua visita era para obter consultoria sobre o assunto. Cheguei a ficar empolgado. Ahn... Eu estava aqui em casa. Jule... Julietta, minha esposa, teve uma reunião até tarde e só voltou para casa mais ou menos às dez. Estava exausta e foi direto para a cama. Aproveitei para escrever um pouco. Com Jed por aqui, o único momento em que a casa fica realmente calma é o meio da noite. Trabalhei até uma da manhã, talvez um pouco mais. Posso verificar meus registros.

Ele abriu algumas gavetas da mesa de trabalho e começou a procurar por algo.

— Depois disso eu... ahn, puxa... Segui a rotina típica do homem da casa, como faço todas as noites antes de dormir: verifiquei o sistema de segurança, me certifiquei de que toda a casa estava trancada, dei uma olhada em Jed. Só isso.

— E no domingo de manhã?

— Esse domingo? — Ergueu os olhos, olhando para trás. — Minha esposa se levantou mais cedo, com Jed.

Parou de falar, e Eve percebeu a mudança que ocorreu em sua expressão. O choque foi se dissipando, e o interesse, a diversão e até mesmo o orgulho de ser suspeito de um assassinato foram tomando conta do seu rosto.

— Aos domingos eu geralmente durmo até tarde, e ela curte nosso filho. Minha esposa não consegue passar tanto tempo com ele quanto eu, e o leva ao parque. Às vezes eles saem cedinho e fazem um piquenique, em vez do desjejum, se o tempo estiver bom. Jed adora. No domingo eu só acordei ao meio-dia. O que aconteceu no domingo? Não estou entendendo...

Então ele percebeu, Eve notou o instante em que a ficha caiu.

— A mulher que foi estrangulada em casa no domingo de manhã. Uma senhora, morava sozinha. Estupro e estrangulamento.

Seus olhos se estreitaram e a cor voltou ao seu rosto.

— O noticiário não deu muitos detalhes, mas estrangulamento com estupro não é o estilo do Estripador. Qual a ligação com o crime anterior?

Como o olhar de Eve continuava inabalável, ele se remexeu na cadeira e colocou o corpo um pouco para a frente.

— Escute, tenente, se a senhora acha que estou fazendo bico como assassino, já sei que não vai me contar mais nada. Se me considera um especialista em serial killers, me oferecer detalhes talvez possa ser proveitoso. De um jeito ou de outro, o que tem a perder?

Eve já tinha decidido que não devia contar mais nada, mas manteve o olhar fixo no dele por mais um momento.

— A faixa do robe da vítima foi usada como arma do crime, e o assassino fez um laço com ela depois, sob o queixo.

— O Estrangulador de Boston. Essa era a sua marca registrada. — Ele estalou os dedos e começou a procurar na pilha de discos e arquivos sobre a mesa. — Tenho um monte de anotações sobre ele. Uau! Tem dois assassinos por aí imitando os famosos? Será trabalho de equipe, como no caso Leopold e Loeb? Ou... — Ele parou e respirou fundo. — Não, é um assassino só. Trata-se de um único assassino repetindo os feitos de sua lista de heróis. Por isso é que a senhora suspeita de mim. Deve estar se perguntando se as pessoas sobre as quais eu falo nos meus livros são heróis para mim, se estou misturando meu trabalho com minha vida, se eu gostaria de ser um deles.

Ele se levantou e começou a andar pelo aposento de um lado para o outro, e Eve o achou mais empolgado do que nervoso.

— Isso é *fabuloso*! Ele provavelmente leu meus livros. Pode parecer esquisito, mas, de um jeito estranho, eu me sinto lisonjeado. DeSalvo, não é? Um assassino diferente de Jack — murmurou Breen para si mesmo. — Operário, um homem de família, um tolo patético. Jack provavelmente era um homem com boa instrução, no topo da pirâmide social.

— Se a informação que eu acabei de lhe passar chegar à mídia, eu vou saber quem entregou. — Eve parou e esperou Breen parar de andar e olhar para ela. — E vou transformar sua vida num inferno.

— Por que acha que eu entregaria isso à mídia e permitiria que alguém escrevesse sobre o assunto antes de mim? — Ele tornou a se sentar. — Isso pode dar um grande bestseller. Sei que parece frio,

Imitação Mortal

mas na minha área de atuação eu tenho de ser tão neutro quanto a senhora em seu trabalho. Eu a ajudarei no que puder. Tenho pilhas de pesquisas e dados acumulados sobre todos os grandes serial killers desde o Estripador, além de outros menos conhecidos. Proponho trabalhar como consultor civil, lhe entregar meu material, abrir mão dos honorários e, quando tudo acabar, escrever sobre o caso.

— Vou pensar no assunto. — Eve se levantou. E viu, em meio à bagunça sobre a mesa dele, uma caixa de papel de carta em tom creme.

— Que papel de carta elegante — elogiou ela, aproximando-se da mesa para pegar a caixa.

— Hein? Ah, é verdade. Uso esse material quando quero impressionar alguém.

— É mesmo? — Os olhos dela tornaram a se grudar nos dele como feixes de laser. — Quem você tentou impressionar ultimamente?

— Ah, sei lá. Acho que usei esse papel faz umas duas semanas para enviar o que meu pai chamava de "bilhete básico" para meu editor. Um agradecimento pelo convite para um coquetel. Por quê?

— Onde conseguiu esse papel?

— Jule deve tê-lo comprado em algum lugar. Não, deixe ver... — Ele se levantou com ar atônito e pegou a caixa das mãos de Eve. — Nada disso... Foi um presente. Sim, agora me lembro. Veio do meu editor, um presente enviado por um admirador. Meus fãs me mandam presentes o tempo todo.

— Um presente de fã no valor de quinhentos dólares?

— Sério? Quinhentos paus? Uau! — Ele olhou para Eve com mais cautela e recolocou a caixa sobre a mesa. — Vou economizá-lo para grandes ocasiões.

— Quero uma amostra desse material, sr. Breen. Ele bate com o bilhete deixado nos dois homicídios que estou investigando.

— Isso é muito esquisito! — Ele se largou na cadeira. — Pode levar. — Várias emoções passearam pelo seu rosto quando ele passou as mãos pelo cabelo abundante. — Ele me conhece, leu minhas obras. O que foi que o bilhete do fã dizia...? Não me lembro, mas foi algo do tipo "aprecio seu trabalho, o cuidado com os detalhes e o...", como é mesmo?... "entusiasmo pelo assunto."

— O senhor guardou essa mensagem?

— Não, não vi motivo para isso. Respondo a alguns dos e-mails pessoalmente, mas um androide faz a maior parte do trabalho. Toda mensagem que chega em papel é enviada para reciclagem, depois de respondida. Ele deve estar usando meu trabalho para pesquisa, a senhora não acha? Isso é horrível, mas ao mesmo tempo lisonjeiro.

Eve entregou a Peabody uma das folhas de carta acompanhada do envelope, e mandou lacrar tudo num saco de provas.

— Dê um recibo do material ao sr. Breen — ordenou. — Eu não me sentiria lisonjeada se fosse o senhor. Não se trata de pesquisa, nem obra de ficção.

— Virei parte disso. Não sou mais um observador, e sim parte de um tema sobre o qual vou escrever.

Eve notou que ele parecia mais satisfeito do que assustado.

— Vou impedi-lo de continuar matando, sr. Breen. Vou encerrar esse caso logo e não haverá material suficiente para um livro.

— Não sei o que pensar dele — afirmou Peabody, ao sair. Olhou para trás, observou a casa e imaginou o lindo Tom Breen levantando o filhinho fofo e colocando-o novamente sobre os ombros para um passeio até o parque, enquanto pensava em fama e fortuna conseguidas com sangue. — O papel de carta estava bem na cara. Ele não tentou escondê-lo.

— E a empolgação de ver a polícia comer mosca?

— Tudo bem, ele gosta de emoções fortes, sem dúvida. Mas sua história me parece sólida, ainda mais se o assassino realmente leu seus livros.

— Ele não pode provar que recebeu o presente, e vamos perder um tempão para rastrear sua origem. Breen deve estar adorando isso.

— É o tipo de coisa que o deixaria empolgado. O trabalho dele é algo doentio.

— O nosso também.

Surpresa, Peabody acelerou o passo para acompanhar Eve até o carro.

— Você gostou dele, Dallas?

— Ainda não decidi se gostei ou não. Se ele não for mais do que afirma ser, tudo bem. As pessoas gostam de assassinatos, Peabody. Curtem de montão quando a coisa é com alguém distante. Gostam de ler a respeito, ver filmes, acompanhar o noticiário para saber detalhes. Desde que tudo aconteça longe delas. A sociedade moderna não paga mais ingressos para assistir a dois gladiadores se matando em uma arena, mas nossa sede de sangue continua forte. As pessoas simplesmente ainda se empolgam com o tema. Porque é tranquilizador. Alguém morreu, mas não fui eu.

Eve se lembrou, ao entrar na viatura para escapar do calor sufocante, de como esse pensamento volta e meia lhe assombrava a mente e a fazia reviver o momento em que, encolhida no canto da sala gelada em Dallas, olhava para o corpo ensanguentado do seu pai.

— As pessoas não podem se sentir assim quando lidam com mortes todo dia. Quando têm uma profissão como a nossa.

— Não, não podem — confirmou Eve, ligando o motor. — Mas tem gente que é assim. Nem todos os tiras são heróis só por serem policiais. E nem todos os pais são gente fina só porque passeiam por aí com o filho montado nos ombros. Não importa se eu gosto dele ou não. O fato é que sua falta de álibi, os livros que escreve e o papel especial o colocam na lista de suspeitos. Vamos pesquisar, direitinho, tudo sobre Thomas A. Breen, e sua esposa também. O que foi que nós não ouvimos nesse papo agradável, Peabody?

— Como assim?

— Ele contou que sua esposa voltou para casa depois de uma reunião até tarde e foi para a cama. Ele trabalhou. Ele dormiu. Ela levou o menino ao parque. Não ouvi a palavra *nós*. Minha esposa e eu, Jule e eu. Minha esposa, Jed e eu. Foi isso que faltou ouvirmos. Que impressão você acha que eu tenho disso?

— Você acha que o casamento deles anda mal, que existem conflitos ou falta de interesse entre Breen e a esposa. Sim, deu para sacar, mas entendo como duas carreiras de sucesso e um menininho podem jogar o casal numa rotina que gira entre o trabalho e o revezamento para cuidar do filho.

— Talvez. Mas não faz muito sentido um casal que não se vê nunca, certo? Um cara pintoso como ele pode se sentir frustrado e ressentido com essa rotina. Especialmente se achar que ela é uma repetição da própria infância. Um homem não quer olhar para o espelho aos trinta e poucos anos e ver a imagem do pai. Vamos analisar direitinho a vida de Thomas A. Breen — repetiu — para ver o que descobrimos.

Eve decidiu que sua próxima parada era Fortney. Mas agora era hora de brincar com ele de um jeito diferente.

— Quero cutucar Fortney falando da segunda morte e repassar a primeira. Seu álibi é furadíssimo, e, como eu fico revoltada com gente que mente para mim, não vou ser nem um pouco amigável.

— Já que a senhora, por natureza, é o ápice da simpatia e boa vontade, tenente, vai ser difícil se superar.

— Estou sentindo um cheirinho de sarcasmo aqui na viatura.

— Precisamos desinfetá-la.

— Felizmente, por ser o ápice da simpatia e da boa vontade, não vou colocar você em saia justa sem avisar. Saiba que alguns minutos depois de começar meu papo com Fortney o meu *tele-link* vai tocar.

— Como estou acostumada a me espantar todos os dias com suas façanhas, não estranho essa súbita habilidade mediúnica.

— Vou fazer cara de irritada ao atender a ligação, e você vai ter de assumir o interrogatório.

— Por acaso a senhora também sabe quem vai ligar para... O quê? Eu?!

Isso, pensou Eve, certamente acabaria com o risinho afetado da sua auxiliar.

— Você continuará a entrevista com o suspeito, como boa auxiliar que é. Mas deve parecer resignada, inexperiente, uma verdadeira subalterna tímida.

— Sim, senhora. O problema é que... Dallas, *eu sou* uma subalterna tímida, resignada e inexperiente. Não preciso fingir nem parecer meio perdida.

— Pois aproveite tudo isso — disse Eve, simplesmente — e use a seu favor. Deixe-o pensar que está dominando a situação. Ele vai enxergar uma policial novata, de farda, que recebe ordens de mim. Uma substituta. Não vai perceber a força que existe dentro de você.

Nem eu percebo a força que existe dentro de mim, pensou Peabody, mas respirou fundo.

— Acho que isso pode funcionar — reconheceu, depois de alguns segundos.

— Pois faça com que funcione — disse Eve, estacionando na entrada do prédio e programando o *tele-link* para tocar na hora certa.

Eve forçou a barra para invadir a sala de Fortney e criar um clima tenso. Adorou fazer isso, na verdade. Vestiu um ar arrogante ao invadir a sala dele, interrompendo uma holoconferência com uma produtora de vídeo.

— Acho melhor remarcar nossa pequena reunião, Leo — disse a produtora ao ver Eve —, ou então deixar Hollywood tomar parte na conversa.

— A senhora não pode invadir minha sala usando o distintivo como arma.

Eve estava justamente exibindo o distintivo para que todos na sala o vissem com clareza.

— Quer apostar como posso?

O rosto de Fortney assumiu um tom magenta.

— Sinto muito, Thad. Preciso resolver esse... pepino. Vou mandar minha assistente remarcar a reunião para o dia que você escolher.

Ele desligou o holograma antes de Thad ter chance de fazer mais do que erguer as sobrancelhas e exibir um ar de ponto de interrogação.

— Não sou obrigado a tolerar esse tipo de emboscada! — Seus cabelos magenta estavam penteados para trás e presos em um rabo de cavalo, que balançou loucamente quando ele agitou os braços. — Vou ligar para meu advogado agora mesmo, e faço questão de que a senhora seja repreendida pelo seu superior.

— Faça isso, eu espero. Depois vamos para a Central de Polícia, onde você poderá explicar a mim, ao seu advogado e ao meu superior por que inventou um monte de merda para usar como álibi.

Eve encostou os sapatos nos dele e cutucou seu peito com o dedo indicador.

— Mentir para a investigadora principal de um caso de homicídio não vai aumentar sua pontuação, Leo.

— Se a senhora acha que pode insinuar que estou acobertando algum crime...

— Não estou insinuando nada. — Ela colocou o nariz a menos de um palmo do rosto dele, e curtiu muito fazer isso. — Estou *afirmando*. Na sua cara. Sua atriz, que também é seu vale-refeição, não lhe deu cobertura, meu chapa. Você não dormiu com ela na noite do crime. Ela foi para a cama sozinha e *acha* que você se juntou a ela durante a noite. *Achar* não vale porra nenhuma. Vamos recomeçar tudo da estaca zero. Pode ser aqui ou na Central, para mim tanto faz.

— Como *ousa*?! — Ele ficou completamente pálido e suas bochechas incharam de raiva e indignação. — Se a senhora acha que vou ficar aqui para ser insultado e ter a mulher que eu amo ofendida por uma tira de segunda, uma vaca metida a macho...

— Vai fazer o quê?! Vai me eliminar, como fez com Jacie Wooton e Lois Gregg? Se prepare, porque isso não vai ser moleza! Não sou uma prostituta cansada nem uma mulher de sessenta anos.

Imitação Mortal

A voz dele se tornou aguda como a de um adolescente à beira do chilique.

— Não sei de que diabos a senhora está falando.

— Você não conseguiu ficar excitado, não foi, Leo? — Eve teve o cuidado de não tocar nele, embora tivesse vontade de lhe dar uns tabefes na cara com a mão aberta. — Mesmo depois de amarrá-la e deixá-la indefesa, não conseguiu tesão para ir até o fim.

— Afaste-se de mim. A senhora está maluca. — Seus olhos miúdos lançaram pequenos dardos de medo enquanto ele dançava atrás da mesa. — Completamente descontrolada!

— Você vai ver o quanto eu estou maluca se não confessar onde estava na noite do dia 2 de setembro e na manhã do dia 5. Tente me enrolar mais uma vez, Leo — disse Eve, espalmando as mãos na mesa com um estalo forte —, e você vai ver o quanto eu sou louca.

No momento marcado, seu *tele-link* tocou. Com um grunhido forte ela o arrancou do bolso.

— Atender em mensagem de texto! — comandou, e esperou alguns segundos, como se estivesse lendo alguma coisa na tela. — Maldição! — murmurou, e girou o corpo para Peabody. — Pegue a porra das informações que precisamos obter desse babaca. Vou resolver um problema urgente e não tenho tempo a perder. Você tem cinco minutos, Leo — avisou por sobre o ombro, enquanto marchava em direção à porta. — Depois eu volto para mais um round.

Ele se deixou cair pesadamente sobre a cadeira quando Eve saiu batendo a porta.

— Essa mulher é uma ameaça. Ela ia me agredir.

— Creio que está enganado, senhor — disse Peabody, sem muita certeza, olhando para a porta que ainda balançava. — A tenente Dallas é... Ela tem passado por dias difíceis, sr. Fortney. Vem trabalhando sob muito estresse. Desculpe por ela ter perdido a calma. Quer que eu lhe sirva um pouco d'água?

— Não. Não, obrigado. — Ele passou uma das mãos na testa. — Só preciso me acalmar um pouco. Não estou acostumado a ser tratado desse modo.

— Ela é um pouco exagerada às vezes. — Peabody tentou dar um sorriso quando ele ergueu a cabeça e olhou para ela. — Tenho certeza de que podemos acertar as coisas antes de ela voltar. Parece que surgiram algumas discrepâncias na sua primeira declaração, senhor. É comum as pessoas se confundirem com horários e datas, ainda mais quando não sabem que serão questionadas sobre o que fizeram.

— Sim, *é claro* que é comum — concordou ele, com um alívio óbvio. — Eu certamente não esperava ser interrogado sobre um assassinato, por Deus!

— Eu o compreendo. A mim, parece que, se o senhor tivesse assassinado a sra. Wooton e a sra. Gregg, certamente teria arrumado um álibi sólido. Obviamente estou diante de um homem inteligente.

— Obrigado, policial...

— Pode me chamar apenas de Peabody, senhor. Se me permite pegar meu tablet, poderemos colocar em ordem os fatos que aconteceram nos horários em questão. — Ela sorriu para ele com vestígios de solidariedade e nervoso. — Posso me sentar?

— Claro, claro. Aquela mulher me abalou tanto que eu esqueci as boas maneiras. Não sei como você aguenta trabalhar com ela.

— Na verdade, eu trabalho *para* ela. Estou em treinamento.

— Entendo. — Peabody percebeu que ele começou a relaxar. Notou também uma ponta de satisfação nele, que julgou ter escapado da leoa e caído nas mãos da gatinha. — Você está na polícia há muito tempo?

— Não exatamente. Na maioria das vezes, faço serviços administrativos. A tenente detesta papelada. — Fingiu olhar para o teto, mas se segurou a tempo e pareceu envergonhada.

Fortney riu.

— Seu segredo está seguro comigo. Mesmo assim, eu me pergunto: por que uma mulher atraente como você escolheu um trabalho tão difícil?

— Os homens ainda são maioria na polícia — ela se ouviu dizer, e um sorriso rápido de flerte passeou pelos seus lábios. — Isso é um grande incentivo. Gostaria de dizer o quanto aprecio o seu trabalho. Sou fã de musicais da Broadway, e o senhor já participou de projetos maravilhosos. Tudo isso parece empolgante e glamoroso para alguém como eu.

— Sim, há momentos bons. Quem sabe um dia desses eu possa lhe mostrar os bastidores de um show, onde a ação acontece de verdade?

— Puxa, isso seria... — Ela parou de falar subitamente. — Eu adoraria! — Ela olhou para a porta novamente, apreensiva. — Não devo me comportar assim. O senhor promete não contar nada a ninguém?

Ele fez um sinal como se passasse um zíper pelos lábios, e Peabody deu uma risadinha.

— Se eu conseguisse esclarecer algumas das discrepâncias antes de a tenente aparecer de volta... Senão ela vai me escalpelar.

— Docinho de coco, você não pode acreditar que eu tenha assassinado alguém.

— Oh, claro que não, sr. Fortney, mas a tenente...

Ele se levantou da cadeira, saiu detrás da mesa e se sentou na quina do móvel.

— Não estou interessado na tenente. A verdade é que Pepper e eu... Bem, nosso relacionamento mudou, pode-se dizer. Atualmente, somos apenas parceiros de negócios, a fim de manter as aparências diante do público. Não quero fazer nada que provoque danos à sua imagem, pois ela está se dedicando a essa nova peça com muito empenho. Tenho muita afeição e respeito por ela, mesmo sentindo que... Mesmo sabendo que as coisas entre nós já não são como eram antes.

Ele lançou um olhar de cão sem dono para Peabody, e ela fez o melhor que pôde para parecer solidária.

E pensou: *Putz, será que eu pareço tão idiota?*

— Deve ser muito difícil para o senhor — sussurrou ela.

— O show business é uma amante exigente, dos dois lados da cortina. Eu contei mais ou menos a verdade a respeito daquela noite.

Simplesmente não mencionei que Pepper e eu não nos falamos nem tivemos contato depois que ela voltou do teatro. Passei a noite como passo tantas outras: sozinho.

— Então não há ninguém que possa confirmar seu paradeiro?

— Receio que não, pelo menos não diretamente, embora Pepper e eu estivéssemos sob o mesmo teto a noite toda. Foi mais uma noite solitária e, para ser franco, elas são todas iguais. Será que nós dois poderíamos sair para jantar?

— Hummm...

— Em segredo — acrescentou ele. — Não posso ser visto jantando fora com uma linda mulher enquanto Pepper e eu mantivermos o nosso casamento de fachada. As fofocas arrasariam com ela, Pepper é muito temperamental. Precisa se focar na peça e eu devo respeitar isso.

— Oh, isso é tão... — as palavras que lhe vieram à garganta não eram nem um pouco elogiosas, mas ela engoliu tudo e usou uma alternativa: — ... tão corajoso. Eu adoraria aceitar seu convite, se conseguir uma noite de folga. Esses assassinatos estão fazendo a tenente trabalhar vinte e quatro horas por dia, sete dias por semana. E quando ela trabalha, eu trabalho.

— Assassinatos? — Por um instante ele pareceu genuinamente intrigado. — É disso que se trata essa história com a tal de Gregg? Outra prostituta foi assassinada?

— Sim, houve outro ataque — confirmou Peabody, saindo pela tangente. — Seria de grande ajuda se o senhor pudesse me contar onde esteve no domingo de manhã, entre oito e meio-dia. Isso o deixaria fora de suspeita, e eu tentaria acalmar as coisas com a tenente Dallas, para que ela não torne a incomodá-lo.

Ela tentou exibir um sorriso afetado, que pareceu estranho.

— Domingo? Eu estava dormindo o sono dos justos até dez e pouco da manhã. Gosto de me dar esse prazer aos domingos. Pepper deve ter se levantado cedo. Tem aulas de dança e nunca falta. Eu devo ter comido um brunch leve enquanto lia o jornal. Acho que só me vesti ao meio-dia.

— Mais uma vez sozinho?

Ele lançou um sorriso torto e triste.

— Receio que sim. Pepper deve ter ido direto para o teatro depois da aula de dança. Domingo tem matinê. Eu fui para o clube, mas só à uma hora. Nadei, fiz sauna, curti uma massagem. — Ele ergueu as mãos e as deixou cair novamente. — Acho que não fiz nada de interessante o dia todo. Se ao menos eu tivesse companhia, alguém... com quem tivesse afinidade... poderíamos ter dado um passeio de carro pelo campo, talvez parado em uma pousada charmosa pelo caminho para um almoço regado a champanhe. Teríamos passado o domingo de um jeito muito mais divertido. Mas não... Não tive nada além de ilusões, muito trabalho e solidão.

— O senhor poderia me dizer o nome desse clube? Assim eu posso oferecer algo sólido para a tenente Dallas.

— Eu frequento o Gold Key, na Madison.

— Obrigada. — Ela se levantou. — Vou ver se consigo levá-la embora.

Ele pegou a mão de Peabody e a beijou galantemente, fitando-a com ternura enquanto o fazia.

— Um jantar, então?

— Parece ótimo. Vou entrar em contato assim que estiver liberada. — Tentou fingir um leve rubor no rosto. — ... Leo — completou, tímida.

Saiu da sala correndo e foi direto até onde Eve estava, ainda segurando o *tele-link*.

— Não posso despir a personagem por enquanto — avisou Peabody. — Pode ser que ele confira com uma das vadias que trabalham aqui fora. Faça cara de irritada e indecisa sobre ir embora, como se fosse me esculhambar a qualquer momento.

— Tudo bem. Não preciso despir minha personagem, pois eu me comporto exatamente assim todos os dias.

— Ele é um sem-vergonha de carteirinha e não tem álibis sólidos para nenhum dos dois crimes. Não consigo imaginar um homem tão safado ser o nosso criminoso, mas a verdade é que ele não está coberto nos horários certos.

Ela olhou para os sapatos, analisando o brilho do couro e torcendo para estar cumprindo bem seu papel de auxiliar subserviente.

— Ele também chifra Pepper com frequência, pelo que eu saquei. Tentou me cantar e se mostrou muito à vontade no papel de conquistador. O cara é mais melodramático que novela vespertina, mas tem pouco talento como ator.

— Você aceitou a cantada?

— O suficiente para não desestimulá-lo, mas não a ponto de receber uma descompostura, caso haja uma investigação interna. Entre no elevador pisando duro. Puxa, tá difícil bancar a ingênua submissa.

Eve atendeu o pedido e calculou o tempo para entrar no elevador com tanta precisão que Peabody teve de dar um pulo atrás dela para escapar das portas que já fechavam.

— Acho que isso foi um toque especial — alegrou-se Eve.

— Ainda bem que minha bunda não é maior. Ele trocou a versão para a noite do assassinato de Jacie Wooton. Disse que ele e Pepper são apenas sócios agora, mas mantêm a fachada do casamento porque não querem atrair publicidade ruim para a peça. Continua afirmando que esteve em casa a noite toda, e também no domingo de manhã. Sozinho. O velho "homem solitário entregue às baratas".

— Que tipo de mulher imbecil cai num papo desses?

— Um monte delas, acho, dependendo de como o lance rola. — Peabody deu de ombros. — O charme dele até que não é dos piores, para ser franca. Mas atacou rápido demais e foi muito óbvio. No fim, contou que foi ao clube Gold Key, na Madison, à uma da tarde, no domingo. Meu palpite é que ele anda de gracinhas com, pelo menos, duas vadias. Não é o tipo de homem que procura acompanhantes licenciadas. Não vai pagar por algo que pode conseguir na base da lábia e da ostentação. Acho que nem a Pepper sabe que eles não passam de sócios agora. Em minha opinião, ele não tem respeito nenhum pelas mulheres em geral.

Vá em frente, Peabody, pensou Eve, e se encostou na parede do elevador, enquanto sua auxiliar continuava a falar.

— Pensa nelas o tempo todo e provavelmente se imagina trepando com qualquer rabo de saia que lhe pareça remotamente bonito. Mas não gosta de mulher nenhuma. Ficou se referindo a você o tempo todo como *aquela mulher*. Em nenhum momento a chamou pelo nome ou patente. E foi muito passional ao falar de você.

— Bom trabalho, Peabody.

— Não sei se descobri algo útil. Só sei que agora, analisando bem, *consigo* imaginá-lo cometendo os assassinatos.

— Você descobriu que ele mente para a esposa e, se não a chifra, o que provavelmente faz, está aberto a traições. Descobriu que ele teve oportunidade para cometer os dois crimes. É mentiroso e trapaceiro. Isso não o torna assassino, mas ele é um mentiroso trapaceiro que teve chance de matar as duas vítimas, possui o material de escritório achado nas duas cenas e despreza as mulheres. Nada mau para um dia de trabalho.

Carmichael Smith estava em seu estúdio em Nova Los Angeles, e Eve resolveu deixá-lo de lado naquele dia. Encontrou Niles Renquist tão atolado em burocracia que decidiu investigar as pessoas à sua volta, e foi procurar a esposa dele.

A mansão dos Renquist em Nova York não era a casa típica dos emergentes nos bairros elegantes, como no caso de Thomas Breen, nem o apartamento descolado de Carmichael Smith. Parecia cheia de dignidade e graça contida. Era revestida de tijolinhos claros e tinha janelas altas.

No saguão de entrada elas foram recebidas, com óbvia relutância e desaprovação, por um mordomo uniformizado que seria páreo duro para Summerset em matéria de antipatia. O ambiente era decorado em tons de creme e vinho, e o brilho sutil das antiguidades mostrava que tudo era religiosamente lustrado.

Lírios com pétalas brancas raiadas de vinho tinham sido colocados em um vaso de cristal que repousava sobre um aparador estreito e comprido, ao lado da escadaria. As flores perfumavam o ar.

O ambiente solene emitia o eco de sussurros distantes, como acontece em mansões vazias e igrejas.

— Parece um museu — disse Peabody, com o canto da boca. — Você e Roarke também têm uma casa sofisticada como esta, coisa de gente rica, mas é diferente. Lá, a impressão é de que há pessoas morando no lugar.

Antes de haver tempo para uma resposta, ouviram-se ruídos femininos de saltos altos caminhando sobre madeira. Ali também moravam pessoas, pensou Eve, mas teve a sensação de que era gente completamente diferente dela e de Roarke.

A mulher que veio na direção delas era tão linda, nobre e suavemente elegante quanto a casa onde morava. Seus cabelos louro-claros haviam sido cuidadosamente moldados num penteado curto que refletia a luz. Seu rosto pálido e com textura de creme exibia rubores leves nas maçãs do rosto e nos lábios. Aquela figura, decidiu Eve, nunca colocava o pé fora de casa sem passar protetor solar 200 da cabeça aos pés. Vestia calças largas com caimento fantástico, calçava sapatos de arrasar e usava uma blusa com brilho suave, tudo em tom creme.

— Tenente Dallas. — Eve notou um sotaque de aristocracia britânica em sua voz, e a mão que ela estendeu era fria. — Sou Pamela Renquist. Desculpe não lhe oferecer muito tempo, estou à espera de convidados. — Se tivesse entrado em contato com minha secretária, poderíamos ter marcado um encontro em um horário que fosse mais conveniente.

— Vou tentar manter minha inconveniência no menor nível possível.

— Se o assunto é o tal material de escritório, a senhora aproveitaria melhor o seu tempo conversando com minha secretária. É ela quem cuida de quase toda a correspondência.

— A senhora comprou aquele papel de carta, sra. Renquist?

— É possível. — Seu rosto permaneceu impassível, e ela manteve a mesma expressão de suave simpatia, enquanto falava com polidez inigualável. Eve sempre achava essa atitude desdenhosa e condescendente. — Aprecio fazer compras quando estou em Londres, mas raramente sei dar conta das aquisições miúdas. Certamente temos o papel em questão, mas não importa se eu o comprei, se foi Niles ou um dos nossos assistentes que adquirem essas coisas para nós. Tinha a impressão de que meu marido já havia discutido esse ponto com a senhora.

— Discutiu, sim, mas existem perguntas repetitivas e coincidentes em uma investigação de homicídio. Poderia me informar onde a senhora e o seu marido estavam na noite de...

— Estávamos precisamente onde Niles já lhe informou, na noite do assassinato dessa desafortunada criatura. — Seu tom se tornou frio e indiferente. — Meu marido é um homem ocupadíssimo, tenente, e sei que já lhe dedicou alguns minutos para conversar sobre esse assunto. Não tenho a acrescentar mais nada além do que ele já contou, e estou aguardando convidados.

Não tão depressa, meu amor, pensou Eve.

— Eu ainda não conversei com seu marido sobre o segundo assassinato. Gostaria que a senhora me dissesse onde vocês estavam na manhã de domingo, entre oito e meio-dia.

Pela primeira vez desde que a mulher entrara no saguão, ela pareceu confusa. Foi algo momentâneo, um leve rubor na cútis branquíssima, um curto franzir dos lábios rosados. Mas logo ela reassumiu o ar impecável e pálido.

— Acho tudo isso um tédio, tenente.

— É, eu também, mas vamos em frente. Domingo, sra. Renquist.

Pamela puxou o ar com leve rispidez por entre as suas narinas de estátua grega.

— Aos domingos nós fazemos um brunch às dez e meia, pontualmente. Antes disso o meu marido aproveita uma merecida hora no tanque de relaxamento, entre nove e dez horas. Isso acontece nos domingos que sua agenda lotada permite, é claro. Enquanto Niles relaxa, eu geralmente me junto a ele em nosso salão de ginástica, para uma hora de exercícios. Às onze e trinta, depois do brunch, minha filhinha visita museus em companhia da *au pair*, enquanto meu marido e eu nos preparamos para o clube, onde jogamos tênis em dupla com amigos. Está tudo bem detalhado, conforme a senhora exige, tenente?

Ela disse a palavra *tenente* com o mesmo tom que outra mulher usaria para dizer *vaca enxerida e insolente*. Eve admirou essa habilidade.

— Quer dizer que a senhora e seu marido estiveram em casa das oito ao meio-dia, no domingo?

— Conforme acabei de especificar.

— Mamãe!

Ambas se viraram e olharam para a menininha que chegava, toda em dourado, cor-de-rosa e branco. Ela descia as escadas, linda como um bolo de noiva. Uma mulher com cerca de vinte e cinco anos e cabelos presos atrás da cabeça, em um coque elegante, segurava a mão da menina.

— Agora não, Rose. É deselegante interromper as pessoas. Sophia, leve Rose de volta lá para cima. Mando avisar quando os convidados chegarem. — Ela falou com a filha e com a babá usando o mesmo tom educado e distante.

— Sim, madame.

Pamela apertou a mão da filha de leve, mas Eve percebeu, e também notou a leve resistência da menina em obedecer, mas logo ela se virou e tornou a subir as escadas.

— Se houver mais alguma dúvida, tenente, a senhora deverá marcar uma hora comigo ou com meu marido, através de nossas secretárias. — Foi até a porta e a abriu pessoalmente. — Espero que encontre logo o que busca, para que esse assunto seja encerrado.

— Tenho certeza de que Jacie Wooton e Lois Gregg sentiriam exatamente o mesmo. Obrigada pelo seu tempo, sra. Renquist.

Capítulo Dez

Com a ajuda da nora de Lois Gregg, Eve montou a rotina diária na vida da vítima. Leah Gregg serviu chá gelado no recesso apertado da cozinha compacta. Queria manter as mãos ocupadas, Eve notou. E a mente ocupada também. Mais que isso: Eve enxergou uma mulher que queria tomar parte ativa na defesa da mãe do marido.

— Nós éramos muito ligadas. Na verdade, Lois era mais chegada a mim que minha própria mãe. Mamãe mora em Denver, com meu padrasto. Temos problemas de relacionamento. — Ela sorriu ao dizer isso, mas foi mais uma careta com os lábios crispados, o que indicava problemas grandes. — Mas Lois era o máximo. Algumas amigas minhas têm problemas com as sogras. Conselhos não solicitados, picuinhas, intrusões.

Ela encolheu os ombros e se sentou diante de Eve, junto do balcão estreito. Apontou com a cabeça para a aliança que viu na mão esquerda de Eve.

— A senhora é casada, então sabe como as coisas podem ser, especialmente no caso de mães de maridos que não querem abrir mão dos seus meninos.

Eve fez um som neutro. Não adiantava explicar que ela não fazia a mínima ideia de como poderia ser. A mãe do seu marido fora forçada a abrir mão do seu filhinho, muitos anos atrás.

— Eu não tinha nenhum desses problemas com Lois. Não que ela não amasse os filhos. Simplesmente sabia separar as coisas. Era divertida, esperta e tinha vida própria. Adorava os filhos e os netos, gostava muito de mim. — Leah soltou um suspiro longo para se acalmar. — Jeff e sua irmã, todos nós, na verdade, estamos arrasados pelo que aconteceu. Ela era jovem e saudável, cheia de vitalidade, muito ativa. O tipo da mulher que a gente acha que vai viver para sempre, sabe como é? Perdê-la dessa forma é muito cruel. Mas a senhora... — Suspirou com força mais uma vez. — A senhora sabe disso, pois trabalha na polícia, e não foi para ouvir lamentos que veio até aqui.

— Sei o quanto é difícil, sra. Gregg, e agradeço muito a senhora me dedicar um pouco do seu tempo nessa hora difícil.

— Farei qualquer coisa, absolutamente qualquer coisa para ajudá-la a pegar o canalha que fez isso com Lois. Estou falando de coração.

Eve percebeu que sim.

— Suponho que vocês conversavam muito uma com a outra.

— Duas, três vezes por semana. Estávamos sempre juntas: nos jantares de domingo, em saídas para fazer compras e passeios só de mulheres. Lois e eu éramos muito amigas, tenente... Acabo de descobrir que ela era a minha melhor amiga. Oh, *merda*.

Teve uma crise de choro e pegou alguns lenços de papel.

— Não vou pirar, não posso ajudar Jeff nem as crianças se pirar. Por favor, me dê alguns segundos para eu me recompor.

— Leve o tempo que achar necessário.

— Vamos fazer a cerimônia fúnebre amanhã. Ela não queria nada formal nem deprimente. Costumava brincar a respeito. "Quando minha hora chegar", dizia, "quero que vocês organizem um funeral simpático, agradável e curto. Depois, abram um champanhe e façam uma festa para celebrar minha vida." É isso que estamos planejando, e faremos assim porque ela pediu. Só que não era para acontecer *agora*. Não devia ser desse jeito. Não sei se aguentaremos até o fim. Precisamos absorver o que aconteceu um minuto de cada vez, eu acho.

Ela tornou a se sentar e respirou fundo.

— Vamos lá. Sei das coisas que ele fez com ela. Jeff me contou. Tentou me esconder, mas perdeu o controle emocional e colocou tudo para fora, então eu sei de tudo. A senhora não precisa ser delicada.

— Lois devia gostar muito de você. — Foi a primeira coisa que Peabody disse, e esse comentário fez Leah cair no choro novamente.

— Obrigada. O que possa fazer para ajudar?

— Ela usava um anel na mão esquerda, no dedo médio.

— Sim. Considerava aquilo uma espécie de aliança de casamento, embora ela e Sam nunca tivessem oficializado a união. Sam foi o grande amor da vida dela. Faleceu há alguns anos em um acidente, e ela continuou a usar o anel.

— Poderia descrevê-lo?

— Claro. Era de ouro, com uma fileira central de safiras. Cinco pequenas safiras, porque ela ganhou a joia no dia em que eles fizeram cinco anos juntos. Era um anel clássico, muito simples. Lois não gostava de joias exageradas.

Ela parou de falar e Eve viu o instante em que ela percebeu o que acontecera.

— Ele roubou o anel? Que canalha, filho da puta! Aquele anel era *importante* para ela!

— O fato de o assassino ter roubado o anel poderá nos ajudar a identificá-lo. Quando o pegarmos e resgatarmos o anel, vocês vão poder reconhecê-lo, e isso ajudará a promotoria a montar o caso.

— Certo, certo. Obrigada por me explicar. Posso pensar nisso como uma forma de condená-lo, e isso vai me ajudar.

— Ela mencionou alguém, mesmo casualmente? Comentou sobre ter conhecido uma pessoa ou reparado em algum estranho circulando pela vizinhança?

— Não. — O *tele-link* da cozinha tocou, mas ela o ignorou.

— Pode atender — disse Eve. — Nós esperamos.

— Não, deve ser alguém dando os pêsames. Todo mundo que a conhecia está ligando. Nossa conversa é mais importante.

Eve olhou para ela com a cabeça meio de lado.

— A policial Peabody tem razão: ela devia gostar muito da senhora.

— Ela certamente gostaria que eu lidasse com isso com a força que era característica dela. É o que vou fazer.

— Analise com cuidado, então. Alguma menção a alguém que ela conheceu ou viu, nas últimas semanas?

— Ela era amigável e solícita, o tipo de pessoa que bate papo com estranhos na fila do supermercado, ou puxa conversa no metrô. Mas não teria mencionado uma pessoa em especial, a não ser alguém que lhe parecesse incomum.

— Fale-me dos lugares que frequentava, dos caminhos que fazia, da sua rotina diária. Estou em busca de ações repetitivas e habituais, o tipo de coisa que alguém que a estivesse seguindo pudesse usar para determinar que ela estaria sozinha no domingo de manhã.

— Certo. — Leah começou a descrever a rotina básica de sua sogra, e Eve fez algumas anotações.

Era uma vida simples, mas movimentada. Aulas de ginástica três vezes por semana, visitas quinzenais ao salão de beleza, mercado às sextas. As noites de quinta eram para os amigos, que faziam uma refeição ou assistiam a um vídeo em sua companhia. Trabalho voluntário nas segundas à tarde, em uma creche local, e um emprego de meio período em uma butique feminina às terças, quartas e sábados.

— Ela se encontrava com alguém de vez em quando — acrescentou Leah —, mas nada a sério, e ultimamente isso não acontecia. Como eu disse, Sam era o homem certo para ela. Se tivesse reparado em alguém, especificamente, teria me contado.

— Clientes da loja? Homens?

Imitação Mortal

— Claro, ela me contava de alguns clientes que chegavam e só faltavam se jogar aos seus pés em busca de uma esposa ou namorada, mas não nos últimos tempos, nada que tenha mencionado... Espere!

Suas costas ficaram eretas na cadeira.

— Espere um instante. Lembro-me de ela ter comentado sobre um homem que conheceu quando fazia compras no mercado há duas semanas. Disse que ele parecia perdido diante dos tomates, ou algo assim.

Como se tentasse clarear a memória, Leah esfregou as têmporas.

— Ela o ajudou a escolher verduras e frutas, algo típico dela. Contou que ele era um pai solteiro que acabara de se mudar para Nova York com o filhinho. Precisava de um bom maternal. Lois lhe falou do Kid Time, onde trabalhava como voluntária, e lhe deu todas as informações sobre o lugar. Com seu jeitinho especial, arrancou um monte de informações pessoais dele. Disse que era um homem bonito, um pai preocupado que parecia solitário. Estava torcendo para que ele aparecesse no Kid Time para ela poder apresentá-lo a uma amiga que trabalhava lá. Deus, como era mesmo o nome dele? Ed, Earl, não, não... Al. Foi isso.

— Al — repetiu Eve, e sentiu uma fisgada na barriga.

— Lois contou que ele a acompanhou em parte do caminho até sua casa, carregando suas bolsas, e disse que conversaram sobre crianças por alguns quarteirões. Não prestei muita atenção, porque isso era o tipo de coisa que ela fazia o tempo todo. Conhecendo Lois como eu conhecia, sei que quando ela falava de crianças citava seus filhos, e falava de nós também. Provavelmente contou que sempre nos encontrávamos nas tardes de domingo, como ela ansiava por esse dia e o quanto sabia sobre criar filhos sozinha.

— Ela contou como ele era?

— Disse apenas que era um garoto muito bonito. Isso não quer dizer nada, droga! Ela se referia a qualquer sujeito com menos de quarenta como "garoto", isso não ajuda em nada.

Ajudava sim, pensou Eve. Isso eliminava Elliot Hawthorne, como seus instintos já haviam feito.

— Ela era uma mãezona e, se visse um sujeito escolhendo tomates, automaticamente pararia para lhe oferecer ajuda e puxar assunto para ajudá-lo a resolver seus problemas. Ele era do Sul — completou Leah, mais animada. — Lois reparou nisso. Era um garoto sulista muito bem-apanhado.

— Ela era uma joia, entende o que eu quero dizer?

Rico Vincenti, dono da mercearia onde Lois Gregg comprava mantimentos todas as semanas, enxugou as lágrimas com um lenço vermelho, sem tentar esconder a emoção. Quando acabou, guardou o lenço de volta no bolso da calça larga cáqui, com cós baixo. E voltou a arrumar belas caixas de pêssegos sobre uma bancada na calçada.

— Todos dizem a mesma coisa — informou Eve. — Ela vinha sempre aqui?

— Toda sexta-feira. Às vezes dava uma passadinha outros dias, levava uma ou outra coisinha, mas sexta de manhã era sagrado. Perguntava como ia a minha família e reclamava dos preços altos, mas não com mau humor, entende? — explicou ele, depressa. — Era mais para puxar assunto. Tem gente que entra e sai sem trocar uma palavra comigo, mas a sra. Gregg era diferente. Se eu encontrar esse canalha... — Ele fez um gesto obsceno. — *Finito*.

— Pode deixar que eu cuido dessa parte. Alguma vez você notou alguém estranho circulando por aqui, como se procurasse por ela?

— Quando eu noto algum sujeito importunando minhas clientes, mesmo quando não são conhecidas, eu o mando passear. Ele torceu o polegar por cima do ombro como um árbitro que expulsa um jogador de campo. — Estou neste ponto há mais de quinze anos. Aqui é minha área.

— Houve um homem... A sra. Gregg o ajudou a escolher produtos, há duas semanas, e eles conversaram.

— Sim, isso era bem do feitio dela. — Ele pegou o lenço vermelho novamente.

— Ele saiu da loja com ela, carregando suas bolsas. Um sujeito bonitão, com menos de quarenta anos.

Imitação Mortal

189

— A sra. Gregg vivia conversando com os clientes. Deixe ver se eu me lembro... — Ele passou as mãos pelos cabelos grisalhos e fez uma careta com o rosto estreito. — Isso mesmo. Duas semanas atrás ela pegou esse cara e o colocou sob suas asas, escolheu belas uvas para ele, alguns tomates, um pé de alface, rabanetes, cenouras e meio quilo de pêssegos.

— O senhor se lembra do rosto dele tão bem quanto das coisas que ele comprou?

Vincenti exibiu seu primeiro sorriso.

— Não tanto. Ele foi para o caixa junto com ela; eu sempre atendia a sra. Gregg. Ela me disse: "Sr. Vincenti, quero que o senhor cuide bem deste meu novo amigo, Al, quando ele vier fazer compras sozinho. Ele tem um filhinho que precisa se alimentar com produtos de primeira." Eu lhe disse que só tenho produtos de primeira.

— E o que ele disse?

— Não lembro. Sorria muito. Usava um boné de beisebol, agora eu me lembro. E óculos escuros. Se bem que, com esse calor, quase todo mundo usa boné e óculos escuros.

— Era alto, baixo...?

— Ah, deixe-me ver... — Ele enxugou o rosto suado com o lenço. — Ele era mais alto do que eu, mas quase todo mundo é. Minha altura é um metro e setenta. Estávamos com a loja cheia, e eu não prestei muita atenção. Ela falava o tempo todo, como sempre. Pediu que eu escolhesse alguns pêssegos para ela levar na sexta-feira seguinte. Ia visitar a filha em Nova Jersey no outro domingo, um encontro de família, e queria levar os melhores pêssegos que eu conseguisse, porque pêssego é uma fruta que a filha dela adora.

— E ela veio pegá-los?

— Claro, nesta sexta que passou. Levou quase três quilos. Eu os coloquei numa cesta especial e deixei que ela levasse as frutas com cesta e tudo, porque ela é uma boa freguesa.

— O sujeito que estava com ela na outra semana voltou aqui?

— Não, nunca mais o vi. Não trabalho às quartas, gosto de jogar golfe. Pode ser que ele tenha vindo sem eu saber. Mas se tivesse vindo algum outro dia eu estaria aqui e me lembraria. A senhora acha que ele é o assassino? Acha que ele é o doente mental que matou a sra. Gregg?

— Só estou pesquisando os fatos, sr. Vincenti. Obrigada pela ajuda.

— Se precisar de mais alguma coisa, qualquer coisa, eu estou aqui. Ela era uma verdadeira joia.

— Você acha que esse sujeito de boné pode ser o assassino? — perguntou Peabody enquanto elas caminhavam pelas redondezas, refazendo a rota que Leah descrevera.

— Acho que ele se achou esperto ao se apresentar como Al. Albert DeSalvo, sinalizando o método que usaria no assassinato. Seria um jeito muito interessante de sentir a rotina dela essa ideia de ir ao mercado e bancar o paizão meio perdido. Se estava pesquisando a área em busca de uma mulher solteira com a faixa etária que precisava, pode tê-la avistado e pensou em usá-la enquanto a analisava. Deve ter acompanhado a rotina dela para conseguir seu nome e buscar seus dados, e descobriu que trabalhava como voluntária em uma creche.

Ele era bom de pesquisas, pensou Eve. Sabia como esperar de tocaia para conseguir os dados e digeri-los, antes de fazer um movimento certeiro.

— Se uma mulher faz trabalho voluntário em uma creche, certamente curte crianças pequenas, então ele conta que tem um filhinho ao fazer o primeiro contato.

Assentiu com a cabeça enquanto analisava a vizinhança. Era tudo bem bolado e simples.

— Um bom lugar para fazer contato é o mercado. Ele pede conselhos a ela, joga a história do filhinho que precisa de creche. Acompanha-a até em casa carregando suas bolsas, mas não faz o caminho completo. Não precisa, pois já sabe onde ela mora. E descobre que ela tem planos para o domingo. Não o próximo, mas o da semana seguinte, e ele tem tempo de sobra para observá-la melhor, descobrir seus padrões, planejar tudo e curtir por antecipação.

Imitação Mortal

Eve parou na esquina e observou as pessoas que passavam de um lado para o outro, a maioria delas com o olhar típico de nova-iorquino, gente que evitava contato demorado, olho no olho. Não era um local turístico, percebeu Eve. As pessoas moravam e trabalhavam ali, e seguiam com as suas vidas.

— Mas ela deve ter passeado com ele por aqui — disse Eve, como se pensasse em voz alta. — Caminhou com ele, batendo papo, entregando detalhes aparentemente inofensivos sobre sua vida. Ia levar os pêssegos para a filha. Mas não havia uma cesta de pêssegos no apartamento, no domingo, ele a carregou. Um suvenir interessante e comestível para acompanhar o anel. Saiu caminhando com a maior calma do mundo depois de ter feito o que fez, carregando uma cesta de frutas. Aposto que curtiu muito essa cena, e deve ter dado uma boa e suculenta mordida em um dos pêssegos.

Com os pés afastados, enfiou os polegares nos bolsos, concentrada demais nas cenas que via mentalmente para se preocupar com os olhares rápidos e desconfiados que lhe foram lançados quando sua pose revelou a arma que carregava.

— Só que isso foi um erro, uma falha idiota e exibida. Pode ser que as pessoas não notem um sujeito saindo de um apartamento com uma caixa de ferramentas na mão, mas podem perfeitamente reparar em alguém que carrega uma caixa de pêssegos junto com as ferramentas.

Atravessou a rua, parou na outra esquina e avaliou o espaço em volta.

— As carrocinhas de lanches não estão na rua tão cedo aos domingos, pelo menos nessa área. Mas os jornaleiros, os cafés e as delicatessens já estavam abertos. Quero todo mundo interrogado. Vamos descobrir se alguém reparou num sujeito com macacão de manutenção carregando uma estranha combinação de caixa de ferramentas e cesta de pêssegos.

— Sim, senhora. Tenente, gostaria de dizer que é um prazer incomensurável observá-la trabalhar.

— Está a fim de me pedir algum favor, Peabody?

— Não, sério mesmo. É uma verdadeira aula observá-la, enxergar as coisas com seus olhos e ver as coisas que sua mente constrói. No entanto, já que pintou esse lance de favor, eu queria dizer que está quente à beça. Quem sabe nós poderíamos, já que esse comércio todo está funcionando, pegar uma coisa gelada qualquer para beber numa carrocinha? Estou virando a Bruxa Malvada do Oeste aqui.

— Tá virando o quê?!

— Sabe como é... Estou *derretendo*.

Com uma risada abafada, Eve pescou algumas fichas de crédito nos bolsos.

— Pegue uma lata de Pepsi para mim, e avise ao vendedor que se não estiver estupidamente gelada eu vou lá dar umas porradas nele.

Enquanto Peabody saía correndo, Eve permaneceu na esquina com a imaginação disparada. Eles deviam ter se separado ali naquela esquina, decidiu. Era o mais provável, a dois quarteirões do apartamento dela. Devem ter se separado em uma esquina, era o que fazia mais sentido. Provavelmente ele comentou que morava por aqui, informou sua profissão, contou histórias sobre o seu menino. Todas mentirosas, se ele era realmente o assassino.

E todas as células cinzentas do seu cérebro de tira lhe diziam que era.

Sulista, pensou. Será que ele lhe contou que era do Sul? Provavelmente. Tinha sotaque, ou imitara um sotaque sulista. Imitara, decidiu. Mais uma pequena alegoria.

Peabody voltou com as bebidas, uma porção de batatas fritas e um *kebab* vegetariano.

— Pronto! Eu lhe trouxe umas batatas soterradas em sal, como você gosta, para você não zoar o meu *kebab*.

— Vou zoar o seu *kebab* do mesmo jeito. Não perderia a oportunidade de zoar um monte de vegetais apertados em volta de um pauzinho. — Mas caiu de boca nas batatas. — Vamos em direção ao centro da cidade, para dar uma passadinha na butique. Talvez ele tenha feito uma visitinha a Lois no trabalho também.

* * *

Imitação Mortal

Havia duas atendentes na butique, e ambas caíram no choro no instante em que Eve mencionou o nome de Lois. Uma delas foi até a porta, trancou-a e colocou o cartaz de *fechado*.

— Não consigo aceitar. Fico à espera, achando que ela vai entrar aqui na loja e contar que tudo não passou de um terrível engano. — A atendente mais alta, com um corpinho esguio e flexível de cão galgo, deu palmadinhas nas costas da companheira mais jovem, que soluçava com as mãos no rosto. — Pensei em fechar a loja por hoje, mas não sei o que ficaríamos fazendo aqui dentro.

— Você é a dona desta butique?

— Sim. Lois trabalhou para mim por dez anos. Era ótima com as colegas, com os clientes ou controlando o estoque. Conseguiria dar conta da loja sozinha se quisesse. Vou sentir muito a sua ausência.

— Lois era uma mãe para mim. — A mulher que soluçava ergueu a cabeça. — Vou me casar em outubro, e ela me ajudava muito com os preparativos. Estávamos nos divertindo, planejando tudo, e agora... Agora ela não vai estar lá.

— Sei o quanto é difícil, mas preciso fazer algumas perguntas.

— Queremos ajudar. Não é, Addy?

— Faremos qualquer coisa. — A mulher conseguiu controlar os soluços. — O que for preciso.

Eve repassou as perguntas básicas e tentou descobrir algo sobre o homem que Vincenti descrevera.

— Não me lembro de ninguém com essa descrição por aqui. Você se lembra, Addy?

— Não. Sozinho ele não veio. Recebemos homens aqui que chegam acompanhando as esposas ou namoradas, raramente aparecem desacompanhados. E ninguém assim veio nas últimas semanas. Não me lembro de ninguém que Lois tenha ajudado ou com quem tenha puxado papo.

— E alguém veio aqui perguntar por ela?

— Houve um sujeito na semana passada... não, foi há duas semanas. Lembra, Myra? Vestia um terno fantástico e trazia uma pasta Mark Cross.

— Sim, eu lembro. Comentou que Lois o ajudara no mês passado, quando ele precisou dar um presente para a esposa. O presente fez tanto sucesso que ele passou aqui só para agradecer a Lois a sugestão.

— Como ele era?

— Humm... Trinta e poucos anos, alto, musculoso, com um cavanhaque bem-cuidado e cabelos castanhos ondulados quase batendo no ombro, presos num rabo de cavalo. Ficou de óculos escuros o tempo todo em que esteve aqui.

— Óculos Prada, modelo Continental — acrescentou Addy. — Comprei um desses para meu noivo, me custou os olhos da cara. Ele parecia estar montado na grana e tinha um sotaque ianque, do tipo Ivy League, eu acho. Tentei convencê-lo a comprar acessórios para a esposa, porque ele certamente andava com dinheiro em baldes, e tinha chegado uma remessa de bolsas fantásticas, de grife, mas ele não se interessou. Disse que só queria mesmo passar aqui para agradecer e cumprimentar a sra. Gregg. Eu disse que era uma pena ela não estar trabalhando naquele dia, pois teria adorado revê-lo. Por fim, informei que se ele quisesse encontrá-la devia aparecer às terças, quartas ou sábados. Ó meu Deus! — Seu rosto ficou branco como uma folha de papel. — Fiz mal?

— Não. Isso é comum. Você se lembra de mais alguma coisa?

— Nada. Ele só disse que tornaria a passar na loja quando estivesse por aqui e foi embora. Achei simpático da parte dele, porque os clientes geralmente não se dão ao trabalho de vir agradecer, muito menos os homens.

Elas continuaram a seguir a lista que Leah montara, e descobriram que em cada passo do caminho havia alguém que se lembrava de um homem com descrições que variavam sutilmente; um sujeito que apareceu em algum momento para perguntar sobre Lois Gregg.

— Ele a espreitava — disse Eve. — Recolhia dados com calma. Tinha duas semanas para isso. Ia matar Jacie Wooton primeiro, mas ela era mais fácil. Tudo o que ele precisava fazer era escolher uma acompanhante licenciada de rua, vagar pelas calçadas à noite e escolher uma mulher que se encaixasse no perfil. Não era preciso pegá-la quando estivesse sozinha, porque seu trabalho é solitário. No caso de Lois, não. Ela precisava estar em casa para o crime se encaixar na imitação. Tinha de estar em casa, sozinha, sem esperar ninguém.

— Ele teve tempo de sobra para planejar tudo — destacou Peabody. — Foi ao mercado sexta-feira, passou pela butique, pela creche, pela academia de ginástica, tudo isso em dias de semana e em horário comercial. Certamente não trabalha de nove às cinco da tarde.

— Não, e se pesquisarmos na nossa lista de suspeitos, qualquer um deles teria essa flexibilidade de horários.

Eve mandou Baxter e Trueheart passarem um pente-fino nas redondezas, novamente, e torcia para receber uma ligação a qualquer momento dizendo que eles tinham achado algo relevante, ou alguém que vira o assassino e sua cesta de pêssegos.

Enquanto isso, ela precisava tocar o barco. Ele já matara duas, e certamente já escolhera a próxima vítima.

Deixou Peabody efetuando pesquisas profundas sobre Thomas Breen e esposa, e resolveu pedir ou subornar a assistente de Mira para encaixá-la em uma consulta.

Esperou andando de um lado para o outro na antessala da doutora, perguntando a si mesma, vezes sem conta, que serial killer o imitador sanguinário iria homenagear no próximo ataque.

Até agora ele escolhera dois assassinos célebres, ambos mortos, e apostava que o criminoso continuaria a manter o padrão: não imitaria ninguém ainda vivo. Jack, o Estripador, nunca fora agarrado, mas DeSalvo havia morrido na prisão. Então ser pego e cumprir pena era aceitável. Isso deixava um campo amplo, mesmo excluindo os que haviam desmembrado, ocultado ou devorado as vítimas no almoço.

Seu comunicador tocou no instante em que Eve lançava olhares fulminantes para a porta da médica, torcendo para que ela se abrisse.

— Dallas falando!

— Aqui é Baxter. Acho que descobri algo interessante, Dallas. Uma testemunha do prédio ao lado saiu da igreja e viu um sujeito usando macacão de manutenção, ou pelo menos ela acha que era, no momento em que ele saiu do edifício da vítima carregando uma caixa de ferramentas e uma cesta plástica de frutas.

— Os horários batem?

— Sim, batem certinho. A testemunha conhecia Lois Gregg. Insiste em ir até a Central, a fim de conversar pessoalmente com a investigadora principal do caso.

— Pois então traga-a para cá.

— Já estamos indo. A gente se encontra no refeitório.

— É melhor na minha sala, porque...

— No refeitório — insistiu ele. — Nós ainda não almoçamos.

Ela abriu a boca para protestar, mas ouviu a porta de Mira se abrir.

— Tudo bem, estou em reunião. Vou para lá assim que acabar aqui.

Antes que a assistente de Mira tivesse a chance de repetir que a médica só ia poder tirar dez minutinhos para atendê-la, a própria dra. Mira saiu e chamou Eve para sua sala.

— Que bom que você conseguiu um tempinho para vir me ver, Eve. Já li todos os relatórios.

— Tenho novidades — avisou Eve.

— Puxa, estou louca para beber algo gelado. Aqui está fresquinho — explicou Mira, indo na direção da pequena unidade de refrigeração —, mas só de saber a temperatura que está fazendo lá fora me faz sentir *calor*. É o poder da mente.

Pegou uma jarra de suco e serviu dois copos.

— Sei que você se entope de cafeína o tempo todo, mas isto é melhor para você.

— Obrigada. As duas vítimas eram específicas, completamente diferentes uma da outra, doutora.

— Eram, sim — concordou Mira, sentando-se.

Imitação Mortal 197

— A primeira era uma acompanhante licenciada drogada, em recuperação, que foi rebaixada e só podia trabalhar na rua. Uma sobrevivente, sem amigos, familiares, nem grupo de apoio, embora isso talvez fosse opção de vida. Ele não se preocupou em saber de quem se tratava, e sim o que fazia para viver. Uma prostituta de rua na parte pobre de Chinatown. Na segunda, porém, o importante era quem era e como era.

— Conte-me dessa segunda vítima.

— Uma mulher que morava sozinha numa vizinhança agradável. Alguém que criou uma família bonita e mantinha os filhos junto dela. Era ativa junto à comunidade, amigável, adorada por todos. Muito mais querida do que o assassino imaginou, pois provavelmente não entenderia esse sentimento.

— Ele não demonstra sentimentos por ninguém, a não ser por si mesmo, e não se relaciona com pessoas como ela. Não compreende o processo — concordou Mira. — Foi a situação da vítima, o fato de morar sozinha, sua idade, o bairro onde residia e o fato de ser descoberta logo que atraíram o interesse dele.

— Mas foi um erro, porque ela provocou um impacto positivo em todas as pessoas com quem lidava. Todo mundo gostava dela, a amava. As pessoas não estão apenas dispostas a cooperar com a polícia, estão ansiosas por ajudar. Ela não vai ser esquecida depressa, como acontecerá com Jacie Wooton. Todas as pessoas com quem conversei tinham algo bom a contar dela, coisas pessoais e positivas. É mais ou menos o que eu imagino que as pessoas vão falar da senhora quando...

— Ela parou de falar, tossiu para disfarçar, mas era tarde demais.

— Puxa, isso foi bizarro. Eu quis dizer...

— Não foi bizarro, não. — Mira virou a cabeça de lado e simplesmente sorriu. — Que coisa linda de ouvir! Por que diz isso, Eve?

Ela daria tudo para não ter dito aquilo, e se viu sem saída.

— É que... — Eve tomou o suco em um gole só, como se fosse remédio. — Eu... ahn... conversei com a nora de Lois Gregg agora de manhã, e ela falou da sogra mais ou menos o que sua filha disse sobre a senhora. Deu para perceber uma ligação forte e... profunda.

Laços verdadeiros. Percebi a mesma coisa no dono do mercado, nas pessoas com quem ela trabalhava, todo mundo. Ela deixou uma boa marca na alma das pessoas. Como a senhora. Foi isso que ele não levou em consideração, o jeito como as pessoas iriam ficar ao lado dela, lutando por justiça.

— Tem razão. Ele esperava ser o foco da história. Era para ser *ele* o astro do evento. Ela não passava de uma inconveniência, era algo secundário. Embora a primeira vítima ganhasse a vida com sexo e a segunda tenha sido brutalmente estuprada, os assassinatos não são atos de cunho sexual em si, são mais um ato de revolta contra o sexo feminino, contra as mulheres. Um ato que o torna poderoso e transforma as vítimas em nada.

— Ele espreitava Lois Gregg — disse Eve, e relatou a Mira tudo que descobrira.

— Ele é muito cauteloso — analisou a médica. — Meticuloso, ao seu modo, apesar de os dois assassinatos terem sido sanguinolentos. Sua preparação é precisa, são imitações perfeitas. Cada vez que vence, prova não apenas que é mais poderoso e importante que as mulheres que mata, mas também é melhor que os homens que imita. Não precisa seguir um padrão, ou pelo menos é o que diz a si mesmo, pois é claro que existe um padrão. Acredita ser capaz de cometer qualquer tipo de assassinato e escapar numa boa. Quer vencer você, Eve, a mulher que escolheu deliberadamente. Ele a derrota, Eve, uma reles mulher, e prova que você é inferior a ele cada vez que lhe deixa um bilhete.

— Esses bilhetes não representam a voz dele. Não combinam com nada do que a senhora está dizendo. São leves e brincalhões, e ele não é nada disso.

— Mais um disfarce — concordou Mira. — Outra *persona*.

— Ele se obriga a parecer outro nos bilhetes, do mesmo modo que parece diferente para as pessoas que procurou quando estudava Lois Gregg. É o sr. Versatilidade em pessoa.

— É importante para ele não ser visto como um estereótipo, nem rotulado ou arquivado. Provavelmente aconteceu exatamente isso durante a sua criação pela mulher que exercia uma figura de autoridade. Ele pode até manter a imagem que ela o forçou a assumir, mas não é assim que ele próprio se vê. É a mãe que ele mata, Eve. A mãe como prostituta, no caso de Jacie Wooton, e agora a mulher que nutre e cuida, no caso de Lois Gregg. Quem quer que ele escolha imitar na próxima vez, pode crer que a vítima será, na sua mente, outra forma de mãe.

— Já pesquisei programas de probabilidades, mas mesmo que eu diminua a lista dos assassinos que ele poderá copiar, não sei como chegar à próxima vítima antes, para salvá-la.

— Ele vai precisar de tempo para se preparar, para assumir o novo rosto, o novo método.

— Nem tanto — replicou Eve. — Ele não precisa de muito tempo, doutora, porque já planejou tudo. Não começou na semana passada.

— Isso é verdade. Começou muitos anos atrás. Algumas dessas necessidades devem ter se manifestado ainda na infância. É o roteiro típico do menino que atormenta pessoas, mata pequenos animais, pratica bullying secretamente e tem disfunções sexuais. Se a sua família ou os tutores sabiam de seus problemas e se preocupavam, pode ser que ele já tenha passado por terapia ou aconselhamento psicológico.

— E se não sabiam?

— Em um caso ou em outro, sabemos que as necessidades dele e seus atos aumentaram de intensidade ao longo do tempo. Pelo perfil e pelas declarações das testemunhas, esse homem tem entre trinta e quarenta anos. Não começou a matar depois de adulto, e certamente Jacie Wooton não foi sua primeira vítima, devem ter existido outras. Você vai encontrá-las — garantiu Mira —, e elas criarão uma trilha que levará a ele.

— Sim, vou encontrá-las. Obrigada, doutora. — Eve se levantou.

— Sei que sua agenda está apertada e tenho uma testemunha à minha espera, mas... — Pensou em falar algo, mas mudou de ideia.

— Obrigada pelo convite no domingo. Desculpe eu ter saído mais cedo, do jeito que saí.

— Foi maravilhoso receber vocês dois, apesar de o tempo ter sido curto. — Mira também se levantou. — Espero que você me conte o que se passa na sua cabeça, Eve. Houve um tempo em que você não faria isso de jeito nenhum, nem permitiria que eu percebesse que algo a preocupa. Pensei que tivéssemos deixado essa fase para trás.

— Meus dez minutos acabaram.

— Eve... — Com uma expressão gentil, Mira colocou a mão sobre a dela.

— Eu tive um sonho. — As palavras saíram depressa, quase aos borbotões, como se estivessem prontas para serem despejadas em um jorro. — Foi uma espécie de sonho, e foi com a minha mãe.

— Sente-se. — Mira foi até a mesa e apertou um botão. — Vou precisar de mais alguns minutos aqui — disse, com determinação, e desligou sem dar chance à assistente de retrucar.

— Não quero atrapalhar. Não foi nada importante. Nem foi um pesadelo no sentido clássico.

— Você nunca teve lembranças da sua mãe, até agora.

— Não. Uma vez só, antes dessa, me pareceu que ouvi sua voz gritando com ele, reclamando de mim. Mas na noite passada eu a vi perfeitamente. Vi o rosto dela. Tenho os olhos iguais aos dela. Merda!

Ela se sentou, largando-se na cadeira e apertando a base das mãos sobre os olhos.

— Por que isso agora? Droga!

— Os genes que determinam o formato dos olhos são aleatórios, Eve. Você é esperta o bastante para saber que a cor deles também não significa nada.

— Dane-se a ciência, odeio isso. Foi só o que aconteceu. Vi o jeito como ela me olhava. Ela me odiava com todas as suas forças. Não entendo isso, não consigo entender. Eu tinha uns... sei lá, não sou boa em calcular idade de crianças pequenas, mas devia ter três ou quatro anos. Mesmo assim, ela me odiava como se eu fosse sua inimiga da vida inteira.

Mira quis ir até o outro lado da mesa para abraçá-la. Fazer papel de *mãe*. Mas sabia que o caminho era outro.

— Isso magoou você?

— Acho que sim. — Ela sugou o ar subitamente e o expeliu com força. — Ficava imaginando se, mesmo sabendo o que aconteceu depois, ele me roubou dela em algum momento. Talvez tenha dado uma surra nela e me levado embora. Sempre me perguntei se, mesmo viciada, ela não nutria algum sentimento por mim. Puxa, quando uma mulher carrega um bebê na barriga durante nove meses deve sentir *alguma coisa*.

— Sim, deve — falou Mira com delicadeza. — Mas algumas pessoas não têm capacidade de amar. Você sabe disso.

— Sei mais do que a maioria das pessoas, mas tinha essa fantasia secreta. Aliás, nem sabia que tinha, até me sentir tão abalada pelo que vi. Achei que ela cuidava de mim e se preocupava comigo. Talvez estivesse tentando me encontrar todo esse tempo e, apesar de tudo, ainda me amasse. Mas não era nada disso. Só vi ódio em seus olhos quando ela olhou para mim, no sonho. Quando ela olhou para a menina.

— Você sabe que não era a filha que sua mãe odiava, porque nunca chegou a conhecê-la de verdade. A falta de sentimentos dela não era, e continua não sendo, culpa sua, Eve. Era e ainda é uma falha de caráter dela, e só dela. Você é uma mulher difícil, Eve.

— Sou? — Ela deu um sorriso leve e deu de ombros. — Que mais?

— Uma mulher difícil, muitas vezes áspera, geniosa, exigente e impaciente.

— Em algum momento a senhora pretende citar as partes boas?

— Não tenho tanto tempo para isso. — Mira sorriu, feliz de ver que o sarcasmo de Eve se fez presente. — Mas seus defeitos, como muitos poderiam considerá-los, não impedem ninguém de amar você, de respeitá-la e admirá-la. Conte-me o que mais você se lembra do sonho.

Eve expirou com força e contou tudo com a mesma distância, a frieza e os detalhes que usava nos relatórios da polícia.

— Não sei onde estávamos. Isto é, em que cidade. Sei que ela se prostituía por dinheiro e drogas, mas isso não o incomodava. Sei que ela queria se livrar de mim, e isso ele não queria, pois tinha outros planos para o meu futuro. Eu era o seu investimento.

— Eles não eram seus pais.

— Como assim?

— Eles conceberam você, um óvulo e um espermatozoide. Ela incubou você e a expeliu do corpo quando chegou a hora. Mas eles nunca foram seus pais, há uma diferença grande. Você sabe disso.

— Acho que sim.

— Você não descende deles. Você os superou em tudo. E tem mais uma diferença. Deixe-me dizer mais uma coisinha, antes que minha assistente sussurre atrás da porta, reclamando por eu atrasar sua agenda. Você também deixou sua marca e teve um impacto grande em tantas vidas que não dá nem para computarmos o número. Lembre-se disso quando estiver diante do espelho, analisando os próprios olhos.

Capítulo Onze

Quando Eve chegou ao refeitório, Baxter devorava um sanduíche enorme que cheirava muito bem e parecia fresco demais para ter saído do AutoChef da sala de refeições, ou das máquinas automáticas do corredor, muito menos do balcão da lanchonete da Central.

O sanduíche parecia civilizado e delicioso.

Ao lado dele, na mesa quadrada, Trueheart, o policial com cara de bom menino, comia, com muita educação, uma salada verde coberta com generosos pedaços de frango. Diante deles, em pé, uma mulher que parecia ter visto o alvorecer e o apagar de dois séculos sorria para ambos, irradiando boa vontade.

— Muito bem — disse ela, com voz esganiçada. — Isso não é muito melhor do que qualquer comida servida por uma máquina?

— Glump! — concordou Baxter, engolindo o pão e a carne com ar de quem acha tudo delicioso.

Trueheart, tão jovem que parecia ter a mesma idade das folhas de alface, não estava com a boca tão cheia quanto seu colega, e arrastou a cadeira para trás ao avistar Eve.

— Tenente! — saudou, colocando-se em posição de sentido. Baxter girou os olhos para cima, divertindo-se com o novato e maravilhando-se com o sanduíche que degustava.

Depois de engolir o que tinha na boca, Baxter disse ao rapaz:

— Caraca, Trueheart, deixe o puxa-saquismo para quando eu acabar de comer. Dallas, esta é a incrível sra. Elsa Parksy. Madame, esta é a tenente Dallas, a investigadora principal que a senhora quer conhecer.

— Obrigada por vir até aqui, sra. Parksy.

— É meu dever de cidadã, não é verdade? E minha obrigação de amiga e vizinha também. Lois cuidou de mim quando eu precisei, e agora vou cuidar dela do melhor jeito que conseguir. Sente-se aqui, querida. Você já almoçou?

Eve lançou um olhar comprido para o sanduíche e analisou a salada, mas ignorou a vontade que fez seu estômago praticamente vazio se contorcer de fome.

— Já almocei, sim, senhora. Obrigada.

— Eu disse a esses rapazes que prepararia algo especial para eles. Não dá para viver à base de comidas que saem de máquinas. Não é natural. Detetive Baxter, ofereça um pedaço do seu sanduíche a essa jovem. Ela está magra demais.

— Não precisa, estou ótima. O detetive Baxter me disse que a senhora viu um homem saindo do prédio da sra. Gregg, no domingo de manhã.

— Vi, sim. Não contei à polícia antes porque fui direto para a casa do meu neto depois da igreja, e dormi lá de domingo para segunda. Voltei para casa hoje de manhã. Só soube da morte de Lois ontem à noite, pelo noticiário.

As incontáveis rugas e vincos de seu rosto seco de uva-passa assumiram uma configuração que Eve tomou como pesar.

— Nunca fiquei tão chocada e triste na vida, nem quando meu Fred, que Deus o tenha, morreu sob o trem da linha três, em 2035. Lois era uma boa pessoa, uma ótima vizinha.

Imitação Mortal

— Sim, sei que era. O que pode nos contar sobre o homem que a senhora viu?

— Não prestei muita atenção, apesar de meus olhos ainda funcionarem muito bem. Eu os consertei em março passado, mas a verdade é que não liguei muito para o sujeito.

Com ar distraído, pegou uma embalagem de guardanapos no fundo da bolsa gigantesca que carregava e a entregou a Baxter.

— Obrigado, sra. Parksy — agradeceu ele, num tom humilde e respeitoso.

— Você é um bom menino. — Deu uma batidinha na mão dele e voltou a atenção para Eve. — Onde é que eu estava mesmo? Ah, sim. Saí de casa para esperar pelo meu neto. Ele chega todo domingo às nove e quinze para me levar à igreja. Vocês frequentam a igreja?

Os olhinhos da sra. Parksy adquiriram um brilho especial, e Eve hesitou entre a franqueza e a mentira conveniente.

— Sim, senhora — garantiu Trueheart, com o rosto solene.

— Gosto de ir à missa na catedral de Saint Patrick aos domingos, quando estou no centro da cidade. Quando não estou, frequento a igreja de Nossa Senhora das Dores.

— Católico, certo?

— Sim, senhora.

— É... Mas tudo bem. — Deu uma palmadinha de conforto em sua mão, como se não fosse culpa dele.

— A senhora viu o homem que saiu do prédio onde a sra. Gregg morava? — incentivou Eve.

— Já disse que vi, não disse? Saiu do prédio no instante em que coloquei o pé na calçada, do outro lado da rua. Vestia um macacão cinza e carregava uma caixa de ferramentas preta. Tinha uma cesta azul de plástico na outra mão, dessas que se vê no mercado. Não consegui ver o que havia dentro, porque o homem estava longe e eu não prestei muita atenção.

— Consegue descrever sua aparência?

— Parecia um técnico de consertos. Branco, ou mulato bem claro, é difícil afirmar, porque o sol estava forte. Não sei a idade.

Certamente é mais novo do que eu. Trinta, quarenta, cinquenta, sessenta, todos têm a mesma cara quando uma pessoa passa dos cem, e eu fiz cento e dezessete anos em março. Mas imagino que ele tem entre trinta e quarenta.

— Meus parabéns pela idade, sra. Parksy — saudou Trueheart, e ela sorriu para ele.

— Você é um rapaz muito gentil. O sujeito usava um boné, macacão de manutenção e óculos de sol. Quase pretos. Eu também estava com óculos escuros, porque o sol estava de arrasar, apesar de ainda ser cedo. Ele me viu. Não consegui ver seus olhos, é claro, mas ele reparou em mim, me lançou um sorriso imenso, cativante e fez uma reverência educada para me cumprimentar. Achei aquilo petulante, empinei o nariz e olhei para o outro lado, porque não gosto de gracinhas. Lamento ter feito isso. Gostaria de tê-lo observado com mais atenção.

— Para que lado ele foi?

— Foi para o leste caminhando depressa, parecendo satisfeito com seu trabalho matinal. A coisa está feia, muito feia quando um homem sai pela porta afora e caminha pela rua com a maior calma do mundo depois de ter assassinado uma mulher. Lois foi ao mercado para mim várias vezes, quando eu não me sentia bem, e trazia flores para me alegrar. Sempre tinha um minuto para bater um papinho. Quem dera eu soubesse o que ele tinha feito no momento em que o vi. Meu neto chegou de carro em um ou dois minutos, pois é muito pontual. Eu o teria mandado atropelar o canalha assassino ali mesmo, na hora. Deus sabe que estou falando sério.

Eve fez mais perguntas à sra. Parksy, até ter certeza de que ela havia contado tudo o que lembrava. Então, passou-a para Trueheart e lhe pediu que ele conseguisse um guarda para acompanhá-la de volta a sua casa.

— Baxter, quero mais um minuto seu. — Ela enfiou a mão no bolso e descobriu que tinha entregado todas as suas fichas de crédito para Peabody, mais cedo. — Tem uma graninha para me comprar uma Pepsi?

— Por que não digita o número do seu distintivo na máquina? Estourou o limite?

Ela o olhou com mau humor misturado com repulsa e explicou:

— Quando eu informo meu distintivo, essa máquina me dá uma esculhambação. A outra, perto da sua sala, prepara uma vingança pessoal contra mim. Essas máquinas conversam umas com as outras, Baxter, pode ter certeza. Elas se comunicam.

Ele olhou para ela por um longo minuto.

— Você precisa de férias.

— O que eu preciso é da porra de uma Pepsi. Quer que eu te assine um vale?

Ele foi até a máquina, digitou o número do seu distintivo e pediu uma lata.

BOA-TARDE. VOCÊ PEDIU UMA LATA DE 250 ML DE PEPSI. A BEBIDA ESTÁ GELADA! TENHA UM DIA SEGURO E PRODUTIVO, E NÃO SE ESQUEÇA DE RECICLAR A EMBALAGEM.

Ele pegou o refrigerante no compartimento, voltou e o entregou a Eve.

— Essa é por minha conta — ofereceu.

— Obrigada. Escute, sei que você está atolado. Obrigada por arrumar um tempinho para entrevistar a vizinhança.

— Não me agradeça, simplesmente cite o meu trabalho no relatório. Vou ficar bem na fita.

Eve acenou com a cabeça na direção da porta e eles foram caminhando e conversando.

— Trueheart me parece bem. Ele já está completamente recuperado? — quis saber Eve.

— O médico fez um exame físico e o liberou. O garoto tem saúde de ferro. O psiquiatra também disse que está tudo bem.

— Sei, eu li as avaliações, Baxter. Quero saber sua opinião.

— Na verdade, o que aconteceu com ele, ou quase aconteceu, há duas semanas abalou mais a mim do que a ele.* O garoto é resistente, Dallas. Vou ser sincero: nunca me interessei em atuar ao lado de um novato bancando o instrutor, mas reconheço que ele tem talento.

Baxter balançou a cabeça, pensativo, enquanto usavam a passarela aérea.

— O garoto adora o trabalho. Puxa, ele veste a camisa da profissão como mais ninguém que eu conheço, a não ser você. Chega de manhã todo empolgado, no início do turno. Confesso que isso faz meu dia valer a pena.

Satisfeita, Eve seguiu pelo corredor ao lado dele.

— Por falar em treinamento — continuou Baxter —, ouvi dizer que Peabody vai prestar exame para detetive daqui a alguns dias.

— Sua audição anda muito boa.

— Nervosa, mamãe?

— Engraçadinho! — Ela lançou um olhar enviesado. — Por que eu estaria nervosa?

Ele sorriu, mas logo os dois se viraram ao ouvir um uivo agudo. Um sujeito magrinho, algemado, se soltou de um dos guardas que o acompanhavam e colocou o outro de joelhos ao lhe aplicar um chute certeiro entre as pernas. Em seguida, correu na direção da passarela com os olhos arregalados e saliva escorrendo.

Como a lata de Pepsi estava na mão em que Eve usava a arma, ela o atacou com o refrigerante. O golpe lhe acertou entre os olhos com um baque forte. Aquilo o deixou mais atônito do que ferido. Ele cambaleou, mas logo empinou o corpo, abaixou a cabeça e a atacou como um aríete.

---

* Ver *Retrato Mortal*. (N. T.)

Imitação Mortal

Eve mal teve tempo de girar o corpo, e desviou dele erguendo o joelho para atingi-lo no queixo. Ouviu-se um terrível som de algo triturado. Foi o maxilar do fugitivo que quebrou, ou a cartilagem do seu joelho se deslocara.

De um jeito ou de outro, o fato é que ele caiu de bunda no chão e foi imediatamente imobilizado por dois policiais e um terceiro tira, à paisana.

Baxter recolocou a arma no coldre e coçou a cabeça ao ver a luta no chão.

— Quer outra Pepsi, Dallas? — O que sobrou do líquido formava uma poça marrom que se espalhava pelo piso.

— Droga! Quem é o responsável por esse imbecil?

— E-eu, senhora — gaguejou um dos guardas. Estava ofegante e seu lábio inferior sangrava. — Eu o levava em custódia para...

— Policial, por que não conseguiu controlar seu prisioneiro?

— Achei que ele estava imobilizado, tenente. Ele...

— Pois obviamente se enganou. Pelo visto, está precisando se atualizar sobre procedimentos e regras.

O prisioneiro corcoveou, chutou o ar com força e começou a gritar com uma voz aguda e feminina. Para demonstrar o procedimento correto para se controlar prisioneiros, Eve se agachou ao lado do preso, ignorando as fisgadas no joelho. Agarrou o escandaloso pelos cabelos e puxou sua cabeça para trás, até seus olhos loucos fitarem os dela.

— Cala a boca, agora! Se você não fechar a porra dessa matraca e não parar de resistir à prisão, vou puxar tua língua para fora, enrolá-la em torno do teu pescoço e te estrangular com ela.

Eve percebeu pelo brilho dos seus olhos que ele estava sob o efeito de drogas químicas, mas a ameaça fez efeito, ou talvez o tom de voz da tenente tenha lhe parecido sincero e literal.

Quando ele sucumbiu ao cansaço, Eve se levantou e olhou com frieza para o guarda que o deixara escapar.

— Acrescente ao prêmio do nosso convidado um ato de resistência à prisão e agressão a uma policial. Quero ver a cópia do seu relatório, antes de ele ser entregue ao seu superior, policial... — baixou o olhar para a plaquinha com o nome dele — ... Cullin.

— Sim, senhora.

— Se ele tornar a escapar, vou usar a língua dele para estrangular você também. Cai fora!

O lugar se agitou com mais dois guardas que apareceram, solidários, para ajudar a erguer e arrastar o prisioneiro dali.

Baxter entregou a Eve uma nova lata de Pepsi.

— Acho que você fez por merecer.

— Fiz mesmo! — reagiu ela, e seguiu mancando para a Divisão de Homicídios.

Ela redigiu o relatório e foi entregá-lo pessoalmente ao comandante Whitney. Ele apontou uma cadeira e ela aceitou, grata por poder dar uma folga ao joelho que ainda doía.

Quando terminou sua apresentação oral, ele assentiu e perguntou:

— O bloqueio de informações que você impôs à mídia vai servir de incentivo ao canalha ou frustrá-lo?

— Com ou sem a mídia, ele está novamente à caça. Apesar de suas vítimas parecerem aleatórias, elas são escolhidas, e essa escolha leva tempo. Quanto à mídia, dei algumas declarações oficiais. Os repórteres estão se concentrando no primeiro crime. É mais chamativo do que o estupro e a morte de uma mulher de sessenta anos em seu apartamento. Não vamos sofrer pressão enquanto ninguém perceber que as duas mortes têm ligação. A mídia vai acabar descobrindo, principalmente se ele tornar a atacar, mas temos uma folga antes disso.

— Você está enrolando a mídia?

— Não, senhor. Simplesmente não estou entregando o ouro. Fiz uma declaração para Quinton Post, do Canal 75, em vez de Nadine Furst, para acabar com os rumores de favoritismo. Ele é esperto, mas inexperiente. Se Nadine souber dessa história, vai fazer a ligação entre os crimes. Até então, eu não preciso responder a perguntas que não foram feitas.

— Isso basta.

— Por outro lado, senhor, não creio que, apesar dos bilhetes, ele se preocupe muito com os holofotes da mídia. Não agora. Quer chamar minha atenção, e já conseguiu isso. O perfil montado pela dra. Mira confirma que ele tem necessidade de dominar e eliminar as mulheres em geral. Qualquer figura feminina com autoridade é sua grande rival. Eu represento isso, o que resultou na escolha do meu nome.

— Você é um alvo?

— Não creio, pelo menos enquanto ele seguir o padrão.

Whitney grunhiu alguma coisa e então uniu as mãos como se fosse rezar.

— Saiba que eu recebi reclamações contra você, Dallas.

— De quem, senhor?

— Uma de Leo Fortney, se queixando de que foi molestado e ameaçando processar você e este departamento. Uma segunda reclamação veio do gabinete de Niles Renquist, manifestando... repúdio pelo fato de a esposa de um diplomata ser interrogada por um membro do Departamento de Polícia e Segurança da Cidade de Nova York. Um terceiro protesto veio do advogado de Carmichael Smith, alegando a possibilidade de seu cliente ter sua imagem pública manchada por uma... como foi mesmo? Uma mulher arrogante e insensível que usa distintivo.

— Ah, essa sou eu. Leo Fortney me deu uma informação falsa na primeira entrevista. Mudou sua versão na declaração que fez posteriormente à minha auxiliar, mas sua história continua fedendo. Os Renquist simplesmente responderam a algumas perguntas, não foram interrogados. E, embora tenham fingido cooperar, nenhum dos dois se mostrou acessível. Quanto a Carmichael, se vazar para a mídia o seu envolvimento com esse caso, isso ocorrerá por conta dele mesmo.

— Você insiste em afirmar que cada um desses indivíduos é suspeito nesta investigação?

— Sim, senhor, insisto.

— Tudo bem. — Satisfeito com a resposta, o comandante concordou com a cabeça. — Não ligo para as queixas, mas pegue leve, Dallas. Cada um deles tem muito poder, e todos sabem como enrolar a mídia.

— Se um deles for o assassino, senhor, vou montar um processo sólido. Eles podem enrolar até os anéis de Saturno se quiserem, mas farão isso do fundo de uma cela.

— Então amarre o caso com cuidado, sem deixar pontas soltas.

Quando foi dispensada, Eve se levantou. Whitney ergueu uma sobrancelha ao vê-la caminhar.

— O que há de errado com sua perna?

— O joelho, senhor — respondeu ela, chateada por não disfarçar que estava mancando. Sorriu de leve e explicou: — Esbarrei com o joelho em uma coisa dura. — Saiu e fechou a porta com cuidado.

Saiu do prédio mais tarde do que planejara, e ficou presa em um engarrafamento. Em vez de reclamar, Eve esperou com paciência e usou o tempo extra para refletir, rever as anotações e pensar mais um pouco.

Tinha suspeitos, mas poucas provas. Mas havia linhas que se entrelaçavam entre os dois assassinatos. Os bilhetes, o tom deles, a imitação.

Não havia DNA, nenhum traço ou prova que a levasse a crer que o assassino conhecia as vítimas, antes de escolhê-las. Os relatos das testemunhas descreviam um homem branco, talvez mulato claro, com idade e rosto indeterminados. Usava sotaques, lembrou. Talvez por sua voz ser conhecida?

Renquist, com sua entonação britânica. Carmichael, com seu timbre famoso.

Imitação Mortal

Era possível.

Fortney também dava entrevistas e falava em público com frequência. Talvez tivesse receio de alguém reconhecer sua voz.

Ou talvez tudo não passasse novamente de ego, nos três casos. *Sou tão importante que todos reconhecerão minha voz se eu não disfarçá-la.*

Procure a figura de autoridade feminina, disse a si mesma. Esse é o foco e a chave de tudo. Como era mesmo que se dizia em francês?... *Cherchez la femme.* Isso era correto.

Despiu a jaqueta de couro enquanto caminhava do carro para a porta. O ar pareceu abafado, pesado e meio elétrico. Era capaz de cair um temporal. Um pouco de chuva não ia fazer mal a ninguém, pensou, pendurando a jaqueta no pilar da escadaria do saguão. Uma boa chuvarada talvez mantivesse o seu homem sossegado, sem caçar ninguém.

Antes de voltar ao trabalho, de volta à sua própria caçada, ela resolveu procurar por outro homem: o seu.

O localizador de pessoas informou que Roarke estava no pátio dos fundos, junto à cozinha. Ela não conseguiu imaginar por que ele estaria ali, exposto àquele ar terrível em vez de ficar em algum cômodo interno, um ambiente qualquer abençoadamente geladinho e agradável de uma casa que oferecia espaço para qualquer atividade possível.

Mesmo assim, ela foi até lá, atravessou a cozinha e o avistou. E se viu parada e sem fala.

— Ora, que bom que você chegou — alegrou-se ele. — Podemos começar.

Roarke usava um jeans, nada das roupas leves de ficar em casa, e vestia uma camiseta branca. Estava descalço e um pouco suado, o que a atraiu. A verdade é que ele a teria atraído, ou qualquer outra mulher, independentemente da roupa que usasse ou do fato de estar em um pátio ensolarado, numa tarde de setembro em que a qualidade do ar desistira de lutar e dera lugar ao mormaço.

No momento, porém, ela estava mais interessada na gigantesca e cintilante geringonça ao lado dele.

— Que troço é esse?

— Um sistema de preparo de alimentos ao ar livre.

Desconfiada e sentindo-se segura por ainda estar com a arma no coldre, ela se aproximou devagar.

— Uma espécie de churrasqueira?

— Muito mais que isso. — Ele alisou a tampa da máquina com suas mãos lindas, como um homem acariciaria uma mulher que o fascinasse. — Linda, não é? Foi entregue há menos de uma hora.

Era um equipamento imponente e o sol que refletia nele era quase ofuscante. Também havia tampas nas bandejas dos dois lados do aparato, e um compartimento com portas sob a unidade principal.

Sem falar na miríade de botões, controles e ponteiros. Ela passou a língua sobre os lábios.

— Humm... Não parece muito com a churrasqueira que a família da dra. Mira usou naquele dia.

— É um modelo mais recente. — Ele abriu a tampa principal e revelou uma fileira igualmente cintilante de barras de aço apoiadas em cubos prateados e uma bandeja de metal ao lado. — Não há motivo para não termos o que existe de mais avançado.

— É imensa. Dá quase para morar aí dentro.

— Depois do primeiro test drive, acho que devíamos promover um churrasco aqui em casa. Daqui a algumas semanas, talvez.

— Esse test drive não significa dirigir esse troço pelas ruas, certo? — Ela deu um chute de leve em uma das rodas robustas do equipamento.

— Está tudo sob controle. — Ele se agachou e abriu uma das portas. — Unidade de refrigeração. Temos bifes, batatas e outros legumes que prenderemos nestes espetos.

— *Prenderemos?*

— Basta colocar tudo sobre a grelha — presumiu. — E temos uma garrafa de champanhe para batizá-la, só que eu pensei em tomarmos o champanhe, em vez de quebrar a garrafa na lateral da máquina.

— Aprovo a ideia. Alguma vez na vida você já preparou um bife?

Ele lhe lançou um olhar suave enquanto abria o champanhe.

— Li o manual e aprendi como a coisa é feita na casa dos Mira. Isso não é física nuclear, Eve. É só carne e calor.

— Tudo bem. — Ela pegou a taça que ele serviu. — Por onde se deve começar?

— Eu ligo o aparelho. Pela tabela do manual, as batatas devem ser colocadas antes do resto, porque levam mais tempo para assar. Enquanto elas cozinham, nós esperamos na sombra.

A ideia de ele ligar o monstro a fez dar um passo para trás.

— Tá legal, então eu vou direto para a parte de ficar na sombra.

— A muitos metros de distância.

Como o amava, preparou-se para pular a qualquer momento em sua defesa, caso o troço se metesse a besta. Acompanhou de longe o instante em que Roarke colocou duas batatas em uma das bandejas laterais da grelha e mexeu nos controles.

Ele fez algo que acionou uma luz vermelha, que brilhou como um monstro de um olho só. Aparentemente, porém, isso o deixou satisfeito, e ele fechou a tampa, dando-lhe uma palmadinha de incentivo. Em seguida, pegou no compartimento de baixo uma bandeja menor, com biscoitinhos e queijo.

Ele parecia lindo, ela teve de admitir. Carregava as bandejas e andava de um lado para o outro pelo pátio, descalço e com os cabelos presos, como fazia ao resolver problemas sérios.

Ela sorriu para ele e provou um cubinho de queijo.

— Você montou tudo sozinho?

— Montei. Foi muito gratificante. — Ele estendeu as pernas e provou o champanhe. — Não sei por que nunca me interessei pela cozinha até hoje.

O ombrelone sobre a mesa aliviava a força do sol e o champanhe estava deliciosamente gelado. Até que não era mau curtir tudo aquilo depois de um longo dia de trabalho.

— Como é que você saberá quando as batatas estarão prontas? — quis saber ela.

— Temos um timer. O manual também sugere uma espetadela nelas com o garfo.

— Por quê?

— Algo a ver com maciez. Deve ser algo bem óbvio, vamos ver. O que houve com o seu joelho?

Ele não deixava escapar nada, pensou ela.

— Um guarda idiota deixou um preso babaca sair correndo. Usei meu joelho para impedir o citado babaca de me dar uma chifrada e me jogar para fora da passarela aérea. Agora está de mi-mi-mi por causa do maxilar deslocado e do galo na cabeça.

— Joelho no maxilar. Que simpático. Como ele conseguiu o galo?

— Diz que foi a lata de Pepsi com a qual eu lhe atingi a testa, mas isso é conversa fiada. O imbecil deve ter batido no chão quando um monte de tiras voou em cima dele.

— Você o atacou com uma lata de Pepsi?

— Era o que eu tinha na mão.

— Querida Eve. — Ele pegou a mão dela e a beijou ternamente. — Sempre engenhosa.

— Isso é verdade, mas perdi um tempão com papelada por causa disso. O policial Cullin vai lamentar ter se levantado da cama hoje de manhã.

— Certamente.

Ele serviu mais champanhe, e os dois tomavam a bebida sob a sombra quando algumas labaredas surgiram num dos lados da churrasqueira. Como isso já acontecera ainda há pouco, ela não se alarmou.

Simplesmente observou Roarke curtindo seu novo brinquedinho. De repente ele começou a soltar palavrões em dois idiomas e olhou para a máquina com expressão frustrada.

Apesar de cutucadas, as batatas continuavam duras como pedra, sob as cascas com cor de carvão. Os vegetais no espeto estavam carbonizados e já haviam entrado em combustão espontânea por duas vezes.

Os bifes ao lado exibiam um tom cinza-chumbo em um lado e preto no outro.

— Tem alguma coisa errada — resmungou ele. — Isso deve estar com defeito.

Ele espetou um dos bifes, erguendo-o da grelha para analisá-lo de perto, e sentenciou:

— Isso não está me parecendo "ao ponto".

Quando o líquido que pingou do bife deu início a um novo princípio de incêndio, ele o largou sobre a grelha, com raiva.

Mais labaredas surgiram e a máquina, como já acontecera algumas vezes antes, emitiu um aviso austero:

ATIVAR O FOGO NÃO É RECOMENDADO NEM ACONSE-LHÁVEL. POR FAVOR, REPROGRAME SUAS OPÇÕES NOS PRÓ-XIMOS TRINTA SEGUNDOS OU ESTA UNIDADE ENTRARÁ EM MODO DE SEGURANÇA, CONFORME EXPLICADO NO MANUAL, E SE DESLIGARÁ AUTOMATICAMENTE.

— Enfie as opções no rabo, sua piranha! Quantas vezes você precisa ser reprogramada?

Eve tomou mais um gole de champanhe e decidiu não comentar que *piranha* não era o xingamento apropriado, já que a voz da máquina era claramente masculina.

Os homens, refletiu, costumavam xingar com nomes femininos os objetos inanimados que não se comportavam. Droga, ela também fazia isso.

Dois relâmpagos pipocaram no céu, e os trovões se desdobraram em rugidos distantes, mas ameaçadores. Eve sentiu a primeira gota de chuva, em meio ao vento que aumentava.

Foi resgatar a garrafa de champanhe, enquanto Roarke olhava furioso para a churrasqueira.

— Estou com vontade de comer pizza — anunciou ela, olhando para a cozinha.

— É só um defeitinho. — Roarke raspou com uma espátula o que sobrara da comida e jogou tudo na lata de lixo. — Ainda não terminei com você — resmungou para o equipamento, e seguiu Eve em direção à cozinha. — Amanhã vou dar mais uma olhada na máquina — garantiu, com determinação.

— Sabe de uma coisa...? — Ela foi até o AutoChef, que era, na sua opinião, a forma mais sensata de se preparar uma refeição. — É muito agradável ver que você pode meter os pés pelas mãos como o restante de nós, pobres mortais. Fica todo gosmento de suor, frustrado e xinga objetos inanimados. Embora eu não esteja completamente convencida de que aquele troço lá fora seja inanimado.

— É só um defeitinho de fábrica, sem dúvida. — Ele sorriu. — Amanhã vou resolver isso.

— Aposto que sim. Quer comer aqui dentro?

— Para mim está ótimo. Vai ser difícil tornarmos a comer na cozinha, porque Summerset volta para casa amanhã.

Ela parou, petrificada, com a taça a meio caminho dos lábios.

— Amanhã? Não pode ser. Ele saiu há menos de cinco minutos.

— Amanhã sim, ao meio-dia. — Roarke chegou junto de Eve e passou o dedo na covinha do seu queixo. — Ele saiu de férias há muito mais do que cinco minutos.

— Faça-o esticar as férias. Sugira que ele... Mande-o fazer uma volta ao mundo. De barco. Um daqueles barcos em que o sujeito rema. O exercício vai ser ótimo para ele.

— Eu lhe ofereci mais tempo fora, mas ele me garantiu que está pronto para voltar ao lar.

— Puxa, mas *eu* não estou pronta. — Ela jogou as mãos para o ar.

Ele simplesmente sorriu, inclinou-se e beijou-lhe a testa, como faria com uma criança contrariada.

Ela bufou com força.

— Tudo bem, então, tá legal. Agora vamos ter que transar no chão da cozinha.

— Como disse?!... — espantou-se ele.

— Está na minha lista de prioridades, e nunca fizemos isso, então precisamos aproveitar para fazer agora. A pizza pode esperar um pouco.

— Você tem uma lista de prioridades?

— Era para ser espontâneo e sem controle, mas devemos aceitar as coisas como elas são.

Ela tomou o resto da taça de champanhe, colocou-a de lado e abriu o fecho do coldre.

— Vamos lá, tire a roupa, meu chapa.

— Você fez uma lista de prioridades sexuais? — Divertido e fascinado, ele a viu colocar o coldre sobre o balcão e se preparar para descalçar as botas. — Aquele acesso de tesão descontrolado que tivemos semana passada sobre a mesa de jantar e no chão também estava na sua lista?

— Isso mesmo. — Ela conseguiu tirar uma das botas e a chutou para longe.

— Deixe-me ver essa lista. — Ele estendeu a mão e balançou os dedos.

Abaixada, tentando arrancar a segunda bota, ela ergueu a cabeça.

— Essa lista só existe na minha mente. — Deu um tapa na cabeça. — Está tudo aqui dentro. Você não está tirando a roupa.

— Adoro a sua mente.

— Pois é. Vamos logo tirar essa tarefa da lista, para eu poder dar um tique nela, e depois...

Ela não conseguiu terminar de falar, porque ele a pegou no colo e a colocou sentada no balcão da cozinha. Agarrando-a pelos cabelos com as duas mãos, ele puxou sua boca para junto da dele e a atacou.

— Isso está espontâneo o suficiente para você? — perguntou ele ao vê-la sugar o ar com prazer.

— Talvez... — As palavras ficaram presas em sua garganta quando ele rasgou a blusa dela com violência.

— Você chamaria isso de "sem controle"?

Era difícil responder, pois sua boca estava sendo novamente atacada. Ele acabou de lhe rasgar a blusa até sobrarem apenas os punhos. As mãos dela estavam presas, tentando escapar do pânico instintivo que se misturou com uma onda de excitação quando ele puxou o resto dos trapos como se fossem cordas.

As mãos dela estavam presas às costas agora, o sangue rugia em seus ouvidos e ela mal conseguia respirar até o fim. O champanhe que ela tomara fez sua cabeça girar de forma vertiginosa, e os músculos de suas coxas se retesaram.

— Solte as minhas mãos! — conseguiu balbuciar.

— Ainda não. — Ele estava louco por ela. Teve a impressão de que passava a vida louco por ela. Suas formas, seu cheiro, seu sabor, a textura da sua pele. E, agora, o som rouco que emitia quando suas mãos passeavam por todo o seu corpo.

Ele se banqueteou com a pele dela, com o elevar maravilhoso do seu seio em sua boca, o coração por baixo batendo disparado. Ela tornou a gemer, estremeceu e se deixou largar quando ele começou a passear sobre ela com a língua e, de vez em quando, com os dentes.

Se deixar largar. Nada era mais excitante para ele do que quando ela se soltava.

Ela continuava sem fôlego, mas já não se importava. As sensações a invadiam, brutais demais e extremamente escuras para serem descritas apenas como ondas de prazer.

Ela o deixou pegar o que ele quis, e teria implorado para que levasse mais, se conseguisse pronunciar as palavras. Quando ele arriou suas calças até abaixo dos quadris, ela se abriu para recebê-lo. E as mãos dele, aquelas mãos maravilhosas, a fizeram enlouquecer.

Ela gritou ao gozar pela primeira vez, e o orgasmo lhe percorreu o corpo como um raio quente e intenso.

Sua cabeça tombou sem forças sobre o ombro dele e ela só conseguiu emitir uma palavra:

— Mais.

Imitação Mortal

— Sempre! — exclamou ele. Seus lábios estavam em seus cabelos, em seu rosto e depois novamente pressionando os lábios dela. — Sempre!

Seus braços a envolveram e, quando ela conseguiu se desvencilhar, ela o abraçou também. Apertou as pernas em volta da cintura dele e lutou para falar alguma coisa, mas sua respiração vinha curta, em arquejos tensos.

— Ainda não estamos no chão — conseguiu ela falar.

— Vamos chegar lá. — Ele mordiscou-lhe o ombro, depois a garganta, e se perguntou como faria para não devorá-la inteira.

Ele a levantou do balcão, aguentando o seu peso enquanto suas bocas se fundiam mais uma vez, seus corações batendo descompassados, um contra o outro. As mãos dela conseguiram subir por dentro da camiseta dele e suas unhas curtas lhe arranharam a pele úmida.

Então ela puxou a camiseta, conseguiu arrancá-la e enterrou os dentes no ombro dele.

— Por Deus, seu corpo é meu, meu, todo meu — sussurrou ela.

De repente eles estavam no chão, acabando de tirar as roupas um do outro e tentando respirar fundo, com os pulmões prestes a explodir em busca de ar. Dessa vez, quando as pernas dela o envolveram pela cintura, ele se impulsionou por completo para dentro dela.

Sentindo um calor quase insuportável, ela o apertou com força, mantendo-o dentro de si, erguendo o corpo para receber um pouco mais dele, puxando-o para baixo e forçando-o a acompanhá-la. As mãos dele escorregaram pela pele suada dela, até se engancharem nos seus quadris. E se enterraram em sua carne enquanto ele mergulhava ainda mais fundo.

CAPÍTULO DOZE

Eles estavam largados no chão, de barriga para cima, cobertos de suor. A garganta dela ardia de sede, mas ela não sabia se conseguiria engolir alguma coisa. O simples ato de respirar já lhe sugava toda a energia.

Se o assunto era sexo espontâneo e descontrolado, eles tinham um novo recorde. Sentiu os dedos dele acariciando-a, e lhe deu nota dez no quesito recuperação física.

— Falta mais alguma coisa na sua lista de prioridades? — perguntou eles baixinho.

— Não. — Sua respiração continuava difícil, e ela inspirava e expirava em movimentos curtos e ofegantes. — Agora acabou.

— Graças a Deus.

— Precisamos nos levantar daqui, em algum momento antes de amanhã ao meio-dia — avisou Eve.

— É melhor fazer isso antes. Estou morrendo de fome.

Ela pensou no assunto e decidiu:

— Eu também, mas acho que você não vai conseguir bancar o machão e me levar no colo.

— Acho que não. Estava pensando em *você* me carregar.

Imitação Mortal

— Tudo bem. — Eles permaneceram ali, deitados, por mais um minuto. — Talvez consigamos levantar um ao outro ao mesmo tempo.

— Quando eu chegar no três, então. — Ele contou. Ao chegar no três, eles conseguiram puxar um ao outro, mas se largaram sentados e ficaram ali, rindo.

— Isso foi muito bom. Ideia minha — lembrou ela.

— Essa vai para o nosso livro de recordes. Vamos tentar nos levantar.

— Certo, mas sem pressa.

Eles conseguiram se colocar em pé, cambalearam, mas acabaram amparando um ao outro como um par de bêbados.

— Uau! Fiquei meio cansada só de ver você apanhar daquela máquina, mas a coisa não parou aí. No fim, você conseguiu me deixar arrasada. Obrigada.

— O prazer foi meu. — Ele encostou a cabeça na dela. — Espere só um minutinho para meu sangue voltar a circular.

— Nada disso, seu sangue tem a tendência de circular direto para o seu pinto, e o que eu quero é pizza. E uma ducha — percebeu, de repente. — Uma ducha, depois uma pizza, porque pode crer, meu chapa, estamos completamente arrasados.

— Tudo bem. Vamos recolher o que sobrou das roupas.

Ela encontrou um pedaço da sua blusa, um trapo que parecia pertencer à sua calcinha e outros panos diversos. Juntaram tudo e levaram da cozinha as provas do crime.

— E não pense que você vai me agarrar novamente debaixo do chuveiro. Estamos acabados.

Ele a agarrou novamente debaixo do chuveiro, mas foi ela mesma quem levantou a lebre.

Comeram pizza na saleta de estar da suíte. Quando ela atacava o terceiro pedaço, sentiu o buraco na sua barriga começar a encher.

— O que você fez hoje? — perguntou ela.

— Como assim o que eu fiz?

— De vez em quando, gosto de me informar sobre o que você está fazendo. — Ela virou a cabeça de lado. — Isso me faz lembrar que você não é apenas um lindo objeto sexual.

— Ah, sei. Participei de reuniões. — Ele deu de ombros. Mas ela continuou a encará-lo. — Na maioria das vezes, quando eu explico o que faço em meu trabalho, você fica com os olhos vidrados de tédio ou tomba de sono.

— Eu não! Tudo bem, os olhos vidrados de tédio, talvez, mas nunca caí no sono.

— Tive uma reunião com meu corretor da bolsa. Discutimos as tendências atuais do mercado e...

— Não preciso dos mínimos detalhes. Reunião com corretor, ações, títulos e blá-blá-blá. Confere... Que mais?

Ele sorriu de leve.

— Participei de uma conferência sobre o Olympus Resort. Duas novas alas estão prontas para inauguração. Estou ampliando a força policial e de vigilância. A supervisora Angelo mandou lembranças.

— Mande lembranças para ela também. Há algum problema por lá?

— Nada importante. — Ele engoliu um pedaço de pizza e tomou um gole de champanhe. — Darcia perguntou quando é que vamos aparecer para uma visita.

— Só quando eu for novamente colocada a nocaute e arrastada para dentro de uma nave espacial. — Ela lambeu um pouco do molho que ficara em um dos dedos. — O que mais?

— Eu me reuni com a equipe de funcionários, conferi alguns itens de segurança. Rotina. Depois, analisei os relatórios preliminares sobre uma fazenda de ovelhas na Nova Zelândia, que ando pensando em comprar.

— Ovelhas? Bééé!

— Ovelhas, lã, costeletas e outros produtos secundários. — Ele lhe entregou um guardanapo e isso a fez se lembrar da sra. Parksy.

— Tive um longo almoço de negócios com dois incorporadores e seu advogado. Eles tentaram me convencer a embarcar em um projeto, um gigantesco centro de recreações num local fechado em Nova Jersey.

— E você vai embarcar?

— Provavelmente não. Mas foi divertido ouvi-los descrever o projeto, e comer à custa deles. Está satisfeita?

— Você fez tudo isso antes do almoço?

— Isso mesmo.

— Você é um carinha muito ocupado. É mais difícil lidar com todas essas coisas daqui de Nova York agora do que quando você viajava?

— Eu ainda viajo.

— Não tanto quanto antes.

— Viajar me atraía mais antigamente. Antes de eu ter uma esposa que me convida para transar no chão da cozinha.

Ela sorriu, mas ele a conhecia bem demais.

— O que preocupa você, Eve?

Ela quase lhe contou sobre o sonho, sua lembrança, mas se conteve. "Mãe" ainda era um assunto delicado para tratar com ele. Em vez disso, falou de trabalho. Isso não era sair pela tangente. O trabalho era uma preocupação real.

— Minha intuição já sabe como ele é desde a primeira vez em que o encontrei. Mas não consigo *vê-lo* de verdade, então não posso ter certeza. Pelo menos na minha cabeça eu sinto assim. Ele muda, e vai mudar de novo, e é por isso que eu não consigo vê-lo. Não enxergo seu tipo, nem sua mente, porque isso também muda. Ele é bom no que faz porque passa por metamorfoses e assume a personalidade de quem imita. Não sei se conseguirei detê-lo.

— Mas não é exatamente essa a meta dele? Deixar você frustrada ao assumir uma personalidade diferente, um método diferente, um tipo de vítima diferente, tudo ao mesmo tempo?

— Até agora cumpriu sua missão. Estou tentando separá-lo dos disfarces que usa, por exemplo. Quero vê-lo como ele é, para confirmar se minha intuição está certa. Assim, posso passar do instinto para a prova e para a prisão.

— E o que enxerga nele?

— Arrogância, inteligência, ódio. Foco. Ele tem um foco excelente. Medo também, eu acho. Fico me perguntando se é o medo que o faz imitar os outros, em vez de atacar de um jeito próprio. Mas, se é assim, do que tem medo?

— De ser pego?

— Não. Tem medo de fracassar. Talvez esse medo tenha raízes em uma figura materna autoritária.

— Acho que você o enxerga de forma mais clara do que supõe.

— Eu vejo as vítimas — continuou Eve. — As duas que ele já matou e a sombra da próxima. Não sei quem será, nem onde está, nem por que ele vai escolhê-la. Mas se não descobrir tudo isso rapidinho, ele vai chegar nela antes de eu conseguir agarrá-lo.

Eve perdeu a fome, e a euforia do sexo também se desvaneceu.

— Você é um cara ocupado, Roarke — comentou. — Vive com o prato cheio de pepinos para resolver.

— Prefiro isso a um prato vazio. Você também.

— Ainda bem, para nós dois. Preciso dar uma olhada na minha lista completa de suspeitos. Preciso achar uma figura feminina autoritária na vida de cada um deles porque, quando isso acontecer, vou encontrá-lo. Bem que eu gostaria de uma mãozinha.

Ele pegou a mão dela e a apertou com carinho.

— Por acaso, a minha está desocupada.

A forma mais prática de começar, pensou, era por ordem alfabética. Fora isso, embora a verdade lhe arranhasse o orgulho, o segredo era deixá-lo comandar o computador.

Roarke havia apanhado de uma churrasqueira, mas, quando o assunto era tecnologia, era rei absoluto.

— Vamos começar com Breen — pediu ela. — Quero tudo o que você puder levantar sobre Thomas A. Breen e sua esposa, sem ultrapassar as leis de respeito à privacidade.

— Puxa, mas qual é a graça de trabalhar assim? — Ele lançou para ela um ar de angústia.

— Mantenha-se na linha, garotão.

— Então tá, mas vou querer café. E um cookie.

— Um cookie?

— Isso mesmo. — O gato subiu no colo de Roarke e começou a esfregar a cabeça contra sua mão. — Você tem um esconderijo de cookies por aqui, em algum lugar.

— Como é que você sabe que eu tenho um esconderijo desses? — Ela pôs as mãos nos quadris e tamborilou com os dedos.

— Quando ninguém a vigia, você se esquece de comer, e, quando lembra, sempre ataca alguma coisa doce. — Ele acariciou o gato e sorriu para ela.

Ela ignorou a expressão "vigiar" porque tinha outras prioridades. Estreitando os olhos, chegou pertíssimo dele e o encarou fixamente, como faria com o suspeito principal de um crime.

— É você quem entra escondido na minha sala na Central de Polícia para roubar minhas barras de chocolate?

— Claro que não! Compro meus próprios chocolates quando me dá vontade.

— Talvez esteja mentindo — contrapôs ela, depois de refletir por um momento. — É muito escorregadio.

— Você me avisou disso ainda há pouco, no chuveiro.

— Rá-rá! Não, eu não consigo imaginar você se esgueirando pelos corredores da Central só para roubar meus chocolates e me deixar louca.

— Ainda mais tendo outros meios para conseguir isso. Cadê meu café?

— Tá legal, vou buscar. Thomas A. Breen.

Ela foi para a cozinha anexa ao seu escritório doméstico. Sentiu a cauda do gato roçar entre suas pernas, apesar de ele já ter comido uma fatia de pizza. Programou um bule de café, pegou algumas canecas e então, lançando olhares de cautela na direção do escritório, foi a um pequeno compartimento e pescou, com a ponta dos dedos, atrás das embalagens de comida para gato, um pacote de cookies com quantidade tripla de pedaços de chocolate.

Pensou em levar apenas um para Roarke, mas sentiu vontade de comer vários. Tudo bem, ele a estava ajudando, e se sobrassem alguns ela os deixaria guardados no pacote.

Farejando sobremesa, Galahad engatou um ronronar forte acompanhado de carícias com o corpo e afagos com o focinho. Eve serviu um punhado de biscoitos para gato em sua tigela, e riu quando ele voou sobre eles como um leão que ataca uma gazela. Em seguida, colocou o café e os cookies em uma bandeja.

— Já levantei os dados iniciais, mas imagino que você já tenha o básico — disse Roarke. — Tem mais coisa chegando. Por que está investigando Breen?

— É costume investigar a fundo todo mundo que eu entrevisto durante uma investigação. — Ela colocou a bandeja sobre o console. No caso dele, quero ir mais fundo, porque ele fez acender minha luzinha de alerta. Não sei o motivo, exatamente.

Foi até o telão onde Roarke já colocara os dados básicos do suspeito.

— Thomas Aquinas Breen, trinta e três anos, casado, um filho de dois anos. Escritor e pai em tempo integral. Renda pessoal decente. Ganha muito bem e está no caminho de ganhar ainda mais. Tem uma passagem na polícia por porte de substância ilegal, zoner, aos vinte e um anos. Coisa de estudante universitário, nada estranho. Nasceu aqui nesta cidade, se formou pela Universidade de Nova York em belas-artes, com pós-graduação em criminologia... gostei disso... e também em criação literária. Ganha a vida escrevendo artigos para revistas, alguns contos e tem dois livros de não ficção publicados, ambos grandes bestsellers. Está casado há cinco anos, seus pais são vivos e moram na Flórida.

— Tudo me parece normal — disse Roarke.

— É... talvez. — Mas não era, pensou Eve. A coisa não era tão perfeita quanto parecia. — Ele mora numa residência linda, num bairro nobre. Não conseguiria pagar por ela com a grana que ganhava até o segundo livro estourar, mas a esposa tinha um emprego excelente, então é de imaginar que eles compuseram renda para comprar a casa, já que moram lá desde o segundo ano de casados. Ele cuida do filho e ela tem um salário fixo.

Ele provou um cookie. Sua esposa, refletiu, quando o sabor do chocolate explodiu em sua boca, tinha uma queda tão grande por doces que já era um tombo.

— Tenho um monte de empregados com esse perfil — informou Roarke.

— Mas senti algo esquisito por lá, isso eu garanto. É difícil definir o quê. Devemos acrescentar à mistura o fato de que esse cara passa o dia todo pensando em assassinatos, reconstruindo em palavras cenas sangrentas, pesquisando tudo a respeito e imaginando crimes.

— Sério? — Ele serviu café nas duas canecas. — Quem seria capaz de dedicar tanto tempo e energia a assassinatos?

— Meu alerta de sarcasmo está apitando, meu chapa. A diferença é que uma tira que pesquisa crimes luta contra atos abomináveis. Esse cara se excita com eles. A distância entre fascinar-se com um tema e querer experimentá-lo não é grande. Ele tem o grau de instrução exigido para isso, horários flexíveis na agenda, tem conhecimento e um motivo, porque, mais e além da empolgação com os assassinatos, a mídia faz aumentar as vendas dos seus livros. A esposa é uma executiva da área de moda e certamente conhece a importância da publicidade.

Analisando o telão, ela balançou o corpo para a frente e para trás, sobre os calcanhares.

— Ele tem o papel de carta especial, disse que ganhou de um fã que não lembra o nome. Não há como provar ou refutar isso. Ainda.

Seria interessante descobrir que ele ou a esposa compraram o material. Seria realmente interessante.

— Eu posso ultrapassar um pouco as linhas de privacidade e ver o que dá para descobrir sobre isso.

Era tentador, mas Eve balançou a cabeça para os lados.

— O papel não foi comprado por ele nem pela mulher, pelo menos oficialmente. Buscar mais fundo seria entrar em terreno ilegal. Vamos ficar com os dados da sua biografia, por ora.

— Estraga-prazeres.

— Ele tem o papel, basta isso. Tem e me deixou vê-lo em cima da mesa. Isso, em si, já é interessante o bastante.

— Se ele é o seu assassino, a mulher não saberia?

— Acho que sim, a não ser que fosse idiota, mas seu currículo nega isso. Julietta Gates tem a mesma idade do marido, e também é formada pela Universidade de Nova York. Aposto que se conheceram lá. Fez moda e relações públicas, destacou-se nos dois cursos. Já traçara seu destino e foi em frente. Deu um tempo na carreira para ter o filho, mas logo voltou ao trabalho. Ganhava o dobro dele até dois anos atrás. Agora os dois ganham mais ou menos igual, mas a renda dela é mais constante. Como será que andam as finanças do casal?

— O que você procura, especificamente?

— Quem dirige a família. Dinheiro é poder, certo? Garanto que é ela quem canta de galo na casa.

— Se o critério é esse, acho que eu não canto de galo por aqui tanto quanto deveria.

— Isso é ruim. Se bem que estou cagando e andando para o seu dinheiro. Aposto que Tom não pensa assim em relação à mulher.
— Eve descreveu o homem, a casa, o filho. O *sentimento* da casa voltou à sua mente. — Ele precisa que ela divida as despesas para manter aquela linda casa e criar o filho do jeito dele, até alcançar um patamar financeiro mais elevado com seu trabalho. Possui belas roupas e bons equipamentos em casa, cuida do filho e tem um androide

para ajudá-lo. Assim, pode trabalhar em casa, em um ritmo tranquilo, brincar de cavalinho com o garoto e levá-lo ao parque.

— Essas características de um bom pai o tornam suspeito de assassinato. Como entendo sua linha de raciocínio, receio que sejamos uma dupla de céticos.

Ela olhou para ele por sobre o ombro. Céticos ou não, eles *formavam* um casal.

— Ele não disse nada sobre ela como parceira ou como uma das pontas do triângulo familiar. Vi de tudo lá, coisas dele e do garoto, tudo espalhado. Brinquedos, sapatos e outros objetos, mas nada dela. Achei interessante o fato de eles não formarem uma unidade. Levante os dados sobre os pais dele.

Eve analisou o que surgiu no telão e completou alguns espaços que tinham ficado em branco, na pesquisa prévia.

— Viu só? A mãe dele também era o macho alfa da casa. Tinha uma carreira importante e era a principal provedora, pois ganhava bem. O pai largou o emprego e assumiu a função de pai em tempo integral. Olhe só: mamãe trabalhou como funcionária e chegou à presidência da Coalizão Internacional das Mulheres, e é colaboradora do jornal *Voz Feminista*. Foi aluna da Universidade de Nova York, enquanto papai frequentou a Kent State. Sim, isso tudo é muito interessante.

— Pelo cenário, vemos que Breen foi criado num ambiente dominado pela força feminina, controlado por uma mulher com ideias fortes e tendências políticas definidas, enquanto o pai trocava fraldas e cuidava da casa. A mãe influenciou o filho a estudar na sua universidade do coração, ou ele fez isso para garantir a aprovação materna. Ao escolher uma mulher, escolheu alguém com personalidade forte para cuidar do seu mundo, e assumiu o papel típico e historicamente feminino de tomar conta do lar.

— É, o que não o transforma automaticamente em um psicopata de carteirinha, mas é algo a considerar. Copie tudo, guarde em uma pasta aqui e envie cópia para o meu computador da Central.

Ele sorriu enquanto fazia isso.

— Pelo visto, eu também escolhi uma mulher com personalidade forte. O que será que isso diz de mim?

— Faça isso *por favor*, sim? — acrescentou. Lembrou-se dos cookies e foi pegar mais um. — Vou conversar cara a cara com Julietta Gates amanhã. Enquanto isso, vamos em frente: Leo Fortney.

Fortney tinha trinta e oito anos, dois casamentos, dois divórcios, nenhum filho. Com a ajuda de Roarke e a percepção perfeita do que ela precisava, Eve descobriu que sua primeira esposa foi uma ex-atriz pornô. O casamento durou pouco mais de um ano. O segundo foi com uma agente teatral bem-sucedida.

— Ele curte agitação — sugeriu Roarke. — Fofocas suculentas e atenção da mídia. Quer os detalhes ou só as manchetes?

— Comece pelas manchetes.

— Pelo visto, Leo era um típico bad boy. — Roarke tomou um gole de café enquanto lia no monitor. — Foi pego de calças arriadas, literalmente, em um quarto de hotel em Nova Los Angeles, se divertindo com duas estrelas iniciantes, de atributos avanjatados. Além das duas novatas nuas, segundo a notícia, há boatos sobre energizantes químicos ilegais e brinquedinhos de uso sexual. Como, obviamente, sua esposa já suspeitava disso, colocou um detetive para segui-lo. Sugou todo o dinheiro dele no processo de divórcio, mas Joe Fortney ganhou muita badalação na mídia, pois várias outras mulheres deram entrevistas contando suas experiências com o pobre sujeito. Uma delas disse: "Ele é uma ereção ambulante, vive excitado e ataca, mas sempre falha na hora H." Puxa, essa doeu — comentou Roarke.

— Sexualmente promíscuo, incapaz de completar o ato e passando por vexames públicos por causa de mulheres. Fichado por agressões sexuais e atentado ao pudor. Estou gostando. Veja suas finanças. Sem chance de ele manter o estilo de vida que aprecia com a merreca que ganha. Precisa de uma mulher — atualmente Pepper Franklin — para bancá-lo.

— Não gosto dele — murmurou Roarke, continuando a ler.
— Ela merecia coisa melhor.

— Ele cantou Peabody.

Roarke ergueu os olhos e um brilho estranho surgiu neles quando ele disse:

— Definitivamente eu não gostei dele. Cantou você também?

— Que nada! Se caga de medo só de me ver.

— Pelo menos não é completamente burro.

— Mas não passa de um mentiroso embebido em ego que gosta de levar vadias para a cama. Peabody fez o tipo vadia ingênua para ele. Usa mulheres mais fortes para tomar conta de sua vida e depois as chifra na maior cara de pau. Tem bom nível de instrução, sabe como bancar o cavalheiro fino. Mas gosta de vida boa, inclusive papéis de carta caríssimos, é dramático o bastante para curtir uma imitação de bandidos famosos e tem o tempo e a liberdade necessários para tocaiar e caçar as vítimas. O que descobriu sobre seus pais e sua família?

— Joguei no telão. Repare que a mãe dele foi atriz. Era coadjuvante, pegava papéis de gente com personalidade marcante. Na verdade, eu conheço alguns dos trabalhos dela. É boa atriz, anda sempre ocupada, filmando.

— Teve Leo com o marido número dois, de cinco com os quais se casou. Prova de que realmente anda sempre ocupada. Leo tem um monte de irmãos e irmãs de criação, além de alguns meios-irmãos. O pai é produtor teatral. Mesma profissão de Leo. Alguém com quem montar projetos juntos, certo?

— Humm... Pronto! Aqui temos fragmentos de mais fofocas.
— Roarke fez leitura dinâmica em tudo que apareceu, em busca de palavras-chave. — Nosso rapaz tinha seis anos quando os pais se divorciaram, depois de rumorosos casos extraconjugais durante o casamento, dos dois lados, e alguns escândalos depois. Sua mãe alegou que o marido a agredia. Ele disse o mesmo dela. Pelo que estou lendo aqui e ali, o santo lar deles era uma zona de guerra.

— Então podemos acrescentar violência infantil e possível negligência dos pais. Mamãe é uma figura pública, o que a torna muito poderosa. Provavelmente tinham criados na casa, certo? Empregadas, jardineiros, babás em tempo integral. Tente ver o que consegue desencavar sobre as pessoas que cuidaram de Leo quando ele era pequeno e jogue os dados dos Renquist no telão.

— Só se eu ganhar outro biscoito.

Ela olhou para ele por sobre o ombro, pronta para fazer um comentário sarcástico. Mas, ao observá-lo, sentadinho ali diante da mesa, com os cabelos ainda úmidos do banho e os olhos vivos focados no monitor, sentiu o coração dar uma cambalhota de ternura.

Ridícula, uma sensação ridícula. Estava cansada de *saber* como ele era. Mesmo assim, algo se remexia dentro dela, até quando ele não fazia nada.

Ele deve ter percebido o olhar dela, pois ergueu o dele e a fitou calmamente. Um homem absurdamente lindo com um cookie na mão.

— Acho que eu mereço. — Ele sorriu.

— Merece o quê? — A cabeça dela deu branco.

— Mais um cookie — disse ele, dando uma mordida e colocando a cabeça de lado. — Que foi?

— Nada. — Levemente embaraçada, ela se voltou para o telão e ordenou ao seu coração que se acalmasse. Hora de passar para o suspeito seguinte.

Niles Renquist, pensou. Um presunçoso esnobe e arrogante. Isso era apenas a opinião dela, é claro. Hora dos fatos.

Ele nasceu em Londres. Foi o bebê de uma socialite jovem de família mista de ingleses e ianques. Era primo em quarto grau do rei da Inglaterra, por parte da mãe, e tinha toneladas de dinheiro por parte do pai. Seu pai foi o lorde Renquist, membro do Parlamento inglês e conservador convicto. Uma irmã mais nova morava na Austrália com o segundo marido.

Renquist recebeu o pacote completo da boa formação britânica. Cursou a escola Stonebridge, dali foi para a Eton e depois para a

Universidade de Edimburgo. Serviu dois anos na RAF como oficial de alta patente. Era capitão. Fluente em italiano e em francês, foi para o corpo diplomático britânico aos trinta anos, mesmo ano em que se casou com Pamela Elizabeth Dysert.

Sua esposa dividia a mesma formação. Pais socialmente importantes, instrução em escolas de alta classe, incluindo seis anos num colégio interno na Suíça. Era filha única e ganhara muito dinheiro por méritos próprios.

Eram, imaginou Eve, o que as pessoas das altas rodas chamariam de "feitos um para o outro".

Eve se lembrou da menininha que descera as escadas enquanto ela conversava com Pamela Renquist. A bonequinha rosa e dourado que se chamava Rose e puxou a mão da babá com impaciência, antes de aceitar ser levada embora dali.

Aliás, babá não. Pamela Renquist se referiu a ela como "*au pair*". Pessoas com origem nobre tinham sempre um nome metido a besta para as coisas.

Será que Niles Renquist também teve uma *au pair* quando era criança?

Sua agenda e os compromissos oficiais tornavam seu dia menos flexível que o dos outros. Mas será que um assistente ou superior o questionariam se ele avisasse que ia sair durante duas horas? Analisou a foto da carteira de identidade de Renquist e duvidou disso.

Não havia registros criminais dele, nem da esposa. Nenhuma mancha como as de Thomas Breen e Leo Fortney. Só uma imagem perfeita, muito polida e brilhante.

Ela não embarcava nessa.

Ele só se casara aos trinta anos, notou Eve. Uma idade razoável para quem resolve se comprometer "até que a morte nos separe". Além do mais, um homem com ambições políticas aparecia muito melhor na foto se tivesse uma esposa e uma família. Só que, a não ser que ele tivesse feito voto de castidade, deve ter tido outros relacionamentos antes do casamento.

Quem sabe depois também.

Podia valer a pena bater um papo com a atual *au pair*. Quem conhecia melhor a dinâmica de uma família do que os empregados?

Foi buscar mais café.

— Pode dar início às buscas sobre Carmichael Smith.

— Quer que eu coloque os resultados agora ou depois da pesquisa sobre as babás de Leo Fortney?

— Você já fez isso?

— Claro! Faço por merecer meus cookies.

— Primeiro as babás Fortney, espertinho. Vamos seguir a ordem.

— É difícil, pois Leo teve várias pessoas tomando conta dele ao longo dos anos. Pelo visto, sua mãe mastigava empregados como chicletes, e depois os cuspia fora. Babás, *au pairs*, qualquer coisa. Foram sete num período de dez anos. Nenhuma delas ficou no emprego por mais de dois anos, sendo que a média era de seis meses.

— Isso não é tempo bastante para causar impacto sério na sua formação. A mãe é que permaneceu como figura de autoridade.

— Pelos dados, ela foi uma figura incendiária. Três dos ex-empregados a processaram por danos físicos e morais. Todos os casos resultaram em acordos fora dos tribunais.

— Vou dar uma olhada melhor nessa mãe. — Eve andou de um lado para o outro diante da tela, enquanto repassava os dados de cabeça. — Leo tem uma mãe que é atriz, e sua amante atual tem a mesma profissão. Ele escolhe uma atividade em que lida com atores, tem influência sobre eles ou, imagino, é controlado por eles. Isso diz muita coisa. O assassino está em cena, desempenhando um papel, e quer provar que pode ser melhor que o ator original e fazer tudo com mais finesse. Se eu rodar o programa de probabilidades com esses dados, a porcentagem de Leo vai ser alta.

Ela refletiu sobre isso.

— Vamos mais fundo na lista, antes de passar para a próxima fase. Procure a babá de Niles Renquist, ou sei lá como eles chamam na Inglaterra.

— Seu nome é Roberta Janet Gable — anunciou Roarke, e sorriu. — Sou um homem multitarefa.

— Geralmente, sim — concordou Eve, e olhou para a foto na tela. — Caraca! — Fingiu estremecer. — Assustadora.

— Essa foto é atual. Ela devia parecer muito mais jovem quando trabalhou para a mãe de Niles, mas... — Sabendo que Eve iria pedir isso, exibiu uma foto antiga dela. — Era assustadora desde nova.

— E como! — Ela analisou, lado a lado, as imagens de um rosto fino com olhos fundos, muito escuros, e a boca que parecia não sorrir nunca. Os cabelos eram castanhos na foto antiga, grisalhos na atual, presos em um coque sério em ambas as fotos. As linhas ao lado da boca severa na imagem antiga haviam se transformado em sulcos de desaprovação na mulher mais velha.

— Aposto que ninguém a chamava de Bobbie — comentou Eve. Começou a fazer as contas e se sentiu grata quando Roarke chegou ao resultado final antes dela.

— Ela começou no emprego quando Niles tinha dois anos, e ficou na casa até ele completar quatorze. Ele não estudava em regime de internato na Stonebridge, mas ficava na escola quase o dia todo. Foi para Eton aos quatorze anos, quando já não precisava dos serviços de uma babá. Roberta-não-me-chame-de-Bobbie tinha vinte e oito anos quando foi trabalhar de babá e quarenta quando saiu para outro emprego, sempre cuidando de crianças. Tem sessenta e quatro anos, aposentou-se recentemente. Nunca se casou, nem teve filhos.

— Tem cara de quem belisca crianças — sentenciou Eve.

— Uma das mulheres que tomavam conta das crianças na escola pública que eu frequentei beliscava todo mundo. Roberta tinha todas as qualificações necessárias à função, mas a vaca que decorava meus braços com marcas roxas quando eu tinha dez anos também era uma profissional preparada. A babá de Niles nasceu em Boston e voltou para lá quando se aposentou. Sim, ela tem a cara séria das pessoas da Nova Inglaterra, daquelas que dizem que "não bater nas crianças só serve para estragá-las".

— Ela bem poderia ser uma mulher com ar sisudo, mas um coração de ouro, dessas que sempre têm jujubas açucaradas nos bolsos para oferecer a criancinhas de rosto rosado.

— Mas tem cara de quem dá beliscões — reafirmou Eve, sentando-se na quina da mesa. — Finanças sólidas. Aposto que economizou todos os tostões e não gastou nada em jujubas açucaradas. — Por falar nisso, o que são jujubas açucaradas?

Roarke imaginou Eve aos dez anos, com os braços roxos.

— Vou te comprar um pacote. Você vai gostar.

— Pode ser. Acho que vou levar um papo com ela e ver o que tem a me contar sobre o treinamento que usou com Niles para ele usar o peniquinho. Agora, vamos ver o irritante sr. Smith.

— Venha sentar no meu colinho.

Ela tentou um olhar duro, mas não chegou nem perto da cara amarrada de Roberta Gable.

— Nada de saliências, nem de sacanagem durante o trabalho.

— Como já fizemos saliências no chão da cozinha, seguidas por uma sacanagem debaixo do chuveiro, podemos deixar de lado essas atividades. Agora, venha sentar no meu colinho. — Ele lançou um sorriso persuasivo. — Estou solitário.

Ela se sentou e tentou não amolecer demais quando sentiu os lábios dele deslizando pelos seus cabelos.

— Carmichael Smith — disse ele, mas continuava com a cabeça na criança que ela fora, à mercê do sistema que agora defendia. Queria, mais que tudo, cobri-la de coisas que ela nunca conhecera. Especialmente amor.

— Trinta e um anos uma ova! Aposto que ele molhou a mão de alguém para ter a data de nascimento alterada e parecer mais novo. Nasceu em Savannah, mas passou parte da infância na Inglaterra. Não tem irmãos e sua mãe optou pela maternidade profissional até ele completar dezoito anos. Tem registros criminais juvenis lacrados, aqui e no exterior. Talvez valha a pena abrir esses lacres. Não está tão

Imitação Mortal

cheio da grana como eu imaginei, considerando seu sucesso. Deve ter muitas despesas e hábitos caros.

— Pais divorciados, o pai tornou a casar e se mudou de vez para Devon. Inglaterra, não é?

— Na última vez que eu verifiquei, era.

— Não tem ficha criminal depois de adulto, mas aposto que tem algo no ar. Alguém recebeu uma grana para eliminar esses registros também. Parece que nosso rapaz passou um tempo numa famosa clínica de reabilitação. Vamos dar uma olhada na mãe.

— Suzanne Smith, cinquenta e dois anos. Era jovem quando ele nasceu — comentou Roarke. — Casou-se dois anos depois. É uma mulher atraente.

— Sim, ele parece um pouco com ela. Ora, ora, veja isso: mamãe teve autorização para trabalhar como acompanhante licenciada durante um período. Trabalho de rua. E tem ficha na polícia.

Intrigada, Eve fez menção de se levantar, mas Roarke lhe enlaçou a cintura com os braços.

— Se não consegue ler as informações daqui, posso colocá-las em áudio.

— Meus olhos estão ótimos. Ela ofereceu algumas propinas, mas foi pega com drogas ilegais e tentou dar pequenos golpes. Escapou de tudo — acrescentou. — Nunca cumpriu pena. Deve ter entregado alguém, só pode ser. Manteve a licença para trabalhar na rua, mesmo depois de ter conseguido autorização para atender clientes em casa, mas nunca declarou essa renda. Devia receber em dinheiro vivo e continuou trabalhando. Para que pagar imposto sem levar vantagens? O pequeno Carmichael começou a receber educação sexual muito cedo, provavelmente com aulas práticas.

Ela considerou tudo e se imaginou naquele cenário.

— Deixe-me ver os exames médicos dele — pediu. — Desde os mais antigos que você conseguir.

— Posso transgredir a lei agora?

Ela hesitou, mas seus instintos falaram mais alto.

— Pode sim, mas só o mínimo necessário.

Ele deu uma palmadinha no quadril dela, mandando-a levantar para ele poder trabalhar. Enquanto ele pesquisava, ela serviu o resto do café que havia no bule.

— Passou pelos exames infantis de rotina e recebeu todas as vacinas — disse Roarke. — Aos dois anos, começou a demonstrar uma tendência para sofrer acidentes domésticos.

— Sim, estou vendo. — Eve analisou muitos relatórios, de vários médicos em diferentes clínicas. O menino levou pontos, sofreu pequenas fraturas e uma queimadura profunda. Um ombro deslocado, um dedo quebrado.

— Ela dava porrada nele — afirmou Eve. — Os abusos continuaram depois do divórcio e devem ter continuado até a adolescência, quando ele ficou grande demais para ela se arriscar. Então, a mãe foi sua figura de autoridade. Ela sempre se mudava para as mesmas cidades onde ele ia morar. Ela se transferiu para várias cidades dos Estados Unidos, e também passou um tempo na Inglaterra. Olhe a renda anual dela, Roarke, e compare com o seu patrimônio.

— A renda é quase zero, mas o patrimônio é considerável.

— É... Diria que ela continua sugando o filhinho. Um cara pode nutrir fortes ressentimentos por causa disso. Talvez o bastante para matar pessoas.

Capítulo Treze

Eve tinha vários motivos plausíveis para começar seu turno a partir do escritório doméstico. É claro que qualquer lugar era mais silencioso que a Central de Polícia — até mesmo um estádio de futebol lotado.

Ela precisava de mais tempo para pensar também. Queria colocar na parede um quadro dos assassinatos, para poder olhar sempre e estudá-lo quando estivesse em sua sala.

Mas a principal razão para ela ficar a manhã inteira em casa, em vez de ir para o centro da cidade, era a chegada de Summerset. É claro que ela planejava estar bem longe dali antes de meio-dia, mas queria refletir um pouco sobre o fato de que assim que ela colocasse o pé fora de casa, ele reconquistaria o território.

Portanto, preferiu montar o quadro com calma, se sentou e colocou os pés sobre a mesa. Enquanto bebia café, analisou tudo.

Havia fotos das cenas dos crimes — o beco em Chinatown, o quarto de Lois Gregg. Havia mapas e os bilhetes encontrados. Fotos das vítimas, antes e depois de mortas. Ao lado, Eve prendeu cópias das cenas dos crimes originais nos quais os assassinatos atuais eram baseados, Whitechapel e Boston. Duas das vítimas antigas se pareciam muito com as atuais.

O assassino as havia estudado também, pensou ela. Tinha olhado para aquelas fotos e lido os relatórios antigos.

Já planejava outros ataques agora. Renovando-se e se preparando para o próximo ato.

Eve tinha os relatórios do laboratório, do legista e dos peritos. Tinha declarações de testemunhas, parentes próximos, suspeitos e vizinhos. Tinha a linha do tempo de cada evento, suas anotações, seus relatórios oficiais e, agora, uma montanha de dados sobre a formação e os antecedentes dos que faziam parte da sua curta lista de suspeitos.

Repassaria tudo mais uma vez e insistiria em mais trabalho de campo e em mais entrevistas. Cavaria mais fundo e ampliaria a área da investigação. Mas ele a derrotaria no próximo ataque. Seus instintos lhe diziam que ele a derrotaria a curto prazo, e mais alguém iria morrer antes de ela conseguir agarrá-lo.

Ele cometia erros. Ela tomou um pouco de café e observou o quadro. Os bilhetes tinham sido um passo em falso. Mostravam orgulho e uma espécie de júbilo. Ele sentia necessidade de se autopromover e fazia isso com estardalhaço. *Reparem em mim! Vejam como sou esperto, vejam como tenho um gosto apurado!*

O papel que usou poderia ser rastreado, e isso lhe deu uma lista de nomes para investigar.

A cesta de pêssegos foi outro erro. Um sinal de arrogância. *Posso sair daqui na maior tranquilidade do mundo, deixando para trás uma mulher violentada e morta, e ainda curtir um pêssego maduro e suculento.*

Talvez houvesse outros erros. Ela os descobriria, desmontando os casos novamente, peça por peça, até encontrá-los. Ele certamente cometeria novos erros porque, por mais que fosse inteligente, era convencido.

Ela olhou para a porta aberta de sua sala quando ouviu o som de passos, e franziu a testa.

— Oi! — saudou, ao ver Feeney entrar. Sua camisa impecavelmente passada lhe mostrou que a esposa dele lhe entregara a roupa recém-saída do closet. Os sapatos surrados contavam que ele saíra de casa sem que a sra. Feeney percebesse o estrago no visual e o obrigasse a usar um par de sapatos mais novo e respeitável.

Ele provavelmente havia penteado os cabelos, mas alguns fios espetados já se rebelavam e sobressaíam na cabeleira normalmente desgrenhada e em tons de gengibre e prata. Havia um pequeno corte em seu queixo, porque Feeney dizia que um homem não conseguia se barbear direito se não usasse uma lâmina de barbear das antigas.

— Recebi seu recado — disse ele.

— Era tarde da noite, por isso deixei a mensagem no correio de voz. Não precisava você ter se desviado do seu caminho para vir aqui logo cedo.

— Só não terá valido a pena se os seus biscoitinhos dinamarqueses tiverem acabado.

— Provavelmente ainda temos. Se não tiver no meu AutoChef, certamente haverá em algum outro da casa.

Assumindo que isso era um convite, ele foi até a cozinha anexa ao escritório. Eve o ouviu descrever o cardápio em voz alta e dar um grunhido de satisfação ao encontrar algo que aprovou, antes de programar o aparelho.

Voltou com um prato de biscoitos folheados e uma enorme caneca de café.

— E aí, como vão as coisas? — perguntou, sentando-se e estudando o quadro que ela montara. — Tá dois a zero para ele.

— É, eu ainda não consegui meu primeiro gol. Tentei dar uns chutes longos, algumas bolas de efeito, mas não atingi a meta. Quando ele atacar novamente, a mídia vai sentir o cheiro de sangue e teremos uma cagada completa nas mãos: "Imitador Mortal Aterroriza Nova York"; "Assassino Camaleão Deixa a Polícia sem Ação". Eles adoram essa merda.

— O público também gosta. — Feeney coçou a bochecha e comeu mais um pedaço de biscoito. — Um bando de doentes!

— Consegui um monte de dados e tenho vários ângulos. O problema é que, quando eu pego um caminho, seis novas possibilidades aparecem. Eu poderia insistir com Whitney para direcionar mais mão de obra para nós, mas você sabe como isso é complicado. Se eu mantiver a discrição, o orçamento continuará apertado. Quando a coisa estourar e as pessoas começarem a fazer protestos públicos, aí os políticos vão entrar em campo e eu vou conseguir mais gente para trabalhar no caso.

— A Divisão de Detecção Eletrônica tem mão de obra disponível e um orçamento maior — comentou ele.

— Não preciso dos serviços específicos da DDE neste caso. As pesquisas e entrevistas são de porta em porta, serviço padrão, nada complicado. Dessa vez não tenho nenhum *tele-link* para ser rastreado nem sistema de segurança para ser investigado. Talvez...

— Meus meninos precisam de prática de rua. — Feeney chamava seus detetives e estagiários de "meninos", mesmo os velhos e enrugados.

— Aceito a oferta, Feeney, obrigada. Isso vai me liberar para entrevistas e trabalho de campo. Andei pensando a respeito, ontem à noite: esse cara é cuidadoso e meticuloso. Veja as fotos das vítimas; compare as dos crimes antigos com as recentes. Posição na cena do crime, compleição física, cor da pele, método para matar, é tudo igual. São boas cópias, feitas com cuidado. Como é que um cara consegue se tornar tão bom?

Feeney acabou com os biscoitos folheados e terminou de tomar o café.

— Ele tem prática. Vou investigar isso pessoalmente no Centro de Pesquisa Internacional de Atividades Criminais, para ver o que aparece.

— Os crimes não precisam ser exatamente iguais a um caso famoso — disse ela, grata. — Procurei imitadores no primeiro caso, mas não achei nada que se encaixasse. No entanto, quando fiz essa primeira pesquisa, procurava um único estilo. Agora temos dois estilos e potencial para outros. Ele é cuidadoso demais para ter cometido um crime no passado exatamente igual a esses... talvez tenha feito algo para treinar, mas mudou a configuração depois. Não queria deixar o cenário tão perfeito quanto no caso das vítimas que pretendia tornar públicas.

— Sim, não queria se exibir antes de transformar a arte da cópia numa ciência exata — concordou Feeney, com um aceno de cabeça.

— Você me entendeu. Se ele cometeu algum crime exatamente igual, deve ter se livrado dos corpos, enterrado ou despejado em um aterro sanitário. Mas ele não é um garoto, não tem vinte anos. É um cara maduro que não aprendeu a matar com Jacie Wooton. Já faz isso há algum tempo.

— Vou procurar algo com os dois estilos, e mais algum que você ache que ele possa querer imitar agora.

— Todo mundo na minha curta lista de suspeitos poderia ser o assassino, e mais um que ainda não confirmei — disse, pensando em Thomas Breen. — O assassino viaja pelos Estados Unidos e, especialmente, pela Europa. Todos os meus suspeitos viajam, e viajam muito. De primeira classe. Pode ser que ele não esteja na lista, mas certamente o mundo é seu playground.

— Envie para mim o que você tem.

— Obrigada, Feeney. Vou logo avisando que tem gente importante na lista. Um diplomata, um cantor popular, um escritor de sucesso e um produtor teatral totalmente babaca que está de caso com uma atriz famosa. Já recebemos queixas de assédio inadequado da polícia e outros blá-blá-blás. E devem pintar mais reclamações.

— Agora a coisa ficou divertida. — Ele sorriu, levantou-se, colocou a caneca de lado e esfregou as mãos de contentamento. — Vamos dar a largada.

Depois que Feeney saiu, Eve organizou as pastas, enviou tudo para a DDE e mandou um memorando para o comandante, relatando a nova linha de ação. Rodou alguns programas de probabilidades e brincou com simuladores, mas tudo aquilo não passava de exercícios para estimular a mente.

Quando acabou, o computador e ela chegaram a um acordo sobre uma lista de criminosos que o assassino talvez copiasse em seguida.

Eliminou os que haviam usado um cúmplice e os que atacaram homens. Também tirou da lista os que esconderam ou destruíram os corpos. E ressaltou os que tinham entrado para a história.

Começava a se perguntar onde estaria Peabody quando um dos androides domésticos apareceu na sua porta.

Aqueles androides sempre a assustavam. Roarke raramente os usava, e Eve quase nunca os via pela casa. Ela não reconheceria, nem sob a mais cruel tortura, que preferia um Summerset de carne e osso a um exército de empregados robôs.

— Desculpe-me interrompê-la, tenente Dallas.

A figura robótica tinha formas femininas e uma voz rouca e sedutora. O discreto uniforme preto não conseguia disfarçar suas medidas avantajadas, semelhantes às de uma estrela pornô.

Eve percebeu que não precisava ser uma investigadora treinada para deduzir que seu marido tinha colocado aquele modelo em uso de propósito, só para se divertir. Queria que Eve comparasse a louraça peituda com Summerset e sua bunda seca.

Resolveu pregar uma peça em Roarke na primeira oportunidade, como vingança.

— Qual é o problema? — perguntou à androide.

— Há uma visita nos portões de entrada. A sra. Pepper Franklin deseja falar com a senhora. Posso mandar abrir os portões?

— Claro, ela vai me poupar uma viagem. Está sozinha?

— Chegou num carro particular com motorista. Mas veio desacompanhada.

Deixou Leo Fortney em casa, pensou Eve.

— Faça-a entrar.

Imitação Mortal 247

— Devo trazê-la até aqui em cima?

— Não, leve-a para o... Como se chama mesmo?... Salão de visitas da ala principal.

— A senhora gostaria que lhes fossem servidos drinques refrescantes?

— Pode deixar que eu a chamo, se precisar.

— Pois não, tenente.

Quando a androide se retirou, Eve tamborilou com os dedos na mesa por um instante. Olhou para a porta que ligava seu escritório ao de Roarke. Provavelmente era melhor ele já ter ido trabalhar. Isso manteria a parte social da visita no nível mínimo.

Prendeu o coldre com a arma sob o braço, de propósito, e deixou a jaqueta onde ela estava, nas costas da cadeira. Um jeito nem um pouco sutil, decidiu, de fazer Pepper saber quem estava no comando ali.

Terminou de tomar o café com toda a calma do mundo, tornou a se sentar e cantarolou baixinho por mais alguns minutos.

Quando desceu para o salão de visitas, viu Pepper à sua espera.

A atriz vestia lindas roupas em estilo verão: uma blusa branca esvoaçante colocada sobre uma camiseta regata azul, que combinava com as calças curtas, pouco acima dos tornozelos. A isso ela acrescentara sandálias de saltos altíssimos que fizeram os arcos plantares dos pés de Eve doerem só de olhar. Seus volumosos cabelos dourados haviam sido arrumados em um penteado elaborado.

Eve sentiu seu perfume, algo fresco e floral, quando atravessou o aposento.

— Obrigada por me receber. — Pepper lançou seu sorriso profissional. — Ainda mais assim, tão cedo.

— Trabalho com homicídios. Meus dias começam quando os seus terminam. — Ao ver o olhar confuso de Pepper, Eve encolheu os ombros. — Nada a ver. Piadinha entre tiras. Em que posso ajudá-la?

— Suponho que Roarke não esteja em casa.

— Não. Se precisa vê-lo, talvez consiga achá-lo no escritório do centro.

— Não, não... Na verdade, eu estava torcendo para encontrá-la a sós. Podemos nos sentar?

— Claro. — Eve apontou para uma poltrona e se sentou em outra.

Pepper pousou as mãos nos braços da poltrona confortável e suspirou ao olhar em torno.

— Esta continua sendo a casa mais espetacular que eu já vi na vida. Tem um estilo maravilhoso, mas só poderia ter, pois pertence a Roarke.

— É um teto para proteger da chuva.

Pepper riu.

— Já faz muito tempo que eu não venho aqui, mas lembro que havia um fantástico mordomo, e não a androide espalhafatosa que me recebeu.

— Sim, Summerset. Ele está de férias. Por coincidência volta ainda hoje, só que mais tarde. — *A não ser que tenha sido capturado por facínoras e mantido refém em troca de um resgate. Ou tenha se apaixonado loucamente por uma nudista jovem e se mudado para Bornéu.*

— Summerset. Sim, ele mesmo.

— A senhora não veio aqui para vê-lo, suponho.

— Não. — Pepper riu. — O motivo da minha visita é uma conversa de mulher para mulher. Sei que esteve novamente com Leo ontem, tenente. Ele ficou muito chateado com isso, se sente acuado e acha que a senhora nutre algum rancor pessoal contra ele.

— Não tenho nada contra ele. Mesmo que ele seja um assassino, não é nada pessoal. Meu trabalho é acuar pessoas.

— Talvez seja. O fato, porém, é que nesse caso existe uma ligação pessoal. Por minha causa. Por causa de Roarke. Queria usar de franqueza com a senhora.

— Pode falar — incentivou Eve.

Pepper se ajeitou um pouco na poltrona e cruzou as mãos sobre as pernas de forma elegante.

— A senhora tem conhecimento, certamente, de que Roarke e eu tivemos um relacionamento, no passado. Compreendo que isso

Imitação Mortal

possa irritá-la ou deixá-la desconfortável, mas esse fato aconteceu há vários anos, muito antes de ele conhecê-la. Eu detestaria saber que alguma perturbação ou ressentimento, por mais compreensível que seja, possa influenciar sua atitude com relação ao meu Leo.

Eve ficou calada por alguns instantes.

— Deixe-me ver se entendi direito... A senhora acha que, por ter rolado pelada entre os lençóis com Roarke há alguns anos, eu estou puta da vida, e, por estar puta, estou esquentando o rabo do sujeito com quem a senhora rola pelada entre os lençóis atualmente.

Pepper ia dizer alguma coisa, mas desistiu. Então, delicadamente, pigarreou antes de falar.

— Em resumo, é isso.

— Devo acalmá-la quanto a essa questão, sra. Franklin. Se eu ficasse puta com cada mulher que Roarke comeu no passado, eu passaria a vida em perpétuo estado de putez. A senhora foi uma entre muitas. — Eve ergueu a mão esquerda e apontou para a aliança. — Sou a única agora, a senhora não me preocupa.

Por um instante, Pepper simplesmente a olhou, atônita. Depois, piscou lentamente e os cantos da sua boca se abriram em um sorriso discreto.

— Essa é uma atitude muito... sensata, tenente. E uma bela bofetada de luva ao mesmo tempo.

— Sim, foi o que planejei.

— Bem, em todo caso...

— Não há nenhum outro caso. Roarke e eu já éramos adultos quando nos conhecemos. O que rolou antes não significa nada para mim. Se eu permitisse que ciuminhos e picuinhas interferissem com meu trabalho, não mereceria o distintivo que carrego. E eu o mereço.

— Certamente merece — confirmou Pepper. — Do mesmo modo que merece Roarke também. Ele é o homem mais fascinante que já conheci. É exatamente como esta casa, cheio de tons, estilos e surpresas. Mas não me amava, e nunca fingiu fazê-lo.

— E quanto a Leo? Ele a ama?

— Leo? Leo precisa de mim, e isso me basta.

— Devo dizer que a senhora está se vendendo muito barato.

— É gentil de sua parte achar isso. Mas não sou um prêmio, tenente. Sou egoísta e exigente. — Deu uma risada curta e divertida. — Gosto disso em mim. Espero ter meu espaço próprio e tempo para mim mesma, sempre que me dá vontade. Qualquer homem que esteja na minha vida deve compreender que o trabalho é minha prioridade. Se ele for assim, e se for fiel, necessitar de mim é o bastante. Leo é fraco, sei disso — continuou, com um elegante encolher de ombros. — Pode ser que eu precise de um homem fraco e, talvez por isso, não tenha conseguido ficar com Roarke mais do que algumas semanas. Leo combina comigo. E, sendo fraco como é, creio que esta é mais uma prova de que não é o homem que a senhora procura.

— Então a senhora não tem razões para se preocupar. Leo mentiu durante nosso primeiro contato. Quando alguém mente para mim, fico matutando sobre os motivos.

O rosto de Pepper se suavizou e mostrou que, por mais que ela garantisse que um homem que precisasse dela era o bastante, a verdade é que amava Leo Fortney.

— A senhora o assustou, tenente. É muito natural uma pessoa se intimidar quando é questionada pela polícia. Especialmente em um caso de assassinato.

— A senhora não se intimidou.

— Tudo bem. Leo tem problemas com a verdade de vez em quando — Pepper expirou com força —, mas jamais machucaria alguém dessa forma.

— Sabe me dizer onde ele estava, no domingo de manhã?

Os lábios de Pepper se apertaram, mas seus olhos continuaram firmes.

— Não sei. Só posso informar onde ele *disse* que estava, e isso ele também já lhe contou. Tenente, a senhora acha que eu não perceberia se estivesse morando, dormindo e tendo intimidades com um assassino?

— Sei lá... É melhor avisar a ele que, se quiser escapar do sufoco, deve ser honesto comigo. Enquanto ele tiver... problemas com a verdade, vou ficar de olho nele.

— Vou avisá-lo. — Ela se levantou. — Obrigada mais uma vez por me receber.

— De nada. — Eve a acompanhou até a porta e, ao abri-la, viu o carro que a esperava. Viu também sua ajudante, vindo a pé pela alameda, quase correndo e sem fôlego.

— A policial... como é mesmo o nome dela? — quis saber Pepper.

— Peabody.

— Isso mesmo. A policial Peabody parece estar tendo uma manhã difícil. A tempestade de ontem à noite refrescou o calor um pouco, mas não o bastante. Nem de longe.

— São os últimos suspiros do verão em Nova York, as coisas são assim mesmo.

— Isso vai me ensinar a permanecer em Londres nessa época do ano. — Ela estendeu a mão. Gostaria muito que a senhora e Roarke fossem assistir à minha peça. Entre em contato quando quiser, e eu lhes conseguirei bons lugares.

— Assim que as coisas acalmarem um pouco, vamos aceitar o convite.

Ela viu o motorista sair e abrir a porta traseira da limusine. E esperou que Peabody, ofegante e suada, subisse os degraus da entrada.

— Desculpe, senhora. Acordei depois da hora. Depois o metrô enguiçou. Devia ter avisado que ia me atrasar um pouco, mas não percebi que...

— Entre, senão você vai ter uma insolação.

— Acho que fiquei meio desidratada. — Peabody estava vermelha como uma lagosta e pingava de suor. — Posso tirar um minutinho para jogar um pouco d'água no rosto?

— Vá logo. E da próxima vez pegue um táxi! — disse em voz alta, enquanto subia as escadas para pegar a jaqueta e o resto das coisas que ia precisar para mais um dia de trabalho.

Pegou duas garrafas de água na cozinha do escritório e se encontrou com Peabody na saída do lavabo. Sua cor voltara ao normal, a farda estava impecável e seus cabelos tinham sido secos e penteados.

— Obrigada — agradeceu Peabody, pegando a garrafa e entornando-a avidamente na garganta, apesar de já ter bebido com igual voracidade metade da água do lavabo. — Odeio dormir demais. Fiquei acordada até tarde, estudando.

— Eu já não lhe disse que estudar demais pode atrapalhar? Não vai adiantar nada chegar ao dia da prova com estafa e ser reprovada por isso.

— Só fiquei mais duas horinhas antes de dormir. Queria compensar o tempo que passei procurando apartamento com McNab. Não sabia que tínhamos um encontro marcado com Pepper Franklin.

— Não tínhamos. Ela passou aqui para defender Leo Fortney. — Eve saiu pela porta da frente e deu a volta na casa para chegar à garagem, pois não pedira a um dos androides que tirasse o carro para ela. Summerset fazia isso sem ela precisar pedir. Lembrar a si mesma que esses detalhes sempre passavam batidos pela sua cabeça, mas não pela do mordomo sargentão, serviu para irritá-la.

— Bem, pelo menos eu sei que não estou ficando maluca — disse Peabody, apertando o passo para acompanhar Eve. — Tem tanta coisa acontecendo na minha vida. Nossa, Dallas, nós já alugamos um apartamento. O lugar é ótimo, e teremos um quarto extra para transformar em escritório para nós dois. Além do mais, é pertinho da Central. Fica no prédio em que você morava antes de se casar, ou seja: Mavis e Leonardo serão nossos vizinhos, isso é *supermag*. Foi muita gentileza de Roarke alugar esse espaço para nós, só que...

— Só que o quê?

— Assinei um *contrato de locação* com McNab. É uma coisa grande, imensa. Vamos nos mudar em trinta dias.

Eve digitou a senha da garagem e esperou as portas se abrirem.

— Pensei que vocês já estivessem morando juntos.

Imitação Mortal 253

— Estamos, mas é tudo improvisado. Demais até. Na maior parte dos dias, ele passa a noite no meu apartamento, mas agora é pra valer. Estou apavorada. — Pressionou o estômago ao se aproximar da viatura. — Ontem eu mergulhei de cabeça nos estudos, quando voltamos da rua, e fiquei nervosa com a prova. Depois, não consegui dormir por causa do nervoso, e pulei em cima de McNab para ele me lembrar o motivo de eu estar fazendo tudo isso, e acabamos transando um pouco, porque eu tinha ficado ainda mais nervosa, e tal...

— Não quero ouvir essa parte.

— Certo. Bem, quando eu me acalmei, era muito tarde, e fiquei tão exausta que devo ter desligado o despertador antes de acordar de todo. Quando eu vi, já havia se passado uma hora.

— Se você se levantou uma hora mais tarde, por que está só... — ela olhou o relógio — quinze minutos atrasada?

— Pulei algumas das minhas atividades matinais. Ia dar tempo, mas o metrô enguiçou. Isso me deixou desnorteada, e agora estou novamente nervosa.

— Não tente pular em cima de mim para se distrair do nervoso, nem vem que não tem! Escute, Peabody, se você ainda não está preparada para a prova agora, não vai ficar em poucos dias.

— Puxa, ouvir isso não me acalma nem um pouco. — Ela matutou sobre o assunto, olhando pela janela quando Eve saiu pelos portões. — Não quero fracassar para não envergonhar a mim mesma nem a você.

— Cale a boca, porque agora sou eu quem está nervosa. Você não vai envergonhar ninguém. Vai fazer o melhor que puder, e isso será suficiente para sua aprovação. Agora, recomponha-se para ouvir os dados sobre Carmichael Smith, antes de nos encontramos novamente com ele.

Escutando tudo com atenção e fazendo as próprias anotações, Peabody balançou a cabeça.

— Nada disso está nos dados da sua biografia, nem nos sites de fãs, nem mesmo nos sites não oficiais. Não entendo isso. O carinha é viciado em fama e publicidade, adora apelar para os sentimentos profundos das pessoas. Por que não trabalha a história de ter vindo de um lar abusivo e ter conseguido superar os traumas através do poder do amor e do chá-chá-chá.

— Chá-chá-chá? — estranhou Eve. — Bem, posso imaginar dois motivos. Primeiro: isso não combina com sua imagem. Ele é um homem forte, bonito e romântico do tipo "sou tão perfeito que dá raiva". Isso não combina com a pobreza, os abusos físicos e a mãe micheteira que continua sugando grana dele.

— Tudo bem, mas ele podia explorar novos ângulos e vender muitos discos com seu jeito *yang* de ser.

— *Yang*... Será que isso combina com o chá-chá-chá? — perguntou Eve, em voz baixa. — Tudo bem, talvez algumas mulheres fiquem com pena dele, ou respeito, e abram a bolsa para comprar alguns discos do bonitinho. Só que não é isso que ele quer.

— E o que ele quer? — perguntou Peabody, já começando a ligar os pontinhos.

— Não é dinheiro. Grana é apenas um subproduto conveniente. Ele quer adulação, a adoração que se oferece a um herói, e muita fantasia. Ele transa com fãs juvenis porque elas não têm muito senso crítico, e comove mulheres mais velhas porque elas são mais indulgentes.

— E se cerca de ajudantes femininas porque precisa ser paparicado pelas mulheres, já que não recebeu cuidados da mulher que deveria ter feito isso quando ele era menino.

— É isso que está rolando — concordou Eve, ultrapassando um maxiônibus que se movia pesadamente, cheio de trabalhadores a caminho dos seus cubículos e colmeias. — Uma imagem pública boa não precisa ser baseada em superação, basta existir. O homem dos seus sonhos não é um garoto que passou a infância levando porrada da mãe trambiqueira e prostituta. Pelo menos a ideia do homem dos seus sonhos não deveria ser essa. Ele construiu uma imagem, e agora tem que se segurar nela.

— Então, teoricamente, a pressão de ter de esconder isso tudo, somada ao seu ressentimento e ao ciclo de violência em sua vida, pode ter provocado uma piração. Ao pirar, ele matou as duas partes da pessoa que abusou dele: a micheteira e a mãe.

— Agora estou gostando de ver.

Era como lidar com uma simulação, pensou Peabody. Ela se achava meio lerda, mas talvez estivesse pegando o ritmo.

— Você disse que havia dois motivos. Qual é o outro?

— O outro é que ele quer enterrar esse passado e deixá-lo longe. Nada disso é relevante para a sua vida hoje em dia, pelo menos é o que diz para si mesmo. Ele está errado, isso faz parte do todo, mas é uma coisa particular. Não é algo que suas fãs que gostam de trocar selinhos devam consumir.

Peabody olhou meio de lado para Eve, mas não conseguiu ler nada no rosto da tenente.

— Ele pode ser apenas o sobrevivente de um passado de abusos que construiu uma vida bem-sucedida para si mesmo, apesar dos traumas e da violência.

— Você está com pena desse cara?

— É, talvez. Não a ponto de abrir a bolsa para comprar um disco dele — acrescentou, com uma risada —, mas estou meio com pena, sim. Ele não pediu para ser ferido, muito menos pela pessoa que deveria ter cuidado dele, para princípio de conversa. Não consigo imaginar como é ter um pai ou uma mãe assim. Você conheceu meus pais. Minha mãe podia esculhambar com a gente, mas nunca levantou a mão para os filhos. Meus pais são simpáticos aos ensinamentos da Nova Era e partidários da Família Livre, mas pode ter certeza de que cairiam de porrada em cima de quem tentasse nos machucar. Isso é o que eu sei por experiência própria — acrescentou Peabody —, mas sei de outras coisas também, e vi o outro lado da moeda quando lidei com casos de violência doméstica, antes de vir trabalhar com você. Sem falar no patrulhamento das ruas. Mais o que aprendi desde que vim para a Divisão de Homicídios.

— A imagem da família americana perfeita desaparece rapidinho da cabeça de um tira quando ele encontra o primeiro caso de violência doméstica.

— Essa é uma das melhores coisas de eu não estar mais patrulhando as ruas — concordou Peabody, com sinceridade. — O que eu sei é que vi como as coisas são, e aprendi que isso é muito mais duro para as crianças.

— Tudo é sempre pior para as crianças. Algumas superam, umas se rebelam e outras esquecem, mas algumas não. Outra teoria sobre Carmichael Smith é o fato de ele se nutrir basicamente de adulação feminina. Isso é parte importante da sua vida, algo que adora. Por outro lado, talvez considere todas as mulheres prostitutas e vadias, e as mata do jeito mais cruel e teatral que consegue encenar.

— Acho que é uma teoria bem razoável.

— De um jeito ou de outro, ele não vai gostar de me ver jogar todo esse passado na sua cara, então prepare-se.

Tomando o alerta de Eve ao pé da letra, Peabody colocou a mão sobre a pistola de atordoar quando elas saíram do carro e se dirigiram para a porta da frente da casa de Carmichael Smith.

— Não digo literalmente, Peabody. A princípio, vamos tentar ser simpáticas.

Foram recebidas pela mesma mulher de antes e tiveram de aturar a mesma música. Pelo menos Eve achou que era a mesma. Não dava para saber ao certo, porque tudo que o cara cantava tinha uma cobertura melosa.

Antes de serem levadas para a sala com os almofadões no chão e a gatinha branca e peluda, Eve colocou a mão no ombro da mulher e perguntou:

— Algum lugar aqui tem poltronas de verdade?

A boca de Li fez um muxoxo de desaprovação, mas ela concordou com a cabeça.

— Claro, tenente. Por aqui, por favor.

Ela as levou para uma sala ampla com poltronas fundas estofadas em tecido dourado e rodeadas por mesinhas de vidro claro. Sobre uma das mesas, uma pequena fonte expelia água azul borbulhante que se espalhava sobre pedras brancas e lisas. Outra mesa tinha uma bandeja com areia branca, onde alguns padrões serpeantes haviam sido desenhados com o ancinho que repousava ao lado.

As cortinas estavam fechadas, mas quando elas entraram na sala, as bordas das mesas se iluminaram.

— Por favor, fiquem à vontade — convidou Li, apontando para as poltronas. — Carmichael logo irá recebê-las.

Ignorando-a, Eve analisou o telão de relaxamento. Tons pastel escorriam da tela e se derretiam, indo do rosa para o azul, depois dourado, para, por fim, voltarem ao tom rosa. A voz de Smith murmurava algo suave ao fundo.

— Já estou enjoada — resmungou Eve. — Devia ter feito pressão para ele ir até a Central, onde a coisa é mais normal.

— Ouvi dizer que você deslocou o maxilar de um carinha ontem. — Peabody manteve a expressão séria. — Tem gente que não acha isso nem um pouco normal.

— Tem gente que não sabe nadica de nada — disse e se virou quando Carmichael Smith fez sua entrada na sala.

— Que alegria reencontrar ambas! — Ele fez um floreio cavalheiresco com os braços, para indicar as poltronas. As pontas largas das mangas da sua camisa balançaram no ar. — Vamos tomar algo fresco e cítrico. Espero que apreciem.

Ele se instalou em uma poltrona, enquanto uma das jovens do seu exército de empregadas colocou uma bandeja sobre uma mesinha comprida de vidro.

— Soube que a senhora tentou entrar em contato comigo, tenente — continuou, servindo o líquido de uma jarra em três taças. — Não posso imaginar o porquê do nosso encontro, mas devo me desculpar por não estar à sua disposição.

— Seu advogado ligou para o meu comandante — informou Eve. — Imagino que você sabia disso, ou fazia ideia.

— Outro pedido de desculpas está chegando. — Ele pegou uma das taças e a segurou com as duas mãos lindas. — Meu agente é superprotetor, o que, naturalmente, faz parte das suas funções. Só de pensar que a mídia pode saber que eu conversei com a polícia a respeito de um assunto tão terrível o deixa preocupado. Eu disse a ele que confio totalmente na sua discrição, mas mesmo assim... — Ele encolheu os ombros de forma elegante e tomou um gole da bebida.

— Não estou atrás de publicidade, estou atrás de um assassino.

— Não vai encontrá-lo aqui, tenente. Este é um lugar de paz e tranquilidade.

— Paz e tranquilidade. — Assentiu Eve, olhando fixamente para o rosto dele. — Acho que esse tipo de coisa é importante para você.

— É vital, como deveria ser para todos. O mundo é uma tela na qual toda a beleza dele está exposta. Tudo o que temos de fazer é encontrá-la.

— A paz, a tranquilidade e a beleza devem ser ainda mais vitais para alguém que cresceu longe delas. Para um homem que sofria abusos regulares e sistemáticos quando era criança. Vivia para ser surrado e espancado. Você paga sua mãe para ela ficar calada a respeito da sua infância ou simplesmente para se manter afastada?

A taça na mão de Carmichael se estilhaçou, e um filete de sangue escorreu pela palma.

Capítulo Quatorze

Os cacos de vidro que se espalharam pelo chão criaram, na opinião de Eve, uma melodia muito mais bonita do que os arrulhos do cantor, que continuavam a sair das caixas de som.

Ela duvidava muito que alguma das suas fãs conseguisse reconhecê-lo naquele momento, com toda a energia negativa que tomou conta do seu rosto. Sua mão ensanguentada continuava apertando os restos da taça que se estilhaçara em sua mão.

Eve ouviu sua respiração ofegante, antes de ele se levantar subitamente. Ela também se levantou e, lentamente, se preparou para repelir qualquer ataque.

Mas ele simplesmente colocou a cabeça para trás, como um cão imenso preparando-se para ladrar, e uivou chamando por Li.

A jovem apareceu correndo, com os pés descalços estalando no piso frio e o manto fino esvoaçando atrás dela.

— Oh, *Carmichael*! Oh, pobrezinho. Você está *sangrando*. Quer que eu chame um médico? Será que não é melhor uma ambulância?

— Deu tapinhas no próprio rosto para se obrigar a entrar em ação.

Enquanto as lágrimas lhe desciam pelo rosto, ele estendeu a mão de onde escorria sangue e exigiu:

— Façam alguma coisa!

— Caraca! — Eve deu um passo em frente, pegou a mão ferida dele e virou a palma para cima para analisar o corte. — Pegue uma toalha, um pouco d'água, um antisséptico e uma atadura. O corte não foi muito fundo, não precisa incomodar os paramédicos.

— Mas a mão dele, suas mãos maravilhosas. Carmichael é um artista.

— Pois é... Bem, agora é um artista com um corte na mão. Não precisa nem de pontos. Peabody? Você tem um lenço?

— Aqui está, tenente.

Pegando o lenço, Eve envolveu o corte enquanto Li saía correndo, provavelmente para chamar um cirurgião plástico.

— Sente-se, Carmichael. Isso não passou de um arranhão.

— A senhora não tem o direito, em absoluto, de vir até minha casa para me deixar abalado dessa maneira. Isso não é certo. Não é *decente*. A senhora não pode aparecer aqui para provocar distúrbios no meu equilíbrio. Nem me ameaçar.

— Não me lembro de ter ameaçado você, e olha que tenho memória de elefante para esse tipo de coisa. Policial Peabody, eu ameacei o sr. Smith?

— Não, senhora, não ameaçou.

— A senhora acha que pelo fato de eu ter uma rotina organizada e com privilégios não conheço os recantos escuros da vida. — Seus lábios se abriram de leve, ele ergueu a mão ferida e a colocou junto do coração. — Deve querer me extorquir dinheiro, talvez um pagamento para ficar calada sobre assuntos que não lhe dizem respeito. Mulheres do seu tipo sempre exigem pagamento.

— Mulheres do meu tipo?

— Vocês se acham melhores que os homens. Usam truques ou o sexo para controlá-los e sugá-los, até não sobrar nada. Não passam de abutres. Vadias e suas xerecas. Vocês merecem...

Imitação Mortal 261

— Merecemos o quê? — incentivou-o Eve a continuar, ao ver que ele parou e tentava lutar contra a raiva para afastá-la do rosto.

— Sofrer e morrer, como pagamento por seus atos?

— Não coloque palavras na minha boca. — Ele se largou sobre a poltrona novamente, segurando a mão machucada pelo pulso e se balançando para a frente e para trás em busca de conforto.

Li voltou correndo, trazendo uma toalha branca muito felpuda, uma garrafa de água e uma quantidade tão grande de ataduras que daria para enfaixar todo um pelotão depois de uma batalha sangrenta.

— Deixe minha auxiliar cuidar do ferimento — sugeriu Eve.

— Sua recepcionista vai piorar as coisas e vai fazer isso doer ainda mais.

Smith concordou com um aceno curto e desviou o olhar de Peabody e do sangue.

— Li, obrigado, pode ir agora. E feche a porta, por favor.

— Mas Carmichael...

— Quero que você vá!

Ela piscou diante da rispidez dele e sumiu.

— Como foi que a senhora soube a respeito... dela? — perguntou a Eve.

— Meu trabalho é descobrir coisas.

— Isso pode arruinar minha carreira, sabia? Minhas fãs não querem saber desse tipo de... Não apreciam o que é inadequado ou feio. Elas me procuram por causa da beleza, buscam fantasias românticas e não querem a feiura representada pela realidade.

— Não estou interessada nas suas fãs nem em divulgar ao público nenhuma dessas informações, a não ser que isso seja importante para o meu caso. Já lhe disse que não tenho interesse em publicidade.

— Todo mundo tem — retorquiu ele.

— Pense o que quiser, porque isso não muda o motivo de eu ter vindo aqui. Sua mãe era uma acompanhante licenciada. E abusava fisicamente de você.

— Sim.

— Você a mantém, financeiramente?

— Enquanto eu cuidar das suas necessidades, ela se manterá longe de mim e fora da minha vida. É esperta e sabe que se vender sua história para a mídia vai ganhar uma bolada, mas isso mataria a galinha dos ovos de ouro, que sou eu. Se minha renda sofrer, a dela acaba. Já expliquei tudo isso a ela, com muito cuidado, antes de fazer o primeiro pagamento.

— O relacionamento com sua mãe é de confronto?

— Não temos um relacionamento. Prefiro chamar isso de ligação. Só de pensar no assunto, meu *chi* fica desequilibrado.

— Jacie Wooton era uma acompanhante licenciada.

— Quem?

— Wooton, Jacie Wooton. A mulher assassinada em Chinatown.

— Isso não tem nada a ver comigo. — Mais calmo, ele dispensou o evento com um aceno da mão ferida. — Prefiro não focar minha mente nas sombras escuras do mundo.

— Uma segunda mulher foi morta no domingo. Era mãe de um filho adulto.

Ele lançou um olhar rápido para Eve, e agora havia um traço de medo ali.

— Isso também não tem nada a ver comigo. Eu sou um sobrevivente da violência, e não a perpetuo.

— Vítimas de abuso muitas vezes também se tornam abusivas. Crianças espancadas na infância muitas vezes se tornam adultos violentos. Às vezes, um assassino nasce desse jeito, outras vezes ele é criado. Uma mulher feriu você, uma mulher que tinha controle sobre sua vida e era uma figura de autoridade. Ela o machucou durante anos, no tempo em que você era indefeso e não conseguia impedi-la. Como fazê-la pagar por toda aquela dor, por aquela humilhação, por todos os anos em que você conviveu com o medo?

— Não dá para fazer isso! Ela nunca vai pagar. Pessoas como ela nunca pagam. Ela vence o tempo todo. Cada vez que eu lhe envio

Imitação Mortal

263

dinheiro, ela vence novamente. — Lágrimas lhe escorriam pelo rosto agora. — Ela venceu hoje porque a senhora está aqui na minha casa, colocando-a dentro da minha cabeça mais uma vez. Minha vida não é uma ilusão porque eu a *construí*. Eu criei minha realidade. Não permito que a senhora venha aqui para tentar destruir tudo e manchar meu mundo.

Um sentimento de empatia invadiu o estômago de Eve. As palavras dele, a paixão com que ele colocava tudo para fora. Aquelas palavras poderiam ter saído da boca da própria Eve.

— Você tem uma casa aqui e outra em Londres.

— Sim, sim, sim! E daí? — Puxou a mão e olhou para baixo quando Peabody o impediu de erguer o braço. Ao fixar o olhar no lenço ensanguentado, seu rosto ficou pálido como papel.

— Vá embora! Será que a senhora não pode simplesmente ir embora?

— Conte-me onde estava no domingo de manhã.

— Não sei; como é que eu posso me lembrar de tudo? Tenho gente para cuidar de mim. Tenho esse direito. Ofereço prazer e gosto de ter prazer. Eu mereço.

— Domingo de manhã, Carmichael, entre oito da manhã e meio-dia.

— Eu estava aqui, bem aqui. Dormindo, meditando, me desintoxicando. Não consigo conviver com o estresse. Preciso de meus momentos de quietude.

— Você estava sozinho?

— Nunca estou sozinho. Ela está sempre em cada quarto, debaixo de cada cama ou esperando no aposento ao lado, pronta para atacar. Eu a tranco do lado de fora, mas sei que ela continua lá, esperando.

Eve sentiu pena ao olhar para ele. Sentiu pena porque compreendia bem suas palavras.

— Você saiu de casa, no domingo de manhã?

— Não me lembro.

— Você conhecia Lois Gregg?

— Sei lá, conheço tanta gente, tantas mulheres. Elas me amam. As mulheres me amam porque sou perfeito. Porque não as ameaço. Elas não desconfiam que eu sei muito bem como elas são, no fundo.

— Você matou Lois Gregg?

— Não tenho mais nada para lhe dizer. Vou ligar para meus advogados agora mesmo. Quero que a senhora saia da minha casa. Li! — Ele colocou a mão ferida para trás ao se levantar, um pouco tonto. Deu um passo cuidadoso para o lado, tentando se afastar da toalha manchada de sangue. — Li, faça-as sair daqui. Preciso me deitar agora, não me sinto bem. Preciso do meu quarto do silêncio.

— Pronto, pronto, já passou. — Falando baixinho, ela colocou o braço em torno da cintura dele e aguentou o peso do seu corpo. — Vou cuidar de tudo, não se preocupe. Pobrezinho, não se preocupe com nada.

Ela lançou um olhar terrível para Eve por cima do ombro, enquanto levava Carmichael para fora da sala.

— Quero a senhora fora desta casa quando eu voltar. Se isso não acontecer, seu superior vai saber do que aconteceu aqui — ameaçou ela.

Eve apertou os lábios enquanto ouvia a voz de Li desaparecendo ao longe, consolando Carmichael.

— Esse cara tem sérios problemas — comentou Peabody.

— Tem, sim. Talvez pense que pode enterrar isso com meditação, drinques à base de ervas e música para entorpecer a mente. — Eve encolheu os ombros. — Pode ser que esteja certo. O fato é que não conseguiu nem encarar o seu sangue — acrescentou, analisando a toalha. — Ficou enjoado só de olhar. É difícil imaginar um cara que passa mal diante de sangue fazendo o que foi feito com aquelas duas mulheres. Se bem que tem gente que só passa mal quando vê o próprio sangue.

Ela olhou para o relógio ao sair da casa.

— Estamos um pouco adiantadas no nosso cronograma.

Imitação Mortal 265

— É mesmo? — Peabody se animou. — Então podíamos parar em uma carrocinha de lanches, ou uma loja de conveniência. Eu não tomei café hoje de manhã.

— Não estamos tão adiantadas assim. — Ao ver a cara de desânimo que Peabody fez, Eve suspirou. — Você sabe que eu detesto esse olhar de cachorrinho espancado. Vamos parar no que pintar primeiro, a carrocinha ou a loja, mas você tem só um minuto para comprar suas porcarias e me trazer um café.

— Combinado.

Elas foram a uma carrocinha. Peabody escolheu uma tortilha recheada com ovos mexidos, que Eve imaginou que devia estar mais saborosa que o aroma que exalava. Ao contrário do café.

— Vamos conversar com a esposa de Thomas Breen. Fui dispensada quando liguei para a assistente dela a fim de marcar hora, então tirei um curinga da manga.

A reação de Peabody foi um murmúrio com a boca cheia de substituto de ovo.

— Vai sobrar para mim essa tarefa de marcar o encontro, né?

— Você vai torrar o meu saco, apesar de eu ter cedido nessa folguinha para o lanche?

— Não. — Ela teve de lutar para não fazer biquinho. — Não quero que você pense que eu não consigo cumprir com minhas obrigações só porque tem um monte de coisas acontecendo na minha vida.

— Se eu tiver alguma reclamação sobre sua atuação no trabalho, Peabody, você vai ser a primeira a saber.

— Ah, garanto que sim! — resmungou Peabody, tomando mais um gole de sua bebida energética sabor laranja. — Que história é essa de curinga?

— Julietta trabalha com moda. Por acaso conheço gente importante desse meio. A agenda da sra. Gates se abriu milagrosamente quando ela recebeu uma ligação de alguém muito ligado a Leonardo, o estilista.

— Você colocou Mavis na jogada? Mais que demais!

— Isso não é uma excursão de garotas, Peabody, é uma investigação de assassinato.

— Foi um raio de esperança, senhora, apenas um raio de esperança. Gosto disso. — Peabody deu mais uma dentada na tortilha com substituto de ovo, bebeu o produto cítrico reconstituído e disse: — Mal posso esperar para contar para Mavis que vamos ser vizinhas. Pelo menos até o bebê nascer. Acho que depois eles vão querer se mudar para um lugar maior.

— Por quê? Um bebê ocupa tanto espaço assim?

— Não é tanto pelo bebê, o problema são as tralhas. Tem o berço, a mesa para trocar fraldas, as bolsas, o centro de atividades, o armário de fraldas, a...

— Esquece! Puxa... — Só de pensar naquilo tudo, Eve tinha umas sensações esquisitas.

— Você foi muito esperta em abrir caminho usando Mavis.

— Tenho momentos inspirados.

— É claro que você também poderia ter dito que era a sra. Roarke, e todos teriam se curvado, fazendo mesuras.

— Não quero que ninguém faça mesuras, quero apenas uma porcaria de um horário para conversar. E não me chame de sra. Roarke.

— Estou só comentando... — Mais alegre, Peabody acabou de comer a tortilha. — Puxa, nada como um bom desjejum para levantar o astral. Até que não é uma guinada eu alugar um apartamento com McNab. Simplesmente é mais um passo na evolução do relacionamento, certo?

— Como é que eu vou saber?

Com todo o cuidado, Peabody pegou um guardanapo para limpar os dedos e fez um lembrete mental para substituir o lenço que deixara na casa de Carmichael Smith.

— Ora, Dallas, quando você se mudou para a casa de Roarke não ficou agitada, nervosa nem travada.

Imitação Mortal

Fez-se uma longa pausa e um interminável silêncio.

— Ficou? — Peabody jogou a cabeça para trás, no banco.

— Isso é o máximo. Agora eu me sinto muito melhor. Se você se sentiu confusa quando foi morar com o deus dos homens, naquele palácio, é normal eu me sentir estranha por me mudar para um apartamento simples com McNab. Supernormal.

— Agora que resolvemos esse espinhoso dilema, podemos nos concentrar no caso?

— Só mais uma perguntinha: quando foi que você superou essa insegurança? Isto é, quanto tempo levou para achar normal morar com Roarke, dividir o mesmo espaço e tudo o mais?

— Eu aviso quando tiver resposta para isso.

— Uau! Isso é... — Ela pensou um pouco e um sorriso de sonho floresceu em seu rosto. — Isso é uma gracinha.

— Por favor, cale a boca antes que eu bata em você.

— Dallas, você pediu *por favor*. Está amolecendo.

— Insultos — resmungou Eve. — Tudo o que eu recebo são insultos. Sou a sra. Roarke, me transformei numa gracinha e estou amolecendo. Vamos ver o quanto estou amolecendo quando eu enfiar sua cabeça no traseiro, Peabody.

— Puxa, agora você voltou com força total — anunciou Peabody, fazendo o resto da viagem num silêncio contente.

Mavis era uma pessoa com quem ela sempre podia contar, pensou Eve. Para fazer um favor, compartilhar boas risadas ou oferecer um ombro amigo. E, principalmente, para surpresas constantes.

Estar no quarto mês de gravidez não diminuiu sua energia, nem afetou sua tendência de arriscar novidades no mundo da moda. Pelo menos Eve considerava imitar as roupas delas um risco, pois ninguém, absolutamente ninguém se parecia com Mavis Freestone.

Ela escolhera tons pastel de verão, especialmente nos cabelos. Juntara os fios para cima, em tranças com forma de serpentes, onde se entrelaçavam o azul, o rosa e o verde. Tudo isso ancorado, aqui e ali, por presilhas em tom de lavanda em formas que pareciam flores minúsculas, até Eve olhar mais de perto e perceber que eram bebês sem roupa, curvados em posição fetal.

Mais esquisito impossível.

Muitas correntinhas de ouro e prata lhe pendiam de cada orelha. Em cada corrente, bolas coloridas penduradas se chocavam musicalmente cada vez que ela se movia, ou seja, constantemente.

Seu corpo miúdo estava coberto por uma saia do tamanho de um guardanapo e por uma camiseta regata apertada, ambas brancas e enfeitadas com minúsculos pontos de interrogação que ecoavam os tons dos cabelos. Usava sandálias com uma única tira transparente. As solas, grossas e pesadas, vinham cheias de bolinhas que se entrechocavam alegremente a cada passo que ela dava. Suas unhas dos pés tinham sido pintadas com todas as cores do arco-íris.

Para Mavis, aquilo era roupa de trabalho.

— Isso é absolutamente ultra mais que demais! — animou-se Mavis. — A *Outré* é o píncaro. Já era a minha bíblia do estilo, antes de eu conhecer meu ursinho de mel. Folheio a revista todos os meses, só que agora não preciso imaginar como vou conseguir pagar por todas aquelas roupas de arrebentar, porque Leonardo é o maior estilista que existe.

— Eu preciso de cinco minutos com ela, Mavis.

— Vai ser moleza, Dallas, ela está na minha. Se pudesse beijar meu traseiro pelo *tele-link*, eu estaria com a bunda cheia de marcas de tintura labial. Observe com atenção.

Elas atravessaram o amplo saguão, decorado por padrões geométricos em branco, vermelho e preto. A partir do balcão de atendimento central, havia corredores largos que levavam a butiques, um café sofisticado e um centro de decoração de interiores.

Entre essas alas havia telas nas paredes, exibindo passarelas por onde desfilavam modelos de corpo esbelto usando roupas que só podiam ter sido desenhadas por um doente mental de Plutão.

Imitação Mortal

— Desfiles de outono — explicou Mavis. —- Nova York, Milão, Paris e Londres. — Ela emitiu um gritinho e apontou. — Tá vendo aquele desfile ali? São modelitos do meu amorzinho. Ninguém chega nem perto em impacto visual.

Eve olhou para um bando de mulheres de macacão colante com listras vermelhas que se abriam em uma explosão de pontas douradas emplumadas sobre uma saia transparente que brilhava com luzinhas brancas ao longo da bainha.

Como contradizê-la?

Mavis seguiu com determinação até o balcão da segurança que impedia o acesso a vários elevadores vermelhos.

— Sou Mavis Freestone. Vim ver Julietta Gates.

— Sim, sra. Freestone, pode subir direto ao trigésimo andar. Alguém vai recebê-la quando chegar. — A mão do guarda se ergueu para impedir Eve e Peabody. — Apenas a sra. Freestone está liberada.

— E você acha que eu ando sozinha por aí? — perguntou Mavis com frieza, antes de Eve armar um barraco. — Se a minha *entourage* não é bem-vinda, eu também não sou.

— Desculpe, sra. Freestone. Preciso verificar isso com o pessoal lá de cima.

— Rápido, sim? — Mavis empinou o nariz pequeno. — Sou uma mulher muito ocupada.

Ela fez questão de bater com o pé no chão várias vezes, mostrando impaciência, e examinou as unhas por vinte segundos até o guarda liberá-las.

— A senhora e a sua *entourage* estão liberadas para subir. Obrigado por esperar.

Mavis manteve o ar de diva até as portas do elevador se fecharem.

— Meu estilo é maciço, gostaram? Tão denso que dá para comer às colheradas. "A senhora e sua *entourage* estão liberadas." Sou fodona ou não sou? — Ela executou uma dancinha, sacudiu o traseiro e depois deu uma palmada na barriga. — Eu só disse *entourage* porque achei que você ia dar um soco na cara dele.

— Bem que eu pensei em fazer isso.

— Estou tentando manter o bebê longe de demonstrações de violência. Não vejo nem filmes pesados. Ouvi dizer que serenidade e energia positiva são ótimas para fetos em desenvolvimento.

Com leve trepidação interna, Eve olhou para a barriga de Mavis. Será que a coisinha ali dentro ouvia o que diziam aqui fora?

— Tudo bem, Mavis. Vou tentar não socar ninguém quando você estiver por perto.

— Seria ótimo! — Mavis apagou o sorriso cintilante no momento em que as portas se abriram. A diva estava de volta. Ela ergueu as sobrancelhas para a mulher que as esperava.

— Sra. Freestone, é um prazer conhecê-la. Sou uma grande fã sua, e de Leonardo também, é claro.

— É claro. — Mavis estendeu a mão.

— Se tiver a bondade de me acompanhar, a sra. Gates está ansiosa para vê-la.

— Vou manter a pose até o fim — disse Mavis, com o canto da boca, enquanto elas caminhavam por outro amplo e generoso saguão.

Ali, em cubículos transparentes, funcionários trabalhavam ativamente. Headsets e teclados eram manejados por um bando de colaboradores que, obviamente, analisavam com atenção todos os desfiles de moda para tentar superá-los.

O espaço mais uma vez se abriu em leque e, no canto mais distante, havia portas duplas enfeitadas com um símbolo em vermelho-sangue que Eve já percebera, a essa altura, que se tratava do logotipo da *Outré.*

A recepcionista seguia na frente, dentro de uma saia mais justa que uma bandagem e encarapitada em sapatos com saltos finos como estiletes. Ao chegar, apertou um botão no centro da porta esquerda. Em menos de um segundo, uma voz impaciente respondeu:

— Sim?

— A sra. Freestone está aqui para vê-la, sra. Gates.

Imitação Mortal

Em vez de uma resposta, as portas se abriram automaticamente para trás, revelando uma sala gigantesca, cercada de janelas com telas de privacidade.

O motivo temático ali era o mesmo. Carpete preto, paredes brancas e uma imensa estação de trabalho branca. Poltronas largas haviam sido estofadas em finas listras pretas e brancas.

O vermelho-sangue aparecia nas rosas escarlates colocadas sobre um vaso preto alto e no terninho elegante e poderoso que cobria o corpo impressionante de Julietta Gates.

Ela era alta e curvilínea, com cabelos retos em louro-mel que lhe emolduravam o rosto em forma de diamante. Tinha maçãs do rosto protuberantes, queixo e nariz finos e a boca com lábios talvez estreitos demais para serem descritos como bonitos. Os olhos, no entanto, em um tom de castanho-escuro, eram marcantes e desviavam a atenção das falhas menores.

Ela já atravessava a sala quando as portas se abriram, com a mão estendida e uma expressão de extrema alegria no rosto.

— Mavis Freestone, é um prazer inenarrável recebê-la. Fico tão feliz que tenha entrado em contato conosco. Estava louca para conhecê-la há muito tempo! É claro que conheço Leonardo desde sempre. Ele é um amorzinho.

— Sim, certamente é o meu amorzinho.

— Por favor, sente-se. O que deseja tomar? Café gelado, talvez?

— Estou evitando cafeína por agora. — Mavis continuou em pé e acariciou a barriga.

— Sim, é claro. Meus parabéns. Para quando é?

— Fevereiro.

— Puxa, que lindo presente para o Dia dos Namorados.* — Ignorando Eve e Peabody, apontou uma poltrona para Mavis. — Descanse um pouco ali, que eu mandarei lhe trazer um suco espumante e geladinho.

---

* Nos Estados Unidos, comemora-se o Dia dos Namorados no Dia de São Valentim, 14 de fevereiro. (N. T.)

— Eu adoraria. Temos tempo para um drinque, Dallas?

— Consigo uns minutinhos, já que a sra. Gates teve a gentileza de encaixar na sua agenda lotada uma horinha para nos receber. — Pousando o braço nas costas da poltrona de Mavis, Eve colocou uma das mãos no quadril. — Minhas perguntas não vão levar muito tempo.

— Receio não compreender.

— Sou a tenente Dallas, do Departamento de Polícia de Nova York. — Eve exibiu o distintivo. — Esta é minha auxiliar, policial Peabody. Agora que todos já fomos apresentados e nos enturmamos, talvez a senhora possa responder a algumas perguntas.

— Como eu disse... — Julietta deu a volta na mesa para assumir uma posição de comando — ... eu não compreendo. Combinei de receber a sra. Freestone. Estamos muito interessados em fazer um grande artigo sobre você, Mavis, com uma bela sessão de fotos.

— Claro, e poderemos conversar a respeito, mas só depois que Dallas terminar. Dallas e eu nos conhecemos há muito, muito tempo — acrescentou, com um sorriso maravilhosamente ingênuo. — Quando ela comentou comigo que estava com dificuldades para marcar uma hora aqui, eu disse que só podia ser um problema de comunicação, e que ela conseguiria a sua horinha. Dar apoio à polícia local é um assunto da maior importância para mim e para Leonardo.

— Muito esperta — replicou Julietta, olhando para Eve.

— Também achei. — Eve permaneceu em pé, enquanto Julietta se sentou. — Se a senhora não estiver confortável com a situação, tenho certeza de que Mavis não se importaria de esperar lá fora, enquanto conversamos.

— Não há necessidade disso. — Julietta se recostou e girou a cadeira. — A senhora já conversou com Tom. Não sei o que mais eu poderia acrescentar. Não me envolvo com o trabalho dele, e ele nunca se envolve com o meu.

— E na vida um do outro, vocês se envolvem?

— A que área específica das nossas vidas a senhora se refere? — perguntou, mantendo o tom gentil.

Imitação Mortal

— Qual foi a última vez em que vocês estiveram em Londres?

— Londres? — Sua testa se franziu. — Não vejo o que isso tem a ver com qualquer outra coisa.

— Por favor, faça-me feliz respondendo à pergunta.

— Eu estive lá há algumas semanas, a negócios. — Com a testa franzida e um olhar de irritação, ela pegou uma agenda de bolso e digitou uma data. — Dias 8, 9 e 10 de julho.

— Sozinha?

— Sim, por quê? — Ela piscou rápido, antes de colocar a agenda sobre a mesa.

— Seu marido nunca viaja com a senhora?

— Estivemos lá em abril, Tom achou que essa experiência seria boa para Jed. Eu tinha trabalho na capital inglesa, e ele pretendia fazer algumas pesquisas. Tiramos dois dias para pequenas férias em família.

— Compraram algumas lembrancinhas?

— Aonde quer chegar?

— Suponho que a senhora viaje para a Europa regularmente — disse Eve, mudando de tática. — Por causa do trabalho.

— Viajo, sim. Vou a desfiles de moda, eventos, às vezes para me encontrar com meus colegas das filiais europeias. O que tudo isso tem a ver com Tom ajudando a polícia em uma investigação?

— Essas informações também fazem parte dela.

— Não sei como... — Ela parou de falar quando seu *tele-link* pessoal tocou. — Desculpe, esta é minha linha privada, preciso atender.

Ela ligou o botão para conversas em particular, colocou um pequeno headset na cabeça e se virou de lado para impedir Eve de ver a tela do aparelho.

— Aqui fala Julietta Gates. Sim.

Sua voz se tornou mais calorosa em vários graus, e sua boca de lábios um pouco finos demais armaram um sorriso.

— Claro! Já confirmei na minha agenda. Uma da tarde. Hum-hum. Sim, estou em reunião no momento. — Houve um longo silêncio, enquanto ela apenas ouvia, e Eve reparou o leve rubor que lhe acendeu o rosto pálido. — Mal posso esperar por esse evento. Sim, vou sim. Bye-bye.

Ela desligou e tirou o headset da cabeça.

— Desculpe, reunião na parte da tarde. Agora...

— Pode me dizer onde a senhora estava no domingo de manhã?

— Ora, pelo amor de Deus! — Ela bufou de raiva. Aos domingos, Tom dorme até mais tarde e eu levo Jed ao parque, ou a algum outro lugar. Estou tentando cooperar, tenente, já que Mavis me pediu, mas estou achando tudo isso muito tedioso.

— Estou quase terminando. Onde estava na noite de 2 de setembro, entre meia-noite e três da manhã?

Julietta tornou a pegar a agenda e teclou alguma coisa. Mais uma vez, Eve percebeu uma mudança sutil em sua expressão.

— Tive uma reunião com um dos meus sócios. Não sei dizer exatamente a que horas voltei para casa, pois não anotei, mas deve ter sido entre nove e meia e dez da noite. Estava exausta e fui direto para a cama. Tom ficou trabalhando.

— Então ele ficou em casa a noite toda?

— Por que não ficaria? Estava trabalhando. Eu tomei uma pílula para dormir. Avisei que ia me deitar, e ele não sairia de casa por causa de Jed. Tom é completamente devotado a Jed, chega a ser superprotetor. De que se trata?

— É só, por agora. Obrigada por me oferecer alguns minutos do seu tempo.

— Acho que tenho direito a algum tipo de...

— Se você ainda quiser, podemos conversar sobre aquele artigo — disse Mavis, se levantando. — Por favor, me espere só um minutinho.

Ela saiu da sala, acompanhando Eve, baixou a voz e sussurrou:

— Ela matou uma pessoa, ou algo desse tipo?

— Duvido muito. Na pior das hipóteses está chifrando o marido com o cara que acabou de ligar para o *tele-link* particular dela.

Imitação Mortal

— É mesmo? Chifrando o marido? Como é que você sabe?

— Ela deu um monte de bandeiras. Escute, se você não quiser mais nada com ela, pode sair comigo e com Peabody. A gente leva você até em casa.

— Nem pensar, isso aqui é o máximo! Uma reportagem comigo na *Outré* sempre foi minha fantasia. E vai fazer aumentar a venda de discos. Sem falar a vantagem que isso trará para Leonardo também. Vai ser bom para todo mundo. A gente se saiu bem aqui, não foi?

— Sim, nos saímos bem.

— De noite ou de dia, de dia ou de noite, pode contar comigo. Ei, o que acha de Vignette e Vidal?

— Quem são eles?

— Meu bebê. Vignette se for menina, Vidal se for menino. São nomes em francês. Estamos experimentando nomes franceses, mas eu já desisti de Fifi. Afinal, quem colocaria o nome de Fifi em uma filha?

Eve não sabia quem colocaria Vignette também, mas fez um som neutro com a boca.

— Cuidado, porque os coleguinhas vão chamá-la de Viggy — avisou Peabody —, e isso rima com *piggy*, que significa porquinha. Ela vai virar Piggy Viggy no colégio.

— Será?!... — Mavis pareceu horrorizada. — Vignette acaba de ser defenestrada da lista. — Acariciou a barriga lentamente. — Temos muito tempo para pensar em outro nome. Mais tarde a gente se vê. — Ela voltou para a sala de Julietta.

— Suas impressões, Peabody? — perguntou Eve, quando desciam.

— Ela está com ótima aparência, e aposto que vai achar um nome melhor do que Vignette ou Vidal.

— Tô falando de Julietta Gates, sua manezona.

— Eu sei, só queria irritar você... senhora — acrescentou, quando Eve fez cara feia. — Está habituada a cantar de galo e gosta disso. Valoriza mais o poder do que o estilo, na hora de se vestir. É ambiciosa. Deve ter chegado onde está antes dos trinta anos. Parece ter muito sangue-frio. Não senti empolgação nem ternura quando falou do filho. O que você sacou sobre ela trair o marido foi muito bom. Eu não percebi. Quando você comentou e eu repassei o que vi, estava na cara. O jeito como a voz dela mudou, sua linguagem de corpo...

— E pelo jeito como ela ficou ruborizada, diria que a voz do outro lado descreveu as brincadeirinhas íntimas que eles vão curtir à uma da tarde. Quero confirmar esse petisco entre as refeições, caso tenhamos que pressioná-la mais tarde.

— Vamos vigiá-la?

— Não. Não quero arriscar que ela nos aviste depois dessa pequena entrevista. Vou ver se Baxter pode fazer isso. Uma criança com a idade do filho dela já sabe falar alguma coisa?

— Nessa idade o mais difícil é mantê-los calados. Quase ninguém entende o tatibitate deles, a não ser os familiares mais chegados, mas isso não os impede de soltar a matraca.

— Ela se encontrou com o petisco extra no domingo, pode apostar suas fichas de crédito nisso. E levou o garoto com ela. Ele não abriria o bico para contar ao pai sobre isso?

— Ela provavelmente disse a ele que era segredo.

— Ah, é? — Aquilo era território inexplorado para Eve, e ela aceitou a palavra de Peabody. — Crianças dessa idade sabem guardar segredos?

— Não, mas ela não me parece o tipo de mãe que sabe muita coisa sobre o filho. E o garoto é muito apegado ao pai. Um palpite é que ele manteve o segredo até ela estar longe e então deu com a língua nos dentinhos. "Papai, eu, mamãe e titio Petisco Extra fomos brincar de balanço, mas isso é segredo."

Eve imaginou a cena e concordou.

— Pelo visto, não foi a primeira vez. Papai sabe o que está rolando, e isso certamente o deixaria irritado. Será que ele chegaria a ficar puto? Lá está ele, o tempo todo em casa, tomando conta do filho,

Imitação Mortal

cuidando das tarefas do lar, enquanto a esposa está borboleteando pela cidade e pela Europa com outro cara. Passeando com outro sujeito e levando o filho a tiracolo. É, isso é de deixar qualquer homem muito puto.

"Mãe e vadia", continuou, ao chegar de volta à viatura. "Vira e mexe, voltamos a esse ponto. Seria fácil, para ele, sair de casa para cometer os dois assassinatos. Pode ser que ele tenha comprado o papel de carta em dinheiro vivo, na última viagem a Londres. Ou o papel pode ter sido realmente presente de um fã e ele decidiu encaixá-lo no plano. Conhece bem os assassinatos que lhe serviram de modelo, bem como os homens que os executaram."

— Tinha meios, motivos e oportunidade — concordou Peabody.

— Isso mesmo. Thomas A. Breen acaba de pular para o primeiro lugar da nossa lista.

Capítulo Quinze

Eve mal desligara o *tele-link*, depois de falar com Baxter, quando o comunicador piscou. O rosto de Whitney encheu a tela.

— Ele concordou em receber você às dez e quarenta e cinco. Faça com que valha a pena.

— Sim, senhor. Obrigada.

Peabody analisou o sorriso satisfeito de Eve.

— Puxa... Uma pessoa chega quinze minutinhos atrasada, uma única vez, e é colocada pra escanteio?

— Consiga para mim os dados de Sophia DiCarlo, a moça que trabalha como *au pair* dos Renquist, e eu a coloco de novo em campo e conto tudo a caminho para as Nações Unidas.

— Vamos voltar à ONU e conversar com Niles Renquist sem riscos de irmos para uma prisão federal?

— Estamos indo lá para nos desculparmos, nos humilharmos e aturarmos uma quantidade incomensurável de conversa fiada.

— Você não sabe fazer nenhuma dessas coisas. — Peabody fez cara de magoada. — Vamos acabar presas.

— Concentre-se nos dados que eu pedi. Se eu não sei como pedir desculpas, como me humilhar ou engolir conversa fiada é

Imitação Mortal

porque raramente me parece apropriado fazer essas coisas. Antes disso, é preciso eu estar errada.

Ao ver que Peabody permaneceu calada, Eve olhou para ela.

— Nenhum comentário engraçadinho? — perguntou.

— Aprendi com minha avó que, quando a gente não tem nada de bom para dizer a uma pessoa, o melhor é manter a boca fechada.

— Sei... Até parece que você segue esse conselho. Renquist está pau da vida, sua esposa também está revoltada, e eles têm condições de atrapalhar a investigação. Ninguém melhor do que um político para montar um labirinto de burocracia do qual ninguém consegue escapar. E, como a minha impressão deles foi de que não passam de dois babacas pomposos e arrogantes que cagam goma, acho que se eu bancar a "humilde servidora pública que, por conseguinte, é burra", talvez consiga alguma coisa.

— Você usou uma palavra engraçada: conseguinte.

— Para combinar com "pomposos".

— Sophia DiCarlo, vinte e seis anos, solteira. Cidadã italiana com green card e autorização de trabalho. Os pais e dois irmãos moram em Roma. Arrá!... Os pais também são empregados domésticos, trabalham na casa de Angela Dysert. Aposto que essa sra. Dysert tem parentesco com a sra. Babaca Pomposa. Sophia foi contratada pelos Renquist aqui em Nova York como babá há seis anos. Não tem ficha na polícia.

— Muito bem. A filha dos Renquist já tem idade suficiente para estar na escola, não tem? Veja o que descobre a respeito.

— É complicado tentar levantar dados sobre menores de idade sem autorização específica, Dallas, especialmente filhos de estrangeiros.

— Traga o que você encontrar.

Peabody mergulhou no trabalho enquanto Eve dirigia pela cidade. Acima delas, no céu nublado, dirigíveis publicitários e bondes aéreos com turistas pareciam se arrastar, movendo-se lentamente. Dentro do carro mais ou menos refrigerado, Eve ensaiava frases para se humilhar diante de Niles Renquist. Apesar de saber que era por uma boa causa, aquilo a irritava.

— Os dados da menina estão lacrados. Isso é comum — disse Peabody —, especialmente em se tratando de uma família rica. Ninguém quer dar mole para sequestradores ou tarados, entregando de bandeja informações sobre os filhos. Você não vai conseguir nada sem um mandado.

— Não posso pedir um mandado. Não quero que os Renquist saibam que estou de olho neles. Tudo bem. A *au pair* leva a menina para passear ou, melhor ainda, deve sair sozinha nos dias de folga.

Eve deixou os pensamentos e planos de lado ao se aproximar do prédio da ONU, e se preparou para aturar as muitas barreiras da segurança.

Levou vinte minutos para elas chegarem à sala de Niles Renquist. Sua assistente veio recebê-las e pediu que esperassem alguns minutos.

Eve desconfiou que os mais de vinte minutos em que Renquist as obrigou a tomar chá de cadeira foram um jeito de ele mostrar quem dava as ordens por ali. Já estava prestes a soltar os cachorros em cima da assistente quando elas foram convidadas a entrar.

— Por favor, seja rápida — pediu Renquist, logo de cara. — Aceitei lhe conceder alguns minutos de um dia muito cheio como cortesia ao chefe de polícia. A senhora já tomou muito do meu tempo aqui há alguns dias, tenente, e também o de minha esposa.

— Sim, senhor. Sinto muitíssimo ter invadido o seu espaço e o da sra. Renquist. Por excesso de zelo com minha investigação, ultrapassei meus limites. Espero que nem o senhor nem a sra. Renquist estejam pessoalmente ofendidos, nem que isso passe uma má impressão sobre o Departamento de Polícia.

Ele arqueou as sobrancelhas e o ar de surpresa — e satisfação — ficou óbvio em seus olhos.

— Ser considerado suspeito de um assassinato não é nem um pouco usual para mim, tenente, e não posso deixar de considerar isso uma inaceitável ofensa pessoal.

— Lastimo profundamente ter dado a impressão de que o senhor era suspeito. Os padrões e procedimentos de uma investigação desse tipo exigem que eu busque todas as ligações possíveis, entende? Eu... — Eve tentou se mostrar desajeitada e quis ser dessas pessoas capazes de ficar ruborizadas. — Tudo que posso fazer é lhe pedir desculpas, senhor, e confessar com toda a franqueza que a frustração de me sentir incapaz de desvendar esse caso certamente fez com que minha conduta fosse descortês, tanto com o senhor quanto com a sra. Renquist. Na verdade, o que eu quero mesmo é remover seu nome de qualquer lista ligada a essa investigação. Minha conversa com a sra. Renquist, embora irrefletida, serviu para confirmar sua localização nos horários em que os homicídios ocorreram, senhor.

— Minha esposa ficou muito abalada por esse assunto ter sido abordado em nosso ambiente doméstico, ainda mais com convidados prestes a chegar.

— Percebo isso agora, senhor. E peço desculpas mais uma vez por qualquer inconveniência. — *Seu babaca.*

— Não consigo entender o porquê de meu nome aparecer em qualquer tipo de lista só por eu ter um papel de carta sofisticado.

— Essa é a única pista que eu tenho, senhor. — Eve baixou os olhos. — O assassino me provocou com esses bilhetes. Isso é muito perturbador, é claro, mas não serve como desculpa para eu incomodar sua esposa em seu próprio lar. Por favor, transmita meu pedido de desculpas à sra. Renquist.

Ele sorriu de leve.

— Farei isso. Entretanto, tenente, tenho a impressão de que a senhora não estaria aqui apresentando suas desculpas se não fosse pela insistência de seus superiores.

Ela ergueu a cabeça, olhou para ele e deixou transparecer um leve ressentimento.

— Eu estava fazendo o meu trabalho da melhor maneira que eu sei. Não sei lidar muito bem com política, sou uma simples tira. E cumpro ordens, sr. Renquist.

Ele fez que sim com a cabeça.

— Tenente, eu respeito quem cumpre ordens e sou complacente nos casos em que um servidor público permite que o excesso de zelo obscureça sua capacidade de julgamento. Espero que a senhora não tenha sido repreendida de forma muito severa.

— Recebi apenas o que mereci, senhor.

— E continua como investigadora principal do caso?

— Sim, senhor, continuo.

— Então eu lhe desejo sorte. — Ele se levantou e lhe estendeu a mão. — E torço para que a senhora identifique e prenda esse criminoso rapidamente.

— Obrigada. — Eve o cumprimentou e manteve os olhos nos dele. — Pretendo colocá-lo pessoalmente em uma cela, senhor, muito em breve.

— Isso é um exemplo de confiança ou de arrogância, tenente? — perguntou ele, fazendo a cabeça pender ligeiramente para o lado.

— O que funcionar melhor. Obrigada mais uma vez, senhor, pelo seu tempo e por sua compreensão.

— Retiro o que eu disse — afirmou Peabody quando elas saíram do prédio. — Você é boa. Apresentou um pedido de desculpas embebido em frustração e com uma pontinha de ressentimento. Um pobre soldado de infantaria que tentou cumprir com a obrigação, mas levou um esporro dos oficiais superiores e se viu obrigado a engolir os sapos com resignação. Você conseguiu convencê-lo.

— Até que não foi muito diferente do que aconteceu. Ele poderia prejudicar muito o departamento. Tem as ligações políticas e midiáticas para isso. Eu não fui obrigada a pedir desculpas, mas garanto que ninguém vai lamentar isso. Merda de política!

— Você tem alta patente e devia ter a política a seu favor, de vez em quando.

Eve simplesmente deu de ombros e entrou na viatura.

— Não curto isso. E não gosto de Niles Renquist. Vou te contar um segredo: cada vez que eu o vejo, vou menos com a cara dele.

— É o nível de arrogância dele, senhora — explicou Peabody.

— É muito difícil gostar de alguém com um nível de arrogância tão elevado, e ele está no alto da escala. — Ela olhou mais uma vez para o prédio branco e brilhante, sua torre cintilante e as bandeiras desfraldadas. — Acho que lidar com diplomatas, embaixadores e chefes de Estado todos os dias faz do fator arrogância um pré-requisito para o cargo, Dallas.

— Diplomatas, embaixadores e chefes de Estado representam o povo, e isso não os torna mais do que nós, policiais. Por mim, Renquist pode pegar sua arrogância e enfiar você sabe onde.

Eve se afastou das paredes brancas e das bandeiras, rumo ao coração da cidade.

— Não magoaria nem um pouco os meus sentimentos se o assassino fosse ele. Queria ter o gostinho de trancar a porta da cela na cara desse filho da mãe, pessoalmente. Não me importaria de ver as fuças arrogantes de Renquist do outro lado das grades.

Ela se entrincheirou em sua sala na Central e resolveu arrumar a mesa enquanto esperava que novas ideias brotassem. Encaminhou umas doze mensagens e pedidos de repórteres para o porta-voz da polícia, feliz por se livrar desse pepino. Sabia que teria de enfrentar uma entrevista coletiva em breve, mas não precisava pensar no assunto agora.

Envolveu-se com a burocracia e a papelada como nunca havia feito antes, e depois fez algumas ligações pelo *tele-link*.

Pegou as anotações, releu tudo em busca de um ritmo, um fraseado qualquer, uma palavra específica que batesse com os padrões de comunicação oral dos suspeitos na sua lista.

Mas os bilhetes não representavam a voz dele, refletiu Eve. Deliberadamente, eles não eram sua voz. Ele assume os tons, imita o ritmo de outra pessoa e se transforma nela. Em quem ele se transforma, ao escrever os bilhetes?

Seu *tele-link* anunciou uma ligação, e, como Eve continuava a evitar os repórteres, esperou que o identificador de chamadas acendesse. Ao ler capitão Ryan Feeney, DDE, atendeu.

— Você trabalha rápido — elogiou ela.

— Garota, eu sou um foguete. Achei uma ligação que pode ter a ver com o seu rapaz. O caso está arquivado. A vítima foi uma mulher de cinquenta e três anos, professora. Foi encontrada pela irmã em seu apartamento, estrangulada, depois de alguns dias sem ser vista. Estuprada por uma estatueta, que também foi usada para lhe arrebentar a cabeça. Depois, foi estrangulada com uma meia-calça. Sob o queixo, o assassino deixou um lindo laço.

— Bingo! Há quanto tempo o caso está arquivado?

— Desde junho do ano passado, em Boston. Vou lhe enviar os detalhes. Não houve bilhete nesse, e ele arrebentou a cara dela com vontade, usando a estatueta. O relatório do legista afirma que ela já estava nas últimas quando ele a estrangulou.

— A prática leva à perfeição.

— Pode ser. Topei com outra história com tantas similaridades que me fez pesquisar mais fundo. Aconteceu seis meses antes de Boston, em Nova Los Angeles. Vítima de cinquenta e seis anos. Morava num prédio abandonado que foi invadido, e não se encaixava nos padrões dele. Mas alguém acabou com seu fracasso, estuprou-a com um taco de beisebol, espancou-a quase até a morte com a mesma arma e a estrangulou com um cachecol. Deixou um laço lindo feito com o cachecol, sob o queixo dela, e foi isso que atraiu minha atenção.

— Faz sentido, né? Morador de rua é um alvo tranquilo. Fácil de atacar, e ninguém se importa muito quando um deles morre. Ótima oportunidade para ele aprimorar a técnica.

— Foi o que eu pensei também. Vou mandar esse material para você. Ainda não achei nada que me remeta ao primeiro caso, o de mutilação. Há muitos casos de gente retalhada que sangra até morrer nos nossos velhos Estados Unidos da América, mas não achei nada que fizesse meu alarme soar. Vou ampliar a pesquisa para casos fora do país.

— Obrigada, Feeney. Você está para sair de férias, não está?

— Minha mulher vem enchendo o meu saco para eu tirar uma semaninha de folga. — Seu rosto desolado despencou um pouco mais. — Espalhou pela casa folhetos de lugares com fotos de paraísos de férias. Acha que devíamos alugar uma casa grande em uma praia bonita e levar a família inteira, filhos, netos e agregados.

— Que tal Bimini?

— Quem?

— Não é quem, é *onde*, Feeney.

— Ah. *Bimini*. O que tem lá?

— Roarke tem casa em uma das praias da ilha, uma propriedade imensa, mobiliada e tal. Com a praia em frente, uma cachoeira perto, blá-blá-blá. Posso falar com ele e consegui-la para toda a sua família, com direito a voo direto em um dos jatinhos dele. Tá interessado?

— Meu santo Cristo, garota, se eu chegar em casa e contar para a minha mulher que vamos levar a turma toda para Bimini por uma semana, ela vai cair para trás, durinha. *É claro* que estou interessado, mas nem você nem Roarke me devem favores, e nós não temos como pagar.

— Não estou retribuindo favor nenhum. A casa está lá mesmo, fechada. Ele ofereceu uma semana nesse paraíso para Peabody e McNab, há alguns meses, então acho que não se importará de oferecer o mesmo para você. Se quiser, eu posso lhe pedir um favorzinho, Feeney: fique de olho nas coisas por aqui sempre que eu tiver que resolver alguma coisa fora da cidade.

— Acho que vou ficar com a parte boa dessa barganha. Os dados estão chegando aí.

Eve leu tudo e sentiu o sangue acelerar nas veias. Instinto de tira. Estava diante de uma obra dele. Ataques feitos como treino. Não o tipo de crime que mereceria uma assinatura, pensou, mas a construção clara de um estilo e de uma habilidade, em uma obra que ele escolheu não assinar.

Pode ser que ele tenha sido mais descuidado, menos cauteloso. Podem ter acontecido erros, e, embora as pistas estivessem frias, talvez ela encontrasse indícios interessantes.

Passou mais um tempo organizando os dados, antes de procurar Whitney e contar dos desdobramentos do caso.

Com o aval do comandante, voltou para a Divisão de Homicídios, já bolando a próxima apresentação. Passou direto pela sala de ocorrências e fez um sinal para Baxter segui-la no instante em que ele a chamou.

— E então, deu uma boa olhada no sujeito com quem Julietta Gates anda transando?

— Ela não está transando com sujeito nenhum.

— Mas tem de estar! — A empolgação de Eve se dissolveu em décimos de segundo. — Droga, Baxter, ela tem um caso amoroso extraconjugal, coisa grande, só falta um luminoso na testa. Deu quase para sentir o cheiro de sexo animal.

— Por favor, Dallas, você está me provocando tesão só de falar nisso. Vou tomar um pouco do seu café maravilhoso, para distrair a mente.

— Puxa, Baxter, se você não conseguiu colar na bunda dela...

— Mas eu colei na bunda dela. — Ele preparou uma caneca enorme, colocou dois cubos de açúcar e uma montanha de creme. Saboreando o primeiro gole, recostou-se no fichário para curtir o primeiro golpe da cafeína. — *Cacete*, isso é que é café! Por falar em bunda, a loura é dona de uma admirável.

— Leve seu tesão e seu cérebro idiota para fora da minha sala. Eu *sei* que ela está transando com alguém por fora.

— Eu disse que ela não estava, por acaso? — Ele sorriu, tomou mais um gole e levantou as sobrancelhas para Eve, por sobre a borda da caneca. — Anda transando, sim, só não está cavalgando nenhuma rola.

Imitação Mortal

— Nenhuma... Oh... Ora, ora, ora, isso é interessante. — Ela se sentou devagar na ponta da mesa e analisou a nova informação. — Realmente é um petisco extra, então, só que um petisco feminino. Puxa, isso deve deixar qualquer cara muito revoltado.

— Aliás, um petisco feminino de primeiríssima qualidade. Alta, esguia, negra e linda. O tipo de mulher que dá vontade de começar a lamber pelos pés e ir subindo devagarinho. Um desperdício, na minha opinião: duas representantes maravilhosas do belo sexo se esfregando uma na outra. É claro que as duas se esfregando na minha frente também daria um belo espetáculo. Passei um bom tempo fantasiando a cena, e agradeço a você pela tarefa que me deu.

— Você é um tarado doente.

— Com orgulho disso.

— Será que consegue refrear suas fantasias lésbicas até completar o relatório?

— Já acabei com a fantasia. É claro que pretendo imaginar outras cenas mais tarde, mas posso adiar um pouco isso. Sua garota saiu do escritório quando deu meio-dia e quarenta e cinco, e pegou um táxi. Seguiu para o hotel Silby, na Park Avenue. Entrou direto no saguão, onde sua namorada já estava à espera. Uma jovem tesuda que o detetive charmoso e habilidoso aqui conseguiu identificar como Serena Unger, graças ao auxílio secundário de uma nota de cinquenta, passada ao recepcionista.

— Cinquenta paus? Merda, Baxter!

— Qual é, Dallas? Lugar classudo, propina alta. Serena Unger já tinha se registrado como hóspede. As duas gatas se dirigiram para o elevador, que, para incomensurável alegria do detetive que vos fala, era todo de vidro. Desse modo, ele foi capaz de utilizar seu treino de observação a distância para apreciar um beijo ardente e melado quando elas subiam rumo ao quarto 1405, onde permaneceram engajadas, até as quatorze horas, em atividades que o detetive, para sua tristeza, não teve chance de testemunhar. No horário citado, Julietta Gates saiu do quarto e do hotel. Chamou outro táxi e retornou ao local de trabalho com o que pareceu ao detetive um sorriso satis-feito nos lábios.

— Você pesquisou Serena Unger?

— Mandei Trueheart fazer isso enquanto rolava a rapidinha da hora do almoço, lá em cima. Ela é uma estilista de trinta e dois anos, solteira, sem antecedentes criminais. Trabalha na grife Mirandi, que tem base em Nova York.

— Uma pergunta: suponhamos que uma mulher chifre o marido com outra mulher. Isso é melhor ou pior do que ela dar esse mau passo com outro homem?

— Ah, é pior. Ela cornear o marido já seria ruim, mas, se consegue fazer isso sem o auxílio de uma rola, prova que não valoriza muito o equipamento do maridão. Quando é outro homem, é possível racio-nalizar o lance, sabe como é... Ele se aproveitou da pobrezinha. Ou ela teve um momento de fraqueza.

— Ele se aproveitou da pobrezinha? — debochou Eve. — Os homens são mesmo patéticos e simplórios.

— Por favor, um homem precisa manter suas ilusões. De qualquer modo, se ela anda colando velcro com outra mulher, significa que está em busca de algo que um cara não tem, o que o torna um duplo perdedor.

— Sim, é o que eu também acho. Isso deve dar a ele muita raiva das mulheres em geral. Precisamos descobrir desde quando Julietta e Serena estão nessa de garota-ama-garota.

Ele colocou a caneca vazia e juntou as mãos numa pose de prece.

— Por favor, por favor, Dallas, deixe-me fazer isso. Eu nunca pego a parte divertida.

— Preciso de alguém com sutileza.

— Sutileza é meu apelido.

— Ah, é? Pensei que seu apelido fosse Lobo Tarado.

— Esse é o outro apelido — explicou ele, com dignidade. — Qual é, Dallas? Me coloque nessa!

— Tudo bem, vá brincar de roda com o pessoal do hotel para descobrir mais sobre Serena, e mantenha os subornos em um nível mínimo. Nosso orçamento vai estourar se você continuar distribuindo notinhas de cinquenta. Converse com os vizinhos dela, xerete no seu local de trabalho. Isso vai chegar aos ouvidos dela, é claro, então mantenha a discrição o máximo possível. Seja sutil, Baxter, numa boa. Preciso investigar uma pista fora da cidade. Se tiver sorte, volto amanhã. Se eu não conseguir, talvez fique fora por mais um dia.

— Pode deixar isso em minhas mãos muito capazes. Ah, e não se preocupe, que eu não vou cobrar os cinquenta paus do departamento — disse, ao sair. — O show valeu o preço do ingresso.

Ele daria conta do recado, refletiu Eve. Ela não podia estar em Boston, em Nova Los Angeles e vigiando Serena Unger em Nova York ao mesmo tempo. Baxter correria atrás, enquanto Feeney catava outros crimes semelhantes, e ela perseguia novas pistas em potencial.

Pelo visto, ela montara uma equipe completa para aquele caso sem planejar isso.

E ainda acrescentaria outro membro ao grupo, pensou. Só que agora era a vez de ela usar de sutileza.

Não esperava encontrar Roarke disponível logo na primeira tentativa, mas o poderoso deus das reuniões deve ter decidido dar uma chance a ela. Sua assistente passou a ligação direto para Roarke, com o comentário educado de que ele havia acabado de chegar de um almoço de negócios.

— E aí, o que comeu no almoço? — perguntou ela no instante em que ele apareceu na tela.

— Apenas a salada do chef. E você?

— Vou beliscar qualquer coisa daqui a pouco. Você tem algum negócio em Boston?

— Devo ter. Por quê?

— Preciso investigar uma pista lá, e depois vou para a Costa Oeste, confirmar uns dados. Não quero levar Peabody comigo, porque ela vai fazer a prova para detetive depois de amanhã e precisa estar aqui. Não posso garantir com cem por cento de certeza que ela vai conseguir voltar a tempo. Pensei que você talvez quisesse dar esse passeio.

— Talvez... Quando?

— O mais depressa possível.

— Isso não é um golpe para escapar da volta do Summerset?

— Não, mas será um efeito colateral positivo. Resolva: quer ir comigo ou não?

— Tenho de alterar algumas coisas na minha agenda. — Ele se pôs meio de lado e ela o viu digitando, com rapidez, em um pequeno teclado. — Preciso de... duas horas no máximo.

— Para mim está ótimo. — Agora vinha a parte espinhosa. — Encontro você no aeroporto de Newark às dezessete horas. Podemos pegar um ônibus espacial lá.

— Transporte público? Hoje, às cinco da tarde? Nem pensar!

Ela adorava o olhar de desdém que ele exibia nessas horas.

— Não tenho como escapar da urgência do caso — explicou ela.

— Mas não precisamos abrir mão do conforto. Vamos em um dos meus jatinhos.

Isso era exatamente o que ela esperava que ele dissesse. Graças a Deus! A última coisa que Eve queria era tomar um suadouro em um trem apertado até o aeroporto, aturar os atrasos inevitáveis e os baixos níveis de higiene. No entanto, sabia como armar o jogo e franziu o cenho com ar de dúvida.

— Escute, meu chapa, isso é assunto da polícia. Você só vai ganhar uma carona e, talvez, uma transa rápida em outro cenário.

— Qualquer transa será apreciada, mas do meio de transporte eu não abro mão. Pego você assim que agitar tudo por aqui. E, se quer reclamar, já aviso que isso só vai servir para me atrasar mais. — Ele olhou para o relógio. — Eu aviso quando estiver chegando aí. — E desligou.

O plano, pensou ela, foi perfeito.

Pouco depois das cinco ela já estava confortavelmente instalada em um dos jatinhos particulares de Roarke, mordiscando morangos e

Imitação Mortal

291

analisando suas anotações em um ambiente geladinho e perfumado. Em se tratando de viagens, aquilo deixava na poeira as sardinhas em lata dos transportes públicos.

— Você pode participar da conversa com Roberta Gable — avisou a Roarke. — Depois vou ter de dispensá-lo. Conversei com o investigador principal do caso em Boston e ele aceitou me ver, mas de má vontade. Se eu aparecer com um civil a tiracolo, ele vai amuar de vez.

— Creio que consigo algo com o que me ocupar. — Ele trabalhava em um dos computadores que havia a bordo, e nem ergueu a cabeça.

— Suponho que sim, e imagino que a mexida que você deu na agenda foi rápida, mas radical. Obrigada.

— Espero ser recompensado com a tal transa em um cenário novo na primeira oportunidade.

— Você se vende barato, Roarke.

Ele sorriu, mas continuou trabalhando.

— Isso é o que veremos. Aliás, sua cara de estranheza e o ar de dúvida que você exibiu quando eu propus pegar um dos meus jatos foi de uma canastrice atroz. Por favor, coloque mais garra na sua próxima atuação.

Ela mordeu o morango com mais força.

— Não sei do que você está falando. — E escapou de levar o papo adiante graças ao *tele-link* que tocou. — Dallas falando...

— Oi, garota, pintaram coisas novas. Achei que você ia gostar de saber, para adiantar o expediente durante a viagem. — Feeney estreitou os olhos de cão abandonado. — Você tá comendo morangos?

— Talvez. — Ela engoliu tudo rapidinho, sentindo-se culpada. — Não almocei, ora... Qual foi o lance? Abra o bico.

— O primeiro é uma lambança talvez grande demais para ser o nosso rapaz. Corpo mutilado de uma acompanhante licenciada de vinte e oito anos, pescado no fundo do rio. Rio Sena, na alegre Paris. Fez três anos em junho. Ela foi esquartejada, mas o fígado e os rins não foram encontrados. Garganta cortada e muitas feridas defensivas nos braços. Ela ficou dentro d'água tempo demais para a polícia conseguir alguma prova conclusiva, se é que havia. A investigação chegou a um beco sem saída, mas o caso permanece aberto.

— Algum suspeito?

— O investigador buscou o último cliente da agenda dela, mas não achou nada. Fez pressão com o cafetão da moça, que é famoso por dar porrada nas funcionárias, mas a coisa não deu em nada.

— Tudo bem. Que mais?

— Dois anos atrás, Londres. Assassinato no estilo Jack, o Estripador, em Whitechapel. Acompanhante licenciada que escapou dos testes antidrogas. Trinta e seis anos e duas colegas de quarto com a mesma ocupação. A polícia tentou incriminar o namorado vai-volta dela, mas o álibi dele para a noite da morte era inquestionável, e eu concordo.

— Como ela morreu?

— Garganta cortada. A vítima estava sem alguns dos órgãos internos, que não foram encontrados na cena do crime. Ele a retalhou bastante. Havia cortes sobre os seios e nas palmas das duas mãos. O investigador considerou o crime como impulso de luxúria. Mas o legista fez uma anotação interessante no relatório e, depois de analisá-lo, eu concordei com sua teoria. Ele relatou que os golpes nos seios e nas palmas das mãos foram feitos depois do crime, como um toque extra. Não havia paixão neles. A declaração de uma teste-munha garante ter visto a vítima saindo com um sujeito de capa preta, bengala e cartola. Como essa testemunha estava doidona com zoner, o investigador não levou muita fé na sua declaração.

— Tudo encaixa — concordou Eve. — Sabe quando as coisas se encaixam? Ele se vestiu com roupa de operário, como DeSalvo ao cometer os crimes. Por que não se vestiria de acordo para fazer o Estripador? Obrigada, Feeney. Envie os arquivos para o meu com-putador da Central, com cópia para meu escritório em casa. Espero voltar em vinte e quatro horas.

— Combinado. Vou estender a busca para locais fora do planeta. Agora eu me empolguei.

Eve se recostou e olhou para o teto.

— Vamos para Londres e Paris? — quis saber Roarke.

— Não posso me arriscar a ficar tão longe de Nova York, e não tenho tempo nem energia para enfrentar a burocracia internacional. Vou ter de juntar as pontas soltas e conversar com os investigadores primários via *tele-link*.

— Se mudar de ideia, não levaríamos mais de um dia.

Eve bem que gostaria de visitar os lugares onde ele havia estado e onde fizera seus primeiros trabalhos, mas balançou a cabeça.

— Ele está em Nova York. Preciso estar lá também. Ele vem praticando há muito tempo — disse, quase para si mesma —, refinando seus talentos. É por isso que consegue cometer os crimes em um espaço de tempo tão curto entre eles. Todo o trabalho de preparação, a pesquisa e os detalhes já estão no lugar. Ele não precisa mais esperar agora, porque já esperou tempo bastante.

— Com toda essa prática ou não, a velocidade vai deixá-lo descuidado — garantiu Roarke. — Pode ser que ele tenha sido meticuloso e aprimorado seus talentos, mas está se movimentando depressa demais, e a precaução vai para o espaço.

— Acho que você tem razão com relação a isso. E, quando ele meter os pés pelas mãos, em algum momento, nós o agarraremos. E, quando o pegarmos, o encarcerarmos e o derrubarmos de vez, vamos descobrir que houve outras vítimas. Outros corpos, ocultos ou destruídos, até ele ficar bom no ofício de matar. Até ele poder deixá-los para serem encontrados e sentir orgulho de sua obra. Não quer ficar envergonhado com seus primeiros erros. Esse é o motivo emocional. Os outros são de ordem prática. Ele não queria deixar para trás muitos assassinatos baseados em crimes famosos, nem chamar a atenção até se sentir pronto para ser o grande astro.

— Andei fazendo algumas pesquisas por minha conta — disse Roarke, deixando o computador de lado. — Durante quinze meses, entre os meses de março de 2012 e maio de 2013, um homem chamado Peter Brent assassinou sete policiais da cidade de Chicago. Brent havia sido reprovado em um teste psicológico para se tornar membro do Departamento de Polícia de Chicago. Acabou entrando para um grupo paramilitar, onde aprendeu a manusear o que seria sua arma de escolha, uma pistola a laser de longo alcance, já banida para uso de civis naquela época.

— Sim, conheço o caso Brent. Gostava de atuar em telhados. Ele se entrincheirava em um telhado específico, esperava por um tira que entrasse em sua linha de mira e o matava com um tiro na cabeça. Foi necessária uma força-tarefa de cinquenta homens e mais de um ano para agarrá-lo.

Com ar compreensivo, ela se inclinou para a frente e colocou as mãos sobre as de Roarke.

— Brent não matava mulheres, ele eliminava tiras. Nenhum deles tinha importância especial para ele desde que usassem a farda que lhe fora negada. Ele não se encaixa no perfil nem no modelo do nosso assassino de agora.

— Cinco dos sete tiras eliminados eram mulheres. Como também a chefe de polícia que ele tentou assassinar e falhou. Não me enrole, tenente — disse ele, com toda a calma do mundo. — Você já pensou em Brent e rodou um programa de probabilidades, exatamente como eu fiz. Sabe que existe 88,6% de probabilidade de que ele vá copiar Brent e colocar você como alvo.

— Ele não vem atrás de mim, não — insistiu ela. *Pelo menos por enquanto.* — Precisa que eu o persiga, para se sentir importante, bem-sucedido e satisfeito consigo mesmo. Se me eliminar, a coisa vai perder a emoção.

— Isso quer dizer que ele está guardando você para ser seu *gran finale.*

Não havia jeito de ela tentar dissimular nada, não com Roarke.

— Sim, eu já saquei que ele pode querer isso, a longo prazo. Mas prometo e garanto que ele não vai chegar lá.

Ele pegou-a pela mão e entrelaçou seus dedos com os dela.

— Vou cobrar essa promessa de você.

CAPÍTULO DEZESSEIS

E ve decidiu levar Roarke quando foi visitar Roberta Gable. Ele poderia lhe fornecer algumas impressões interessantes. A antiga babá concordara em receber Eve, desde que a conversa não levasse mais de vinte minutos.

— Ela não pareceu muito empolgada com a ideia de falar comigo — contou Eve a Roarke, quando eles se aproximavam do pequeno prédio de apartamentos onde Roberta Gable morava. — Especialmente quando eu lhe avisei que chegaríamos mais ou menos às seis e meia da noite. Ela janta pontualmente às sete horas, e me avisou que eu ia ter que respeitar seus horários.

— Pessoas de certa idade tendem a seguir rotinas rígidas.

— E ela me chamou de srta. Dallas. O tempo todo.

— Você já a odeia. — Roarke pôs o braço sobre os ombros dela, em um gesto de companheirismo.

— Odeio. De verdade. Mas trabalho é trabalho. E nada de agarramentos durante o expediente — avisou.

— Eu vivo me esquecendo disso. — Ele deu um apertão carinhoso no ombro dela, antes de retirar o braço.

Eve se pôs diante do painel de segurança, informou seu nome, exibiu o distintivo e declarou o objetivo da visita. Foi liberada tão depressa que imaginou que Gable já estava pronta, à sua espera.

— Vou apresentar você como meu parceiro — avisou Eve, quando eles entraram no apertado saguão do prédio. Uma olhada no rosto lindo de Roarke, no seu terno elegante e nos sapatos mais caros que um mês de aluguel naquele prédio fez Eve suspirar. — A não ser que seja cega ou senil, não vai engolir esse papo, mas vamos arriscar.

— É sinal de preconceito assumir que nenhum tira pode andar bem-vestido.

— Sua camisa custa mais que minha arma — ralhou ela. — Portanto, mantenha-a fechada, e os lábios também, e pareça duro e severo.

— Puxa, e eu contando que poderia lhe lançar silenciosos olhares de adoração.

— Corta essa onda! Segundo andar. — Subiram as escadas e viraram em um corredor curto, com portas dos dois lados.

O silêncio absoluto no lugar lhe mostrou que o prédio tinha um excelente tratamento à prova de som, ou então estavam todos mortos.

Eve apertou a campainha do apartamento 2B.

— Srta. Dallas?

Diante da voz que saía pelo alto-falante, Roarke fez força para não rir, e olhou de forma respeitosa para a porta.

— Tenente Dallas, srta. Gable.

— Quero ver sua identificação. Exiba-a diante do olho mágico, por favor.

Depois de Eve atender ao pedido, houve um longo silêncio.

— Parece que está tudo em ordem. Há um homem em sua companhia. A senhorita não comentou que iria trazer um homem.

— É o meu parceiro, srta. Gable. Podemos entrar, por favor? Não quero tomar mais do que o necessário do seu tempo.

— Muito bem.

Passaram-se muitos segundos, durante os quais Eve imaginou que ela estivesse abrindo as trancas. Roberta Gable abriu a porta e exibiu uma cara amarrada.

A foto da sua carteira de identidade era estranhamente lisonjeira com a imagem real. Seu rosto fino tinha feições angulosas e duras que Eve atribuiu ao fato de ela não apenas evitar as coisas boas da vida como também expulsá-las do seu mundo. Os sulcos profundos em torno da boca indicavam que a cara fechada era sua característica mais marcante. Seus cabelos estavam presos atrás da cabeça, puxados com tanta força que Eve ficou com dor de cabeça só de olhar.

Ela vestia cinza, a mesma cor dos seus cabelos quase brancos, e vestia uma blusa e uma saia tão largas que pareciam estar penduradas em seu corpo ossudo. Seus sapatos eram pretos com sola dura e laços amarrados com nós precisos.

— Conheço você — disse ela a Roarke, e sugou tanto ar que suas narinas se alargaram visivelmente. — Você não é policial.

— Não, não sou.

— Consultores civis são muitas vezes utilizados pelo Departamento de Polícia, srta. Gable — explicou Eve. — Se a senhora alimenta dúvidas sobre esse procedimento, talvez queira ligar para o meu oficial-comandante em Nova York. Podemos esperar do lado de fora, até a senhora confirmar isso.

— Não será necessário. — Ela deu um passo atrás, e eles entraram na sala de visitas do apartamento. Tudo estava implacavelmente limpo, e o ambiente era quase espartano. Não havia nenhum dos babadinhos que Eve geralmente esperava encontrar quando visitava senhoras idosas que moravam sozinhas.

Não havia almofadas, nem bibelôs, nenhum porta-retratos com fotos, nem vasos de flores. O que se via era um sofá simples, uma única poltrona, duas mesas e duas luminárias. Um ambiente completamente sem alma, tão aconchegante quanto a cela de uma prisão de segurança máxima.

Seria impossível ouvir, entre aquelas paredes, os sons das canções açucaradas de Carmichael Smith. Isso, pelo menos, era uma bênção.

— Podem se sentar no sofá. Não lhes ofereço nada para beber porque já está muito perto da hora do jantar.

Ela se sentou na poltrona e se manteve com as costas retas como uma tábua, os pés plantados com firmeza no chão e os joelhos encostados com tanta força um no outro que pareciam estar colados. Cruzou as mãos e as colocou sobre o colo.

— A senhorita indicou sua vontade de falar comigo a respeito de uma das crianças que ficaram sob meus cuidados, no passado, mas se recusou a me informar seu nome. Acho isso muito rude de sua parte, srta. Dallas.

— Pois eu acho assassinato uma coisa muito rude, mas estou investigando.

— Não há necessidade de insolência. Se a senhorita não se comportar com respeito, essa conversa vai terminar agora mesmo.

— Respeito é uma via de mão dupla, e meu nome é tenente Dallas.

A boca de Roberta Gable formou um bico de indignação, mas ela inclinou a cabeça em concordância.

— Muito bem. *Tenente* Dallas. Suponho que, para chegar a essa patente, uma policial deve ter boa capacitação para executar suas funções, e sensatez também, imagino. Se me explicar, sucintamente, por que veio me procurar, poderemos terminar essa conversa o mais depressa possível e voltar aos nossos afazeres.

— Minhas perguntas são de natureza altamente confidencial. Peço a sua discrição.

— Morei e trabalhei em residências particulares, no seio de famílias muito importantes, quase a vida toda. Não teria alcançado isso sem discrição.

— Uma dessas famílias tinha um filho. Niles Renquist.

As sobrancelhas de Gable se ergueram, no primeiro sinal verdadeiro de interesse que ela demonstrava.

— Se veio de Nova York até aqui para me perguntar a respeito dos Renquist, tenente, está perdendo o seu tempo e o meu. Devo acrescentar que o meu tempo é muito valioso.

— Valioso o bastante para a senhora evitar ser transportada até Nova York e levada para uma sala de interrogatório, eu imagino.

— Uma ameaça como essa era da boca para fora. Nenhum juiz autorizaria Eve a arrastar uma civil até outro estado com base em evidências tão fracas. Mas a imagem dessa inconveniência geralmente era forte o bastante para garantir colaboração.

— Não acredito que a senhora consiga me levar para Nova York como se eu fosse uma criminosa comum. — Ela se mostrou um pouco mais animada e a suas faces quase se ruborizaram de raiva. — Tenho certeza de que meu advogado conseguiria evitar essa tática arbitrária.

— Pode ser. Vá em frente e entre em contato com ele, se quer ter todo esse trabalho, amolação e despesa. Vamos ver quem vence no fim.

— Não aprecio sua atitude, nem suas bravatas.

Seus dedos se curvaram sobre as coxas como garras, e os nós dos dedos ficaram brancos. Era daquelas que beliscavam as crianças. Eve tinha certeza disso.

— Eu também me sinto assim o tempo todo, srta. Gable. Qualquer coisa ligada a assassinatos me deixa irritadíssima. Podemos conversar aqui e agora, no conforto do seu lar, ou colocar em campo a bola da burocracia e dos mandados. A escolha é sua.

Gable tinha um bom olhar: firme, duro, e não piscava. Mas não era páreo para o olhar de aço de Eve, desenvolvido ao longo de onze anos na polícia.

— Muito bem — cedeu Gable, depois de mais alguns instantes. — Pode fazer suas perguntas. Responderei às que julgar apropriadas.

— Alguma vez Niles Renquist demonstrou comportamento violento ou preocupante, enquanto estava sob seus cuidados?

— Certamente que não! — Ela bufou com força, como se quisesse afastar a ideia por completo. — Ele era um rapaz muito bem-criado, vindo de uma família de excelente origem. A posição que ocupa e o poder que exerce são provas disso.

— Ele mantém contato com a senhora?

— Recebo flores no meu aniversário e um cartão no Natal, como é o certo.

— Quer dizer que vocês dois mantêm uma relação de afeto.

— Afeto? — As sobrancelhas de Gable se uniram em sinal de estranheza, e ela torceu o nariz como se sentisse um cheiro levemente desagradável. — Não desejo nem espero afeto de nenhuma das crianças que eu criei, tenente Dallas, do mesmo modo que a senhora certamente não espera isso de seus subordinados.

— O que a senhorita esperava, ou não, deles?

— Obediência, respeito, organização e um comportamento disciplinado.

Ela parecia mais um sargento do exército do que uma babá, mas Eve concordou com a cabeça.

— Recebeu todas essas coisas de Niles Renquist?

— É claro.

— Costumava aplicar punições físicas?

— Sim, quando necessário. Meus métodos, que serviram muito bem a mim e aos jovens que eu criei, eram sempre adequados à criança e à falta que ela cometera.

— Assim, de cabeça, quais as ações disciplinares que mais se adequavam a Niles Renquist?

— Ele respondia muito bem a proibições. Proibições de recreação, de atividades sociais, de diversão *et cetera*. Muitas vezes reclamava, ou se mostrava emburrado durante esses episódios, mas sempre se submetia às ordens. Aprendeu desde cedo, como todas as crianças aos meus cuidados, que sempre existem consequências para comportamentos inaceitáveis.

— Ele tinha amigos?

— Sim, um número selecionado de coleguinhas e conhecidos.

— Eram selecionados por quem?

— Por mim mesma e pelos pais dele.

Imitação Mortal

301

— E como era o relacionamento dele com os pais?

— Como deveria ser. Não entendo a pertinência dessas perguntas.

— Estou quase terminando. Ele tinha algum animal de estimação?

— Havia um cão na casa. Um pequeno terrier, me parece. Sarah, a menina mais nova, tinha uma adoração especial pelo cãozinho e se mostrou inconsolável quando ele fugiu.

— Qual a idade de Niles quando o cão fugiu?

— Creio que dez ou doze.

— E quanto à menininha, irmã de Niles? O que a senhora pode me dizer sobre ela?

— Era uma criança-modelo. Disciplinada, quieta, tinha boas maneiras. Era um pouco desastrada e costumava ter pesadelos frequentes, mas, fora isso, cumpria as ordens e tinha boa natureza.

— Desastrada como?

— Houve uma época em que ela tropeçava o tempo todo, esbarrava nos objetos e vivia com arranhões e marcas roxas. Por recomendação minha, seus pais a levaram ao oftalmologista, mas sua vista era perfeita. Tratava-se de simples falta de coordenação motora, associada a um jeito levemente desajeitado. Ela superou tudo isso.

— Em que momento a senhora acredita que ela tenha superado esses problemas?

— Aos doze anos, suponho. Ela desenvolveu um jeito gracioso em um estágio em que a maioria das jovens fica desengonçada. A puberdade é um período difícil, mas Sarah desabrochou lindamente nesse período.

— Ela desenvolveu graça, beleza, e deixou de aparecer com cortes e manchas roxas mais ou menos na época em que seu irmão foi mandado para estudar em Eton, acertei?

— Creio que sim. É claro que passar a ter atenção total e receber dedicação integral de minha parte ajudou Sarah a adquirir mais equilíbrio e confiança. Agora, tenente, se isso é tudo...

— Só mais uma coisinha. A senhorita se lembra de algum outro animal de estimação que tenha desaparecido enquanto trabalhou para os Renquist? Ou de outros cãezinhos da vizinhança que possam ter fugido?

— Os animais de estimação de outras famílias não estavam aos meus cuidados, mas não me lembro de nada desse tipo.

— Você entendeu minha linha de raciocínio lá dentro? — perguntou Eve a Roarke depois, quando eles chegaram à calçada do prédio.

— Com toda a clareza. Você está tentando estabelecer se Niles Renquist teve uma figura feminina de autoridade abusiva na infância. Se ele, por sua vez, abusava fisicamente da irmã mais nova. E se costumava, como é comum com assassinos em série e torturadores, matar ou torturar animais de estimação.

— Muito bem, lição aprendida — elogiou Eve. — O mais engraçado é que ela não ligou os pontinhos. É distraída, burra ou está escondendo alguma coisa. Ou talvez a possibilidade de ela ter criado um psicopata não tenha espaço em seu mundo pequeno e perfeitamente arrumado.

— Em qual delas você aposta?

— Na última. Ela é do tipo que beliscava as crianças, certamente, e talvez fizesse até pior. Tem muita gente desse tipo no sistema de assistência social do governo. Alguém com o perfil dela não aceitaria que uma criança criada *sob seus cuidados* pudesse ser mental ou emocionalmente perturbada, ainda mais se ela fingisse submissão.

— Você fingia submissão?

— Não muito, mas fazia isso, quando me interessava. Por outro lado, conheci muitas crianças, quase todas, que superaram os problemas e se tornaram pessoas com vida normal. Talvez Niles Renquist seja uma delas. Pode ser que sua irmã realmente fosse desajeitada, mas não gosto de coincidências. Vou matutar sobre isso a caminho do encontro com o tira de Boston.

— Eu deixo você lá.

— Não, prefiro pegar um táxi ou ir de metrô. Se esse cara me vir chegando em um carro espetacular com um chofer bonitão, vai me odiar.

— Você sabe o quanto eu adoro quando você se refere a mim como o chofer bonitão.

— Às vezes você é meu bombom do amor.

Roarke soltou uma gargalhada. Eve conseguia surpreendê-lo nos momentos mais improváveis.

— Tentarei honrar esse título da melhor forma possível. De qualquer modo, tenho alguns negócios a tratar na cidade. Ligue para mim quando acabar e me avise para onde vamos depois.

— Você até que é bem solícito, para um chofer bonitão.

— É que eu sou um homem completamente disciplinado.

— Até parece!

— Sério, isso faz parte do pacote. Não tenha pressa — acrescentou ele ao entrar novamente no carro. — Vou gastar pelo menos uma hora resolvendo meus negócios.

Eve levou mais de quinze minutos, de táxi, para se deslocar poucos quarteirões, por causa do tráfego terrível de Boston. Mesmo assim, chegou antes da hora marcada ao bar que ficava perto da delegacia em que Haggerty trabalhava.

Era uma típica espelunca frequentada por tiras: bebidas e comidas boas, baratas e sem frescuras. Algumas bancadas com assentos perpendiculares às paredes, poucas mesas espalhadas e um monte de bancos altos junto ao balcão.

Muitos tiras tinham acabado de sair do turno e estavam de farda, ou à paisana, relaxando depois de um dia de trabalho. Eve chamou atenção quando entrou. Algumas pessoas se voltaram para ela, curiosas, mas logo a reconheceram como um dos seus. Um tira sempre reconhece outro.

Ela imaginou que Haggerty também chegaria mais cedo, para marcar território, e não ficou surpresa ao ver o aceno que um homem sozinho em uma das mesas lhe lançou.

Ele tinha um corpo forte, compacto, com tórax musculoso, ombros largos, o rosto quadrado, muito vermelho, e cabelos claros cortados à escovinha. Ele a analisou de cima a baixo enquanto ela atravessava o salão.

Havia uma cerveja pela metade sobre a mesa.

— Sargento Haggerty?

— Eu mesmo. Tenente Dallas.

— Obrigada por arrumar um tempinho para conversar comigo. Eles se cumprimentaram e ela se sentou.

— Quer uma cerveja?

— Aceito sim, obrigada. Ela o deixou fazer o pedido, já que era território dele, e lhe deu tempo para analisá-la com mais calma.

— Você tem interesse em um dos meus casos ainda em aberto? — perguntou ele, depois de alguns instantes.

— Estou com uma vítima especial nas mãos. Ela foi estrangulada depois de ter sido estuprada por um objeto. Uma pesquisa de crimes semelhantes por meio do Centro de Pesquisa Internacional de Atividades Criminais mostrou o seu caso em aberto. Minha teoria é a de que ele estava praticando, se aperfeiçoando, antes de fazer o trabalho em Nova York.

— Mas ele não foi descuidado em Boston. Nem eu.

Ela concordou e tomou um gole da cerveja.

— Não estou aqui para derrubar ninguém, Haggerty, nem para questionar sua investigação. Preciso de ajuda. Se eu estiver certa, o sujeito que nós dois estamos buscando está agindo em Nova York agora, e ainda não acabou. Podemos ajudar um ao outro, para derrotá-lo.

— E você fica com os louros.

Ela bebeu mais um gole e deixou a resposta no ar por alguns segundos.

— Se eu o pegar em Nova York, eu fico com os louros. É assim que a banda toca. Mas seu chefe vai saber se alguma informação que você me repassou foi de ajuda na prisão e na condenação desse canalha. E você vai encerrar um caso em aberto. Um caso que, na verdade, está arquivado — acrescentou ela. — A não ser que você faça uma burrada, vai jogar mais uma acusação de assassinato nas costas dele. Quando essa história vazar, vai atrair muita mídia, e você também vai ficar sob os holofotes.

— Ele deixou você revoltada — comentou ele, recostando-se na cadeira.

— Sim, eu já começo o dia revoltada. Minha investigação leva a crer que esse babaca já matou pelo menos seis pessoas até agora. Suspeito que possam existir mais vítimas, e sei muito bem que *haverá* mais, antes de ele ser pego.

— Baixe a bola, tenente. — Sua voz se tornou mais branda.

— Eu estava testando o terreno. Estou cagando e andando para a mídia. Não digo que não me importo em repartir os louros pela captura dele, pode crer que eu quero isso. Minha vítima foi espancada quase até a morte, antes de ele fazer um lindo laço em torno do seu pescoço. Portanto, quero pegá-lo, mas não tenho nada. Ralei muito nesse caso, mas estou de mãos abanando. Sei que, oficialmente, o caso está arquivado, mas não para mim.

Ele tomou um longo gole de cerveja e continuou:

— Esse caso me incomoda muito, e trabalho nele sempre que tenho chance. E se você me diz que tem um assassino em Nova York que a trouxe até o meu campo, a bola é minha, e eu quero um pouco do reconhecimento.

Por compreender bem o sentimento dele, Eve baixou a guarda e deu o primeiro passo.

— Ele está imitando serial killers famosos. Um dos motivos de ele ter agido aqui em Boston foi...

— O Estrangulador de Boston? — Haggerty apertou os lábios.

— Eu analisei essa possibilidade, essa história de copiar um assassino importante. Muitos elementos eram idênticos. Estudei os casos antigos e busquei um novo ângulo de abordagem. Não consegui nada sólido, e, como ele não voltou a atacar...

— Ele matou uma moradora de rua em Nova Los Angeles, antes de vir para Boston, e atacou agora em Nova York. Também matou três acompanhantes licenciadas em Paris, Londres e Nova York imitando Jack, o Estripador.

— Você tá de sacanagem comigo!

— Não, não, é sério, é o mesmo homem. Ele deixou bilhetes para mim junto de duas das vítimas.

— Não rolou nada disso com os meus crimes — afirmou ele, respondendo à pergunta que Eve não fizera. — Não tenho uma testemunha sequer. O sistema de segurança do prédio, se é que podemos chamá-lo por esse nome, foi removido na véspera do assassinato, e ninguém se deu ao trabalho de substituir o equipamento. Deixe-me pegar minhas anotações.

Eve anotou alguns dados a partir dos papéis dele. Antes de dar o último gole em sua cerveja, ela concordou em trocar os arquivos dos casos entre eles.

Ela olhou para o relógio e calculou o tempo. Uma ligação para a Costa Oeste lhe garantiu um encontro com o investigador principal do crime de Nova Los Angeles. Outra ligação a colocou em contato com Roarke.

Ele parecia estar em uma espécie de bar também, mas as luzes sofisticadas do ambiente, o zumbido calmo e o brilho das taças de cristal ao fundo mostraram que o lugar ficava muitos pontos acima da espelunca que Haggerty frequentava.

— Terminei aqui — disse ela. — Vou pegar um táxi. Quanto tempo mais você precisa?

— Mais meia hora e eu termino aqui.

— Beleza! Então a gente se encontra no aeroporto. Tenho muito material com o que me ocupar, até você aparecer. Algum problema se a gente decolar daqui direto para a Costa Oeste?

Imitação Mortal

— Nenhum. Consigo achar alguma coisa para ocupar meu tempo por lá também.

Eve não tinha dúvidas disso. Quando ele entrou no jatinho, ela já tinha relido suas anotações e estava redigindo um relatório sobre sua missão em Boston, que iria enviar para sua equipe e seu comandante.

Roarke colocou a pasta de lado, liberou o jato para decolagem e pediu duas refeições para eles.

— Você gosta de basquete? — perguntou a ela.

— Gosto. Não tem a poesia do beisebol, nem a garra em estado bruto do futebol americano, mas compensa pela velocidade de jogo e pelo drama. O que você fez? Gastou sua hora livre para comprar o time dos Celtics?

— Acertou.

— Tá me zoando? — Ela ergueu os olhos.

— Bem, para falar a verdade, o negócio levou mais de uma hora. As negociações começaram há vários meses. Já que eu estava aqui, resolvi dar uma pressionada e finalizamos a transação. Achei divertido.

— Enquanto eu passava uma hora bebendo cerveja quente e falando de assassinatos, você dava uma saída e comprava um time de basquete?

— Devemos sempre usar nossos talentos.

Já que a refeição estava diante dela, Eve comeu e aproveitou para contar a Roarke em que pé estavam as coisas.

— Haggerty é minucioso. Parece um buldogue fisicamente, mas tem foco. Não largou o caso, como muitos tiras teriam feito depois de tanto tempo. Continuou investigando, mas não saiu do lugar. Não saquei o que ele deixou passar. Pode ser que eu tope com alguma coisa, quando analisar os seus arquivos, mas o fato é que ele seguiu a receita certa.

— Como isso vai ajudar você?

— Saber que ele esteve aqui. Ter certeza disso. Trabalhar com as datas. Posso rastreá-las e ver se alguém da minha lista de suspeitos esteve em Boston nessa época, ou não tem álibi para a noite do crime. Pode ser que exista uma ligação entre um deles e a vítima de Haggerty.

— Um deles também é um buldogue — comentou Roarke.

— Não fisicamente, mas em foco. Posso rastrear as listas de passageiros para Boston nas datas que você quiser. Ver se um dos seus suspeitos usou transporte público ou particular nessas datas.

— Não tenho autorização para xeretar isso. Ainda. Mas vou consegui-la. Coloquei o caso de Nova Los Angeles e os assassinatos europeus no bolo, e vou conseguir um mandado. Todos os meus suspeitos são da alta roda, e se eu forçar muito a barra eles podem desacreditar minhas provas no tribunal.

— Só conseguirão isso se eles, ou seus advogados, descobrirem que você xeretou sem um mandado.

Eles jamais iriam descobrir as artimanhas de Roarke, Eve sabia. Ninguém conseguiria.

— Não posso usar provas conseguidas sem mandado de busca.
— Mas ela poderia diminuir a lista de suspeitos com essas informações, sem precisar usá-las em juízo. Talvez fosse o suficiente para salvar uma vida. — Se eu o agarrar e lhe der chance de escapar no tribunal por causa de uma burrada técnica desse tipo, ele vai matar de novo mais adiante. Não vai parar até que alguém o impeça em definitivo. Fará isso não só porque curte, mas também porque precisa. Vem planejando isso há muito, muito tempo. Se eu pisar na bola, vou só atrasar um pouco seu cronograma. E, quando ele voltar a atacar, qualquer pessoa que ele mate vai ser culpa minha. Não posso viver com esse peso na consciência.

— Tudo bem, compreendo isso. Mas, Eve, olhe para mim agora e me prometa que, se ele matar mais alguém antes de ser preso, você não vai se sentir do mesmo modo.

Ela olhou para ele.

— Bem que eu gostaria de prometer isso. — Foi o que disse.

Imitação Mortal

* * *

O detetive Sloan era um jovem batalhador e ávido por ação, que pegara o caso no tempo em que era parceiro de um tira mais velho, mais experiente e menos interessado. Esse parceiro se aposentara e Sloan passou a trabalhar com uma nova parceira, que foi com ele se encontrar com Eve.

— Esse foi o primeiro homicídio no qual eu trabalhei como um dos investigadores principais — explicou Sloan, tomando suco gelado em uma lanchonete de bebidas saudáveis. A versão da Nova Los Angeles para o velho bar dos tiras.

O lugar era brilhante e limpo, decorado em cores vibrantes, com atendentes animados que serviam os clientes quase aos pulos.

Eve agradeceu a Deus por viver e trabalhar na Costa Leste, onde os garçons eram grosseiros e não se sentiam na obrigação de oferecer drinques com o nome de *phizz* de abacaxi e mamão como especial do dia.

— Trent, meu antigo parceiro, me ofereceu esse caso como treinamento — declarou Sloan.

— Só fez isso para não ter de levantar a bunda gorda da cadeira — explicou sua nova parceira a Eve.

— Pode ser — concordou Sloan, com um sorriso amigável. — A vítima era uma dessas pessoas à margem da sociedade. Notifiquei a família dela depois de identificarmos o corpo, mas ninguém apareceu para reivindicá-lo. Obtive declarações conflitantes das testemunhas que convenci a conversar comigo. Embora estivessem com o julgamento prejudicado por efeito de uma ou outra droga ilegal, as mais precisas descreveram um homem de raça indeterminada usando um macacão cinza e azul, que foi visto entrando no prédio mais ou menos na hora do crime. A vítima ocupava um prédio ilegalmente, e, como todo mundo lá também morava ilegalmente, as pessoas se ignoravam.

— Você está com um caso quente em Nova York, com o mesmo *modus operandi*, certo, tenente? — A nova parceira de Sloan se chamava Baker. Ambos eram atraentes, saudáveis, com os cabelos louros parafinados. Pareciam mais um casal de surfistas do que tiras.

A não ser que a pessoa olhasse para seus olhos, avaliou Eve.

— Nós... ahn... fizemos algumas pesquisas depois que você entrou em contato — explicou Sloan. — Para sacar melhor o que procurava e por quê.

— Ótimo, isso me poupa explicar tudo. Vocês podiam expandir essa gentileza, me deixar ficar com uma cópia dos seus arquivos e me contar o passo a passo da investigação.

— Posso fazer isso, mas uma mão lava a outra, tenente. Esse é o meu primeiro caso como investigador — acrescentou Sloan —, e eu gostaria de ajudar a encerrá-lo.

— *Nós gostaríamos* — atalhou Baker. — Trent tirou o time de campo ao completar vinte e cinco anos de polícia, e planeja passar o resto da vida pescando. Não está interessado em encerrar o caso.

— Tudo bem, isso é justo — disse Eve.

Dessa vez, quando terminou, Eve deixou Roarke pegá-la. Tiras que não se envergonhavam de serem vistos bebendo suco de mamão certamente não ligariam para uma colega tira entrando em um conversível último tipo. Entrou no carro e guardou sua sacola de anotações e discos, que só fazia aumentar, ao lado do banco.

— Quero passar na cena do crime, para dar uma olhada no ambiente — pediu ela.

— Vamos nessa.

Ela informou o endereço e esperou que ele o programasse no GPS.

— E você? Comprou os Dodgers agora?

— Receio que não, mas, se você quiser que eu compre, basta pedir.

Ela recostou a cabeça no banco e deixou os pensamentos livres enquanto ele dirigia.

— Não consigo entender por que as pessoas moram aqui — disse ela. — Só porque já enfrentaram o *big one*, o maior terremoto de todos os tempos, não significa que não haja outro com as mesmas proporções, e pronto para acabar novamente com eles.

— A brisa aqui é gostosa — comentou Roarke. — E eles conseguiram acabar com o *smog* e com a poluição sonora na reconstrução da cidade.

— Tudo aqui parece um cenário, não acha?... Ou um programa de realidade virtual. Tudo é cor-de-rosa clarinho, pêssego e branco. Sem falar nessas pessoas com corpos saudáveis, rostos sorridentes com dentes perfeitos. Isso me provoca arrepios.

— Além do mais, não devia haver palmeiras ondulantes pela brisa bem no meio da cidade — completou ele. — Isso não está certo.

— De uma coisa você vai gostar: o prédio para onde vamos parece estar devidamente caindo aos pedaços e sem manutenção, e os moradores da área devem ser bem sombrios.

Ela se ajeitou no banco, disfarçou um bocejo e olhou em torno.

Só metade das lâmpadas dos postes públicos funcionava, e o prédio propriamente dito era quase preto. Algumas janelas haviam sido depredadas, e outras estavam cobertas por tábuas.

Várias pessoas se esgueiravam ou se arrastavam e, num canto, Eve percebeu uma venda de drogas ilegais em andamento.

— Agora sim! — Mais animada, ela saltou do carro. — Esse veículo tem alarme?

— Ele é completo. — Roarke levantou a capota e acionou os alarmes e defletores.

— O apartamento fica no terceiro andar. Podemos dar uma olhada, já que estamos aqui.

— É sempre um prazer e uma emoção entrar em um prédio condenado em sua companhia, correndo o risco de ser esfaqueado, levar uma porretada ou uma rajada de laser a qualquer momento.

— Você tem o seu tipo de diversão, eu tenho o meu. — Ela analisou os arredores e escolheu um alvo.

— Ei, babaca! — Eve chamou um viciado que usava jaquetão preto e mal se mantinha em pé. — Se eu tiver de perseguir você, vou ficar muito pau da vida — avisou ela. — O pior é que eu posso escorregar e acabar chutando seu saco sem querer. Vou só fazer uma perguntinha. Se conseguir dar a resposta certa, você fatura dez paus.

— Não sei de nada.

— Vai perder dez paus. Há quanto tempo você zanza por essas bandas?

— Faz um tempo. Não me meto com ninguém.

— Estava por aqui quando Susie Mannery foi estrangulada lá em cima?

— Merda. Não matei ninguém. Não conheço ninguém. Provavelmente foram os homens de branco que apagaram ela.

— Que homens de branco?

— Merda, você sabe, dona. Os caras do submundo. Eles se transformam em ratos quando querem e matam as pessoas durante o sono. Os tiras sabem disso. Alguns dos homens de branco devem ser da polícia.

— Certo. Homens de branco. Vaza daqui! — Ela seguiu na direção do prédio.

— Cadê meus dez paus?

— Respostas erradas, nada de grana.

Eve não conseguiu as respostas certas a caminho do terceiro andar. O quarto de Susie Mannery estava ocupado, mas o morador atual não estava em casa. Havia um colchão rasgado no chão, uma caixa cheia de trapos e um sanduíche muito velho.

Como acontecera com o doidão lá fora, ninguém ali vira nada, não sabia de nada e não fizera nada.

— Perda de tempo — declarou ela, por fim. — Essa não é a minha praia, não sei como forçar a barra com esses caras. Mesmo que conseguisse, não me serviria de nada. Quem vive desse jeito já desistiu de tudo. Não foi o caso de Susie Mannery. Sloan me mostrou a lista dos seus objetos pessoais. Roupas, comida estocada e um cão de pelúcia. Quem já desistiu de tudo não tem um cão de pelúcia. Ela talvez estivesse sob o efeito de zoner quando foi atacada, mas ainda respirava. Ele não tinha o direito de tirar a vida dela.

Roarke a virou de frente para ele em meio ao quarto imundo.

— Tenente, você está cansada.

— Estou bem.

Quando ele simplesmente lhe acariciou o rosto, ela fechou os olhos por um instante.

— Sim, estou cansada — reconheceu. — Conheço lugares como este. Às vezes, quando ele ficava sem grana, nós acampávamos em locais como este. Droga, pode até ser que eu já tenha morado um tempo exatamente neste prédio, pelo que eu me lembro. Não me recordo de todos os detalhes.

— Você precisa desligar por algumas horas.

— Vou tirar uma soneca no voo de volta para casa. Não adianta nada ficar aqui. Provavelmente vou conseguir raciocinar melhor em Nova York.

— Vamos para casa, então.

— Acho que eu furei a transa com você num cenário novo.

— Vou pendurar essa na sua conta.

Ela cochilou durante o voo, enquanto atravessava o país de costa a costa, e sonhou com ratos que se transformavam em homens de branco. E também com um sujeito sem rosto que a estrangulava com uma echarpe branca muito comprida e, no fim, fazia um lindo laço com ela sob o seu queixo.

Capítulo Dezessete

Marlene Cox trabalhava no turno de dez da noite às duas da manhã, três vezes por semana, no Riley's, um pub irlandês. O lugar pertencia ao seu tio, cujo último sobrenome, na verdade, era Waterman, mas Riley era o nome de solteiro dele e de sua mãe, e tio Pete achou que era um bom nome para um pub.

Aquele era um bom jeito de ajudar a financiar a pós-graduação que ela fazia na Universidade de Columbia. Marlene estudava horticultura, embora seus planos sobre o que fazer com o diploma, depois de formada, ainda fossem vagos. Na verdade, ela simplesmente curtia a universidade e, por isso, continuava estudando, mesmo com vinte e três anos.

Era uma morena linda e delicada, com cabelos longos, muito lisos, e olhos castanhos e ingênuos. No início daquele verão, sua família ficara apavorada, pois vários universitários de Nova York estavam sendo assassinados, e isso a fez cancelar os cursos de verão.

Ela admitia que chegou a sentir muito medo, pois conhecia a primeira menina que fora assassinada. Não tinha muito contato com ela, sempre se viam de passagem, e foi um choque reconhecer o rosto dela no noticiário da noite.

Imitação Mortal

Marlene nunca tinha conhecido alguém que morreu, muito menos de morte violenta. Não foi preciso sua família usar de muita persuasão para convencê-la a ficar em casa e tomar precauções extras.

Mas a polícia agarrara o assassino. Ela na verdade *o* conhecia, também de vista. Isso fora não apenas um choque como também algo empolgante, de um jeito estranho.

Agora, as coisas estavam novamente calmas, e Marlene mal se lembrava da jovem morta que conhecera de vista, ou do assassino, com quem conversara algumas vezes na ciberboate ali perto.* Com sua família, o emprego de meio expediente e os estudos, sua vida voltara ao normal por completo.

Na verdade, estava normal em demasia para o seu gosto. Ela mal podia esperar para as aulas recomeçarem e ela entrar no ritmo. Queria voltar com força total e passar mais tempo com os amigos. E pensava em levar mais a sério o relacionamento com um rapaz com quem ficara durante o verão, quando parou de frequentar as aulas.

Saltou do metrô a dois quarteirões do apartamento que dividia com duas primas. Ele era bem localizado, num bairro familiar, com ruas calmas e uma sensação de comunidade unida. O curto passeio a pé não a preocupava. Ela fazia aquele caminho havia mais de dois anos, e nunca ninguém a importunara.

Às vezes, ela quase torcia para que alguém a paquerasse, para que ela pudesse provar à família superprotetora que sabia cuidar de si mesma.

Virou a esquina e viu uma pequena van de mudança, semelhante à que ela utilizara quando se mudou da casa de seus pais para o apartamento que dividia com as primas.

---

* Ver *Retrato Mortal*. (N. T.)

Aquela era uma hora estranha para alguém estar de mudança, pensou, enquanto se aproximava, ao ouvir um ruído de coisas despencando e xingamentos masculinos emitidos por alguém ofegante.

Viu um homem lutando para conseguir enfiar um pequeno sofá pela porta de trás da van. Ele era musculoso e, embora estivesse de costas, parecia jovem o bastante para suportar o peso do móvel. Nesse instante, ela reparou que seu braço direito estava engessado. Ele tentava levantar o sofá com a mão esquerda e usando o ombro, mas o peso e o ângulo trabalhavam contra ele, e o sofá tornou a despencar sobre a calçada mais uma vez.

— Droga, droga, *cacete*! — Ele pegou um lenço branco e enxugou o rosto.

Ela conseguiu dar uma boa olhada nele e o achou bonito. Debaixo do boné, os cabelos pretos encaracolados — seu tipo favorito de cabelo para homens — se espalhavam por sobre o colarinho.

Ela passou ao lado dele. Bonito ou não, se dirigir a um estranho na rua, no meio da noite, não era nem um pouco aconselhável. Mas ele lhe pareceu patético ali, suado, frustrado e inofensivo.

Como tinha boa natureza, Marlene parou. Como conhecia Nova York, porém, se manteve distante dele.

— Está se mudando para cá ou indo embora? — perguntou.

Ele deu um pulo de susto, e ela prendeu o riso. Quando se virou de frente para ela, seu rosto afogueado pareceu ficar ainda mais vermelho.

— Ahn... Nem uma coisa nem outra. Acho que vou deixar essa porcaria de sofá no meio da rua e morar na van.

— Estou vendo que você quebrou o braço. — A curiosidade a fez chegar um pouco mais perto dele. — Nunca vi um gesso desses.

— Pois é. — Ele passou a mão boa sobre o membro fraturado. — Mais duas semanas com o braço imobilizado. Quebrei em três lugares, escalando uma pedra no Tennessee. Burrice.

Ela percebeu o sotaque sulista em sua voz, e se aproximou um pouco mais.

Imitação Mortal

— Não está meio tarde para fazer mudança?

— Pois então... minha namorada, isto é, ex-namorada — explicou, fazendo uma careta —, trabalha de noite. Disse que se eu quisesse minhas coisas tinha que vir buscá-las quando ela não estivesse em casa. Outra decepção — acrescentou, com um sorriso envergonhado. — Meu irmão ficou de vir me ajudar, mas está atrasado. É típico dele. Quero levar esse sofá embora antes que Donna volte para casa, e só posso ficar com a van que aluguei até as seis da manhã.

Ele *era* bonito. Um pouco mais velho do que os homens com quem Marlene saía, mas ela gostou do jeito meio fanhoso da sua voz. E ele estava num sufoco.

— Talvez eu consiga lhe dar uma mãozinha — ofereceu ela.

— Sério? Você não se incomoda? Puxa, eu agradeceria muito. Se pelo menos a gente conseguir colocar uma das pontas dessa porcaria na van, já vai facilitar, e nesse meio-tempo talvez Frank apareça. Acho que eu posso lidar com o resto das tralhas.

— Tudo bem. — Ela chegou mais perto ainda. — Se entrar no veículo e eu empurrar por fora, você pode direcionar o sofá por dentro.

— Sim, vamos tentar. — Ele subiu na van com dificuldade, por causa do gesso.

Ela fez o possível para levantar a ponta do estofado e empurrá-lo, mas o sofá caiu novamente na calçada, com um baque surdo.

— Desculpe!

— Tudo bem. — Ele sorriu para ela, apesar de parecer exausto. — Você é muito gentil. Se tiver mais um minutinho, podemos tentar o contrário. Eu pego o peso e uso as costas e os ombros para empurrar. Você podia subir aqui dentro, segurar firme e puxar quando eu empurrar.

Um longínquo sinal de alarme soou na cabeça dela, mas foi ignorado. Ela subiu na van, incentivada pelo sorriso caloroso e grato dele, que voltou para a calçada.

Ele berrou algumas instruções enquanto grunhia e xingava seu irmão Frank, de um jeito que a fez rir. Quando o sofá começou a ceder e escorregou para dentro da van, ela deu um passo para trás, puxando o móvel com força, sentindo que iriam conseguir.

— Missão cumprida! — disse ela, feliz.

— Espere um instantinho só. Deixe que eu... — Ele subiu na van e passou o braço bom sobre a testa, para enxugar o suor. — Vamos ver se conseguimos puxá-lo um pouco mais para aquele lado.

Ele apontou, e, embora o sinal de alarme tivesse soado um pouco mais forte no instante em que ele subiu na van e ficou colado nela no espaço apertado, ela acompanhou a direção do seu dedo.

O primeiro golpe a atingiu na lateral da cabeça e a fez perder o equilíbrio. Ela viu estrelas, sentiu uma dor terrível e ficou confusa.

Caiu para trás, tropeçando no pé do sofá, e girou de lado, sem saber que esse tombo a salvou de um segundo golpe ainda mais forte, dado pelo braço engessado.

Em vez disso, seu ombro foi atingido e ela gemeu baixinho, tentando engatinhar para fugir do ataque e da dor.

Dava para ouvir a voz dele em meio ao rugir e aos gritos dentro da sua cabeça, mas havia algo diferente neles, algo sendo despedaçado — suas roupas, seu corpo —, e ele tornou a levantá-la do chão.

Você não vai escapar não, sua cadela safada.

Ela não conseguia mais enxergá-lo, via apenas luzes borradas e indistintas na escuridão. Sentiu o gosto de sangue, do próprio sangue, na boca. Dava para ouvir, em meio aos gritos dentro de sua cabeça, ameaças assustadoras feitas por uma voz horrível e ofegante.

Ela chorava e fazia sons balbuciados de animal acuado, mas eles logo se transformaram em gritos quando mais golpes foram aplicados em suas costas. Muito trêmula, enfiou a mão no bolso, rezando para não perder os sentidos e lutando para fazer seus dedos dormentes pegarem o presente que seu tio lhe dera quando ela foi trabalhar no pub.

Com um instinto cego, apontou uma latinha na direção do som da voz dele.

Ele uivou de dor, em um som grotesco que mostrou que seu spray contra assaltantes havia atingido o alvo. A sirene de pânico que fazia parte do equipamento foi acionada. Gemendo muito — ela imaginou que os gemidos fossem dela, mas talvez fossem dele —, ela tentou engatinhar novamente.

Dor, mais dor explodiu dentro dela quando um chute cruel a atingiu nas costelas e no maxilar. Ela sentiu que caía e caía, como em câmera lenta, e seu mundo despencava quando sua cabeça bateu na calçada com o som violento de algo que rachou.

Às quatro da manhã, Eve estava em pé, na calçada, estudando o sangue sobre o pavimento. Marlene Cox havia sido transportada para o hospital uma hora antes. Estava inconsciente e os médicos não esperavam que sobrevivesse.

Seu agressor abandonara a van alugada, os disfarces, e deixara a vítima sangrando na rua. Mas não conseguiu eliminá-la.

Eve se agachou e, com os dedos protegidos pelo spray selante, pegou um fragmento de gesso branco. A vítima lutara muito, com valentia, e conseguira fazê-lo fugir.

Analisou o boné e a peruca que já estavam lacrados na embalagem especial para preservar provas. Modelos baratos, notou. Difíceis de rastrear. O sofá parecia velho, estava com o estofamento rasgado e era muito gasto. Algo que ele conseguira num mercado de pulgas qualquer. Mas havia a van alugada, e talvez eles tivessem sorte ali.

Mas uma jovem de vinte e três anos estava morrendo.

Olhou para Peabody, que chegava caminhando depressa pela calçada.

— Olá, tenente.

— A vítima é uma mulher de vinte e três anos — começou Eve —, identificada como Marlene Cox. Mora naquele prédio ali.

— Apontou. — Voltava para casa. Liguei para o hospital para onde ela foi levada, antes mesmo de chegar aqui. Ela está na mesa de cirurgia, mas o prognóstico é péssimo. Foi espancada violentamente na cabeça, no rosto e no corpo. — Ele usou essa arma, pelo menos para os primeiros golpes. — Mostrou um pedaço de gesso.

— Que diabo é isso?

— Gesso. Diria que saiu de um braço engessado. Um pobre homem tentando colocar um sofá velho dentro de uma van. Provavelmente estava do lado de dentro, mas pediu para ela ajudá-lo, pois estava com um braço quebrado e não aguentava fazer isso sozinho. Ele parece inofensivo, está em apuros, e ela oferece uma mãozinha. Provavelmente é um sujeito charmoso, cheio de sorrisos e piadinhas prontas. Ela entra na van e ele a ataca. Golpeia direto na cabeça, pois precisa apagá-la, quer deixá-la debilitada ou tonta. Continua espancando-a com tanta violência que o molde de gesso se quebra.

Eve foi até a porta traseira da van. Um lugar apertado, com pouca chance de movimentação. Isso foi um erro, refletiu Eve. Ele não teve espaço suficiente para abrir os braços e armar golpes mais potentes, sem falar no sofá e nas caixas, que ficaram no caminho.

A imitação foi boa, decidiu, mas o cenário era entulhado demais e atrapalhou sua performance.

— Ele não se mexeu com a agilidade suficiente — disse Eve, em voz alta. — Talvez estivesse curtindo demais o plano. Não imaginou que ela tivesse um spray contra ladrões ao alcance da mão. — Pegou um invólucro lacrado onde se via a embalagem de bolso e o mostrou a Peabody. — Ela conseguiu espirrar uma boa dose do produto no rosto dele, ou perto o bastante para feri-lo, e a sirene de pânico do produto disparou. Ele fugiu. Pelo visto — acrescentou Eve, apontando para as manchas de sangue na calçada — ela caiu da van ou ele a empurrou. O primeiro policial a chegar ao local disse que havia tanto sangue saindo da cabeça da vítima que ele jurou que ela estivesse morta. No entanto, havia uma pulsação fraca.

— Ted Bundy. Andei queimando as pestanas — disse Peabody, quando Eve ergueu os olhos. — Estudei especificamente os serial killers que você citou nas suas anotações. Ele usava esse método.

— Sim, e com mais sucesso que o nosso rapaz. Isso vai deixá-lo muito pau da vida. Mesmo que ela morra, ele vai ficar revoltado. Vamos examinar a van, Peabody. Coloquei alguns guardas para fazer perguntas de porta em porta, e vou fazer com que os técnicos passem um pente-fino no veículo. Vamos encontrar alguma coisa desse canalha.

Marlene continuava na sala de cirurgia quando Eve chegou ao hospital. A sala de espera do centro cirúrgico estava lotada. A enfermeira de plantão já lhe avisara que os familiares da vítima haviam acorrido em massa para o hospital.

Eve reconheceu a mistura de choque, medo, esperança, dor e raiva nos rostos que, praticamente ao mesmo tempo, se voltaram para ela.

— Desculpe incomodá-los. Sou a tenente Dallas, do Departamento de Polícia de Nova York. Gostaria de falar com Peter Waterman.

— Sou eu. — Ele se levantou. Era um homem corpulento, com cabelos pretos em um corte militar e uma pesada sombra de preocupação nos olhos.

— Poderíamos ir ali fora um instantinho, sr. Waterman?

Ele se curvou, murmurou algo no ouvido de uma das mulheres que aguardavam e seguiu Eve pelo corredor.

— Desculpe afastá-lo da sua família, mas tenho informações de que o senhor foi a última pessoa a falar com a srta. Cox antes de ela ir para casa, essa madrugada.

— Sim, ela trabalha para mim, isto é, para nós. Tenho um bar, e Marley serve os clientes algumas vezes por semana.

— Sim, senhor, eu sei. A que horas ela saiu?

— Logo depois das duas. Eu a liberei, tranquei a loja e a vi caminhando em direção à estação do metrô, que fica a poucos passos do pub. Ela caminhava dois quarteirões ao saltar perto de casa, mas a vizinhança é ótima. Minhas duas filhas moram no mesmo apartamento dela. Minhas próprias filhas vivem lá.

Sua voz falhou quando ele disse isso, e ele foi obrigado a interromper a conversa para respirar fundo.

— Meu irmão também mora a um quarteirão delas. É um bom bairro. Muito seguro. Droga!

— O bairro realmente é excelente, sr. Waterman. — O que não ajudava muito, no momento. — Quando a sirene disparou, as pessoas saíram de casa para ajudar. Ninguém ficou entocado, com medo, ignorando o pedido de ajuda. Já temos duas testemunhas que viram o homem que atacou sua sobrinha, quando ele fugia do local. Talvez ele não tivesse fugido se a vizinhança não fosse boa, se as pessoas não tivessem escancarado as janelas e saído para ajudar.

— Certo. — Ele passou a base da palma sobre o rosto e as costas da mão sob o nariz. — Tudo bem. Obrigado. Fui eu quem as ajudou a escolher aquele apartamento, entende? Minha irmã, a mãe de Marley, me pediu para verificar se as ruas por ali eram seguras.

— E o senhor escolheu um bairro onde as pessoas saem para prestar socorro, quando necessário. Sr. Waterman, quando um homem é dono de um bar, costuma reparar nas pessoas, certo? Desenvolve um sexto sentido. Talvez o senhor tenha notado alguém em especial que esteve lá recentemente.

— As pessoas não vão ao meu pub em busca de encrenca. Os clientes acabam sempre cantando juntos, pelo amor de Deus. Temos uma clientela regular e, às vezes, turistas. Tenho convênio com alguns hotéis da região. É um pub familiar de classe média, sargento.

— Tenente.

— Desculpe. Não sei quem poderia ter feito isso com a nossa Marley. Não sei quem seria capaz de fazer uma coisa dessas com a filha de alguém. Que tipo de canalha doente mental espanca uma jovem dessa forma, a senhora sabe me dizer? Que tipo de filho da mãe faz algo assim?

— Não sei dizer, senhor. Ela mencionou alguém que tenha conhecido recentemente, ou uma pessoa diferente que notou nas redondezas, perto dos lugares em que comia, fazia compras ou se divertia? Qualquer coisa estranha?

— Não. Tem um rapaz que ela conheceu na faculdade no início do verão. Não sei seu nome. Uma das minhas filhas talvez saiba. — Ele pegou um lenço e assoou o nariz. — Nós fizemos pressão para que ela cancelasse alguns dos cursos de verão, por causa dos universitários que estavam sendo mortos, há algumas semanas. Ela conhecia um deles, a primeira menina que morreu, e isso a deixou abalada. Todos nós ficamos preocupados. Eu lhe dei um spray contra assaltantes, e disse para ela mantê-lo sempre no bolso. Ela fez isso. É uma boa menina.

— Não só manteve o produto no bolso como o usou. Isso mostra que ela é esperta e valente. Ela o obrigou a fugir, sr. Waterman.

— Os médicos não contam nada! — reclamou uma mulher que se aproximou por trás, e Eve se virou. Tinha vindo até a entrada e ficou lá, apoiada no portal, como se não aguentasse o próprio peso. — Não dizem nada, mas dá para perceber o que estão pensando. É minha filhinha que está lá dentro. Minha filhinha, e acham que ela vai morrer, mas estão enganados.

— Ela vai ficar bem, Sela. — Waterman abraçou a irmã com força. — Marley vai ficar ótima.

— Sra. Cox, há alguma coisa que a senhora saiba e que possa me ajudar?

— A própria Marlene vai lhe contar tudo quando acordar. — A voz de Sela era mais forte que a do irmão, e ela mostrava uma convicção absoluta. — Então a senhora vai atrás dele, e vai prendê-lo. Quando fizer isso, quero ir até lá para olhar bem na cara dele e dizer que foi minha filha, foi minha menininha quem o colocou atrás das grades.

Dallas os deixou sozinhos, foi para um canto, tomou uma xícara de café, esperou Peabody chegar e se sentou ao lado dela.

— Não conseguimos nenhuma pista sobre o aluguel da van, mas McNab e Feeney estão vasculhando tudo.

— Ele é esperto. E cuidadoso — comentou Eve. — Deve ter alugado a van pela internet, usando um nome diferente, uma carteira de motorista falsificada, e deve ter pago para o veículo ser entregue em um endereço falso. Ninguém o viu. Ele selou as mãos antes de começar, e não temos impressões digitais, nem fios de cabelo, nada dentro da van, a não ser a peruca que ficou para trás e os pedaços de gesso.

— Talvez parte do sangue encontrado no local seja dele.

— Ele é esperto demais para isso. — Eve balançou a cabeça para os lados. — Mas não tão esperto quanto se imagina, pois não conseguiu eliminar Marlene Cox. Pelo menos, não do jeito que planejou. E alguém o viu. Alguém o viu parado dentro da van, ou estacionando-a perto do prédio da vítima. Do mesmo modo que o viram fugir da cena do crime como um coelho assustado.

Ela respirou fundo e tomou um longo gole de café.

— Uma van fechada era o seu palco dessa vez, então ele planejou tudo com cuidado. Queria que nós a encontrássemos morta, dentro da van. Mas teve que fugir com os olhos ardendo e a garganta em brasa, por causa do spray. Voltou para o seu esconderijo.

Ela olhou para trás ao ver um médico com touca e roupas cirúrgicas caminhando pelo corredor. No rosto dele, viu o que Sela Cox também vira — uma expressão sombria.

— Droga!

Eve se levantou e esperou que ele entrasse na sala de espera para conversar com a família.

Ouviu choros masculinos e femininos, e vozes que se tornaram murmúrios. Estava do lado de fora quando ele voltou ao corredor.

— Sou a tenente Dallas, doutor. — Ela exibiu o distintivo. — Preciso de apenas um minutinho.

— Sou o dr. Laurence. A paciente não pode falar com a senhora nem com ninguém.

— Ainda está viva?

— Não sei como conseguiu resistir à cirurgia, e não creio que sobreviva até o amanhecer. Vou deixar a família entrar lá para se despedir dela.

— Eu não consegui falar com os paramédicos que a atenderam na cena do crime. Poderia me descrever os ferimentos dela?

Ele foi até uma máquina automática e pediu café.

— Costelas quebradas. Eu diria que ele a chutou. O pulmão entrou em colapso, os rins foram lesionados, e ela sofreu deslocamento do ombro. Existem ainda ferimentos menores no tórax. Seu crânio, porém, sofreu danos gravíssimos. A senhora já pegou um ovo cozido e o rolou com a palma da mão sobre uma superfície sólida para quebrar a casca?

— Já.

— Pois foi essa a sensação que eu tive ao tocar na sua caixa encefálica. Os paramédicos a atenderam depressa, e fizeram um trabalho heroico, mas ela perdeu muito sangue antes da chegada deles. Seu crânio foi fraturado, tenente, e os danos são severos. Há fragmentos de osso em seu cérebro. Suas chances de recobrar a consciência são mínimas, quase nulas. A probabilidade de voltar a falar ou formar pensamentos coerentes e retomar as funções motoras são muito pequenas, a não ser que aconteça um milagre. — Ele balançou a cabeça. — Eu soube que ela atingiu o agressor com um spray — acrescentou ele.

— Sim. Encontramos uma lata de spray contra assaltantes na cena do crime — confirmou Eve. — A sirene do produto disparou, e a lata era dela. Meu palpite é que ela o acertou em cheio. Se não fosse assim, ele teria acabado o que começou. Ela deve tê-lo acertado nos olhos.

— Vou espalhar essa informação, tenente. Se alguém aparecer para ser atendido em algum setor de emergência, ou outro local, com esses sintomas, nós a avisaremos.

— Isso seria muito útil, obrigada. Qualquer modificação nas condições dela, para melhor ou para pior, eu gostaria que o senhor me informasse. Peabody? Temos um cartão?

— Sim, senhora.

— Mais uma coisa, doutor... — disse Eve, quando o médico guardou o cartão no bolso. — Este material ainda é usado com frequência em hospitais e clínicas hoje em dia? — Ela mostrou um pedaço de gesso.

— Não lido com isso desde meus tempos de residência — disse ele, revirando o fragmento na mão. — Ainda é usado, dependendo do tipo de fratura e da cobertura do plano de saúde. O gesso é muito mais barato que os moldes feitos de pele simulada que usamos atualmente. Com o gesso, a fratura demora mais a curar, e o molde é incômodo e desconfortável. É mais fácil encontrarmos isso em locais que atendem pessoas de baixa renda.

— Onde se compra o gesso usado para os moldes?

— Em fornecedores de materiais médicos, suponho. É claro que é mais fácil encontrar isso em firmas de restauração de imóveis, para clientes que fazem questão de materiais tradicionais, sancas e esculturas em gesso autêntico.

— Sim, foi isso mesmo que eu imaginei. Obrigada.

— O que vai ser: fornecedores de produtos médicos ou de materiais para construção civil? — perguntou Peabody quando elas saíram do hospital.

— Quero investigar os dois. Vendas em dinheiro. Ele não quer saber de papelada. Aposto que não há muitas vendas em dinheiro para esse tipo de material. Foi uma compra pequena, e ele mesmo pegou a encomenda. Para receber em domicílio, seria obrigado a informar um endereço. Ele entrou na loja, comprou o gesso, pagou e caiu fora. Procure primeiro nos fornecedores de materiais para construção — decidiu Eve. — Qualquer zé mané pode entrar nesses lugares sem ninguém reparar. Deve ter sido sua primeira escolha.

Ela olhou para o relógio e entrou no carro.

— Reunião da equipe daqui a uma hora. Quando acabarmos, nós duas vamos sair para fazer compras.

Eve entrou na sua sala e não tinha certeza se ficou feliz ou chateada ao ver Nadine Furst sentada à sua mesa, curtindo uma caneca de café e um muffin minúsculo.

— Não se descabele nem reclame. Trouxe donuts para você.

— Que tipo de donuts?

— Recheados com creme e polvilhados com açúcar colorido. — Nadine abriu uma pequena caixa de confeitaria. — Aqui tem seis, todos para você, sua baiaca.

— Gosto de uma boa propina. Agora, caia fora da minha cadeira.

Eve foi até o AutoChef e programou café. Ao se virar, Nadine estava sentada na cadeira para visitas, cruzando as pernas lisas como seda.

— Permita que eu mude a frase: caia fora da minha sala.

— Pensei em tomarmos o café da manhã juntas. — Nadine levou o pequeno e macio muffin aos lábios e deu uma mordida minúscula, do tamanho de três migalhas, pelos cálculos de Eve. — Dallas, agradeço muito você demonstrar favoritismo por mim a ponto de provocar chiliques e reclamações de outros membros do quarto poder. Tirei meu time de campo, reconheça isso.

— Não estou vendo suas costas, Nadine. Em compensação, com essa blusa decotada, estou vendo muita coisa dos seus peitos.

— Lindos, não são? Mas, voltando ao assunto principal, respeitei sua posição porque você tinha razão. Sei que forneceu algumas informações a Quinton, nem mais nem menos do que você queria que fosse divulgado, é claro. Também sei respeitar isso.

— Hoje nós estamos cheias de respeito uma pela outra. — Ela deu uma mordida grande em um dos donuts. — Agora, bye-bye.

— Quinton não juntou os pontinhos. Poderia tê-lo feito, ainda mais depois que eu lhe dei um toque. Ele é brilhante, cheio de disposição, mas é novato e sua ficha ainda não caiu. Até agora ele não se perguntou o porquê de você ser a investigadora principal de três homicídios sem relação alguma uns com os outros.

— O crime está correndo solto pela nossa cidade, Nadine. Corra para se esconder. Melhor ainda, mude-se para o Kansas. Foram dois homicídios, Nadine. Marlene Cox ainda não está morta.

— Desculpe, mas minhas informações eram que ela não aguentaria a cirurgia.

— Mas aguentou. Por pouco.

— Então eu fiquei ainda mais curiosa. Por que será que nossa corajosa tenente de homicídios está investigando um caso de latrocínio? — Ela tomou um gole de café e apertou os lábios com cuidado. — Eu diria que estamos lidando com um assassino que utiliza uma variedade de métodos para fazer seus ataques. Isso me ocorreu quando eu soube do último...

— Marlene Cox foi atacada às duas e meia da manhã. Você não devia estar dormindo ou trepando com o seu rapaz favorito desse mês?

— Estava adormecida, mas fui despertada de meu leito virginal por...

— Rá! Me engana que eu gosto!

— ... Por uma dica anônima — terminou Nadine, com um sorrisinho de gata. — Fiquei com a pulga atrás da orelha, comecei a pesquisar e a me perguntar o que essas três mulheres tinham em comum, além de você. Descobri que só podia ser o assassino. O primeiro crime foi, obviamente, uma imitação do famoso Jack, o Estripador. Quem sabe os outros também não poderiam ser uma imitação de assassinos famosos?

— Não vou tecer comentários sobre isso, Nadine.

— Albert DeSalvo e Theodore Bundy.

— Sem comentários.

— Não preciso dos seus comentários. — Ela se inclinou. — Posso apresentar uma matéria excelente baseada em suposições.

Imitação Mortal

— Então, o que está fazendo aqui?

— Vim lhe dar a chance de confirmar ou negar, ou a oportunidade de me pedir para segurar a história que estou montando. Posso segurar minha onda se você me pedir, pois sei que não fará isso, a não ser que precise.

— Também está imaginando que não vou pedir para segurar a notícia, a não ser que você tenha razão, e então terá nas mãos um furo de reportagem grande e sexy, com índices de audiência elevados, e também sexy.

— Sim, a coisa rola por aí. Mesmo assim, eu seguro tudo, se você precisar. É claro que, ao fazer isso, estou oferecendo aos colegas concorrentes a chance de chegar às mesmas conclusões que eu.

Eve olhou para o seu donut.

— Preciso pensar um minuto, Nadine. Fique calada.

Havia prós e contras naquilo, e Eve analisou a situação enquanto Nadine esperava quietinha, comendo seu muffin, migalha por migalha.

— Não vou lhe dar dado nenhum. Não vou nem insinuar dicas. Porque quando me perguntarem a respeito disso vou afirmar, com toda a honestidade, que não lhe informei nada. Vou dizer que *não fui* sua fonte. Não vou confirmar nem negar suas suposições, e é exatamente isso que você vai dizer ao público quando for ao ar com essa história. Posso, entretanto, fazer um comentário pessoal, só entre nós duas. Um comentário que não tem nada a ver com essa história, é claro: além de ter belos peitos, você tem uma mente afiada.

— Puxa, obrigada. Também tenho lindas pernas.

— Agora, se fosse *eu* a apresentar essa matéria, o que não é o caso, eu me perguntaria o porquê de esse sujeito completamente pirado ter tão pouca personalidade, poder e imaginação. Ele precisa fingir que é outra pessoa para fazer o trabalho. E, no mais recente ataque, pisou na bola tão feio que uma garota com metade do tamanho dele o feriu, e ele teve que fugir com o rabo entre as pernas.

Eve passou a língua lentamente na superfície do donut, polvilhada de açúcar.

— Dizem por aí que a investigadora principal do caso tem uma ideia precisa de quem ele é, e está, neste exato momento, juntando provas suficientes para efetuar uma prisão e garantir sua condenação.

— Está? — perguntou Nadine.

— Não confirmo nem nego nada.

— Você está blefando.

— Sem comentários.

— Um grande blefe, Dallas. Se eu colocar esse bloco na rua e você não fizer essa prisão rapidinho, vai fazer papel de idiota.

— O bloco é assunto seu. Agora que terminei meu donut, vou cuidar da minha vida.

— Se eu jogar essa história no ar e tudo acabar depressa, vou merecer uma entrevista exclusiva.

— Vamos ver, mas só depois de eu consultar minha bola de cristal.

— Boa sorte, então. — Nadine se levantou. — Boa sorte de verdade.

— É... — murmurou Eve para si mesma ao se ver sozinha. — Já está mais do que na hora.

CAPÍTULO DEZOITO

Eve reservou uma das salas de conferência, levou seus arquivos em disco e montou seu quadro na parede. Quando acabava de aprontar tudo, Peabody entrou.

— Tenente, sou eu quem devia estar fazendo isso. É meu trabalho. Por que não me deixa desempenhar minhas tarefas?

— Reclamações, reclamações e mais reclamações. Eu lhe dei outra tarefa. Você informou o capitão Feeney e McNab sobre o horário e o local desta reunião?

— Sim, senhora, eu...

— Então, por que nenhum dos dois está aqui?

— Bem, é que... — Foi salva pelo gongo no instante em que a porta se abriu. — Eles acabam de chegar.

— Bom trabalho, policial. Muito bem, galera, podem se sentar. Vou atualizá-los a respeito de minhas atividades fora da cidade e explicar o porquê de ter chegado à conclusão de que o nosso rapaz vem treinando suas habilidades em, pelo menos, três cidades, até onde sabemos.

Quando acabou de relatar tudo, Eve estava sentada na quina da mesa, bebendo o café que Peabody teve o cuidado de lhe preparar, mesmo sem ela pedir.

— Vou solicitar uma autorização legal para averiguar possíveis viagens dos suspeitos nas datas em foco. O comandante concordou em pedir urgência ao juiz nessa questão. Porém, como minha lista de suspeitos é formada por pessoas muito influentes, isso vai levar tempo. Coloquei Carmichael Smith no fim da lista. Em minha opinião, ele é volúvel demais e muito paparicado para se encaixar no perfil do assassino.

Peabody ergueu a mão, como uma aluna nerd tão boa que apagava o restante dos colegas.

— Sim, policial? — atendeu Eve.

— Senhora, o fato de o suspeito Carmichael Smith ser tão volúvel e paparicado não o torna justamente mais passível de se encaixar no perfil?

— Essas características têm a ver, sem dúvida, e seus dados de viagens serão verificados junto com os dos outros. Mas ele está no fim da lista. Fortney está na frente dele, embora por uma margem pequena. Nós...

Quando a mão de Peabody tornou a se erguer, Eve se viu divertida e irritada.

— Que foi?

— Desculpe, senhora. Estou tentando colocar todos os pingos nos is, como se estivesse em uma simulação. Será que Fortney não se encaixa no perfil do assassino quase à perfeição? Sua criação desde a infância, sua violência previamente comprovada contra mulheres, seu atual estilo de vida...?

— Sim, mas ele desceu na lista justamente por ser um babaca completo. — Ela esperou para ver se Peabody iria comentar mais alguma coisa e viu as sobrancelhas de sua auxiliar se juntarem, enquanto pensava em uma resposta. — Acho que nosso assassino tem mais estilo, e é por isso que Niles Renquist e Thomas Breen estão disputando a dianteira, cabeça a cabeça. Vou colocar a amante da mulher de Breen contra a parede hoje mesmo. Vamos ver qual vai ser o lucro.

Imitação Mortal

— Ouvi dizer que ela é muito gostosa — comentou McNab, o que lhe valeu um olhar gélido de Peabody.

— É claro que uma das minhas principais preocupações é o fato de ela ser gostosa — afirmou Eve, com frieza. — Sem dúvida, os seus atributos físicos nos ajudarão a identificar e prender o sujeito que matou duas mulheres e agrediu brutalmente uma terceira em menos de duas semanas. Agora, vamos em frente — completou, quando McNab teve a gentileza de fingir que estava envergonhado.

— Como vocês, da DDE, não entraram aqui na sala cantando vitória, suponho que ainda não descobriram quem alugou a van.

— Por que não descasca esse abacaxi, garoto esperto? — sugeriu Feeney, olhando para McNab. — Quem sabe você consegue limpar sua barra?

— Ele usou um aparelho wireless — explicou McNab. — Nem se preocupou em instalar um filtro, então foi facílimo rastrear a ligação. O aluguel da van foi feito do Renaissance, um hotel caro pra cacete, na Park Avenue. Qualquer malandro tem que estar com pelo menos mil dólares no bolso só para passar pelo porteiro. A van foi solicitada há quatro dias, exatamente às quatorze e trinta e seis.

— Movimento ainda grande, na hora do almoço — comentou Eve.

— Meu palpite é que ele frequenta o lugar e sabe aonde ir para fazer uma transferência rápida de grana. Um monte de empresários carrega seus *tele-links* de última geração para reuniões na hora do almoço. Como exigiu especificações exatas, ele provavelmente já tinha a grana certa para enviar, se sentou em uma das cabines privadas ou fez o pedido pelo *tele-link*, enquanto degustava um vinho de excelente safra.

— Muito bem. Vamos ver se um dos nossos suspeitos almoçou no Renaissance nessa data. Isso não foi muito esperto — comentou Eve, balançando a cabeça, satisfeita. — O mais esperto teria sido ele se disfarçar e procurar uma lan house anônima em algum lugar. Um lugar onde ninguém o conhecesse. Mas ele gosta de se exibir. Adora brincar, então escolhe um hotel de alta classe, onde eu aposto que todo mundo o conhece pelo nome.

"Peabody", continuou Eve. "Conte o que descobriu sobre o gesso."

— Achei fornecedores de materiais para construção no Brooklyn, em Newark e no Queens. Todos venderam pequenas quantidades de gesso, em dinheiro, nos últimos sessenta dias. Dentre os fornecedores de suprimentos médicos, nenhum deles aceita grana viva para vender gesso.

— Nenhum?

— Não, senhora. Só aceitam cartão de crédito ou ordem de compra de contas cadastradas. Foi então que eu tive um estalo e verifiquei as lojas de materiais para escultores.

— Escultores?

— Sim, senhora. Dá para esculpir com gesso, e outras formas de arte também o utilizam. Achei vários locais na cidade, e muitos outros nas proximidades de Manhattan e de Nova Jersey, que aceitam pagamento em dinheiro.

— Parece que temos muito trabalho pela frente. — Eve olhou o relógio. — O gesso encontrado na cena do crime já está há bastante tempo no laboratório. Se não descobriram a origem até agora, já deviam tê-lo feito. Vamos ver se o Cabeção faz por merecer seu salário e nos diz se existe diferença entre gesso doméstico, médico e artístico.

Ela olhou para Feeney e perguntou:

— Está a fim de trabalhar na rua?

— Não me importaria de respirar um pouco de ar puro.

— Me avise se conseguir ar puro na rua. Quer ficar com o hotel?

— Só se eu não precisar usar gravata.

— Peabody e eu vamos fazer uma pressão junto ao Cabeção, antes de ir visitar a titia Petisco Extra.

— Cuidado, pode ser que ela tente cantar vocês — comentou McNab. — Talvez fosse melhor eu ir até lá investigá-la e... Ai! — Ele massageou as costelas no ponto onde o cotovelo de Peabody o atingiu. — Poxa, estou só brincando! Desde que você começou a queimar as pestanas de tanto estudar, perdeu o senso de humor.

— Mas vou gargalhar bem alto quando lhe acertar um chute certeiro no rabo.

— Crianças, crianças! — Eve sentiu o olho repuxar. — Vamos resolver essas picuinhas depois de prendermos o homem malvado e mandá-lo para a cadeia. Feeney, controle o seu pupilo idiota. Nem mais uma palavra, Peabody.

Eve empurrou sua auxiliar para fora da sala.

Peabody ficou de bico durante mais de cinco quarteirões. Eve achou que aquilo devia ser um novo recorde.

— Eu não acho normal ele se referir a outras mulheres desse jeito. Ou observá-las de cima a baixo com aquele brilho nos olhos. Afinal, nós assinamos um contrato de aluguel.

— Ai, meu Jesus Cristinho com pernas de pau. Por acaso você tem pânico de contratos de locação, Peabody? O nome clínico disso deve ser documentofobia. Desencana!

— Jesus Cristinho com pernas de pau?

— Acabei de inventar. Você está obcecada porque assinou um contrato de quanto tempo...? Um ano? Entrou numa de "puxa, e se não der certo?", "quem vai ter de se mudar?", "quem vai ficar com o conjunto de tigelas para salada?", ou outra merda idiota desse tipo? Você está nessa?

— Talvez. Mas isso é normal, não é?

— Como é que eu posso saber se essa maluquice é normal?

— Porque você é casada.

Sinceramente chocada, Eve pisou no freio com força, diante de um sinal fechado.

— Isso me torna uma pessoa normal? Você sabe a quantidade imensa de pessoas anormais que são casadas neste imenso país e fora dele? Dê só uma olhada no número espantoso de chamados que a polícia recebe para resolver distúrbios domésticos só em Manhattan. O casamento não torna as pessoas normais. Aliás, o casamento não é normal, ele... Simplesmente existe.

— Por que você se casou?

— Eu... — Sua mente deu um branco. — Ele queria. — Percebendo o quanto essa resposta soava capenga, ela se remexeu no banco e pisou no acelerador com mais força. — Casamento é um compromisso, nada mais. Uma promessa que você deve fazer de tudo para não quebrar.

— Como um contrato de aluguel.

— Isso mesmo.

— Sabe de uma coisa, Dallas? O que você disse é quase sábio.

— Agora eu sou sábia? — suspirou. — Deixe-me dar a dica do dia, Peabody: se você quiser que McNab pare de pensar em outras mulheres, olhar para elas e falar delas, o ideal é levá-lo ao veterinário e castrá-lo. Ele poderia virar um bom bichinho de estimação. O problema das mulheres é o pior de todos. Elas escolhem um pobre coitado como alvo. "Puxa vida, é ele, o homem da minha vida, preciso conquistá-lo." E fazem isso. Depois, passam o resto da vida tentando descobrir um jeito de modificá-lo. Quando conseguem, perdem o interesse no coitado, sabe por quê? Ele não é mais o homem da vida delas, o cara que elas conheceram.

Peabody se manteve calada por um longo momento.

— Em algum lugar dessa história tem muito bom-senso.

— Se você me chamar de sensível, além de normal e sábia, vou lhe dar um soco no estômago. Sou tão maluca quanto qualquer pessoa, e gosto das coisas desse jeito.

— Sob certos aspectos, tenente, você ainda é mais maluca dos que as outras pessoas. É isso que a faz ser do jeito que é.

— Acho que vou ter de socar seu estômago, afinal. Anote isso na minha agenda.

Eve pensou em estacionar em fila dupla, o que sempre levantava seu astral, mas encontrou uma vaga elevada livre, junto da calçada.

O prédio da Sétima Avenida parecia comum, até mesmo decadente, mas o sistema de segurança era tão sofisticado quanto o da ONU.

Ela passou pelo primeiro posto de verificação, onde lhe exigiram o distintivo, uma impressão palmar e escanearam seu rosto. No segundo posto de verificação, um guarda fardado perguntou o propósito da sua visita e fez um escaneamento corporal.

Ela olhou em volta do saguão pequeno com linóleo gasto e paredes bege nuas e perguntou:

— Que foi? Vocês guardam segredos do governo aqui?

— Temos coisas mais vitais que isso, tenente. — O guarda lançou um sorriso leve ao devolver a identidade. — Segredos do mundo da moda. Os concorrentes tentam de tudo para dar uma espiada no que se faz aqui dentro. Geralmente tentam subir ao andar de design com cestas de café da manhã ou embalagens de pizza. Às vezes chega gente mais criativa. No mês passado apareceu um falso fiscal do corpo de bombeiros. Teve a identificação liberada e tudo, mas o scanner revelou uma filmadora oculta e nós o pusemos no olho da rua.

— Você é policial?

— Era. — Ele pareceu satisfeito por ela ter reconhecido seu jeito de tira. — Trabalhei vinte e cinco anos na força, a maior parte do tempo com um parceiro. Aqui fora o pagamento é melhor, e fica muito animado, especialmente na época dos desfiles de primavera e outono.

— Aposto que sim. Você conhece Serena Unger, a estilista?

— Talvez saiba quem é, se tiver uma descrição.

— Alta, magra, negra, linda. Trinta e dois anos. Cabelos curtos com pontas avermelhadas, rosto estreito, nariz fino. Gosta mais de moças que de rapazes.

— Sim, sei quem é. Sotaque caribenho. Tem a ver com algum caso seu?

— Tem ligação com uma pessoa ligada a um caso meu. Uma mulher com quem ela anda brincando, mais ou menos da mesma idade. Loura, vistosa, bem-vestida, um metro e cinquenta e cinco, curvilínea, ágil, com ar profissional. Casada. Julietta Gates.

— Ela veio aqui algumas vezes. Jornalista da área de moda. Já vi as duas juntas na hora do almoço, e no fim do expediente. Espere um instantinho.

Ele se virou para o computador e digitou uma senha.

— Nos últimos oito meses, pelos meus registros, Julietta Gates veio ver Serena Unger dez vezes. Nos seis meses anteriores a esses foram seis visitas, uma por mês em média. Recuando mais quatro meses, tivemos só duas visitas.

— Dezoito meses. — Eve considerou as datas dos outros assassinatos. — Obrigada.

— Fico feliz em poder ajudar. Tomem isso aqui. — Ele destrancou uma gaveta e pegou dois alfinetes de lapela. — Coloquem isso em suas golas, e poderão passar direto pelos outros postos de segurança sem aporrinhação. É melhor pegarem o elevador do lado leste, que vai direto até o décimo quinto andar.

— Obrigada.

— De nada. Sinto falta da polícia às vezes. Da adrenalina, entende?

— Sim, entendo.

O décimo quinto andar era tomado por pequenos espaços de trabalho com divisórias baixas e cubículos para escriturários. Serena Unger não as deixou esperando.

— A senhora é pontual, tenente. Gosto disso. — Ela deu a volta na mesa e estendeu a mão para Eve. — Desculpe, mas estou atolada em trabalho.

— Vou ser breve para liberá-la o mais rápido possível.

Ela fechou a porta, o que mostrou a Eve que era discreta. Seu escritório era de esquina, o que mostrou a Eve que era bem-sucedida. A decoração das paredes era baseada em gravuras de praias, em vez de pôsteres de moda.

Ela apontou para duas poltronas e voltou a se sentar atrás de sua mesa.

— Devo confessar que estou completamente perdida sobre o motivo de a polícia querer conversar comigo.

Ela era boa, pensou Eve. Mas não tanto quanto supunha. Julietta e ela certamente haviam conversado, e Serena sabia exatamente o porquê de a polícia estar em sua sala.

— Já que seu dia está atolado, sra. Unger, não devemos perder tempo com abobrinhas. Julietta Gates deve ter lhe contado que conversamos com ela e com o marido dela. Como a senhora me parece uma mulher inteligente, deve imaginar que já sabemos sobre seu relacionamento com Julietta.

— Gosto de manter minha vida particular num nível pessoal, se me entende. — Serena girou a cadeira, sua linguagem corporal demonstrou mais relaxamento e a voz permaneceu fria e calma. — Não imagino em que o meu relacionamento com Julietta possa ter relação com sua investigação.

— A senhora não precisa imaginar, deve apenas responder às minhas perguntas.

Suas sobrancelhas perfeitamente arqueadas se ergueram na testa alta.

— Ora, isso é um direto no queixo.

— Eu também estou com meu dia atolado. A senhora tem um relacionamento sexual com Julietta Gates?

— Temos um relacionamento íntimo, o que é diferente de um relacionamento sexual.

— Quer dizer que vocês duas ficam só sentadinhas no quarto do Silby conversando alegremente durante a hora do almoço?

Os lábios de Serena se apertaram de leve e um ar de insulto invadiu seu rosto. Por fim, soltou o ar com força e desabafou:

— Não gosto de ser espionada.

— Suponho que Thomas Breen não goste de ser corneado, mas temos que aceitar as coisas como elas são.

Ela respirou fundo e, por fim, respondeu:

— A senhora tem razão. Julietta e eu desfrutamos um relacionamento íntimo que inclui sexo, e devo lhe informar que ela prefere que o marido continue sem ter conhecimento disso.

— Há quanto tempo vocês desfrutam desse relacionamento íntimo?

— Nos conhecemos profissionalmente há quatro anos. Nosso relacionamento começou a mudar dois anos atrás, embora não tenhamos nos tornado íntimas de imediato.

— Sim, isso aconteceu mais ou menos há um ano e meio — sugeriu Eve, e Serena trincou os dentes.

— A senhora é muito eficiente. Eu e Julietta temos muita coisa em comum, e sentimos atração uma pela outra. Ela era, e ainda é, insatisfeita no casamento. Fui seu primeiro caso extraconjugal, e esta continua sendo a primeira vez que eu aceitei um relacionamento desse tipo com uma mulher casada, ou um homem, já que estamos abrindo o jogo. Não aprecio traição.

— Deve ser duro fazer algo que a pessoa não aprecia durante quase dois anos.

— Sim, há dificuldades e emoção também, não vou negar. Inicialmente nos deixamos levar. Só que em vez de algo que aconteceria apenas uma vez, como ambas assumimos que seria o caso, nossos sentimentos se aprofundaram. Eu adoro sexo. — Ela encolheu os ombros. — De modo geral, considero as mulheres mais interessantes na cama que os homens. Com Julietta, porém, encontrei mais que isso: uma espécie de companheirismo.

— Está apaixonada por ela?

— Sim. Estou apaixonada, e isso é difícil, já que não podemos ficar juntas abertamente.

— Por quê? Ela não aceita largar o marido?

— Não, não aceita. E sabe que eu não ficaria com ela, caso o fizesse.

— Agora eu me perdi nessa história.

— Ela tem um filho. Uma criança merece ter um pai e uma mãe, sempre que possível. Não quero tomar parte nisso: remover uma criança inocente da segurança que ela tem, no momento. Não é culpa do menino a mãe amar a mim, em vez de amar seu pai. Somos adultas e responsáveis.

— Mas ela não concorda com sua posição em relação a isso.

— Se Julietta tem um defeito é não ser uma mãe tão boa quanto poderia ser. Não é devotada, nem se envolve tanto quanto eu acho que deveria. Quero ter filhos um dia, e espero que meu companheiro ame e cuide da criança tanto quanto eu. Pelo que sei, Thomas Breen é um pai excelente, mas não pode fazer o papel de mãe do seu filho. Isso, apenas Julietta pode.

— Mas ele não é tão poderoso no papel de marido.

— Como nunca dormi com ele, não seria justo julgar sua atuação nessa área. O fato é que ela não o ama, nem respeita. Ela o acha enfadonho e facilmente influenciável.

— Vocês estiveram juntas na noite do dia 2 de setembro?

— Sim, no meu apartamento. Julietta contou ao marido que tinha uma reunião até mais tarde.

— Acha que ele acreditou nisso?

— Ela é cuidadosa. Ele nunca duvidou abertamente da esposa, pois ela teria me contado. Para ser franca, tenente, acho que Julietta gostaria muito se ele a colocasse contra a parede.

— E no domingo seguinte, de manhã, quando ela levou o menino para passear? Vocês estiveram juntas?

— Sim, eu me encontrei com eles no parque. — Sua voz se enterneceu. — Eu adoro aquele menino.

— Então a senhora costuma passar momentos com ele, os três juntos?

— Uma vez por semana, mais ou menos. Quero que Jed me conheça, e ele parece se sentir à vontade comigo. Quando ficar mais velho, talvez encontre um jeito de combinar as melhores coisas em nossos relacionamentos.

— Alguma vez Julietta lhe contou que o marido foi violento?

— Nunca. Pode acreditar que, se houvesse um único episódio de violência em sua casa, eu seria a primeira a incentivá-la a pegar o filho e abandonar o lar. O trabalho dele é estranho e perturbador, mas Tom parece lidar com tudo em nível profissional. A senhora suspeita que ele tenha matado aquela mulher em Chinatown. Pois saiba, tenente, que, se eu acreditasse que ele é capaz de tal coisa, pegaria minha amante, o filho dela e os tiraria de perto dele, custasse o que custasse.

— Sabe qual é o problema com as pessoas que desfrutam casos extraconjugais, Peabody?

— Ter de explicar por que nunca usam a lingerie sexy que trouxeram para casa?

— Isso também. Mas o problema maior é o delírio. As pessoas acreditam piamente que vão escapar numa boa. Algumas conseguem, a curto prazo, mas sempre dão bandeira. Ficam no escritório até mais tarde em muitas noites, atendem a ligações secretas pelo *tele-link*, ou o amigo de um amigo as encontra, por acaso, almoçando com alguém que não é seu parceiro, geralmente em um restaurante afastado. Além do mais, se a pessoa corneada não está em coma, sempre percebe algo errado no ar... Um olhar, um perfume diferente, uma mudança no toque. Serena Unger não é idiota, mas parece realmente acreditar que Thomas Breen não faz a mínima ideia da vida paralela de sua mulher.

— E você não pensa o mesmo.

— Ele sabe. Se a esposa e outra mulher estão colocando as aranhas para brigar há um ano e meio, ele já sacou.

— Mas, se ele sabe, como é que consegue ignorar e fingir que tudo está numa boa, dia após dia? Isso deve corroer o cara por dentro, é de deixar qualquer um maluco... O que dá exatamente aonde você quer chegar. Se Roarke andasse de sacanagem com alguém, o que você faria?

— Seus corpos jamais seriam encontrados. — Eve tamborilou com os dedos no volante no meio do engarrafamento. — As mulheres estão destruindo o lar feliz de Thomas Breen e ameaçando sua família. O pior é que isso o faz se sentir um homem sem pinto. Ele passa o

Imitação Mortal

dia todo escrevendo sobre assassinatos, é fascinado pelo assunto. Por que não experimentar essa emoção? Mostrar àquelas vadias quem é que canta de galo no galinheiro? Acho que está na hora de interrogá-lo de verdade e fazer uma pressão. Antes, porém, temos de conferir alguns dos distribuidores de gesso. Talvez consigamos mais dados para chegar nele com tudo.

Peabody pegou o tablet e fez uma pesquisa nos endereços mais próximos.

— Village Art Equipamentos, número 14 da West Broadway. Tenente, sei que a senhora está olhando com mais cuidado para Thomas Breen e Niles Renquist, mas estou pendendo para a direção oposta, o que, espero, não vá deixá-la pau da vida a ponto de se lembrar de me dar aquele soco no estômago. Já vi seu soco, e sei que ele deve doer muito.

— Se eu ficasse pau da vida com todo mundo que discordasse de mim... Tudo bem, já sei que é exatamente isso que acontece. Mas, nesse caso, eu abrirei uma exceção.

— Puxa, fico gratíssima.

— Por que você discorda de mim?

— Tudo bem, vamos lá... — Peabody se virou no banco e ficou de frente para a lateral do rosto de Eve. — Acho que Fortney é quem se encaixa melhor no perfil do assassino. Não tem respeito nenhum pelas mulheres. Dá em cima delas descaradamente, pois esse é o jeito de ele mostrar o tipo fodão que é. Está com uma mulher forte porque sabe que ela vai cuidar dele, mas quanto mais ela cuida dele, mais ele se ressente, e mais ele a chifra. Tem duas ex-mulheres que o deixaram pelado, financeiramente, porque não consegue manter o pinto dentro das calças, e, se não tivesse Pepper ao seu lado, provavelmente não teria contato com ninguém da sua área profissional. Mentiu na primeira entrevista para se proteger, seus álibis têm mais furos que um queijo suíço, e ele adora um drama.

— Todas essas são boas observações, e lágrimas de orgulho estão quase caindo dos meus olhos.

— Sério?

— Sobre as lágrimas? Não. Entretanto, tudo isso que você descreveu é que mantém Fortney na lista de suspeitos.

— Mas quando você se volta para um tipo como Breen eu não consigo encaixar as coisas. Um homem maravilhoso daquele jeito com o filho! E se ele realmente sabe do caso da esposa, o mais provável é que esteja mantendo o casamento por gostar dela e do filho, e talvez tenha resolvido esperar a crise passar. Enquanto não assumir a verdade, o chifre não será real. Consigo entender alguém que resolve lidar com as coisas desse jeito. Pode ser que ele tenha se convencido de que o chifre não conta muito, porque sua mulher não escolheu outro homem. Está apenas passando por uma fase, experimentando coisas novas, sei lá.

— Talvez você tenha razão.

— Mesmo? — Encorajada, Peabody seguiu em frente. — Quanto a Niles Renquist, acho que ele simplesmente se acha o último biscoito do pacote, ou algo do tipo. Aquele papo de brunch aos domingos, exatamente às dez e meia da manhã, é ridículo. Depois, tem a mulher dele. Dá para visualizá-la olhando para o outro lado e disfarçando quando ele experimenta as calcinhas dela de vez em quando, na privacidade do lar, mas não consigo imaginá-la vivendo com um psicopata. Ela *também se acha* a última gota de xampu no sábado à noite, e certamente saberia. Dá para sacar que é ela quem controla a casa, então ela sacaria algo errado.

— Acho que você tem razão nisso também. Ela não deixa escapar nada. Mas acho que aceitaria conviver com um psicopata numa boa, desde que ele não trouxesse nenhuma gotinha de sangue para dentro de casa. Conheci a mulher que o criou, Peabody. Ele se casou com uma figura idêntica, só que com mais estilo e boa linhagem. De qualquer modo, se você acha que é Fortney, vou lhe dizer uma coisa: se não tivermos encerrado este caso até depois de amanhã, você pode pegá-lo sozinha.

— Pegá-lo como?

— Trabalhar com ele, Peabody. Focar só nele e ver o que aparece.

— Mas você acha que vamos fechar o caso antes disso.

— Em breve. Mas você talvez tenha sua chance.

Elas investigaram três fornecedores de gesso, antes de Eve decidir que estava na hora de ir ao hospital verificar o estado de Marlene Cox. Ela se apresentou ao policial parado do lado de fora do quarto, mandou que ele tirasse dez minutos de folga e colocou Peabody de guarda.

No quarto, encontrou a sra. Cox lendo um livro em voz alta, ao lado da cama, enquanto as máquinas mantinham sua filha fragilmente ligada ao mundo dos vivos.

Sela ergueu os olhos e marcou a página, antes de colocar o livro de lado.

— Os médicos sabem que as pessoas em coma conseguem ouvir sons, vozes e entender esses estímulos. Talvez seja como ficar atrás de uma cortina que a pessoa não consegue abrir.

— Sim, senhora.

— Estamos revezando na leitura para ela. — A sra. Cox estendeu o braço e ajeitou as cobertas de Marlene. — Ontem à noite colocamos um audiolivro para tocar. *Jane Eyre*, um dos seus favoritos. A senhora já leu?

— Não.

— É uma história maravilhosa. Amor, sobrevivência, triunfo e redenção. Hoje eu trouxe o livro. Acho que me ouvir lendo poderá ser mais confortador para ela.

— Creio que tem razão.

— A senhora acha que o caso dela não tem volta. É o que todos aqui pensam, embora sejam gentis e trabalhem com muita dedicação. Todos acham que ela se foi. Mas eu sei que não.

— Não cabe a mim dizer isso, sra. Cox.

— A senhora acredita em milagres... Desculpe, esqueci seu nome.

— Dallas. Tenente Dallas.

— Acredita em milagres, tenente Dallas?

— Nunca pensei muito no assunto.

— Pois eu acredito.

Eve foi até junto da cama e olhou para baixo. O rosto de Marlene estava completamente sem cor. Seu peito subia e descia lentamente, ao ritmo da máquina que respirava por ela em sopros suaves e constantes. Sentiu uma aura de morte em torno da jovem.

— Sra. Cox, ele pretendia estuprá-la, e faria isso de forma brutal. Preparou tudo para mantê-la consciente durante o ato, para ela poder sentir a dor, o medo e o desamparo. Ele adoraria esse momento e passaria algum tempo torturando-a. Havia alguns... instrumentos na van que ele certamente teria usado em sua filha.

— A senhora quer que eu saiba que, pelo fato de ela ter resistido e lutado com ele, escapou disso tudo, não é? Que ela o impediu de fazer coisas terríveis com ela, e isso é uma espécie de milagre? — Sua respiração falhou quando ela lutou para conter um soluço. — Pois se aconteceu um milagre, pode acontecer outro. Assim que ela conseguir afastar a cortina que a mantém longe de nós, Marly certamente nos contará quem ele era. Os médicos nos disseram que talvez ela não conseguisse viver até agora de manhã. Pois já passa de meio-dia. Diga-me uma coisa, tenente: se acredita que minha filha está perdida para nós, por que veio aqui hoje?

Eve começou a falar, mas logo balançou a cabeça e olhou para Marlene.

— Eu ia lhe dizer que isso é um procedimento de rotina. A verdade, porém, sra. Cox, é que agora ela também pertence a mim. É assim que a coisa funciona na minha cabeça.

Quando o comunicador tocou, Eve pediu desculpas e foi atendê-lo no corredor.

— Peabody — anunciou, no instante em que desligou —, venha comigo.

— Conseguiu algo novo?

Imitação Mortal

— Coloquei um homem vigiando a casa dos Renquist. A babá pegou um táxi e acabou de saltar no museu Metropolitan, sem a menina. Eu estava à espera de uma oportunidade como essa para encontrá-la sozinha.

Sophia fazia uma lenta caminhada através da galeria dos impressionistas franceses. Eve falou baixinho com a segurança, para dispensá-la, e caminhou na direção da *au pair*.

— Sophia DiCarlo? — Eve exibiu o distintivo e viu quando a mulher deu um pulo de susto e empalideceu na mesma hora.

— Eu não fiz nada.

— Então, não devia parecer tão culpada. Vamos nos sentar.

— Eu não violei nenhuma lei.

— Então não o faça agora, ao recusar uma conversa informal com uma tenente da polícia. — É claro que isso não era contravenção alguma, mas Eve percebeu que Sophia desconhecia o fato.

— A sra. Renquist me disse que eu não deveria falar com a senhora. Como me encontrou aqui? Eu posso perder o emprego, e é um bom emprego. Faço um bom trabalho cuidando de Rose.

— Tenho certeza que sim, e a sra. Renquist não precisa saber que você falou comigo.

Para garantir um pouco de cooperação, Eve a pegou pelo braço e a conduziu a um banco no centro da sala.

— Por que acha que a sra. Renquist não quer que você converse comigo?

— As pessoas fazem fofocas. Se a família e os empregados forem interrogados pela polícia, as pessoas certamente vão fofocar. O marido dela é um homem importante, muito importante. As pessoas gostam de falar mal de gente importante.

Ela retorceu as mãos enquanto falava. Não era comum Eve ver uma pessoa virar e revirar as mãos daquele jeito. Nervos, e algo mais próximo de medo, criaram uma espécie de halo em torno da mulher. Pareciam luzes de alerta.

— Sophia, eu verifiquei com o Departamento de Imigração. Você está no país legalmente. Por que tem medo de falar com a polícia?

— Já lhe expliquei. O sr. e a sra. Renquist me trouxeram para os Estados Unidos e me ofereceram um emprego. Se ficarem descontentes, podem me mandar embora do país. Eu amo Rose. Não quero perder minha menininha.

— Há quanto tempo trabalha para eles?

— Cinco anos. Rose tinha só um aninho quando eu fui para lá, e é uma menina ótima.

— E quanto aos pais dela? É fácil trabalhar para eles?

— Eles... eles são muito justos. Tenho um lindo quarto e recebo um bom salário. Eles me oferecem um dia inteiro e mais uma tarde de folga, todas as semanas. Gosto de vir ao museu. Estou tentando me aprimorar.

— Os Renquist se dão bem um com o outro?

— Como assim?

— Eles brigam?

— Não.

— Nunca, nem uma vez?

Sophia mudou a expressão do rosto. Foi de receosa para desesperada.

— Eles se comportam de forma muito apropriada, o tempo todo.

— Isso é difícil de engolir, Sophia. Você mora na casa deles há cinco anos e nunca testemunhou nada inadequado? Nunca presenciou uma discussão?

— Não é minha função...

— Estou fazendo com que seja. — Cinco anos, pensou Eve. Com um salário alto, ela certamente tinha uma razoável reserva financeira. A longínqua possibilidade de perder o emprego talvez a deixasse preocupada, mas não assustada. — Por que tem tanto medo deles?

— Não sei do que a senhora está falando.

Imitação Mortal 349

— Sabe, sim. — O terror estava em seu rosto agora, facilmente reconhecível. — Será que ele visita você no seu quarto, à noite, depois que a menina vai dormir? Quando a esposa está na sala de estar?

Lágrimas surgiram e lhe transbordaram pelos olhos.

— Não. Não! Eu me recuso a falar sobre isso, posso perder o emprego...

— Olhe para mim. — Eve agarrou as mãos agitadas de Sophia e as apertou. — Acabei de vir de um hospital onde uma mulher está perdendo a vida. Você vai falar comigo e vai me contar a verdade!

— A senhora não vai acreditar. Ele é um homem muito importante. A senhora vai me chamar de mentirosa e eu serei mandada embora.

— Foi isso que ele lhe disse? Que ninguém acreditaria em você? "Posso fazer o que eu quiser, porque ninguém acreditaria nas suas palavras." Pois ele está enganado. Olhe para mim, olhe para os meus olhos. Eu vou acreditar em você.

As lágrimas lhe embaraçaram a visão, mas ela deve ter sentido segurança em Eve, porque as palavras começaram a sair aos borbotões.

— Ele diz que eu devo recebê-lo, porque sua mulher não faz mais isso desde que ficou grávida. Eles têm quartos separados. Isso é... ele diz que esse é o jeito civilizado de manter um casamento, e que faz parte das minhas funções deixar que ele... que ele me toque.

— Esse não é o jeito civilizado de nada.

— Ele é um homem importante, e eu sou apenas a empregada. — Apesar de o choro continuar, sua voz mantinha uma fria objetividade. — Se eu falar com a senhora, ele vai me despedir, vai me mandar para longe de Rose e vou passar desonra. Vou envergonhar minha família e arruiná-la. Geralmente ele vai ao meu quarto, tranca a porta e apaga as luzes. Faço o que ele me manda fazer, e assim ele me deixa em paz.

— Ele machuca você?

— Às vezes. — Baixou os olhos, fitou as mãos e viu as lágrimas que caíam sobre elas. — Quando ele não consegue... quando não é capaz de... ele fica bravo. Ela sabe de tudo. — Sophia ergueu os olhos marejados. — A sra. Renquist sabe. Não há nada que aconteça naquela casa que ela não saiba. Mas não faz nada, não comenta nada. E eu sei, no fundo da alma, que ela vai me ferir mais do que ele conseguiria, caso descubra que eu conversei com a senhora.

— Quero que pense na noite da véspera e na madrugada do dia 2 de setembro. Ele estava em casa?

— Não sei. Juro que não sei — acrescentou ela, falando mais depressa, antes de Eve ter chance de replicar. — Meu quarto fica nos fundos da casa, e a porta está sempre fechada. Não ouço quando alguém entra ou sai. Tenho um intercomunicador ligado ao quarto de Rose. O aparelho está sempre ligado, a não ser quando ele... quando ele o desliga. Nunca saio do meu quarto à noite, a não ser que Rose precise de mim.

— E no domingo seguinte de manhã, o que aconteceu?

— A família tomou o brunch, como sempre fazem. Sempre às dez e meia em ponto. Nem um minuto antes, nem um minuto depois.

— E mais cedo que isso? Oito da manhã, digamos. Ele estava em casa a essa hora?

— Não sei. — Ela mordeu o lábio inferior ao tentar se lembrar. — Acho que não. Eu estava no quarto de Rose, ajudando-a a escolher um vestidinho para o dia. Ela deve sempre usar vestidos apropriados aos domingos. Vi, da janela, o sr. Renquist chegar em casa de carro. Deviam ser nove e meia. Às vezes ele joga golfe ou tênis aos domingos, pela manhã. Faz parte do trabalho dele ter contatos sociais com muitas pessoas.

— Com que roupa ele estava?

— Eu... desculpe, não me lembro. Uma camisa de golfe, acho. Não tenho certeza. Sei que não era terno. Era uma roupa casual, de verão. Eles se vestem bem, tanto ele quanto ela. Vestem-se sempre de forma apropriada.

— E ontem à noite? Ele ficou em casa a noite toda?

— Não sei. Ele não apareceu no meu quarto.

— E hoje de manhã? Como ele se comportou, ao acordar?

— Eu não o vi. Recebi ordens para dar o café da manhã de Rose em seu quarto. Geralmente isso acontece quando o sr. ou a sra. Renquist estão muito ocupados, ou ela não se sente bem, ou quando eles têm algum compromisso.

— Qual desses foi o motivo de hoje?

— Não sei. Não me disseram.

— Existe algum lugar da casa onde ele fique e no qual você e a menina não têm permissão de entrar?

— O escritório dele. Ele é um homem importante, desempenha funções muito importantes. Sua sala é trancada, e ninguém deve incomodá-lo.

— Muito bem. Pode ser que eu precise conversar com você novamente. Nesse meio-tempo, poderei ajudá-la. O que Niles Renquist faz com você é errado, é um crime. Posso fazer com que ele pare.

— Não, por favor, não! Se a senhora fizer alguma coisa, eu terei de ir embora de lá. Rose precisa de mim. A sra. Renquist não ama a filha, não do jeito que eu amo, e quanto ao pai... Ele mal nota a existência da criança. O resto, as coisas que ele faz comigo, não importa. Não tem acontecido muitas vezes, pelo menos hoje em dia. Acho que ele perdeu o interesse.

— Se você mudar de ideia, entre em contato comigo. Eu poderei ajudá-la.

Capítulo Dezenove

Por meio de uma ligação para o gabinete de Renquist, Eve foi informada de que ele havia recebido uma missão fora da cidade, e não poderia ser contatado pelos próximos dois dias. Enfrentou as formalidades de marcar um encontro para quando ele voltasse e foi até a casa dele.

A governanta lhe deu as mesmas informações.

— Você o viu saindo? Com seus próprios olhos?

— Como assim?

— Você o viu sair porta afora, com uma mala?

— Não entendo a relevância dessa pergunta, tenente, mas a resposta é sim. Fui eu que carreguei a bagagem do sr. Renquist para o carro.

— Para onde ele foi?

— Não compartilharam comigo essa informação, e mesmo que eu soubesse, não poderia divulgá-la. O trabalho do sr. Renquist muitas vezes exige que ele viaje.

— Sei. Gostaria de ver a sra. Renquist.

— A sra. Renquist não se encontra em casa, e não é esperada antes da noite de hoje.

Imitação Mortal

Eve olhou por cima do ombro da governanta para o interior da casa. Daria um mês de salário para ter um mandado de busca nas mãos.

— Deixe-me perguntar uma coisa, Jeeves.

— Stevens, tenente — disse ela, franzindo o cenho.

— Stevens, então. Quando foi que seu patrão recebeu o chamado para sair em missão?

— Creio que ele resolveu tudo muito cedo, hoje pela manhã.

— Como foi que ele descobriu que precisava colocar o pé na estrada?

— Em que sentido?

— Foi por uma transmissão que recebeu, ligação de alguém, recado particular trazido por um mensageiro fardado, qual delas?

— Receio não saber informar.

— Que governanta mais desinformada você é, hein? Como estavam os olhos dele hoje de manhã?

Stevens pareceu perplexa e, depois, simplesmente irritada.

— Tenente, o estado dos olhos do sr. Renquist não é da minha conta, nem da sua. Passar bem!

Eve pensou em colocar a bota junto à soleira, para impedi-la de bater a porta na sua cara, mas decidiu que aquilo seria um desperdício de energia.

— Peabody, ative as tropas da DDE para fazer uma busca e descobrir para onde Renquist foi e como ele vai chegar lá.

— Acho que foi ele.

— Por quê?

Foi a vez de Peabody parecer perplexa, e ela apressou o passo para acompanhar Eve até a viatura.

— Ele está molestando a babá. Ele e a esposa mentiram sobre ele estar em casa no domingo de manhã. Existe um cômodo privativo trancado a chave na casa, e hoje de manhã ele recebeu um conveniente chamado para uma missão fora.

— Então Fortney saiu da sua lista assim, sem mais nem menos? Peabody, você é uma investigadora muito vagabunda.

— Mas tudo encaixa.

— Podemos encaixar de outro jeito também. Ele molesta a babá porque é um merda de carteirinha e um tarado. Sua esposa não está dando para ele, e aí aparece uma jovem bonita na casa, que morre de medo de dizer não. Ele e a mulher mentiram porque ela é tão merda de carteirinha quanto o marido, não quer ser incomodada pela polícia, e dizer que o marido estava em casa é mais conveniente. Ele tem um cômodo trancado porque há empregados que podem xeretar papéis confidenciais do seu trabalho, além da filha pequena, que ele não quer que o atrapalhe quando ele está trabalhando. Foi convocado para uma missão hoje de manhã porque seu trabalho exige que ele atenda chamados urgentes assim que chegam.

— Tudo bem, que droga!

— Se você não raciocinar pelos dois lados da coisa, não conseguirá as respostas certas. Agora, vamos ver como é que Thomas Breen encara um interrogatório formal.

Ele já estava à espera, examinando o vidro espelhado em um dos lados quando Eve entrou na sala de interrogatório B. Ele se virou e lançou para a tenente um dos seus sorrisos de garoto.

— Sei que eu devia estar revoltado e ameaçando chamar um advogado, mas estou curtindo à beça todo esse lance.

— Fico feliz em distraí-lo.

— Pois é, mas eu tive de deixar Jed com a vizinha. Não confio no androide quando não estou em casa. Espero que isso não vá levar muito tempo.

— Então, sente-se, para começarmos logo.

— Claro.

Eve ligou o gravador, recitou os dados relacionados com o caso e explicou formalmente os diretos legais do interrogado.

— O senhor compreendeu plenamente seus direitos e obrigações, sr. Breen?

Imitação Mortal

— Claro. Escute, eu ouvi os noticiários da mídia sobre o ataque a uma jovem, nessa madrugada. O cara bancou o Bundy. O que a senhora acha de...

— Por que não me deixa fazer as perguntas, Tom?

— Desculpe, isso é um vício meu. — Abriu um sorriso.

— Onde estava na madrugada que passou, mais exatamente às duas horas?

— Em casa, dormindo. Parei de trabalhar mais ou menos à meia-noite. Às duas da manhã eu já estava puxando um ronco.

— Sua esposa estava em casa?

— Claro. Estava puxando um ronco também, ao meu lado, só que de um jeito mais delicado e feminino.

— Você acha que vai ganhar pontos aqui pelos comentários engraçadinhos, Tom?

— Mal não vai fazer.

Sem dizer nada, Eve desviou o olhar para Peabody.

— Pois olhe... acho que vai — reagiu Peabody. — Se o senhor deixar a tenente irritada, isso pode lhe fazer mal sim, acredite no que eu digo.

— Vocês vão fazer a jogada do tira bom *versus* tira mau? — Ele lançou a cadeira para trás e ficou equilibrando-a nas pernas traseiras.

— Já estudei todas as técnicas básicas de interrogatório. Nunca consegui entender o porquê de essa tática em especial funcionar tão bem. Afinal, vamos combinar... É a jogada mais velha e manjada da polícia.

— Não, a jogada mais antiga é aquela em que eu levo você para uma sala fechada e, durante nosso pequeno papo, você tropeça em algum lugar e acaba de cara quebrada.

Ele continuou a balançar a cadeira enquanto analisava Eve.

— Não creio que isso vá rolar. A senhora certamente tem atitude, tenente, e algumas tendências inatas à violência, mas não dá porrada em suspeitos. Tem integridade demais. A senhora é uma boa tira.

Ele falou isso de forma franca e honesta, certamente confiando no seu intelecto e em sua intuição.

— O tipo de tira que mergulha no trabalho e segura as pontas com firmeza porque *acredita* no que faz — continuou ele. — Mais do que em qualquer outra coisa, a senhora acredita no espírito da lei. Talvez não ao pé da letra, mas no geral. Pode ser que use alguns atalhos para alcançar seus objetivos; uma ou outra vez deve utilizar métodos que não têm espaço nos relatórios oficiais, mas toma cuidado com os limites, tanto com os que a senhora cruza quanto com os que não cruza. Espancar um dos suspeitos certamente não é um atalho aceitável na sua linha de atuação.

Ele olhou para Peabody e completou:

— Acertei na mosca, não foi?

— Sr. Breen, o senhor não conseguiria acertar na mosca ao descrever a tenente nem que sua vida dependesse disso. Ela está além da sua compreensão.

— Ah, qual é? — Ele torceu os lábios de forma irritada. — Ninguém aqui quer reconhecer que eu sou tão bom nesse tipo de jogo quanto vocês. Quando uma pessoa se especializa em assassinatos, ela não estuda só os assassinos, estuda os tiras também.

— E também as vítimas? — perguntou Eve.

— Claro, as vítimas também.

— E todos os estudos, as pesquisas, as análises, escrever sobre o assunto... Tudo isso ajuda a afinar suas habilidades de observação, não é verdade?

— Escritores são observadores natos. É o que fazemos de melhor.

— Quer dizer que, quando você está escrevendo sobre um crime, também está escrevendo sobre a pessoa que o cometeu, sobre quem investigou e assim por diante. No fundo, está escrevendo sobre pessoas. Você conhece as pessoas.

— Exatamente.

— Um sujeito observador como você consegue pegar todas as nuanças, ou hábitos, o que as pessoas pensam, como se comportam e o que fazem.

— Acertou de novo.

— Então, já que é tão observador, tão sintonizado com o comportamento das pessoas e com a natureza humana, certamente não lhe passou despercebido o fato de que sua mulher anda transando com outra mulher, enquanto você fica em casa, brincando de cavalinho com seu filho.

Ouvir isso arrancou de seu rosto o ar convencido. Foi como se Eve tivesse apertado o botão de desligar, e o jeito presunçoso foi substituído por uma onda de choque, que fez sua pele ficar branca e brilhante, antes que o calor da humilhação e da raiva brotasse.

— A senhora não tem o direito de dizer uma coisa dessas.

— Ah, qual é, Tom, seus espantosos poderes de observação fracassaram dentro do seu próprio castelo, onde cada homem é rei? Você sabe o que ela anda aprontando. Ou talvez eu deva dizer onde ela anda se metendo.

— Cale a boca.

— Deve ser revoltante, não? — Balançando a cabeça, Eve se levantou e caminhou de um lado para o outro em volta da mesa, até se inclinar sobre o ombro dele e sussurrar em seu ouvido: — Ela nem teve a gentileza de trepar com outro cara enquanto você fica em casa brincando de mamãe. O que isso diz de você, Tom? O sexo em casa era tão tedioso que ela decidiu ver o que havia do outro lado da cerca? Isso humilha e diminui o seu equipamento, estou certa?

— Já pedi para calar a boca! Não sou obrigado a ouvir toda essa merda.

Com os punhos cerrados, ele se levantou da mesa, mas Eve o pôs novamente sentado com um empurrão.

— É obrigado sim senhor — reagiu ela. — Sua esposa não estava em reunião nenhuma na noite em que Jacie Wooton foi assassinada. Estava com a sua amante. Uma mulher! Você sabia disso, não sabia, Tom? Não era novidade que ela andava escapando pela tangente e corneando você há quase dois anos. Como se sentiu diante dessa situação, Tom? Como é saber que ela deseja outra mulher, ama outra mulher, se entrega a outra mulher, enquanto você cria o filho que vocês fizeram juntos, mantém a casa organizada e é mais uma boa esposa do que ela jamais foi?

— Vaca. — Ele cobriu o rosto com as mãos. — Vaca vadia.

— Sim, eu devia até sentir um pouco de pena de você, Tom. Sozinho, cuidando de tudo. Da casa, do filho, da carreira. Uma carreira importante, aliás. Você é *alguém*. Escolheu ser pai em tempo integral, e isso é admirável. Enquanto isso, ela passa os dias em uma sala imensa só dela, frequentando reuniões sobre moda e roupas, pelo amor de Deus!

Eve soltou um suspiro profundo, balançou a cabeça para os lados e continuou:

— Ela se interessa com o que as pessoas vão vestir na próxima estação. Isso é mais importante do que sua família. Ela ignora você e o menino. Sua mãe fez a mesma coisa, mas Julietta foi muito além: mentiu, traiu e se esfregou com outra mulher, em vez de ficar ao seu lado, sendo esposa e mãe.

— Cale a boca. Será que não dá para a senhora calar a boca?

— Você quis puni-la por isso, Tom, quem poderia culpá-lo? Gostaria de tirar um pouco desse peso dos ombros, quem não gostaria? Isso corroía você por dentro. Dia após dia, noite após noite. É para deixar qualquer um meio maluco. As mulheres não prestam para nada, não é verdade?

Eve se sentou na beira da mesa, perto dele, invadindo seu espaço, sabendo que ele a sentia forçando a barra, enquanto ela o sentia vibrando por dentro.

— Ela olha bem na minha cara e mente — desabafou ele, por fim. — Eu a amo. Odeio-a por isso, odeio-a pelo fato de ainda amá-la. Ela não pensa em nós. Coloca aquela mulher à frente de nós, e eu a odeio por isso também.

— Você sabia que ela não estava em nenhuma reunião. Ficou matutando a respeito disso enquanto ela estava fora? E depois, quando ela voltou para casa e foi para a cama? Cansada, exausta demais para receber você porque tinha acabado de estar com outra mulher? Você esperou até ela subir para o quarto e se recolher, antes de deixar a casa? Levou suas ferramentas com você até Chinatown, se imaginando Jack, o Estripador? Poderoso, aterrorizante e acima da lei? Imaginou o rosto de sua esposa quando cortou a garganta de Jacie Wooton?

— Eu não saí de casa.

— Ela não saberia dizer se você saiu ou não. Ela não dá a mínima atenção a você. Está pouco se lixando para você.

Ele se encolheu todo ao ouvir isso, e Eve reparou nos ombros dele que se curvaram, como se estivessem se protegendo dos golpes.

— Quantas vezes você esteve em Chinatown, antes de matar Jacie naquele beco, Tom? Um cara como você faz pesquisas minuciosas. Quantos passeios até lá foram necessários para você avaliar as prostitutas e os viciados do lugar?

— Eu nunca vou a Chinatown.

— E nunca esteve lá? Um cara nascido e criado em Nova York?

— Já estive lá. É claro que já visitei o lugar. — Ele começava a suar, e o ar convencido fora substituído pelos nervos à flor da pele. — Eu quis dizer que não vou lá à procura de... Eu não uso os serviços de acompanhantes licenciadas.

— Tom, Tom. — Eve estalou a língua, num gesto de lamento, e se sentou do outro lado da mesa, de frente para ele. Havia um sorriso descontraído em seus lábios e uma expressão de divertida incredulidade em seus olhos. — Um homem jovem e saudável como você? Sua esposa não demonstra empolgação com sexo e não dá para você há quase dois anos? E mesmo assim você nunca usou um serviço perfeitamente legal? Se isso é verdade, você deve estar muito... tenso por causa do atraso. Ou talvez não consiga mais colocar o bicho em pé, e por isso sua mulher tirou o time de campo.

— Não há nada de errado comigo. — A cor voltou ao seu rosto. — Quanto a Jule, ela... acho que simplesmente precisa se livrar da energia acumulada, sei lá. Tudo bem, confesso que contratei uma acompanhante licenciada algumas vezes, desde que as coisas começaram a ficar esquisitas em casa. Puxa vida, não sou um eunuco.

— Mas ela o transformou nisso. Insultou, menosprezou e traiu você. Talvez você tenha saído só para pegar uma vadia estranha na rua. Um cara tem direito a isso quando sua mulher dorme de calça jeans. Talvez as coisas tenham fugido ao controle, com toda essa raiva e frustração acumuladas. Você pensando em como ela mentiu para você, como teve coragem de deitar na sua cama depois do aconchego da cama da outra. Mentindo, traindo, transformando você em *nada*.

Ela deixou essa última palavra ecoando no ar, para atingi-lo com mais força.

— Você precisava de alguma atenção, droga. Tinha a cabeça cheia de homens fortes que sabiam como chamar atenção. Sabiam como fazer uma mulher se levantar e reparar neles. Deve ter sido bom retalhar Jacie, atacar seus símbolos de feminilidade, extirpar dela os órgãos que a faziam ser mulher. Fazê-la pagar, obrigar todas elas a pagar por ignorarem você.

— Não! — Os lábios dele ficaram úmidos e sua respiração ficou muito ofegante. — Não! A senhora deve estar maluca, completamente louca. Não vou falar mais nada, quero um advogado.

— Vai deixar que eu também acabe com você, Tom? Vai deixar outra mulher, dessa vez uma tira, arrebentar você? No instante em que convocar um representante, a vitória no primeiro round será minha. Comece a choramingar exigindo um advogado e eu acuso você de dois assassinatos em primeiro grau e uma agressão com intenção de matar. Vou esmagar seus colhões até eles ficarem azuis, se é que você ainda tem colhões.

A respiração dele ficou ainda mais curta. Ele inspirou e expirou várias vezes com dificuldade, no silêncio que se seguiu. E desviou o rosto.

— Tenente, não tenho mais nada a declarar antes de consultar meu advogado.

— Parece que foi ponto para mim, então. Este interrogatório será interrompido para permitir que o suspeito entre em contato com seu representante legal, a pedido do próprio. Desligar gravador. Peabody, marque o exame psicológico padrão para o sr. Breen e acompanhe-o até a detenção, onde ele poderá entrar em contato com o advogado.

— Sim, senhora. Vamos, sr. Breen?

Ele se levantou da cadeira com as pernas instáveis.

— A senhora acha que me humilhou — disse a Eve. — Acha que me dobrou e me quebrou, mas chegou atrasada. Julietta já fez isso comigo.

Eve esperou até ele sair, foi até o vidro espelhado e olhou para seu próprio reflexo.

Exausta, voltou para a sua sala. Pela primeira vez, achou que não conseguiria aguentar a energia instantânea do café e optou por água. Junto à janela acanhada, bebeu como um camelo e observou o tráfego aéreo e o movimento das ruas.

As pessoas iam e vinham, observou. Não tinham a menor ideia do que rolava no prédio da polícia. Nem se interessavam em saber. *Basta que vocês nos mantenham a salvo*, devia ser o que pensavam ao olhar de relance para o interior do edifício. *Façam seu trabalho e nos mantenham a salvo. Não queremos saber como vocês chegam lá, desde que nada respingue em cima de nós.*

— Tenente?

Eve continuou a olhar para fora da janela.

— Já o levou para a detenção?

— Sim, senhora. Ele entrou em contato com o advogado e não disse nem uma palavra mais. Depois, pediu uma segunda ligação, para a pessoa que está cuidando do filho dele. Eu, ahn... autorizei, com a condição de supervisionar a chamada. Ele ligou para a vizinha e pediu para ela ficar com Jed por mais algumas horas. Explicou que ia se atrasar por causa de um problema. Não pediu para falar com a esposa.

Eve simplesmente assentiu com a cabeça.

— Você foi muito dura com ele — disse Peabody.

— Isso é uma observação ou uma queixa?

— Uma observação. Sei que você vai dizer que eu sou uma investigadora vagabunda, mas ele está me parecendo um cara do bem. Pelo jeito como você jogou em cima dele o caso extraconjugal da mulher, acho que perdeu o rebolado de vez.

— Perdeu, sim.

— E o jeito como você forçou a barra com a história da acompanhante licenciada. Ele tentou escapar, negando qualquer coisa desse tipo, mas acabou se atrapalhando e admitiu o lance, para mostrar que não é sexualmente impotente.

— Sim, foi burrice dele.

— Você não me parece muito empolgada com o resultado.

— Estou cansada. Simplesmente exausta.

— Talvez seja melhor dar uma descansada rápida, antes de encerrar o dia. O advogado vai levar pelo menos uma hora para vir até aqui conversar com ele. Você poderia aproveitar esse tempo para tirar um cochilo em algum canto.

Eve ia falar alguma coisa e chegou a se virar, mas Trueheart entrou na sala.

— Desculpe, tenente. Pepper Franklin está aqui e pediu para vê-la. Quer que eu a dispense ou devo mandá-la entrar?

— Pode chamá-la.

— Quer que eu fique por aqui? — perguntou Peabody, depois que Trueheart saiu. — Ou prefere que eu vá bancar a babá de Tom Breen?

— Fortney era a sua primeira escolha antes de você virar a casaca. Nós duas vamos ouvir o que Pepper tem a dizer.

Ela foi até sua mesa, sentou-se e girou a cadeira na direção da porta quando Pepper entrou. A atriz usava óculos escuros com lentes imensas em uma armação prata e tintura labial vermelho-vivo.

Seus cabelos glamorosos estavam presos e terminavam em um rabo de cavalo longo e elegante. O macacão colante amarelo, muito alegre, fazia um contraste marcante com a expressão assassina estampada em seu rosto lindo.

— Pegue um pouco de café para nós, Peabody. Sente-se, Pepper. Em que posso ajudá-la?

— Pode me ajudar prendendo Leo, aquele canalha mentiroso e traidor. Jogue-o no buraco mais fundo e escuro que encontrar, e deixe-o lá até que sua carne apodreça e se despregue dos ossos.

— Não precisa esconder seus sentimentos para nós, Pepper, pode se abrir.

— Não estou no clima para piadinhas. — Ela arrancou os óculos escuros e exibiu uma marca roxa imensa. Dali a algumas horas aquele ferimento ficaria ainda mais impressionante, depois que o sangue pisado acabasse de se acumular, avaliou Eve.

— Puxa, isso deve estar doendo.

— Estou furiosa demais para sentir dor. Descobri que ele estava trepando com minha substituta. A bundona da minha *substituta*. Com a assistente de palco também, e só Deus sabe mais com quem. Quando eu o encostei na parede, ele negou tudo, continuou mentindo e dizendo que eu estava imaginando coisas. Tem vodca por aqui?

— Não, desculpe.

— Talvez seja melhor não ter mesmo. Acordei hoje às três da manhã, não sei por que, pois geralmente durmo feito uma pedra. Mas acordei e ele não estava na cama. Fiquei confusa, a princípio, e também preocupada. Então, mandei o sistema me informar em que cômodo ele estava. A porcaria da máquina me informou que ele estava dentro do meu quarto, na cama. É claro que não estava. Ele programou o sistema para me informar isso, imagino, para o caso de eu desconfiar que ele não voltou e ir verificar na memória do equipamento. *Canalha!*

— Aposto que, mesmo assim, você procurou pelo apartamento todo, só para ter certeza de que aquilo não era um defeito do sistema,

Leo não estava tranquilamente na cozinha, atacando o AutoChef.

— Claro! Fiquei preocupada. — A amargura na voz dela escorria como ácido. — Foi isso mesmo que eu pensei. Vasculhei o apartamento todo, esperei, pensei até em ligar para a polícia. Depois me ocorreu que talvez ele tivesse apenas saído para dar uma volta no meio da noite, a pé, de carro, sei lá. Talvez o sistema realmente estivesse com defeito. Eu me convenci disso e cheguei a cochilar na poltrona da sala, quando bateu seis da manhã. Quando acordei, duas horas depois, havia uma mensagem no *tele-link*.

Ela remexeu no fundo de uma bolsa do tamanho do estado de Nebraska e pegou um disco.

— Incomoda-se de reproduzir a mensagem, tenente? Quero ouvi-la mais uma vez.

— Claro. — Eve pegou o disco, enfiou-o no *tele-link* da mesa e apertou o play. A voz de Leo saiu do aparelho, alta e clara:

BOM-DIA, DORMINHOCA! NÃO QUIS ACORDÁ-LA, POIS VOCÊ ESTAVA MUITO LINDA ALI, ENCOLHIDINHA NA CAMA. ACORDEI ANTES DO DESPERTADOR, DECIDI IR PARA O CLUBE MAIS CEDO E EMENDEI COM UM DESJEJUM DE NEGÓCIOS. A GENTE NUNCA SABE DE ONDE PODERÁ SURGIR UMA NOVA OPORTUNIDADE. ESTOU COM O DIA CHEIO E, QUANDO VOLTAR, À TARDE, CERTAMENTE VOCÊ JÁ TERÁ SAÍDO PARA GRAVAR AQUELE COMERCIAL. SEI QUE VAI SE SAIR MUITO BEM! PROVAVELMENTE SÓ NOS VEREMOS DEPOIS DA PEÇA, LOGO MAIS À NOITE. VOU ESPERAR VOCÊ ACORDADO, POIS ESTOU MORRENDO DE SAUDADE DA MINHA BONECA.

— Boneca uma ova! — murmurou Pepper. — Ele programou a gravação para ser enviada às seis e quinze da manhã. Sabe que eu nunca me levanto antes de sete e meia, e nunca fico na cama depois das oito. Ele não voltou para casa e preparou esse circo para esconder a farsa. Fui até o seu escritório, mas ele ligou para a vadia da secretária, que provavelmente também anda comendo, e disse que estaria fora o dia todo. Ela se mostrou muito surpresa de me ver ali, procurando por ele. Leo disse a ela que eu estava com uma espécie de crise emocional, e ele teria de passar o dia comigo. Vou mostrar a ele o que é uma crise emocional.

Ela se levantou, mas percebeu que na sala de Eve não havia espaço para andar de um lado para o outro e tornou a se sentar.

— Adiei a gravação do comercial, fui para casa e revirei o escritório dele. Foi assim que eu descobri que ele anda mandando flores e presentes caros para a porra do seu harém. Achei recibos de quartos de hotel, nomes e datas em sua agenda pessoal. Ele apareceu às três da tarde, surpreso e feliz por me ver. — Seu olho roxo pareceu soltar raios. — Tinha cancelado algumas reuniões; não era uma sorte eu estar em casa tão cedo? Sugeriu que fôssemos para a cama, a fim de aproveitar a tarde livre.

— Suponho que você informou a ele que sua sorte tinha acabado.

— Fiz mais: joguei na cara dele que ele passara a noite fora, mas ele tentou me convencer de que eu tinha sonhado aquilo tudo, ou tido um ataque de sonambulismo. Quando mostrei as cópias que fiz dos recibos e dos dados da sua agenda, ele teve a cara de pau, a suprema *cara de pau* de parecer ofendido e insultado. Disse que, se eu não confiava nele, isso era sinal de que havia problemas no nosso relacionamento.

Ela parou e ergueu a mão para indicar que precisava de alguns instantes.

— Eu não acreditei no que ouvi. O seu jeito suave era de quem tinha muita lábia. Muita, muita lábia.

— Não tenho nada com álcool por aqui — disse Eve, diante de um novo momento de silêncio. — Aceita uma dose forte de café?

— Obrigada, mas prefiro apenas água, se não se importa.

Enquanto Peabody servia um copo, Pepper pegou os óculos pela haste e os girou no ar.

— Não vale a pena contar os detalhes sórdidos. Basta dizer que, quando ele percebeu que eu não estava embarcando em sua história, declarei que tudo estava acabado e ele estava fora... fora da minha casa, da minha produtora, das minhas despesas e da minha vida... a merda bateu no ventilador e ele bateu na minha cara.

— Para onde ele foi?

— Não faço ideia. Obrigada — agradeceu, quando Peabody lhe entregou a água. — Espero que você o encontre, Dallas, e o prenda. Eu estaria com muito mais do que só um olho roxo se não tivesse um androide de segurança para me defender. Liguei o robô porque queria que Leo fosse escoltado até o andar de cima. Mandei o androide esperar enquanto ele pegava tudo o que lhe pertencia e o acompanhava até a porta da rua. Por sorte, quando eu gritei, o androide voltou para a sala, no instante exato em que Leo voava para cima de mim, com o intuito de me machucar mais. O robô o segurou no alto e o jogou na calçada.

Ela bebeu tudo em goles lentos, até esvaziar o copo por completo.

— Ele me jogou na cara coisas horríveis — continuou Pepper. — Palavras cruéis, terríveis, pavorosas. Disse que foi culpa minha ele ter sido seduzido... foi esse o termo que usou... por outras mulheres, por eu ser controladora demais, até na cama. Afirmou que já tinha passado da hora de ele me mostrar quem mandava na casa, pois estava de saco cheio de obedecer às ordens de uma simples... xereca mandona. — Ela estremeceu ao dizer isso. — Ele estava justamente me dizendo essas coisas terríveis quando o androide voltou à sala. Eu estava apavorada. Jamais imaginei que seria possível alguém me apavorar daquele jeito. Nunca pensei que ele pudesse se transformar naquele monstro em questão de minutos.

— Pegue um pouco mais de água para ela, Peabody — ordenou Eve quando Pepper começou a tremer.

— Prefiro ficar furiosa a apavorada. — Remexeu mais uma vez na bolsa, pegou um lenço com renda nas beiradas e enxugou os olhos lacrimosos. — Fico bem quando estou apenas furiosa. Soube

Imitação Mortal

da mulher que foi atacada ontem à noite, e o noticiário especulava sobre a possibilidade de essa morte estar ligada aos outros dois assassinatos, aqueles dos quais você me falou. Pensei comigo mesma: *Deus, ó Deus, Leo poderia ter feito isso. O Leo que eu conheci hoje seria capaz desses crimes.* Não sei o que fazer.

— Você vai registrar uma queixa formal e nós vamos acusá-lo de agressão. Vamos caçá-lo e arrastá-lo até aqui. Ele não vai mais tocar em você.

Dessa vez ela simplesmente olhou para o copo que Peabody lhe entregou, e sua voz se transformou em um sussurro.

— Estou com medo de ficar sozinha. Morro de vergonha por ele ter me transformado em uma covarde, mas...

— Você não é covarde. Simplesmente passou pela experiência de se ver diante de um cara muito mais forte que socou seu olho e ameaçou fazer mais estragos. Se não estivesse abalada com isso, seria burra. E você não é burra, porque procurou a polícia e vai abrir uma queixa. Fez a coisa certa.

— E se foi ele quem matou aquelas mulheres? Eu dormi ao lado dele, fiz amor com ele. E se ele cometeu aqueles crimes horríveis e depois voltou para casa e eu o recebi em meus braços?

— Vamos dar um passo de cada vez. Depois que acabarmos com a papelada, posso designar um policial para ficar em sua casa e lhe fazer companhia, caso você se sinta mais protegida por um tira de verdade, e não apenas por um androide de segurança.

— Eu me sentiria mais segura, sim, muito mais. No entanto, precisaria que esse policial, ele ou ela, me acompanhasse ao teatro. Minha peça começa às oito em ponto. — Ela sorriu de leve. — O show tem que continuar.

Quando Eve acabou de despachar Pepper e uma policial de escolta para a Broadway, o estresse e a fadiga lhe provocaram uma dor de cabeça latejante atrás dos olhos. Ela emitiu um alerta geral para a detenção de Fortney, e todos saíram em busca do suspeito.

Eve se encontrou com o advogado de Breen e o deixou fazer as queixas de costume. Quando ele exigiu que seu cliente recebesse autorização para ser liberado, a fim de voltar para casa e cuidar do filho pequeno, ela não retorquiu. Na verdade, surpreendeu o advogado ao adiar a segunda parte do interrogatório para as nove horas da manhã seguinte.

E determinou que dois homens ficassem de tocaia a noite toda, fora da casa de Breen.

Ela tornou a se sentar em sua sala, já muito depois do final do turno, e pensou em café, sonhou com algumas horas de sono e focou a atenção no trabalho.

Quando McNab entrou, quase saltitando, com um jeito empolgado e muita energia, Eve sentiu a dor de cabeça aumentar só de olhar para ele.

— Não dá para você usar alguma roupa que não cintile? — quis saber ela.

— É verão, Dallas, todo cara tem direito de brilhar. Trouxe algumas novidades que talvez coloquem uma cor no seu rosto abatido. Fortney reservou um voo de primeira classe para Nova Los Angeles. Aliás, já decolou.

— Você trabalhou rápido, McNab.

Ele colocou o indicador da mão direita apontando para o teto e soprou a ponta do dedo, como se fosse uma arma.

— Sou o técnico da DDE mais rápido do leste. Tenente, a senhora está com cara de quem foi atropelada por um maxiônibus.

— Sua visão está ótima, McNab. Leve Peabody para casa. Faça com que ela tenha uma boa noite de sono, meu modo sutil de dizer para segurarem a vontade de transar como coelhos a noite toda. Ela precisa estar com a mente clara e alerta amanhã de manhã.

— Tem razão. A senhora também devia tentar esse remédio. Está precisando de uma boa noite de sono.

— Qualquer hora isso vai rolar — murmurou ela, e se entregou ao processo de deter Fortney na saída do voo, solicitando às autoridades locais que o prendessem quando ele colocasse o pé fora do avião e o mandassem de volta para Nova York.

Peabody entrou em seguida.

— Tenente, McNab me disse que a senhora me liberou...

— Acho melhor mandar instalar uma porta giratória aqui na minha sala, porque todo mundo entra e sai como se fosse a casa da mãe Joana.

— Mas a porta estava aberta. Aliás, fica quase sempre aberta. McNab avisou que eu estou dispensada por hoje, mas ainda não entrei em contato com as autoridades do aeroporto de Nova Los Angeles, para a detenção de Fortney. Nem transmiti o mandado ainda.

— Já fiz isso. Eles vão detê-lo e mandá-lo de volta, e pretendo deixá-lo aqui mofando dentro de uma cela, pelo menos até amanhã de manhã. Ele não vai conseguir uma audiência para solicitação de fiança antes de amanhecer.

— Mas isso é meu trabalho e...

— Cale a boca, Peabody. Vá para casa, coma alguma coisa e durma bem. A prova começa às oito da manhã em ponto.

— Senhora, talvez fosse melhor adiar o exame, já que o caso está em um ponto crucial. Fortney, que me deixou feliz por provar que meus instintos estavam certos, terá de ser interrogado, e a senhora também vai conversar com Breen novamente, além de tentar marcar hora com Renquist, para amarrar todas as pontas. Me parece pouco apropriado eu tirar meio dia de folga, no mínimo, para resolver assuntos pessoais nesse estágio da investigação.

— Está com cagaço da prova?

— Bem, eu... Pois é, tem um pouco disso também, mas...

— Vá logo fazer essa porcaria de prova, Peabody. Se você tiver que esperar três meses para marcar a próxima data, uma de nós vai pular do alto do prédio mais próximo ou, o que é mais provável, vou varejar você lá do alto. Posso muito bem enfrentar um dia trabalhando sozinha.

— Mas acho que...

— Apresente-se na sala de exames número 1 às oito da manhã em ponto, policial. Isso é uma ordem.

— A senhora não pode me obrigar a fazer essa... — Parou de falar e engoliu em seco quando Eve ergueu a cabeça lentamente. — Mas, ahn, entendo o espírito da ordem, senhora. Tentarei não decepcioná-la.

— Cristo Santo, Peabody! Você não vai me decepcionar, não importa o resultado da prova. Vai se dar bem e...

— Pare! — Peabody fechou os olhos e manteve-os apertados, com força. — Não diga mais nada, que isso não é bom. — Não fale nada e não pronuncie nenhuma frase que tenha aquela palavra que começa com "s". Me dê um sinal de otimismo apenas. Isso a senhora poderia fazer. — Peabody exibiu para Eve um sorriso cheio de dentes, arregalou os olhos para mostrar entusiasmo e fechou o punho, colocando o polegar para cima.

Recostando-se na cadeira, Eve olhou meio de lado, com ar de estranheza.

— Que gesto é esse? Quer que eu mande você enfiar um dedo no rabo?

— Não! Polegar para cima é sinal de outra coisa. Puxa, Dallas é... Ah, deixa pra lá!

— Peabody! — Eve se levantou quando sua auxiliar já se preparava para sair da sala. — Chegue às oito da manhã em ponto. Espero que você bote pra quebrar e arrebente no exame.

— Sim, senhora. Obrigada.

Capítulo Vinte

Quando Eve conseguiu chegar em casa, quase se arrastando pelo caminho, tinha um único pensamento na mente: colocar-se na horizontal sobre uma superfície plana durante, pelo menos, uma hora abençoada.

Fortney já estava a caminho de volta para Nova York, algemado, e ia cozinhar em banho-maria, em uma cela apertada, durante várias horas. Ela lidaria com Breen de manhã, e também com Renquist. Embora Carmichael Smith estivesse na última linha de sua lista de suspeitos, permaneceria sob vigilância por mais algum tempo. O fato, porém, é que ela não poderia interrogar ninguém com olheiras, ainda mais do tamanho daquelas, duas bolsas cinza-escuras sob os olhos.

Precisava se esticar por algum tempo, disse a si mesma, para clarear as ideias. Caminhou em meio a uma névoa de exaustão e sentiu a temperatura geladinha e o silêncio maravilhoso assim que entrou em casa.

De repente, a névoa se dissipou e Summerset apareceu como um fantasma diante dela.

— A senhora, como de hábito, está atrasada.

Ela olhou para ele por alguns instantes, enquanto seu cérebro enevoado tentava processar o que estava acontecendo. Diante dela havia um cara alto, magricela, feio de doer e com jeito irritante. Ah, sim, ele estava de volta. Eve arregimentou forças para despir a jaqueta de linho e pendurá-la no pilar do primeiro degrau da escadaria, só para irritá-lo.

Surpreendente como um ato simples como esse sempre a fazia se sentir melhor.

— Como foi que você conseguiu passar pela segurança do aeroporto com essa lança de aço que traz sempre espetada no rabo? — Ordenando a si mesma para não cambalear, deu um passo e pegou no colo o gato que passeava por entre suas pernas, acariciou sua cabeça e disse a ele: — Olha lá, o "coisa" voltou. Não mandei você trocar a senha da entrada?

— Tenente, o lugar daquela lata velha que a senhora chama de viatura não é junto aos degraus que dão acesso a esta residência. — Pegando a jaqueta com a ponta de dois dedos e ar de nojo, completou: — O pilar da escada principal também não é cabide para artigos de vestuário.

Ela começou a subir as escadas, tentando disfarçar um bocejo, e disse:

— Vá enxugar gelo!

Ela a observou subir e sorriu de leve. Era bom estar de volta em casa.

Eve foi direto para o quarto, conseguiu escalar a plataforma onde ficava a cama, largou o gato sobre a colcha e emborcou de bruços.

Já dormia profundamente segundos depois, quando Galahad esticou as patas e resolveu se aninhar sobre o traseiro dela.

Roarke a encontrou ali exatamente na mesma posição, conforme já sabia que iria acontecer, pela sucinta descrição que Summerset lhe fizera.

Imitação Mortal

— Finalmente entregou os pontos, não foi? — murmurou ele, reparando que ela não tinha tirado nem mesmo o coldre e as botas. Fez um carinho rápido entre as orelhas do gato e se instalou na área de trabalho na saleta de estar anexa ao quarto, para trabalhar enquanto ela dormia.

Ela não sonhou, pelo menos no início, pois se deixou simplesmente ficar ali, no fundo de um lago escuro de exaustão total. Só quando começou a subir de volta à superfície foi que os sonhos tiveram início, com formas indistintas e sons abafados. Uma cama de hospital com uma figura pálida sobre ela.

Marlene Cox. Depois era a própria Eve, quando criança. Ambas haviam sido espancadas, ambas pareciam indefesas. Então, sombras mais escuras se aproximaram da cama. Era a tira na qual ela se transformara, olhando para a criança que tinha sido.

Há muitas perguntas sem resposta. Você precisa acordar e responder a todas elas, senão ele vai tornar a fazer isso com mais alguém. Sempre existe mais uma vítima.

Mas a figura sobre a cama não se moveu, só o rosto mudou: do seu para o de Marlene, depois para o de Jacie Wooton, depois para o de Lois Gregg e, por fim, de volta ao seu.

Uma sensação de raiva e medo começou a brotar dentro dela.

Você não está morta como as outras. Precisa acordar. Droga, acorde para que possamos impedi-lo de continuar!

Uma das formas enevoadas começou a se aglutinar e formou um vulto que se colocou do outro lado da cama. Era o homem que espancara a criança e assombrava a mulher adulta.

O terror nunca acaba por completo. Seus olhos pareciam brilhar, bem-humorados, apesar do rosto ensanguentado. *Nunca acaba. Vai sempre existir outra vítima, não importa o que você faça. É melhor dormir, garotinha. É muito melhor dormir do que caminhar ao lado dos mortos. Continue assim e você se tornará um deles.*

Ele estendeu o braço e colocou a mão, com força, sobre a boca da criança. Os olhos dela se abriram, cheios de dor e de medo.

Eve não conseguia ajudar, só observava, incapaz de se mexer, de proteger, de defender. Simplesmente olhava assustada para os próprios olhos na menina sobre a cama, que se tornaram vidrados e sem vida.

Ela acordou com um grito sufocado e se viu nos braços de Roarke.

— Shh... Você estava dormindo. — Seus lábios beijaram sua testa. — Estou bem aqui do seu lado. Me abrace com força, foi só um sonho.

— Estou bem. — Mas manteve o rosto enterrado contra o ombro dele, até conseguir acalmar a respiração ofegante. — Estou legal.

— Continue abraçada comigo mesmo assim. — Ele lamentou nunca estar perto dela para protegê-la dentro dos pesadelos.

— Está tudo bem. — Ela sentiu o pulso voltar ao normal e a névoa de terror que flutuava sobre a sua mente se desvanecer. Percebeu o cheiro dele, sabonete e pele, e adorou a textura maravilhosa dos seus cabelos junto do seu rosto.

Seu mundo se estabilizou.

— Que horas são? Por quanto tempo eu apaguei?

— Não importa. Você precisava dormir. Agora precisa de comida e, depois, de mais sono.

Ela não ia contrariá-lo. Estava morrendo de fome. E sabia, pelo tom da voz de Roarke, que ele acharia um jeito de enfiar um tranquilizante pela sua goela abaixo, se ela lhe desse chance.

— Seria bom eu comer algo, mas, antes, preciso fazer outra coisa.

— O quê?

— Sabe quando você entra numa de me tocar, de me amar, e tudo fica suave e maravilhoso porque sabe que eu me sinto em carne viva por dentro?

— Sei.

Ela lançou a cabeça para trás e tocou o rosto dele.

— Pois me mostre isso — pediu.

— Agora mesmo. — Ele passeou os lábios levemente, como uma pluma, por sobre as sobrancelhas dela, por sobre suas faces, seguiu pela boca e abriu o coldre ao descer com as mãos pela lateral do corpo dela. — Mas você vai me contar o que está errado?

Ela concordou.

— Fique só um pouquinho comigo antes. Eu preciso... Preciso de você.

Ele a pousou de volta na cama, de costas, suavemente, e descalçou-lhe as botas. Detestava ver olheiras tão grandes sob seus olhos. Ela estava tão pálida que lhe pareceu que, se ele passasse a mão através do seu corpo, ela desapareceria no ar, como um sonho.

Roarke não precisava que lhe pedissem para ser gentil, nem era necessário ouvir o suspiro baixinho e distante que ela lançou para perceber que só o amor a alimentaria agora.

— Quando eu entrei e encontrei você dormindo, pensei: "Ali está minha guerreira, exausta das batalhas." — Ergueu-lhe a mão e beijou-lhe os dedos. — Agora estou pensando: "Aqui está minha mulher, macia e linda."

Os lábios dela se abriram quando ele começou a despi-la lentamente.

— De onde você tira essas frases?

— Elas surgem na minha cabeça. Basta olhar para você e o mundo todo vem até mim. Você é minha vida.

Ela se ergueu e o envolveu com os braços. Um soluço de emoção ameaçou escapar de sua garganta, mas ela receou que, se o deixasse fugir, outros viriam em sucessão e não iriam mais parar. Com os lábios apertados de encontro à curva morna do pescoço dele, ela se deixou embalar para a frente e para trás. *Leve-me para longe*, implorou ela, mentalmente. *Por Deus, leve-me para longe daqui, pelo menos por alguns instantes.*

Como se tivesse lido seus pensamentos, ele começou a acariciá-la lentamente para tranquilizá-la e confortá-la. Cantarolou algo que ajudou a acalmar sua alma atribulada, até que a sentiu relaxar em seus braços. Então, ela o deixou conduzi-la.

Os lábios dele eram macios, muito macios e quentes quando se encontraram com os dela. Ele a beijou com ternura, profunda e lentamente, e se sentiu deslizar cada vez mais para dentro dela, pouco a pouco. Sentiu que sua guerreira forte e valente se rendia, até perceber que ela se transformou em algo maleável como cera e fluido como água.

A mente dela se enevoou. Já não havia mais pesadelos ali, nem sombras à espreita nos cantos. Havia apenas Roarke e suas carícias quase preguiçosas, seus beijos suaves e oníricos que a levavam para longe, para um silencioso refúgio de paz. As sensações foram formando camadas finas, umas sobre as outras, cobrindo a fadiga e o que ela não notou que havia brotado dentro dela.

A boca de Roarke se lançou sobre os seus seios. E seu coração se acelerou quando ele lhe lambeu os mamilos com movimentos circulares e maravilhosamente lentos. Ela passou as mãos sobre as costas dele, reconhecendo sua forma, sentindo-lhe a força dos músculos e dos ossos. A morte, com seus rostos infinitos, foi para um universo longe dali.

Quando a boca de Roarke e suas mãos se tornaram mais exigentes, ela se sentiu completa, pronta para os primeiros tremores de calor. O repuxar rítmico e longo, quase líquido, que ela sentiu dentro da barriga transformou seus suspiros em um gemido.

Ele levou todo o tempo do mundo, um tempo infindável em que a penetrou, excitou-a e se excitou, fascinou e foi fascinado. O corpo dela era uma alegria infinita para ele, com suas linhas esguias e elegantes, a pele flexível, as curvas surpreendentes. Gostava de ver o prazer brotar de dentro dela e se espalhar por todo o seu corpo em pequenos frêmitos e sobressaltos.

Por fim, quando ambos estavam prontos, ele se sentiu explodir dentro dela, atravessando-a em meio aos gemidos de prazer presos em sua garganta, no estremecer adorável da sua entrega total.

O orgasmo foi como uma enxurrada fervente que arrastou seu corpo, seu coração e sua mente. A liberação súbita foi algo glorioso como a própria vida. Ela gostaria de ficar ali em volta dele, apertando-o com força entre suas pernas. Queria continuar mantendo-o dentro dela por inteiro, mas ele saiu, entrelaçou seus dedos com os dela e usou a boca para lhe proporcionar ainda mais prazer.

Ela não conseguiu resistir. Ele a forçou para baixo com ternura, e o soluço que lhe escapou por entre os lábios foi resultado da alegria aturdida que aumentou quando ela se viu novamente na crista de um novo orgasmo.

Sua pulsação se acelerou loucamente, em golpes densos. Os nervos lhe dançavam sobre a pele, que estremecia a cada pincelada dos lábios dele. Os seus músculos ficaram subitamente frouxos, relaxados, e tudo nela se abriu por completo.

Ele olhou para o rosto dela, enquanto seus lábios se entrechocavam suavemente. Os dedos dela apertaram os dele com mais força, e sua boca formou um sorriso ao pronunciar o nome dele, pouco antes de ela erguer o corpo para recebê-lo mais uma vez.

Quando o mundo ficou novamente calmo e silencioso, ele repousou a cabeça sobre o seio dela. Imaginou que ela tivesse tornado a dormir, agora com mais paz, mas ela ergueu a mão e passou os dedos carinhosamente por entre os cabelos dele.

— Fiquei tão esgotada — disse ela, baixinho — que tive de colocar o carro no piloto automático. Estava me sentindo oprimida, sem energia e burra. Tive um dia de merda num caso cheio de merda até a borda. Dessa vez não se trata apenas das vítimas, não são só as mulheres mortas. É como se ele apontasse um dedo para mim quando as mata.

— E isso transforma você em uma delas.

Graças a Deus. Foi tudo o que ela pensou. *Graças a Deus ele me compreende.*

— Uma delas, e não... — disse ela, hesitante, ao se lembrar do sonho. — Uma delas e aquela que só as defende quando já é tarde demais.

— Eve. — Ele ergueu a cabeça dela pelo queixo e a fitou sem piscar. — Nunca é tarde demais. Você sabe disso melhor do que ninguém.

— Geralmente. Nem sempre, mas geralmente eu sei.

Havia algo no tom da voz dela que o fez se levantar e sentar na cama, puxando-a para junto de si, em seguida emoldurando seu rosto com as mãos, para poder estudá-la.

— Você já sabe quem é o assassino — afirmou ele.

— Sim, eu sei. Mas o importante não é saber quem é, e sim impedi-lo de continuar, provar tudo com segurança e enjaulá-lo. Já sabia quem era, por instinto, desde o princípio, mas precisava clarear minha mente para poder dar os passos certos.

— Você precisa se alimentar e me contar tudo.

— Acho que preciso comer, sim, e depois preciso lhe contar outra coisa. — Ela afastou os cabelos do rosto com as duas mãos. — Mas, antes disso, quero tomar uma ducha e reorganizar meus pensamentos.

— Tudo bem. — Ele a conhecia bem demais e sabia que era preciso lhe oferecer algum espaço. — Podemos beliscar alguma coisa aqui mesmo no quarto. Vou cuidar disso.

A garganta dela se apertou de emoção, e ela inclinou a cabeça até sua testa se encostar na dele.

— Quer saber de uma coisa boa a seu respeito? Você cuida de mim.

Ele sentiu vontade de puxá-la para junto de si mais uma vez e insistir até que ela desabafasse sobre o que perturbava sua mente. Mas deixou-a ir.

Ela colocaria a água em uma temperatura escaldante, pensou ele ao se levantar da cama para pegar roupões para os dois vestirem e selecionar um tipo de refeição que fizesse bem a ela naquelas condições. Sabia que ela se posicionaria debaixo da ducha fervente, tentando repor as energias em seu organismo.

Em seguida, não perderia tempo com toalhas e entraria diretamente no tubo secador de corpo, onde absorveria mais calor.

Não, ela certamente não voltaria a dormir, e ele sabia disso ao servir a refeição que escolheu na saleta de estar da suíte. Não aceitaria dormir logo, esperaria um tempinho. Iria se reabastecer, depois trabalharia mais um pouco e só então se permitiria desabar. Essa sequência de eventos era uma das coisas mais fascinantes e frustrantes nela.

Ela voltou usando o roupão preto que ele havia pendurado na porta do banheiro. Um roupão feito de um tecido fino e simples, que ele sabia muito bem que ela nem desconfiava existir em sua casa.

— Que troço verde é esse? — quis saber ela.

— Aspargos. É bom para você.

Ela olhou desconfiada, achando que aquilo era algo que parecia ter vindo direto de um jardim de desenho animado. Mas o peixe e o arroz que acompanhavam os talos verdes pareciam apetitosos. Bem como o cálice de vinho cor de palha.

Ela tomou um gole de vinho antes de qualquer coisa, torcendo para aquilo fazer com que os estranhos talos verdes lhe descessem pela garganta com mais facilidade.

— Por que será que as coisas que você considera boas são sempre verdes e com aparência engraçada?

— Porque coisas nutritivas não vêm em embalagens de doces.

— Pois deveriam vir.

— Você está me enrolando, Eve.

— Talvez. — Ela fisgou com o garfo um dos talos esquisitos e o enfiou todo na boca. Até que o sabor não era mau, mas ela fez uma careta só para manter a tradição.

— Não foi da comida que eu falei.

— Eu sei. — Ela provou um pedaço do peixe. — Eu tive um sonho com minha mãe.

— Sonho ou lembrança?

— Sei lá. Os dois. — Ela comeu mais uma garfada de peixe com arroz. — Acho que os dois. Eu estava em um apartamento ou quarto de hotel. Não sei direito, talvez fosse um apartamento, eu acho. Era um buraco. Eu estava com três, quatro anos. Como é que a gente sabe a idade certa de uma criança?

— Não faço ideia.

— Nem eu, mas vamos em frente.

Ela lhe contou que estava sozinha, que entrou no quarto e brincou com produtos de maquiagem e com a peruca, embora soubesse que isso era proibido.

— Talvez as crianças sempre façam exatamente o que os adultos proíbam. Não sei nada dessas coisas, só sei que era... irresistível. Acho que eu queria parecer bonita. Pensei que todo aquele lixo ia me fazer ficar mais bonita. Fui me embonecar, não é assim que as pessoas falam? Fui me embonecar porque uma vez, quando estava de bom humor, ela disse que eu parecia uma bonequinha.

— As crianças — opinou Roarke, sem muita certeza —, talvez tenham uma necessidade instintiva de agradar às mães. Pelo menos nos primeiros anos.

— Pode ser. Mas eu não gostava dela, morria de medo dela, mas queria que ela gostasse de mim. E me dissesse que eu era bonita, ou algo assim. Droga!

Ela comeu mais uma garfada.

— Acabei me empolgando tanto com a maquiagem que não ouvi quando eles voltaram para casa. Ela entrou no quarto, me pegou no flagra e me deu uma surra de cinto. Acho que estava na fissura por drogas, mas essa é a minha opinião de tira. De qualquer jeito, talvez estivesse mesmo. Havia acessórios para drogados sobre a penteadeira. Não sabia direito o que era aquilo. Quer dizer, como criança eu não sabia, mas ao ver tudo novamente no sonho...

— Não precisa explicar.

— Pois é. — Ela continuou a comer. Receou que a comida lhe ficasse engasgada na garganta, mas foi em frente mesmo assim.

Imitação Mortal 381

— Ela começou a gritar comigo, e eu caí no choro. De repente, eu estava esparramada no chão, chorando muito. Ela ia me bater mais um pouco, mas ele não permitiu. Foi ele quem me pegou do chão e... — Seu estômago se embrulhou só de lembrar novamente. — Merda, ô merda!

Quando o garfo caiu sobre o prato, Roarke estendeu o braço e a colocou com a cabeça entre os joelhos, para aliviar o enjoo.

— Está tudo bem. Respire fundo, bem devagar.

A voz dele era gentil, como a mão que lhe pressionava a cabeça, mas seu rosto adquiriu uma expressão assassina.

— Não aguento imaginá-lo colocando as mãos em mim. Já naquela época isso fazia minha pele repuxar. Ele ainda não me atacava nem nunca havia me estuprado, mas alguma parte no fundo de mim mesma devia saber. Como é que eu poderia sentir uma coisa dessas?

— Instinto. — Ele pressionou os lábios na parte de trás da cabeça dela e sentiu o próprio coração se despedaçar. — Uma criança reconhece um monstro assim que o vê.

— Talvez. Pode ser. Tudo bem, estou legal. — Ela se sentou e deixou a cabeça tombar para trás. — Eu não conseguia suportar a ideia de ele me tocar, mas eu me encolhi em seu colo. Faria qualquer coisa para me afastar dela e do que vi em seus olhos. Ela me odiava, Roarke. Queria me ver morta. Acho que era pior do que isso. Ela queria apagar a minha existência. Era uma prostituta. O que eu vi sobre a penteadeira eram os enfeites de uma prostituta. Uma prostituta drogada que olhava para mim como se eu fosse excremento. E eu saí de dentro dela. Acho que ela me odiava ainda mais por isso.

Embora sua mão ainda não estivesse completamente firme, ela a estendeu para pegar o vinho e usou a bebida para molhar sua garganta seca.

— Não compreendo isso. Eu sempre achei que... Acho que esperava que ela não fosse tão má quanto ele. Afinal, eu cresci dentro dela, então devia haver *alguma ligação*. Mas ela era tão ruim quanto ele. Talvez pior.

— Eles são parte de você. — Ela estremeceu ao ouvir isso, mas ele fechou as mãos sobre as dela e a fitou fixamente. — O que faz você ser o que é, Eve, é o fato de ser uma pessoa inteira e plena, apesar de tudo. Apesar deles.

A voz dela estava completamente embargada, mas ela precisava dizer:

— Amo você ainda mais neste momento.

— Então, estamos empatados.

— Roarke, eu não sabia... Nunca percebi o quanto eu torcia para que houvesse alguma coisa, ou que eu recebesse algo de bom dela, até compreender com certeza que não havia nada. Burra!

— Nada disso. — Seu coração se despedaçou um pouco mais e ele levou as mãos dela, uma de cada vez, aos lábios. — Você não é burra, não. Hoje à noite foi a primeira vez que você teve esse sonho?

Ele percebeu na mesma hora a mistura de culpa e embaraço no rubor que invadiu o rosto dela. Os dedos dele apertaram ainda mais os dela, antes de ela ter a chance de recolhê-los.

— Esse não foi o pesadelo de hoje. — O tom de voz dele era firme, e ela ergueu uma barreira de defesa e fúria. — Quando foi que você teve esse sonho, Eve?

— Faz algum tempo. Alguns dias. Semana passada. Sei lá, como é que eu vou saber? Não marco os pesadelos na porcaria do calendário. Ter alguns corpos jogados aos meus pés sempre me deixa com a mente embotada. Não tenho uma administradora pessoal para ficar de olho em todos os meus atos e pensamentos.

— Você acha que transformar isso em uma briga ridícula vai me fazer esquecer que você me escondeu isso durante vários dias? Aconteceu antes de irmos a Boston! — Zangado demais para permanecer sentado, ele se levantou. — Antes disso, eu te perguntei se havia algo errado e você me dispensou com uma mentira conveniente qualquer.

— Eu não menti, apenas não contei sobre o sonho. Não podia contar porque... — Ela parou de falar e depois mudou de tática rapidamente. — Eu não me senti pronta, só isso.

Imitação Mortal

— Conversa fiada!

— Não sei do que você está falando. — Ela espetou mais um aspargo, colocou-o na boca e o mastigou com determinação.

— Você decidiu não me contar. — Ele tornou a se sentar, quase colado nela. — Por quê?

— Sabe de uma coisa, garotão? Você bem que podia segurar seu ego gigantesco por cinco minutos, porque isso não tem nada a ver com você. O lance tem a ver apenas comigo e... ei!

Ela quase deu um tapa nele, para afastá-lo, mas ele apertou-lhe o queixo, fazendo-a se desequilibrar, e a afastou dele com força para poder encará-la fixamente.

— Isso tem a ver comigo, não é? Agora percebi o raciocínio agitado do seu cérebro, saquei por completo. O trauma do que eu descobri sobre a minha mãe, há algumas semanas, impediu você de me permitir ficar ao seu lado na hora do *seu* trauma.

— Escute, você ainda está confuso em relação a isso. Acha que não, pois se enxerga grande e forte, mas está confuso, sim. Você tem marcas roxas por dentro, em toda parte, e eu consigo vê-las. Achei que despejar meus problemas em cima de você não serviria de nada.

— Porque me fazer pensar na sua mãe, que não demonstrava amor por você, só serviria para trazer à superfície a dor pela perda da minha mãe, que me amava?*

— Algo nessa linha, deixe para lá.

Mas ele não desistiu.

— Isso é uma lógica furada e idiota. — Ele se inclinou e a beijou longamente, com paixão. — Suponho que eu teria feito a mesma coisa. Eu sofro pela minha mãe. Não sei se algum dia isso passará por completo. Não conseguiria enfrentar o problema sem você. Não me deixe do lado de fora.

— Eu tentei apenas dar um pouco de tempo a nós dois, para as coisas se assentarem.

---

* Ver *Retrato Mortal*. (N. T.)

— Entendido. Aceito a explicação. Mas geralmente superamos tudo com mais facilidade quando estamos juntos, não acha? Onde foi que ela bateu em você?

Olhando para ele, Eve tocou o rosto com a parte de trás da mão, e sentiu o coração descompassado quando ele se inclinou e colocou os lábios, com toda a suavidade, no ponto que ela indicou, como se o local ainda estivesse dolorido.

— Nunca mais faça isso — pediu ele. — Nós os derrotamos, minha querida Eve. Separados e juntos, nós conseguimos derrotá-los. Mesmo em meio a todos os pesadelos e amarguras, ainda saímos vencedores.

Ela respirou mais devagar e perguntou:

— Você vai ficar muito pau da vida quando eu lhe contar que conversei com Mira sobre isso há alguns dias?

— Não. Ajudou?

— Um pouco. Você me ajudou mais. — Ela brincou mais um pouco com a comida. — Você me limpou por dentro. Talvez agora meu cérebro volte a funcionar. Eu me senti completamente apagada quando cheguei em casa. Não consegui nem me lembrar de alguma ofensa criativa contra Summerset. E olha que eu andei pensando em várias.

— Humm... — Foi a reação de Roarke.

— Tinha algumas excelentes. Vou me lembrar de todas mais tarde. Agora a minha cabeça está lotada com as informações sobre este caso. Sem falar em Peabody, que está me deixando louca.

— O exame dela é amanhã, não é?

— Graças a Deus. Vou bater pesado em Fortney e Breen, enquanto ela estiver fazendo a prova. Pode ser que eu convide Feeney para me acompanhar. Depois... Ah, por falar em bater pesado, Fortney socou a cara de Pepper.

— Como assim?

— Deixou o olho dela roxo. Ela me procurou na Central e registrou queixa contra ele. Isso vai me ajudar a pegá-lo de jeito. Estou armando tudo de uma forma que ele não vai conseguir reivindicar fiança até amanhã. Já enfrentei o primeiro round com Breen. Ele começou cheio de onda e afetação, mas eu acabei com o ar exibido dele. Mandei dois guardas colarem nele até o novo interrogatório, marcado para amanhã. Renquist está fora da cidade, a trabalho, pelo que me informaram. Pensei em usar um dos meus informantes para descobrir se isso é verdade ou armação.

— Será que é o meu ego falando alto novamente ou eu sou esse informante?

Ela lhe exibiu um sorriso curto, cheio de dentes.

— Você é muito útil de se ter à mão, mesmo *depois* do sexo.

— Querida, fiquei comovido com essa declaração.

— Deixei Carmichael Smith sob vigilância também. Quero saber o que todos quatro andam fazendo vinte e quatro horas por dia, até conseguir um mandado de busca e apreensão.

— E como sabe qual dos quatro é o seu homem?

— Eu o reconheci logo de cara — replicou ela e, em seguida, balançou a cabeça. — Mas foi por instinto, e não dá para efetuar uma prisão com base nisso. Só um dos quatro se encaixa no perfil de forma completa e definida. Só um deles teria necessidade de escrever aqueles bilhetes por curtição. Preciso eliminar os outros três e construir o caso em torno do assassino verdadeiro. Depois que eu tiver ligado as viagens dele às outras três mortes, vou ter o suficiente para conseguir o bendito mandado. Ele tem as provas circunstanciais: o papel, as ferramentas, as roupas. Guardou tudo isso, tenho certeza. Amanhã ou depois de amanhã vou chegar nele, e conseguirei agarrá-lo.

— Não vai me contar qual dos quatro ele é?

— Vou ter de trabalhar pelo processo de eliminação, acrescentar os dados das viagens e as datas dos assassinatos. Vamos ver se você consegue me colocar na direção certa. Afinal, sua intuição também é excelente. Para um civil.

— Que baita elogio. Pelo visto, já percebi que vamos trabalhar.

— Sim, eu... merda! — Seu *tele-link* de bolso tocou. — Deixe que eu atendo — disse ela, pulando da plataforma onde a cama ficava e agarrando as calças largadas no chão.

Ela pegou o aparelho no bolso, fez um movimento para abri-lo e atendeu:

— Dallas falando.

— Tenente! — O rosto de Sela Cox encheu a tela, banhado em lágrimas, e o coração de Eve quase despencou de pesar.

— Olá, sra. Cox.

— Ela acordou. — As lágrimas continuavam a lhe escorrer pelo rosto, ao mesmo tempo que ela sorria abertamente. — O médico está com ela agora, mas eu achei que deveria contar a novidade para a senhora o mais rápido possível.

— Estou indo para aí. — Eve já ia desligar quando se lembrou de agradecer. — Muito obrigada por ligar, sra. Cox.

— Estamos à sua espera.

— Acabei de conseguir um milagre — disse Eve a Roarke, enquanto vestia as calças. Então, percebeu que precisava se sentar por alguns segundos para dar um momento de tranquilidade às suas pernas trêmulas. — Eu vi o rosto dela no meu sonho, ainda há pouco. Vi o rosto dela, o rosto das outras e o meu também. Vi seu rosto e pensei que ela estivesse morta. Achei que era tarde demais para ela e a julguei morta. Estava enganada.

Ela respirou fundo algumas vezes, e Roarke chegou mais perto dela.

— Eu o vi também. Meu pai, parado do outro lado da cama do hospital. Ele falou que as mortes nunca acabavam. Disse que sempre haveria outra vítima e era melhor eu desistir, antes que também virasse uma das mortas.

— Ele também estava enganado.

— Enganadíssimo! — Ela se levantou de repente. — Não vou chamar Peabody, porque quero que ela esteja descansada para a prova de amanhã. Quer vir comigo?

— Tenente, já estou dentro.

CAPÍTULO VINTE E UM

Ela seguiu a passos largos pelo corredor do hospital. Colocou o distintivo preso ao cinto para que nenhum médico ou funcionário entrasse no seu caminho. Roarke pensou em avisá-la de que as fagulhas de determinação que lhe saíam dos olhos fariam o mesmo efeito, mas teve receio de ofuscar sua luz poderosa.

Além disso, curtia aquilo demais para se arriscar a vê-la mudar de expressão.

O guarda que ela deixara de prontidão na porta da UTI se pôs em posição de alerta assim que ela virou o corredor. Na opinião de Roarke, o guarda provavelmente havia sentido o cheiro dela de longe e ficou esperto.

No instante em que ela chegou junto da UTI, a porta se abriu. O médico, conforme Roarke percebeu, tinha alma destemida. Ele se colocou na frente de Eve como uma barreira humana, cruzando os braços sobre o peito e usando um franzir de cenho duríssimo como escudo.

— Eles me disseram que a senhora recebeu um recado e vinha para cá. A paciente mal recobrou a consciência, está acordando e apagando novamente. Seu estado continua crítico. Não vou me arriscar a que ela seja interrogada nesse ponto frágil da sua recuperação.

— Há vinte e quatro horas o senhor me garantiu que ela nunca mais recobraria a consciência. Mas ela recobrou.

— Para ser franco, considero um milagre ela ter saído do estado de coma, ainda que por breves instantes.

Sela Cox tinha rezado por um milagre, pensou Eve. E, por Deus, ela o conseguira.

— Não acredito em milagres inúteis, doutor. Alguém colocou essa moça nessa UTI, e existe uma chance de ela me dizer quem foi, antes de ele mandar outra pessoa para o hospital. Ou para o necrotério. — Agora a voz dela estalava como um chicote, de forma tão incisiva que o guarda se encolheu ligeiramente. — O senhor não vai me impedir de entrar.

— Pelo contrário. — O dr. Laurence manteve seu melodioso tom de voz bem baixo. — Impedi-la de entrar *é exatamente* o que eu vou fazer. Aqui, quem manda sou eu. O bem-estar do paciente está acima de tudo.

— Quanto a essa última frase nós estamos perfeitamente de acordo. Eu também quero que ela fique viva e se recupere bem.

— Para servir de testemunha.

— Acertou em cheio! Se acha que isso me torna uma inimiga, deve ser muito burro. Eu a coloquei na lista dos mortos, Laurence, como você também fez. Mas ela nos mostrou que tem um espírito e uma determinação de aço. Agora, quero que Marlene saiba que o homem que fez isso com ela vai ser afastado da sociedade. Quero que ela saiba que sou eu quem vai fazer isso por ela, e que ela vai ter um papel importante para que isso aconteça. Nesse momento ela é apenas uma vítima. Vou ajudá-la a se tornar uma heroína. Isso é algo pelo que vale a pena viver. Você tem duas escolhas — completou Eve, depressa, antes de ele ter chance de falar. — Posso mandar esse guarda algemar você por obstrução da justiça, ou você entra comigo e supervisiona meu contato com a paciente.

Imitação Mortal

— Não gosto das suas táticas, tenente.

— Vá se queixar com meu comandante. — Ela empurrou a porta e olhou para Roarke, atrás de si. — Preciso que você me espere aqui fora.

Ao entrar, o coração de Eve quase despencou de desânimo, mais uma vez. Marlene estava completamente imóvel e pálida como um cadáver. Sua mãe estava ao lado da cama, segurando sua mão.

— Ela está apenas descansando um pouco — explicou Sela, falando depressa. — Quando a senhora me disse que estava vindo, pedi para meu marido ir para a capela do hospital. Eles só deixam duas pessoas aqui dentro de cada vez.

— Sra. Cox, devo informá-la, mais uma vez, de que a presença da tenente Dallas aqui dentro vai contra as determinações médicas. Sua filha precisa permanecer calma e quieta.

— Ela está quieta desde que fizeram isso com ela, mas não ficará calma até que ele seja agarrado e punido. Sou muito grata ao senhor, doutor, mais do que conseguiria expressar. Mas Marley precisa fazer isso. Conheço minha filha.

— Vá devagar — alertou Laurence, olhando para Eve —, senão é você quem vai sair daqui algemada.

Ela manteve o olhar fixo em Marlene ao chegar junto da cama.

— A senhora é quem deve conversar com ela, sra. Cox. Não quero assustá-la.

— Eu já disse a ela que a senhora estava chegando. — Sela inclinou-se sobre a cama e beijou a testa da filha com muito carinho. — Marley? Marley, filhinha, acorde. A tenente Dallas está aqui para conversar com você.

— Tão cansada, mãe. — As palavras saíram fracas e engroladas.

— Eu sei, filhinha. É só um instantinho, a tenente precisa da sua ajuda.

— Sei que você passou por uma experiência terrível — começou Eve, ignorando o médico, que se aproximou. — Sei o quanto isso é difícil, mas não vou deixar que ele escape depois do que fez com você. Nós não vamos deixá-lo escapar, Marley, você e eu. Você conseguiu escapar dele e o impediu uma vez. Agora poderá me ajudar a impedi-lo de uma vez por todas.

Os olhos dela se abriram, levemente agitados. Era duro de ver seu esforço para abrir as pálpebras e tentar encontrar o foco das coisas. Eve reconheceu aquele olhar e a determinação de lutar contra a dor.

— Está tudo meio borrado, as coisas estão indistintas. Não consigo enxergar com nitidez.

— Tudo bem. Conte-me o que conseguir. Você voltava para casa, depois do trabalho. Pegou o metrô.

— Eu sempre pegava o metrô. Saltava a poucos quarteirões de casa. A noite estava quente, meus pés doíam.

— Havia uma van.

— Sim, uma pequena van de fazer mudanças. — Marlene se remexeu, um pouco agitada, mas antes de o médico agir, Sela já acariciava os cabelos da filha.

— Está tudo bem, filhinha. Tudo acabou agora. Ninguém mais vai machucar você novamente. Você está a salvo, e eu estou bem aqui.

— Um homem. Braço engessado. Nunca vi um braço com tanto gesso antes. Ele não conseguia... não conseguia colocar um sofá para dentro do veículo. O móvel escorregava o tempo todo e batia na calçada. Senti pena dele. Mamãe.

Deliberadamente, Eve chegou mais perto e pegou a outra mão de Marlene.

— Ele não pode atacar você agora. Nunca mais vai tocar em você. Ele acha que a derrotou, mas se engana. Você venceu.

Os olhos dela estremeceram novamente.

— Não me lembro de muita coisa. Eu ia ajudá-lo, mas algo me atingiu na cabeça. Doeu muito. Nunca senti uma dor tão grande. Depois disso, eu não sei, não me lembro de nada. — Lágrimas começaram a escorrer pelo seu rosto. — Não me lembro de mais

Imitação Mortal

nada depois disso, só de mamãe falando comigo, ou papai, ou meu irmão. Tio Pete também, eu acho. Tio Pete e a tia Dora?

— Sim, querida. Todo mundo esteve aqui para ver você.

— É como se eu estivesse flutuando enquanto eles falavam comigo, e então acordei aqui.

— Antes de ele feri-la você conseguiu ver o rosto dele. — Eve sentiu os dedos de Marley apertarem os seus com mais força. — Aposto que você hesitou um pouco e o avaliou com cuidado, mas teve uma boa impressão. Achou que ele era um homem simpático, em dificuldades. Você é esperta demais para se aproximar de alguém com cara de perigoso.

— Sim, ele tinha o braço engessado, e parecia chateado e frustrado. Ele era bonito. Cabelos escuros cacheados. Cabelos cacheados e boné. Eu acho. Não consigo... Ele olhou para mim, quando eu passava, e sorriu.

— Você vê o rosto dele agora, em sua mente? Consegue vê-lo, Marley?

— Sim... acho que sim. Não está muito claro.

— Vou lhe mostrar algumas fotos. Quero que você olhe para elas e me diga se uma delas é do homem com o braço engessado. Mantenha o rosto dele em sua mente e olhe para as fotos.

— Vou tentar. — Ela passou a língua sobre os lábios. — Estou morrendo de sede.

— Aqui, filhinha, beba isso. — Quase cantarolando, Sela pegou um copo com canudo articulado e o colocou entre os lábios da filha.

— Leve o tempo que quiser. Lembre-se de que você está a salvo agora.

— É difícil ficar acordada. É difícil pensar.

— Já chega, tenente!

Ao ouvir a voz de Laurence, Marley se agitou novamente e lutou para olhar na direção dele.

— Eu ouvi sua voz. Quando estava flutuando, ouvi sua voz. Você me disse para não desistir. Disse que... que, se eu não desistisse, você também não desistiria.

— Isso mesmo. — Foi a compaixão que percebeu no rosto e na voz dele que fez Eve conter a impaciência. — E você não desistiu — afirmou Laurence. — Fez bonito, e as coisas aqui ficaram melhores.

— Quero só mais um minuto — implorou Eve. — Só mais um minutinho, Marley, e teremos acabado.

— Você é da polícia? — Marley virou o rosto para Eve e pareceu incrivelmente jovem e frágil. — Sinto muito. Estou confusa.

— Sim, sou da polícia. — Eve pegou as fotos dos suspeitos. — Quando você olhar para essas fotos, lembre-se de que ele não poderá mais tocá-la.

Eve mostrou as fotos a Marlene, uma de cada vez, olhando atentamente para os olhos dela, em busca de um lampejo de reconhecimento. Percebeu esse lampejo e o medo que surgiu ao mesmo tempo.

— É ele! Por Deus, é ele! Mãe. Mamãe!

— Tenente Dallas, já chega!

— Marley, você tem certeza? — insistiu Eve, afastando o médico com o cotovelo.

— Sim, sim, sim! — Ela virou o rosto e o aninhou no colo da mãe. — É o rosto dele. São seus olhos. Ele *sorriu* para mim.

— Tudo bem, está tudo certo. Ele se foi.

— Quero que saia daqui, tenente. Agora!

— Estou saindo.

— Espere! — Marlene agarrou a mão de Eve com mais força. Estava olhando para a mãe, mas desviou o rosto machucado e exausto para o outro lado e fitou Eve. — Ele ia me matar, não ia?

— Ele não conseguiu fazer isso. Você o derrotou. E o impediu. — Ela se inclinou sobre a cama e falou pausadamente, enquanto os olhos de Marley se abriam e se fechavam com dificuldade. — Foi você quem o impediu, Marley. Lembre-se bem disso e nunca mais esqueça.

Eve deu um passo atrás e deixou que o médico verificasse os sinais vitais e os monitores. Então, virou as costas e saiu do quarto.

— Peguei o filho da mãe — disse a Roarke, e continuou caminhando na direção do elevador. — Preciso ir à Central para amarrar tudo. Quero confirmar as datas das viagens. Quero que ele não tenha escapatória e vá direto para a prisão. Em duas horas estarei com meu mandado na mão, nem que tenha de estrangular um juiz para conseguir isso.

— Tenente! Tenente, espere! — Sela vinha correndo pelo corredor. — A senhora vai atrás dele?

— Sim, senhora. Já estou indo.

— Estava falando sério lá dentro? Vai impedi-lo para sempre?

— Vou sim, senhora.

Ela pressionou os dedos sobre as pálpebras e disse:

— É isso que vai manter minha menina viva. Eu a conheço bem, e sei que é isso que vai fazê-la enfrentar todas as dificuldades. Os médicos achavam que ela nunca mais conseguiria recobrar a consciência, mas eu sabia que eles estavam errados.

— E tinha razão, sra. Cox.

Sela riu e colocou a mão sobre os lábios para impedir um soluço de emoção.

— O dr. Laurence foi rude com a senhora lá dentro, mas ele tem sido maravilhoso com todos nós, e trabalhou muito por Marley.

— Eu também fui rude com ele. Estamos todos querendo o bem dela.

— Só queria dizer que eu mentalizei o dr. Laurence como o anjo da guarda dela e a senhora como seu anjo vingador, tenente. Jamais a esquecerei. — Ela se ergueu um pouco, deu um beijo rápido no rosto de Eve e voltou para o quarto correndo.

— Anjo vingador... — Embaraçada, Eve encolheu os ombros ao entrar no elevador. — Minha nossa! — Então, empertigou o corpo e exibiu um sorriso cruel. — Só sei de uma coisa: quando isso acabar, Niles Renquist vai me ver como um demônio vindo do inferno.

* * *

A coisa era complicada, tanto em âmbito político quanto pessoal. Peabody ficaria revoltada e armaria um bico gigantesco durante muito tempo por não ter sido chamada. Mas superaria a raiva, pensou Eve, enquanto se preparava para fazer sua apresentação ao comandante Whitney.

Ela achava que ele não estaria muito satisfeito por ter sido chamado de volta à Central. Assim que entrou na sala do comandante e viu o smoking que Whitney vestia, teve de lutar para não recuar.

— Senhor, me desculpe por eu ter estragado a sua noite.

— Suponho que seus motivos são fortes o bastante para aplacarem a ira da minha esposa. — Ao ver que Eve não conseguiu esconder o franzir da testa dessa vez, Whitney assentiu com a cabeça. — Você não sabe as complicações que vai enfrentar. É melhor que a acusação contra Niles Renquist seja sólida e esteja bem amarrada, tenente, porque antes de lidar com minha esposa eu vou enfrentar o embaixador, a ONU e todo o governo britânico.

— Marlene Cox identificou Niles Renquist como o homem que a atacou. Tenho uma declaração de Sophia DiCarlo, empregada e *au pair* no lar dos Renquist, que desmente a versão dele e da sra. Renquist de que o suspeito estava em casa na hora de um dos assassinatos. Ele tem o material de escritório usado para imprimir os bilhetes e se encaixa perfeitamente no perfil do assassino. Neste exato momento o capitão Feeney e Roarke, nosso consultor civil, estão pesquisando datas e destinos de viagens feitas no país e no exterior. Creio que conseguiremos confirmar que o suspeito estava em Londres, Paris, Boston e Nova Los Angeles no momento dos assassinatos prévios que, por sua vez, combinam com os métodos usados neste caso. Sob condições comuns, só isso já bastaria para garantir a emissão de um mandado de busca e apreensão, e também para trazer o suspeito para interrogatório.

— Mas essas não são condições comuns.

— Não, senhor. O status diplomático do suspeito e a arena política em que essa batalha será travada acrescentam suscetibilidades e níveis de burocracia à mistura. Peço que o senhor converse diretamente com o juiz e com as pessoas necessárias para a emissão dos mandados. Ele vai matar mais alguém, comandante, e vai ser logo.

— Quer colocar minha cabeça na forca, tenente? — Ele virou a cabeça de lado, levemente, e olhou para ela. — Você tem a declaração de uma mulher física e emocionalmente abalada. Uma vítima que sofreu traumatismo craniano. Tem a declaração de uma empregada doméstica que, segundo o relatório, alega ter sido molestada sexualmente pelo suspeito. Em ambos os casos a base é frágil. Possuir ou adquirir papel de carta da mesma marca do utilizado para escrever os bilhetes não é o bastante, e você sabe disso, senão Renquist já estaria atrás das grades há muito tempo. Além de tudo o que eu citei, há outros suspeitos que também se encaixam no perfil do assassino. Tudo isso vai ser usado pelos representantes e advogados de Renquist, e também pelo governo britânico. Você precisa se cercar por todos os lados para encerrar isso.

— Se eu conseguir entrar na casa e no escritório pessoal dele, encerro o caso. É ele, comandante. Sei que é!

Whitney se sentou e ficou em silêncio, os dedos largos tamborilando a superfície da mesa.

— Se você tiver alguma dúvida, por mínima que seja, é aconselhável não dar esses passos. Podemos vigiá-lo e acompanhar cada movimento seu, até que não reste nenhuma dúvida e o laço possa ser colocado no pescoço *dele*.

Vai ser preciso muita sorte para vigiar seus movimentos se Renquist resolver se enfurnar no prédio da ONU, pensou Eve, mas tentou apresentar o problema de forma mais diplomática.

— Talvez Renquist já esteja foragido. Sem o mandado, ele permanece com o controle de tudo. É o único que conhece a identidade e a localização de seu próximo alvo. Se alcançar sua nova vítima antes de mim, talvez ela não tenha tanta sorte quanto Marlene Cox.

— Depois que eu colocar essa bola em jogo, nós dois poderemos nos dar mal, Dallas. Eu aguento o tranco. Tenho mais anos de distintivo do que você de vida. Posso me aposentar na hora que quiser. No seu caso é diferente. Os desdobramentos disso, caso esteja errada, poderão destruir sua carreira de forma implacável. Quero que entenda isso.

— Entendido, senhor.

— Você é uma tira completa, Dallas, talvez a melhor sob o meu comando. Será que vale a pena arriscar sua carreira agora? Você poderá ser rebaixada, perder o status na Divisão de Homicídios e até sua credibilidade.

Eve pensou no sonho, no rosto das vítimas anteriores e nas que ainda viriam. *Sempre vai haver outra vítima,* dissera seu pai. O pior é que ele estava certo.

— Vale a pena sim, senhor. Se eu desse mais importância ao status do que ao trabalho propriamente dito, nem estaria aqui na sua sala. Não estou errada, mas se estivesse eu aguentaria as consequências.

— Então eu farei as chamadas. Pegue a porcaria de um café para mim.

Ela piscou ao ouvir a ordem e olhou em volta da sala. A fisgada de ressentimento que sentiu ao se encaminhar para o AutoChef foi a prova de que a importância do seu status de oficial da polícia talvez não estivesse tão no fim da lista, afinal.

— Como quer seu café, senhor?

— Normal. Ligue-me com o juiz Womack — berrou ele no *telelink.* Em seguida ladrou um "Entra!", ao ouvir alguém bater na porta.

Feeney entrou com um sorriso sombrio no rosto. Roarke apareceu logo atrás e riu de forma atrevida para Eve.

— Eu aceitaria um café também, já que você está preparando — pediu ele.

— Não sirvo civis.

— Servir e proteger, tenente — lembrou ele a ela. — Proteger e servir.

— Vá enxugar gelo — resmungou ela baixinho e levou a caneca de café até a mesa de Whitney.

Imitação Mortal

— Nós o pegamos — anunciou Feeney.

— Que história é essa, capitão? Quem vocês pegaram? — quis saber o comandante.

— Eu e o civil aqui fizemos algumas pesquisas eletrônicas dificílimas. Se o orçamento da força policial fosse alto o bastante para contratar esse garoto! — Com afeição sincera, deu um tapinha no ombro de Roarke. — Mente sorrateira e dedos mágicos. Quem dera...

— Deixe o papo de lado, Feeney, e me mostre algo com bastante base.

— Nosso suspeito viajou em aeronaves particulares, públicas e diplomáticas. Os voos particulares foram os mais difíceis de detectar. Viajou para Paris, Londres, Boston e Nova Los Angeles. Estava nessas cidades no período em que aconteceram vários crimes não solucionados que precederam os do nosso caso. Ele voa muito para Londres, como é esperado. Vai a Boston com menos frequência. Para Londres, sempre utiliza transporte diplomático. Para Boston, ele vai de transporte público, mas sempre de primeira classe, com todas as mordomias. Para a Costa Oeste foi de jatinho particular, sozinho. Fez duas viagens: a primeira aconteceu um mês antes do assassinato de Susie Mannery, e a segunda dois dias antes, tendo retornado para Nova York no dia seguinte ao crime. O mesmo padrão aconteceu nos crimes não solucionados. — Ele se virou para Eve. — Acertou na mosca, garota.

Mesmo tendo bastante base para o pedido, como o comandante queria, já era quase meia-noite quando Eve se viu com os mandados na mão. Mesmo assim, a fadiga do início da noite tinha ficado para trás, suplantada pela descarga de adrenalina.

— Como foi que você descobriu que era ele? — perguntou Roarke, enquanto se dirigiam para o norte da cidade. — Mostre o caminho das pedras para o civil.

— Tinha de ser um deles. O papel de carta estava muito presente no caso, desde o início, para não ter importância. Ele o usou de propósito, para se colocar pessoalmente em cada possibilidade que surgia. Atenção, diversão, excitação. Ele precisa de tudo isso.

Eve se colocou atrás de um táxi da Cooperativa Rápido e deixou o taxista abrir caminho pelas ruas.

— Ele sabia que era preciso haver outros suspeitos viáveis em Nova York. Portanto, ele não seria o primeiro a comprar o material. Carmichael Smith foi um deles, e seria fácil rastrear suas compras. Ele é uma figura famosa e gosta de aparecer.

— Vá em frente — incentivou Roarke.

— Havia também Elliot Hawthorne com um suprimento do mesmo material.

— Aliás, por falar nisso, Hawthorne está se divorciando da atual esposa. O lance tem algo a ver com um tenista.

Eve deu um risinho de deboche.

— Eu sabia que Hawthorne ia acabar descobrindo. Ele entrou de gaiato na história, nunca chegou a fazer parte da minha curta lista de suspeitos. É velho demais para o perfil do assassino, e não senti nada quando estive lá. Nenhum instinto.

— Mesmo assim, você perdeu um tempão investigando-o a fundo, e teve de considerá-lo na lista inicial. Isso deve ter deixado Renquist satisfeito.

— Com certeza! Depois foi Breen. Ele enviou o papel de presente para o cara que escreve sobre serial killers, e isso foi um toque especial. Breen era um especialista no assunto, alguém que Renquist provavelmente admirava. Sou capaz de apostar um mês de salário como vamos encontrar os livros de Tom Breen no escritório pessoal de Niles Renquist. Ele estudou Breen, tanto a obra quanto o homem.

— Mas você nunca pensou seriamente que fosse Breen.

— Ele não encaixava. Era muito arrogante e tinha um conhecimento enciclopédico sobre o assunto. Mas não odeia as mulheres, nem as teme.

Imitação Mortal

Eve se lembrou do seu jeito devastado quando pegou pesado com ele durante o interrogatório, e pensou no ar arrasado que viu em seus olhos. Ela teria de viver o resto da vida com o peso de ter colocado essa dor sobre eles.

— Ele ama a esposa, e isso faz dele um tolo, não um assassino. Gosta de ficar em casa com o filho. Provavelmente seria do mesmo jeito, não importa o que a mãe do menino aprontasse. Mesmo assim, eu peguei pesado e forcei a barra com ele.

Roarke reconheceu uma ponta de remorso na voz de Eve e acariciou seu braço com a mão.

— Por que fez isso?

— Para o caso de eu ter feito um julgamento equivocado dele. Para o caso de... — Bufou com força, como se tentasse expelir a culpa no ar. — Para o caso de eu estar errada. Gostei dele logo de cara, do mesmo modo que não fui com as fuças de Renquist desde o início.

— Então a sua preocupação era que seu lado pessoal interferisse na investigação.

— De certo modo, sim. Além do mais, Tom Breen poderia realmente estar envolvido, e esse era um ângulo que eu precisava considerar. Ele poderia ter fornecido os dados para o assassino, a fim de juntar os resultados dessa onda de crimes e colocá-los em seu próximo livro. A forma como ele iria agir ou reagir, responder ou se calar na sala de interrogatório era importante.

— Ele vai superar o trauma, Eve. Ou não. Foi a esposa dele que o traiu, não você.

— Sim, o que eu fiz foi estilhaçar seu lindo escudo protetor construído por fantasias. Tudo bem, tudo certo. Renquist sacou muito bem o jeitão de Breen. Aposto que sabia a respeito do petisco extra da esposa, e aposto o dobro como vamos encontrar computadores não registrados em seu escritório, e equipamentos que ele usou para rastrear os outros suspeitos. Ele os alinhou direitinho diante de mim, o filho da mãe.

— Valorizo demais o meu dinheiro para aceitar essa aposta. E por que não Carmichael Smith?

— Porque ele é uma figura patética. Precisa de mulheres que o adorem e cuidem dele. Se ele as matasse, quem lhe faria massagens nos pés e cafuné?

— Eu adoro um cafuné.

— Ah, é? — Ela riu com cara de deboche. — Entre na fila.

Ele estendeu a mão para acariciar algumas pontas do seu cabelo em desalinho, ou pelo menos tocar nele. E fez a pergunta seguinte só para mantê-la falando.

— E quanto a Fortney?

— O favorito de Peabody. Basicamente, ela achou que o assassino era Fortney porque ele ofendeu sua sensibilidade. Ela ainda é meio novata, entende?

— Sim, entendo.

— E vai manter um pouco dessa sensibilidade. — Eve tentou não pensar sobre a prova do dia seguinte, nem no quanto o ego de Peabody e sua autoestima estavam em jogo ali. — Isso é bom — continuou. — É excelente que ela mantenha um pouco do seu jeito sensível. Quando um tira fica duro demais, para de sentir as coisas e vai para o trabalho só para cumprir horário.

Você nunca parou de sentir, pensou ele. *Nem vai parar.*

— Você está preocupada com ela.

— Não estou, não. — Ela soltou as palavras mais depressa do que planejou, e bufou quando ele riu. — Tudo bem, talvez esteja. Um pouco. Minha preocupação, basicamente, é que ela fique tão nervosa e apavorada com essa porcaria de exame de detetive que acabe estragando tudo. Gostaria de ter esperado mais uns seis meses para indicá-la para a prova. Se ela for reprovada, isso vai deixá-la arrasada, no fundo da alma. Para ela, é muito importante passar.

— E para você também não foi, na época?

— Comigo era diferente. Muito diferente — afirmou ela com tanta convicção que ele ergueu uma sobrancelha. — Não havia

Imitação Mortal

chance de eu ser reprovada. Tinha mais autoconfiança do que ela. Era obrigada a ter. Eu não tinha mais nada nem ninguém na vida.

Ela surpreendeu a si mesma ao se ver sorrindo, olhando para ele e completando:

— Não tinha ninguém *naquela época.*

O que não a surpreendeu foi a reação de Roarke ao ouvir isso: ele passou a mão de leve pelo seu rosto.

— Agora chega de sentimentalismos. Vamos voltar a Fortney. Ele enevoou o pensamento de Peabody. É um bundão, e não é esperto o bastante para bolar um plano desses. Não tem o pensamento organizado nem a frieza necessária. É claro que tende a ser violento com as mulheres, mas um soco no olho não é mutilação. A pessoa tem que ser muito fria para mutilar. E corajosa, de um jeito distorcido. Fortney não tem a bravura necessária para ir até o fim. Para ele, sexo é a melhor forma de humilhar as mulheres. Foi o segundo a comprar o papel, e isso deve ter feito Renquist sorrir, supondo que ele estivesse monitorando as aquisições.

— Você acha que ele fazia isso?

— Tenho certeza. — Ela olhou pelo espelho retrovisor para se certificar de que a equipe continuava atrás dela. — Provavelmente ele fez uma pesquisa sobre Fortney, e sabia que ele estaria aqui em Nova York por essa época. Leva tempo para montar um espetáculo de teatro, às vezes muitos meses. Renquist não planejou tudo da noite para o dia.

— Continue.

Roarke a mantinha falando sem parar, ela percebeu, para que ela não perdesse a paciência nem se revoltasse com o tráfego pesado, que, por sinal, estava horroroso. Ela pensou em ligar a sirene e acabar com a lerdeza, mas isso era contra as regras. Devia seguir o figurino à risca, em detalhes.

— Ele precisou de tempo para escolher seus alvos, foi por isso que se passaram várias semanas entre o presente que ele enviou a Thomas Breen e o primeiro assassinato. O primeiro em Nova York —

emendou. — Vamos encontrar mais corpos, ou o que sobrou deles, espalhados por todo o planeta e, talvez, fora dele.

— Ele vai lhe contar tudo — deduziu Roarke.

— Ah, com certeza! — O rosto dela ficou sombrio, e ela passou com o carro entre dois veículos lerdos, tirando um fino dos para-choques. — Quando o enjaularmos, ele vai abrir o bico. Não vai conseguir se segurar. Quer seu nome nos livros de história.

— Você terá o seu garantido. Não importa se você deseja isso ou não, tenente — disse Roarke, quando ela fez uma careta. — O fato é que o seu nome vai ficar na história.

— Vamos focar em Renquist. Ele é perfeccionista e certamente vem treinando há anos. No trabalho, graças à imagem que construiu para si mesmo, ele tem de ser discreto, diplomático, muitas vezes subserviente. Isso vai contra o seu temperamento, apesar de acontecer todos os dias. No fundo, ele é um exibicionista, um homem que se considera superior aos outros, apesar de ter levado porrada das mulheres e se submetido a elas a vida toda. Apesar de considerar as mulheres inferiores, elas exercem poder sobre ele, e devem ser punidas por isso. Ele odeia todas nós, mulheres, e nos matar é sua suprema alegria, sua grande realização.

— Você estava marcada para ser a última vítima.

— Pois é. — Ela olhou para o lado e viu que ele a encarava. — Ele chegaria a mim em algum momento, só que mais tarde, não tão cedo, pois queria prolongar seu prazer o máximo possível. Percebi isso em seu olhar, na primeira vez em que nos encontramos. Percebi num lampejo. Não consegui aturar o canalha, e torci para que o assassino fosse ele.

Ela estacionou na porta da casa dos Renquist, e a equipe de busca parou logo atrás.

— Isso vai ser divertido — alegrou-se ela.

Esperou por Feeney e deixou o restante da equipe em estado de alerta, atrás deles. O sistema de segurança da residência escaneou o distintivo de Eve, depois o mandado, e então a tela entrou em descanso. Em menos de dois minutos a governanta, vestindo um robe preto comprido, abriu a porta.

Imitação Mortal

— Desculpem — começou ela —, isso deve ser algum engano, porque...

— Este mandado autoriza a mim e minha equipe a entrar nessa residência e realizar uma busca generalizada. Também estou autorizada a prender Niles Renquist sob a acusação de múltiplos assassinatos em primeiro grau e uma agressão em primeiro grau, com intenção de matar. O sr. Renquist se encontra em casa?

— Não, ele viajou a trabalho. — Ela parecia mais indignada do que irritada. — Preciso pedir que os senhores aguardem aqui enquanto informo a sra. Renquist sobre esta... situação.

Eve exibiu novamente os mandados e explicou:

— Isso aqui significa que eu não preciso esperar nada. Mas pode ir em frente, suba e informe sua patroa de que estamos aqui. Antes, porém, nos indique onde fica o escritório do sr. Renquist.

— Não devo... eu não posso assumir a responsabilidade por...

— A responsabilidade é minha. — Ela fez sinal para que a equipe entrasse atrás dela. — Dividam-se em grupos de dois. Quero uma varredura com pente-fino em todos os cômodos. Liguem todas as filmadoras. Onde fica o escritório? — perguntou à governanta.

— No segundo andar, mas...

— Você vai nos indicar o caminho, sra. Stevens, mas depois fique de fora. É melhor não tomar parte nisso.

Sem esperar pela governanta, Eve subiu as escadas. A sra. Stevens subiu atrás dela, quase trotando.

— Se ao menos a senhora me deixasse acordar a sra. Renquist para avisá-la...

— Pode avisar, mas só depois de me mostrar onde fica o escritório.

— É a última porta à direita, mas o aposento tem alarme e travas de segurança.

— Você conhece a senha?

Ela ergueu a cabeça subitamente, lutando para manter a dignidade ali em pé, com roupão sobre a camisola e rodeada de policiais.

— Somente o sr. Renquist sabe a senha. Este é o seu escritório pessoal, e ele lida com assuntos confidenciais. Na condição de funcionário do governo britânico...

— Sei, sei, blá-blá-blá. — Eve percebeu que tinha razão: aquilo *era* divertido. — Meu mandado me dá o direito de abrir esta porta, com ou sem a senha. — Ela pegou a chave mestra e olhou para a câmera, que gravava tudo. — Vou utilizar o mandado neste exato momento e vou usar a chave mestra para desativar o sistema de segurança da porta do escritório do suspeito.

A governanta se virou e subiu correndo para o terceiro andar. A sra. Renquist, divertiu-se Eve, ia ser despertada de forma abrupta.

Ela usou a chave mestra e não ficou nem um pouco surpresa ao ver que o acesso lhe foi negado.

— Ele tomou precauções extras — disse, olhando por cima do ombro para Roarke. — Neste momento, creio que o mais correto e aconselhável é empregar métodos alternativos. Se os especialistas em eletrônica da equipe não conseguirem destravar as trancas, pretendo usar um aríete para derrubar a porta.

— Vamos dar uma olhada antes — sugeriu Feeney. Eve delibe-radamente apontou a filmadora de lapela para o outro lado, para que a gravação não mostrasse Roarke agachado diante da porta usando suas ferramentas de ladrão profissional.

— Feeney, vou precisar que você confisque todos os discos de segurança da casa. Desconfio que o suspeito tenha adulterado tudo para não ser filmado ao sair de casa nos dias dos assassinatos e do ataque.

— Mesmo que ele tenha feito isso, nós conseguiremos encon-trar pistas da adulteração. — Ele desviou o olhar para Roarke e teve de morder os lábios para suprimir um sorriso. *Que mãos mágicas*, pensou mais uma vez.

— Quero todos os *tele-links*, computadores e comunicadores também. Ela não olhou para Roarke e se manteve de costas para ele. Sua mente, porém, estava dizendo: *Depressa, droga, mais depressa. Não vou poder enrolar a ação por mais tempo.*

— Tenente — chamou Roarke, alguns instantes depois. — Creio que as travas estão desativadas.

— Ótimo! — Ela se virou. — Agora, vamos entrar no escritório pessoal da casa de Niles Renquist. — Ela abriu a porta, mandou que

Imitação Mortal

as luzes se acendessem na potência máxima e respirou fundo.

— Vamos cair dentro.

O escritório era meticulosamente organizado, até mesmo elegante nos quesitos mobília e decoração. A escrivaninha era uma antiguidade, mas sobre ela estava instalado um moderno centro de dados e comunicações. Ao lado, conforme Eve descobriu depois de uma intrigada análise, estavam um antigo frasco de prata com tinta para escrever a mão e uma pena. Havia um caderninho de anotações revestido de couro, um calendário eletrônico e poltronas macias, generosamente estofadas em um tom masculino de verde.

Ao lado havia um banheiro arrumadíssimo, revestido de azulejos pretos e brancos, onde ela viu toalhas perfeitamente alinhadas em prateleiras.

Ele devia se lavar ali depois dos assassinatos, deduziu. Conseguiu perfeitamente imaginá-lo ali, se limpando, se arrumando e se admirando nos espelhos de corpo inteiro que enfeitavam as paredes.

Ela se virou, medindo o aposento mentalmente, e apontou para o que parecia ser a porta de um closet.

— Ali! Aposto dois contra um como os equipamentos sem registro estão ali dentro.

Ela atravessou o cômodo e descobriu que a porta estava trancada. Em vez de perder tempo, acenou para Roarke e se manteve junto à porta no exato instante em que ouviu passos apressados.

Com um robe cor de pêssego certamente vestido às pressas, Pamela Renquist entrou correndo no escritório. Seu rosto estava sem maquiagem e sem creme, e ela parecia mais velha do que era. Estava ruborizada e tinha os dentes cerrados e arreganhados de ódio.

— Isso é ultrajante! É criminoso. Quero vocês, todos vocês, fora da minha casa imediatamente! Vou ligar para o embaixador, vou ligar para o consulado e *também* para os seus superiores.

— Fique à vontade — convidou Eve, e só faltou esfregar o mandado na cara dela. — Tenho todas as autorizações necessárias para busca e apreensão, e cumprirei meu dever tendo ou não a sua cooperação.

— Isso é o que veremos! — Ela ameaçou seguir valentemente rumo à mesa, mas Eve bloqueou-lhe o caminho. — A senhora não poderá usar nenhum *tele-link*, nem do escritório nem da casa, até a busca terminar. Se deseja fazer uma ligação ou enviar uma mensagem, está restrita ao uso dos seus *tele-links* pessoais, e isso mesmo na companhia de um policial devidamente autorizado para a função. Onde está seu marido, sra. Renquist?

— Vá para o inferno!

— Quem vai é ele, e vai chegar antes de mim, isso eu lhe garanto.

Percebendo um sutil sinal de Roarke com o canto dos olhos, Eve foi até a porta destrancada e a abriu.

— Ora, ora, ora... Vejam só o que temos aqui! Um pequeno esconderijo, completo, com centro de comunicação e dados. Vamos descobrir que essa aparelhagem não tem registro, Feeney. E olhe esses discos. Renquist é um grande fã de Thomas A. Breen e escritores do mesmo gênero. Vejam quantos livros e dados sobre serial killers escondidos nas prateleiras.

— Não é contra a lei, nem mesmo neste país, ter um espaço privado e livros sobre qualquer assunto — reagiu Pamela, já perdendo um pouco da vermelhidão no rosto.

Eve foi mais adiante, abriu um baú em forma de barril revestido em couro e disse:

— Também não é contra a lei ter em casa seus próprios instrumentos cirúrgicos, mas não podemos negar que é, no mínimo, curioso. Certamente o seu marido lavou tudo isso muito bem, mas, com um bom exame de laboratório, encontraremos traços do sangue de Jacie Wooton em algum deles.

Ela abriu um armário alto e sentiu o sangue correr mais depressa ao se ver diante de uma coleção de perucas, a capa preta, o uniforme de mecânico e outros adereços.

— Niles gosta de se fantasiar?

Ela chutou um balde de gesso com a ponta da bota e completou:

— Também faz obras e instala sancas na casa com suas próprias mãos. Um verdadeiro homem da Renascença.

Abrindo uma gaveta, Eve sentiu uma fisgada de emoção no peito. Estendeu a mão coberta de spray selante e pegou um anel de ouro cravejado com cinco pequenas safiras.

— O anel de Lois Gregg — murmurou. — Acho que sua família vai gostar de recebê-lo de volta.

— Achei mais uma das lembrancinhas desse canalha doente mental.

Eve se virou e viu que o rosto de Feeney estava completamente pálido. Ele segurava a tampa de uma geladeira portátil e Eve sabia o que estava ali dentro antes mesmo de ele falar.

— Parece que encontramos os órgãos desaparecidos de Jacie Wooton — disse Feeney, quase sussurrando por entre os dentes cerrados. — O desequilibrado mental colocou até uma etiqueta no material, por Deus!

Eve resolveu olhar de perto, e se obrigou a dar um passo até onde Feeney estava, para ver o interior da embalagem, onde o vapor do gelo seco já se dissipava. Dentro de um saco plástico transparente e lacrado, o conteúdo horrível fora rotulado:

PROSTITUTA

Ela girou o corpo depressa e notou a expressão no rosto de Pamela.

— Você sabia. No fundo você sabia de tudo, e o acobertava. Não gosta de escândalos. Não queria que mancha de espécie alguma maculasse seu mundinho perfeito.

— Isso é ridículo, não sei do que a senhora está falando. — Havia um tom esverdeado em sua pele agora, mas ela se afastou do closet e de seu horrível conteúdo. Seu queixo, porém, permaneceu firme, com o nariz empinado e o tom de voz desdenhoso.

— Você sabia — insistiu Eve. — Sabe de tudo o que acontece na sua casa, faz questão de tomar conhecimento. Por que não vem até aqui para olhar bem de perto? — Eve a agarrou e apertou seu braço de leve, embora não tivesse intenção de trazê-la de volta para dentro do closet. — Dê uma boa olhada no que Niles anda aprontando. Já imaginou que qualquer dia desses poderia chegar a sua vez? Ou a da sua filha?

— A senhora enlouqueceu. Tire a mão de mim! Sou cidadã britânica, não lhe devo satisfações.

— Você está atolada nisso até a cintura, e me deve satisfações sim, Pam. — Eve chegou mais perto. — Vou colocar seu marido em uma jaula para sempre. Essa é a minha prioridade. Depois de fazer isso, minha missão na vida vai ser provar que você foi cúmplice.

— A senhora não tem o direito de falar comigo desse jeito, em minha própria casa. Quando eu acabar com a sua raça...

— Vamos ver quem acaba com a raça de quem. Feeney, leve-a para fora daqui. Prisão domiciliar, com uma policial do sexo feminino. Tem direito a fazer uma ligação apenas.

— Não toque em mim! Não *se atreva* a colocar suas mãos em mim! Não saio deste escritório antes de todos vocês terem seus distintivos confiscados!

Eve enfiou os polegares nos bolsos e permaneceu em pé, com os quadris levemente voltados para a frente, e esperou.

— Acompanhe o capitão Feeney de livre e espontânea vontade, ou eu acrescento a acusação de resistência à prisão, e você sairá daqui algemada.

A mão de Pamela se ergueu. Foi um movimento feminino de ataque, e Eve poderia ter se defendido ou desviado do golpe, mas se deixou acertar e conseguiu o que queria.

— Puxa, como eu estava *torcendo* para você fazer isso! Além da resistência à prisão, temos agressão a uma policial em serviço, Feeney. Acabei de ganhar a noite! — Em um piscar de olhos, Eve pegou as algemas. Enquanto Pamela gritava loucamente, ela girou o corpo da mulher, torceu seus braços com um movimento rápido, prendeu-os atrás das costas e a algemou.

— Transporte essa mulher para a Central, Feeney. Quero vê-la fichada por resistência à prisão e agressão a uma autoridade policial. Coloque-a em uma cela pequena até encerrarmos nossa missão aqui.

Imitação Mortal

Pamela chutou o ar com força, praguejou e xingou todos com tanta veemência e criatividade que as sobrancelhas de Eve se ergueram.

— Acho que gosto mais dela desse jeito — comentou, flexionando os ombros enquanto Feeney carregava Pamela à força. Em seguida, se voltou para Roarke. — Preciso confirmar se isso é realmente um equipamento sem registro, porque esse crime vai me dar mais uma vantagem contra Renquist. Também preciso de todos os dados que estão aí dentro. Do que está rindo, meu chapa?

— Você se fez de isca para ela lhe bater.

— E daí?

— Daí é que eu fiquei surpreso por você não nocauteá-la na mesma hora.

— Ela é peixe miúdo. Talvez eu a derrube antes de fechar o caso, mas quero pegar o peixe maior primeiro. Vou atualizar o comandante.
— Ela pegou o comunicador. — Consiga-me os dados da máquina.

Em menos de quinze minutos ela já havia emitido um alerta geral de busca por Renquist, e lia algumas informações por cima do ombro de Roarke.

— Está tudo aqui — notou ela. — Cuidadosamente registrado. Suas viagens, suas andanças, a escolha das vítimas, cada uma delas ligada ao método de extermínio. Ainda temos as ferramentas e os artigos de vestuário.

— Reparou que ele tem um arquivo completo sobre você, tenente?

— Sim, eu sei ler.

— Notou também — continuou Roarke, com o mesmo tom frio — que ele pretendia que você fosse o clímax de sua carreira? Com o método de Peter Brent para eliminar tiras: pistola a laser de longo alcance.

— Isso significa que ele tem uma arma dessas por aqui. Seria ótimo se a encontrássemos.

— Melhor ainda seria encontrar o canalha. Agora eu quero pegá-lo tanto quanto você.

Eve se virou e ficou de frente para ele.

— Isso não pode ser pessoal, Roarke. — Ela esperou um segundo, encolheu os ombros e completou: — Tudo bem, como descrever um troço desses? Conversa fiada, é claro que é pessoal, mas pode esperar. Não sou a próxima vítima na lista dele.

Ela olhou para a tela.

— Katie Mitchell, moradora do West Village. Profissão: contadora. Vinte e oito anos, divorciada, sem filhos. Mora sozinha e trabalha basicamente no mesmo loft em que reside. Ele tem todos os dados dela: peso, altura, costumes, rotinas, até mesmo hábitos de consumo, com uma lista de lojas preferidas e as compras que ela fez nos últimos tempos. Ele é um canalha minucioso. Planeja imitar Marsonini com ela.

— Ele ganhava a confiança das vítimas se apresentando como cliente — disse Roarke. — Clonava os dados da segurança do local e voltava enquanto a vítima dormia. Prendia as mulheres, torturava-as, estuprava-as e as mutilava, deixando uma rosa vermelha sobre o travesseiro ao lado.

— Marsonini eliminou seis mulheres com esse método entre o inverno de 2023 e a primavera de 2024. Todas morenas, como Mitchell. Todas trabalhavam a partir de casa, todas tinham idade entre vinte e seis e vinte e nove anos. E todas tinham uma leve semelhança com a irmã mais velha do assassino, que, segundo se descobriu, havia abusado dele física e sexualmente na infância.

Eve endireitou o corpo.

— Vamos colocar Katie Mitchell sob proteção total. Se não encontrarmos Renquist nas próximas quarenta e oito horas, ele vai nos encontrar.

Capítulo Vinte e Dois

Não havia escolha, a não ser correr o risco de ir direto ao apartamento de Katie Mitchell. Se Renquist estivesse de tocaia, isso iria assustá-lo, mas Eve não podia se arriscar a perder uma vida.

Se ele escapulisse, ela o caçaria sem trégua.

Com ajuda da Divisão de Detecção Eletrônica, Eve conseguiu uma lista dos moradores e a planta do edifício onde Katie Mitchell morava, em um loft do terceiro andar. Ela deixou Feeney cuidando da busca, que continuava na casa de Renquist, e levou Roarke consigo.

Como lastro, explicou.

— Você é tão bondosa comigo, querida. Puxa, está mimando demais o seu marido.

— Até parece! De qualquer modo, você vai ser útil, já que leva jeito com as mulheres.

— Agora fiquei ruborizado.

— Rá-rá-rá! Vou me descadeirar toda a qualquer momento de tanto rir. Como é que vou conseguir me sentar depois? Essa mulher pode ficar histérica, e você é melhor com moçoilas histéricas do que eu.

— O que disse? Poderia repetir? Eu estava distraído, pensando nas suas cadeiras.

Eve subiu com a viatura em uma rampa e conseguiu uma vaga apertada no segundo andar, a meio quarteirão do loft de Katie Mitchell.

— Pensar nas minhas cadeiras é divertido?

— Você não faz ideia.

— Vamos seguir o cronograma. É possível que se nós entrarmos lá como um casal comum, numa boa, ele não me reconheça, no caso de estar vigiando o prédio. Não creio que fique dando mole pela área hoje à noite. Deve estar em algum buraco, dando os últimos retoques no plano. A chance é boa de chegarmos a tempo, mas nunca se sabe. Marsonini sempre atacava suas vítimas entre duas e três da manhã. Ainda é cedo, caso ele queira pegá-la esta noite. Mesmo assim, quero entrar no prédio direto, para ninguém nos ver. Você é rápido o bastante para passar pelo sistema de segurança do edifício?

— Pode cronometrar.

— Vamos nessa.

— Você devia andar de mãos dadas comigo, querida — disse ele, enquanto desciam pela rampa. — Assim vai ficar com menos pinta de tira.

— Então agarre minha mão esquerda — aceitou ela, trocando de posição. — Quero a outra mão junto da arma livre.

— Naturalmente. — Ao caminhar junto dela, balançando os braços de forma espontânea, ele reparou nos olhos de Eve: eles rastreavam, observavam e dissecavam cada sombra. — Vou precisar das mãos livres quando chegarmos à porta — avisou ele. — Você deve se colocar atrás de mim, e não vou ficar zangado se der um tapinha no meu traseiro.

— Por quê?

— Porque eu gosto.

Ela ignorou a piadinha, mas se pôs atrás dele de forma natural quando eles começaram a subir as escadas que levavam ao portão do edifício.

— O tempo esfriou bastante — comentou ele, com casualidade.
— Acho que já ficamos livres daquele calor insano do verão.

— Humm. Talvez.

— Por que você não se inclina um pouco e me dá uma cheira-dinha na nuca?

— Para disfarçar ou porque você gosta?

— Como uma espécie de recompensa — disse ele, abrindo a porta.

Ela nem chegou a vê-lo trabalhando na fechadura.

— Você realmente tem mãos ágeis — comentou, entrando no prédio na frente dele.

No saguão, ela foi direto para os fundos, a fim de pegar as esca-das em vez de quebrar a cabeça tentando desarmar o sistema de segurança do elevador. A cabine iria se abrir diretamente no loft da vítima. Era menos assustador e menos traumatizante, ela imaginava, bater na porta da moradora do terceiro andar e ser recebida como uma visita inesperada.

— Segundo a agenda que encontramos no esconderijo de Renquist, ele teve um encontro com ela aqui no loft hoje à tarde — continuou Eve. — Pelo visto, já mexeu no equipamento de segurança do lugar e planeja atacar esta noite ou, o mais tardar, amanhã. Preciso tirá-la daqui, mas não quero nenhum policial à vista por enquanto. Vamos montar uma operação amanhã de manhã, bem cedo. — Ela bateu na porta, segurou o distintivo na altura da câmera, virou-se para o lado e sorriu para Roarke. — Vou deixá-la por sua conta. Você vai transportá-la até a Central e ela será transferida para um local seguro até isso acabar.

— Você planeja passar a noite aqui, sozinha? Nem pensar!

— Minha patente é maior do que a sua, civil.

Eve ouviu o clique do alto-falante e um intrigado *Desejam alguma coisa?* que se seguiu.

— Aqui é a polícia, srta. Mitchell. Precisamos falar com a senhorita.

— Do que se trata?

— Preferia entrar, por favor.

— Mas já é quase meia-noite. — Katie abriu uma fresta da porta. — Aconteceu alguma coisa? Algum estranho entrou no prédio?

— Gostaria de conversar sobre isso do lado de dentro.

Ela analisou o distintivo de Eve mais uma vez e olhou para Roarke. O momento em que ela reconheceu ambos foi quase cômico.

— Eu conheço vocês! — O tom era de reverência. — Meu Deus!

— Srta. Mitchell. — Eve teve de se obrigar a não parecer irritada quando Katie passou a mão nos cabelos, como se tentasse agradar Roarke. — Podemos entrar?

— Ahn... Sim, tudo bem. Eu estava indo para a cama — explicou, como um pedido de desculpas, enquanto apertava a faixa do fino robe cor-de-rosa. — Não estava à espera de... de ninguém.

A sala de estar era espaçosa, simples, e tinha uma porta em um canto, pela qual Eve conseguiu ver um quarto pequeno. A porta do outro lado dava para outro cômodo, bem maior, uma espécie de escritório doméstico com aparência profissional.

Uma cozinha estreita e comprida ficava atrás de uma parede baixa. Eve supôs que a última porta, discretamente fechada, levava ao banheiro.

As janelas amplas provavelmente deixavam entrar uma quantidade considerável de luz durante o dia, avaliou. Havia apenas duas saídas do loft, sendo que a segunda era a porta do elevador.

— Srta. Mitchell, você teve um encontro hoje à tarde com este homem?

Eve exibiu a foto de Niles Renquist que pegara na bolsa.

— Não — garantiu Katie, depois de uma rápida olhada. Seu rosto se elevou e seus olhos fitaram Roarke com atenção. — Vocês não gostariam de sentar?

— Por favor, olhe para a foto novamente, com mais calma, e me diga se esse homem não foi o seu cliente de hoje às três da tarde.

— Três da tarde? Não, ele era... oh, espere. Esse homem *é* o sr. Marsonini. Mas ele estava com cabelos ruivos, muito compridos, e usava uma trança bem-feita. E usou óculos escuros pequenos, de lentes azuis, o tempo todo. Eu o achei um pouco afetado, mas não estranhei, porque ele é italiano.

— Ah, é?

— Sim, e tinha um sotaque muito charmoso. Está se mudando para Nova York, vindo de Roma, embora pretenda manter alguns negócios na Europa. Ele trabalha com olivais. Produção de azeite. Precisa de uma contadora pessoal para trabalhar com os funcionários de sua empresa. Puxa vida! Aconteceu alguma coisa com ele? É por isso que vocês vieram aqui?

— Não. — Eve analisava Katie, ao mesmo tempo que observava o loft. Conforme já reparara pela foto da identidade e pelos seus dados biométricos, Katie Mitchell tinha o mesmo tipo físico, a mesma cor de cabelos e pele de Peabody. Aquilo vinha bem a calhar.

— Srta. Mitchell — continuou Eve —, este homem não se chama Marsonini. Seu nome verdadeiro é Niles Renquist, e ele é suspeito do assassinato de, pelo menos, cinco mulheres.

— Oh, a senhora deve estar enganada. O sr. Marsonini é um perfeito cavalheiro, um homem muito charmoso. Passei quase duas horas em sua companhia, hoje à tarde.

— Não há engano algum. Fazendo-se passar por um cliente, Niles Renquist conseguiu entrar em seu loft com o propósito específico de clonar seu sistema de segurança, fazer contato direto e se certificar de que a senhorita ainda mora sozinha. O que imagino que seja o caso.

— Bem, eu moro, sim, mas...

— Ele a vem seguindo há algum tempo, como é o seu padrão de atuação junto às vítimas. Está recolhendo informações sobre suas rotinas e hábitos. Pretende invadir sua residência nas próximas quarenta e oito horas, e o mais provável é que faça isso quando a senhorita estiver dormindo. Planeja amarrá-la, estuprá-la e torturá-la, para depois usar seus utensílios de cozinha para mutilá-la e matá-la da maneira mais dolorosa que conseguir.

Eve percebeu o curto som de engasgo no fundo da garganta de Katie e, logo depois, observou os olhos da morena rolando para trás e exibindo apenas a parte branca, antes de ela desfalecer.

— É toda sua — disse Eve. Roarke praguejou alguma coisa e deu um passo em frente para amparar o corpo de Katie, que despencava no chão.

— Você não poderia ter dito isso com mais tato, de forma mais suave e delicada?

— Poderia, mas assim foi mais rápido. Quando ela voltar a si, pode começar a arrumar as malas. Depois você se manda com ela.

Ele pegou Katie no colo e a colocou sobre um sofá.

— Você não vai ficar aqui sozinha esperando que ele venha caçá-la.

— Esse é o meu trabalho — começou. — Mas, tudo bem, vou pedir apoio.

— Peça agora e eu a levo para longe daqui em vinte minutos.

— Combinado.

Eve pegou o comunicador e se preparou para montar o próximo estágio da operação.

Passou as horas seguintes, até amanhecer, sentada no escuro, à espera. Um veículo de vigilância estava estacionado na rua, e dois guardas armados ficaram na sala de estar do loft. Mas a equipe de vigília recebeu ordens específicas.

Renquist, quando chegasse, ficaria por conta de Eve.

Enquanto isso ele estava sentado, tranquilamente, na sala silenciosa de um pequeno apartamento junto do Village. Ele redecorara o lugar com muito cuidado, escolhendo cada peça de forma a lhe proporcionar um ambiente europeu sofisticado, rico, colorido e sensual.

Completamente diferente da frieza e do ambiente de estagnação da casa onde morava com sua esposa, quando usava o nome de Niles.

Quando estava ali, naquela sala quente com atmosfera marcante, ele era Victor Clarence. Isso era uma pequena piada particular e divertida com a imagem de Sua Alteza Real, o príncipe Albert Victor, duque de Clarence, a quem alguns investigadores creditaram os assassinatos de Jack, o Estripador, em Whitechapel.

Renquist gostava de acreditar nessa lenda e curtia o conceito de um príncipe assassino, pois se considerava exatamente isso: um príncipe entre os homens. Um rei entre os assassinos.

E, exatamente como aconteceu com o mais famoso estilista da morte, ele nunca seria apanhado. Era ainda maior do que seus protótipos. Porque nunca iria parar.

Tomou uma dose de conhaque e fumou uma cigarrilha preparada com leves traços de zoner. Adorava aquelas horas de solidão, a quietude, os momentos de reflexão, depois que todos os preparativos estavam prontos.

Ficou satisfeito pela ideia de simular uma viagem a trabalho para se afastar de sua família por alguns dias. Pamela, ultimamente, o irritava mais que o habitual, com seus olhares fixos e especulativos e suas perguntas incisivas.

Quem era ela para questioná-lo, para *encará-lo*?

Se ao menos ela soubesse quantas vezes tinha imaginado matá-la, ao longo dos anos... Ah, as muitas e tantas formas criativas que ele projetou. Ela fugiria aos gritos. A imagem de sua esposa rígida e fria correndo, apavorada, para salvar sua vida, o fez rir com vontade.

É claro que ele jamais faria isso. Um evento desses traria as suspeitas para muito perto dele, perto demais, e ele não era tolo. Pamela estava a salvo pelo simples fato de estar presa a ele. Além do mais, se ele a matasse, quem iria lidar com os detalhes irritantes da sua vida social?

Não, era o bastante tirar pequenos períodos de afastamento e descanso dela, como acontecia agora, e também da garotinha que ela impusera sobre ele. Uma pirralha irritante, dissimulada e mimada. As crianças em geral, conforme ele aprendera com sua querida babá, não deviam ser vistas nem ouvidas.

Quando se rebelavam ou não cumpriam as ordens recebidas prontamente, deviam ser colocadas em algum lugar isolado, no escuro. Onde não seriam mais vistas nem conseguiriam ser ouvidas, por mais alto que gritassem.

Ah, sim, ele se lembrava desses momentos. Nunca se esquecera do quarto escuro. A babá Gable tinha um jeito especial de tratá-lo. Ele gostaria de matá-la lentamente, dolorosamente, enquanto ela gritasse, gritasse sem parar, como um dia havia acontecido com ele.

Mas isso não seria inteligente. Como Pamela, a babá ficara a salvo por estar ligada à sua história.

De um modo ou de outro, ela lhe ensinara tudo, não é verdade? A babá Gable certamente havia lhe ensinado tudo. As crianças deveriam ser sempre criadas por alguém pago, e muito bem pago, que as disciplinasse e servisse de tutora. Não como aquela mocinha italiana tratava sua filha. Mimando-a, afagando-a o tempo todo. Mas era conveniente ela morar em sua casa. Seu medo e a repugnância que sentia dele lhe proporcionavam descargas extras de prazer.

Tudo em sua vida finalmente havia entrado nos eixos. Ele era respeitado, admirado, obedecido. Desfrutava de uma situação financeira muito confortável e curtia uma vida social ativa e refinadíssima. Possuía uma esposa que apresentava uma imagem adequada à sociedade, e uma jovem amante que tinha tanto medo dele que aceitava tudo e concordava com qualquer coisa que ele exigisse dela.

Além de tudo isso, tinha um hobby fascinante e envolvente.

Foram anos de estudo, de planejamento, de estratégia. De prática. Tudo estava dando frutos agora, e de formas que ele sequer antecipara. Como poderia ter imaginado o quanto era *divertido* assumir a identidade de seus heróis e seguir seus passos sanguinolentos?

Homens que assumiam o comando, que tiravam vidas. Que faziam o que bem queriam com as mulheres porque enxergavam, de

Imitação Mortal

um jeito que outros jamais entenderiam, que as mulheres precisavam ser humilhadas, feridas, mortas. Elas pediam pela morte desde que respiravam pela primeira vez, ao nascer.

Tentando governar o mundo. Tentando governar a vida *dele*.

Ele tragou a cigarrilha longamente e permitiu que o zoner o acalmasse, antes que um dos seus acessos de fúria surgisse. Aquele não era o momento certo para ter raiva, e sim para ser frio e agir de forma calculada.

Às vezes, se preocupava com a possibilidade de ter sido inteligente demais. Mas será que era possível alguém ser inteligente demais? Alguns talvez considerassem um erro ele ter se colocado deliberadamente como suspeito. Só que, desse jeito, tudo era mais satisfatório e muito mais excitante. Essa situação o permitia participar da ação em dois níveis, ao mesmo tempo que tornava tudo mais íntimo.

De certa forma, ele já tinha conseguido foder com a tira piranha. Quanta emoção vê-la andar de um lado para o outro, como barata tonta, sem conseguir pensar adiante dele, nem se antecipar aos seus atos. E ainda ser obrigada a procurá-lo para pedir *desculpas*. Teve vontade de abraçar a si mesmo enquanto repassava aquela cena mais uma vez, em sua cabeça. Aquele, sim, tinha sido *um momento e tanto*!

Escolher Eve Dallas tinha sido uma jogada de gênio, e ele se parabenizava muito por isso, e como!

Um homem não teria lhe proporcionado, nem de longe, a mesma descarga de adrenalina. Uma mulher, sim. Uma mulher que, como a maioria delas, se considerava superior aos homens só por ser capaz de aprisioná-los entre as pernas. Isso era mais um tempero na mistura.

Ele conseguia se imaginar esganando-a, surrando-a, estuprando-a e arrancando suas entranhas enquanto ela observava tudo com olhos frios e sem expressão.

Não, ele não alcançaria esse nível de excitação tendo um homem como adversário.

Mas ela seria punida, é claro, depois que fracassasse por completo em capturá-lo. Depois que outras fossem mortas, como estava para acontecer com a contadora vadia. A tenente seria mais uma vez censurada e disciplinada pelos seus superiores, era isso o correto.

E ela sofreria, nunca saberia quem a derrotara. E sofreria muito até que uma rajada de laser a atingisse na parte de trás da cabeça.

Se ao menos ele conseguisse bolar um jeito de fazer com que ela soubesse, contar-lhe tudo, revelar-se alguns instantes antes de ela morrer. Puxa, isso seria perfeito.

Havia tempo bastante para planejar essa parte, é claro.

Satisfeito, ele se acomodou na cama, para sonhar seus sonhos terríveis.

Obviamente, eles haviam armado a operação uma noite antes, pensou Eve, enquanto preparava a reunião matinal em seu escritório doméstico, na companhia da sua equipe mais próxima. Não queria se arriscar a usar uma das salas da Central, nem anunciar uma operação daquela magnitude. Um vazamento, por mínimo que fosse, e Renquist sumiria do mapa. Ali, eles poderiam apertar o cerco, para que ele não conseguisse escapar.

Ela usou o quadro que montara, os telões e um dos mais novos brinquedinhos de Roarke, uma miniunidade holográfica.

— Teremos unidades colocadas aqui e aqui — destacou no mapa, com um fino raio de laser. — Elas são apenas para observação. Quero que Renquist consiga entrar no loft sem desconfiar de nada, para que possa ser contido, e nenhum civil corra riscos. Retiramos o vizinho do outro lado do corredor às sete da manhã, sob pretexto de um vazamento nos encanamentos. A cooperação do síndico já foi assegurada, e ele está isolado, para não ceder à tentação de compartilhar nossa ação com alguém da mídia. O loft vazio será o nosso posto de observação C.

Imitação Mortal

Eve colocou em destaque, em outro telão, o terceiro andar da planta do prédio.

— Estamos instalando câmeras. O loft ficará sob vigilância constante. É pouco provável que Renquist use o elevador, mas teremos câmeras lá também. Depois que ele entrar no loft, a eletricidade do elevador será cortada, o que lhe deixará uma única saída. Uma equipe se posicionará nessa saída e outra será montada na rua, para o caso de ele resolver pular por uma das janelas.

— Um rato na ratoeira — comentou Feeney.

— Sim, a ideia é essa. Eu estarei dentro do loft, bem como a policial Peabody, que será informada sobre tudo isso assim que terminar de fazer sua prova. O capitão Feeney vai cuidar da parte eletrônica da operação a partir do escritório doméstico do loft, e o detetive McNab ficará aqui, no posto de observação C.

Ela ligou o holograma e trouxe para seu escritório uma versão menor, em três dimensões, do loft de Katie Mitchell.

— Guardem tudo de cabeça — ordenou. — A policial Peabody vai ser a isca. Ela e o alvo têm aproximadamente o mesmo peso, altura, cor de pele e cabelos. Ela vai estar deitada na cama, aqui, e eu me colocarei no closet, ao lado. Pegar Renquist dentro do quarto é a situação ideal, pois ali não há janelas, nem rota de fuga.

— Mas ele vai estar armado — lembrou McNab.

Eve concordou com a cabeça, percebendo a preocupação nos olhos dele. Esse era o grande problema quando um tira se apaixonava por outro, refletiu.

— Nós também estaremos armados — disse ela. — É possível que ele traga suas próprias facas e bisturis ou pode ser que passe antes pela cozinha, para pegar alguns dos utensílios de Katie Mitchell. Pode ser que leve uma pistola de atordoar ou outra arma, embora até agora não tenha utilizado armas desse tipo. De qualquer modo, imaginamos que esteja armado, porque Marsonini sempre carregava uma arma a laser ou uma pistola de atordoar, e ele costuma seguir o mesmo padrão dos assassinos que imita.

Ela esperou um segundo e continuou:

— Estamos tentando encontrá-lo antes de hoje à noite. Ele está na cidade e, como vai imitar Marsonini dessa vez, é provável que tenha se instalado em algum apartamento próximo à residência do alvo. Marsonini geralmente fazia uma bela refeição acompanhada de vinho na noite do crime. Ele se vestia bem, quase sempre com ternos de estilistas italianos, e levava suas ferramentas em uma pasta de grife. Atuava ao som de alguma ópera italiana. Falava com sotaque italiano falsificado, pois nasceu em Saint Louis. A história completa, os detalhes e a biografia do assassino estão em suas pastas.

Ela esperou alguns instantes, enquanto os membros de sua equipe remexiam nas pastas e pegavam o material.

— Niles Renquist pretende se transformar em Marsonini. Provavelmente vai obter sucesso ao copiar seus maneirismos, hábitos e rotinas. Em suas pastas também está uma imagem simulada de como é sua aparência com cabelos ruivos compridos e óculos escuros. Agora, vamos rever os detalhes. Se Renquist seguir o padrão, o crime vai acontecer na noite de hoje ou na madrugada de amanhã.

Ela passou uma hora repassando os planos, antes de dispensar a equipe. Como reparou que McNab consultou seu relógio roxo três vezes durante a reunião, pediu que ele esperasse mais um pouco.

— Ainda faltam duas horas para a prova acabar — informou Eve. — É melhor você se acalmar.

— Desculpe. É que ela estava agitada demais hoje de manhã. Deve estar nas simulações agora. É a parte da prova em que ela mais empaca.

— Se ela empacar é porque não está pronta para ser detetive. A precisão é muito importante nesse caso, McNab. Temos outras coisas em risco aqui, mais importantes do que Peabody conseguir ou não seu distintivo.

— Eu sei. Ela está tão preocupada em não decepcionar você que colocou as tripas para fora ontem à noite.

— Meu Deus! Ela devia entender que isso não tem nada a ver comigo.

Imitação Mortal

Ele apertou os lábios, como se lutasse para tomar uma decisão, e, por fim, encolheu os ombros.

— Tem a ver, sim, claro que tem. Você faz parte disso, Dallas. Eu não devia contar, mas acho que você deve saber: se ela meter os pés pelas mãos, só você conseguirá segurar as pontas. Cuide disso, sim?

— Pois é melhor ela mesma segurar as pontas. Peabody vai sair da prova e mergulhar de cabeça nesta operação, sem saber se passou ou não no exame. Ela tem de se segurar e fazer seu trabalho.

Ele enfiou as mãos nos bolsos e exibiu um sorriso descarado para Eve.

— Viu só? Você sabe direitinho como lidar com ela.

— Ah, cai fora!

Ela se sentou na quina da mesa por um momento e tentou tirar Peabody da cabeça. Uma coisa era ser responsável por salvar vidas e fazer justiça. Mas era uma responsabilidade muito maior saber que a estrutura psicológica de uma pessoa estava em suas mãos.

Como foi que as coisas haviam chegado a esse ponto?

— Tenente? — Roarke estava na porta que separava o seu escritório do dela, observando-a. — Queria um minutinho do seu tempo.

— Tudo bem. — Ela se levantou e foi mais uma vez até o holograma do quarto de Katie Mitchell, avaliando as distâncias, os ângulos, os possíveis movimentos. — Um minutinho é tudo o que posso lhe oferecer. Poderíamos pegá-lo na rua — murmurou quase para si mesma —, mas Marsonini sempre levava uma pistola a laser ou uma arma de atordoar, então Renquist deve ir armado. Se ele se sentir em perigo e começar a atirar, talvez algum civil idiota seja atingido. E há o perigo de ele manter alguém como refém. É melhor pegá-lo lá dentro. O loft é um espaço limitado e tudo estará sob controle. Não há para onde correr nem alvos civis. Sim, vai ser mais limpo pegá-lo lá dentro.

Ela olhou para trás e deu de ombros ao reparar que estava entrando e saindo do closet holográfico, enquanto pensava.

— Desculpe — disse ela.

— Tudo bem. Você está preocupada porque Peabody estará na cama, sem cobertura.

— Ela sabe cuidar de si mesma.

— Claro que sabe. Mas o fato de você estar preocupada talvez a ajude a entender algumas preocupações pessoais minhas. Queria pedir a você para me deixar participar dessa operação.

— Pedir? — Ela ergueu as sobrancelhas. — A mim? Por que não procura o Jack, seu velho chapa, ou o camaradinha Ryan?

— A gente aprende com os próprios erros.*

— Aprende mesmo?

— Quero estar lá por vários motivos; um deles é que esse caso se tornou uma cruzada pessoal para você. A coisa fica mais perigosa quando se torna pessoal.

Ela se virou de costas e ordenou:

— Encerrar programa holográfico. Apagar telões. — Havia uma caneca com café frio na sua mesa. Eve a pegou, mas tornou a pousá-la. Então, sem dar por si, estendeu o braço e pegou a pequena estátua da deusa que a mãe de Peabody lhe dera de presente.

— Não são apenas os bilhetes — continuou. — Eles foram irritantes, em nível pessoal, mas muito úteis de outro modo. Também não me incomoda o fato de ele me escolher como um dos seus alvos futuros. Isso são ossos do ofício. Também não vem ao caso ele ser cruel, arrogante, doente mental e filho da mãe, porque isso acontece o tempo todo. Eu acompanhei Marlene Cox lutando para sair do coma. Mais que isso: testemunhei sua mãe incentivando-a a acordar, sentada ao lado da sua cama no hospital, lendo para ela, segurando a mão da filha, conversando com ela, acreditando e se recusando a perder a fé por amá-la mais que... mais que qualquer outra coisa na vida.

Ela colocou a estátua sobre a mesa novamente.

— O jeito como a mãe dela olhou para mim, com a fé inabalável de que eu iria fazer a coisa certa. Na minha área de atuação, as

---

* Ver *Pureza Mortal.* (N. T.)

pessoas quase sempre fazem justiça pelos mortos. Mas Marlene está viva. Então é pessoal, sim. Fiquei mais envolvida dessa vez e, sim, reconheço que é mais perigoso quando o envolvimento é pessoal.

— Você tem um lugar para mim na equipe?

— Um técnico ardiloso como você? Não tenho como negar um pedido desses. Vou lhe dar uma carona até a Central. Apresente-se ao capitão Feeney, na DDE.

Sua primeira providência ao chegar à Central foi mandar trazer Pamela Renquist para a sala de interrogatório. Seus advogados de um milhão de dólares já estavam trabalhando para ela ser libertada. Eve poderia se considerar uma mulher de sorte, caso conseguisse segurar a mulher presa por mais doze horas.

Pamela chegou sem nenhum representante, mas usava suas roupas, e não o uniforme prisional. Devia ter usado sua influência para conseguir isso, imaginou Eve, apontando a mesa quando ela entrou.

— Concordei em conversar sozinha porque a senhora não é tão importante para conhecer os meus advogados agora, tenente. — Pamela se sentou e alisou as calças macias, de seda. — Serei liberada em pouco tempo, e já instruí meus representantes para abrirem um processo contra a senhora por assédio, prisão sem mandado, encarceramento sem motivos e difamação.

— Nossa, acho que estou em apuros. Conte-me onde ele está, Pam, e terminaremos isso sem mais ninguém sair ferido.

— Em primeiro lugar, não aprecio a intimidade com que a senhora se dirige a mim.

— Puxa, agora eu magoei...

— Em segundo lugar — continuou Pamela, com a voz mais gelada que o mês de fevereiro em Nova York —, meu marido está em Londres a trabalho. Quando ele voltar, certamente usará de toda a sua influência para destruí-la.

— Olhe, eu tenho um furo de reportagem para você: seu marido está aqui mesmo, na cidade de Nova York, finalizando os preparativos para assassinar uma pobre contadora usando o método de Enrico Marsonini, que ficou famoso por estuprar e torturar suas vítimas antes de esquartejá-las. Ele sempre guardava um dedo do pé ou da mão da vítima como lembrancinha da façanha.

— A senhora me dá nojo!

— Eu *sei* que sou nojenta. — Eve soltou uma gargalhada. — Você é uma figuraça, Pam, já lhe disseram isso? Vamos em frente... Seguindo à risca o padrão do seu mais recente mentor, Niles visitou a próxima vítima na tarde de ontem.

Pamela fechou os dedos para analisar as unhas com atenção e disse:

— Isso é uma afronta ridícula.

— Você sabe que não é. Sabe que seu marido, o pai da sua filha, o homem que mora em sua casa, é um psicopata. Já sentiu cheiro de sangue nele, não sentiu, Pam? Percebe o que ele é quando olha para o rosto dele. Mas você tem uma filha. Não está na hora de protegê-la?

Os olhos de Pamela se ergueram depressa, e uma pontada de ódio surgiu neles.

— Minha filha não é da sua conta.

— Pelo visto também não é da sua. Eu enviei um funcionário do serviço de assistência social até a sua casa na noite passada. Rose e Sophia DiCarlo, a babá, foram levadas em custódia para proteção delas mesmas. Isso lhe soa como novidade porque você nem se deu ao trabalho de entrar em contato com sua filha desde que foi trazida para a Central ontem à noite.

— A senhora não tem o direito de tirar minha filha da própria casa.

— Tenho, sim. Na verdade, quem tomou a decisão final foi a assistente social, depois de conversar com a menina, com a *au pair* e com outros empregados da sua casa. Se quiser sua filha de volta, é melhor descer do seu pedestal de madame e ficar ao lado dos empregados e contra ele. Está na hora de proteger sua filha.

A raiva e a ponta de emoção tornaram a se transformar em gelo.

— Tenente Dallas, meu marido é um homem importante. Em menos de um ano ele será nomeado embaixador britânico na Espanha. Isso já nos foi prometido. A senhora não conseguirá denegrir a reputação dele nem a minha com suas horrendas e repugnantes fantasias.

— Afunde com ele, então. Para mim, vai ser um bônus. — Eve se levantou e parou. — Em algum momento, no futuro, ele acabaria com você e com sua filha. Não conseguiria impedir a si mesmo de fazer isso. Você não vai para a Espanha, Pam, mas não importa em que buraco você acabe, terá tempo suficiente para descobrir que fui eu quem salvou sua vida inútil.

Ela se afastou e deu dois socos na porta reforçada com aço.

— Abram a porta! — ordenou e saiu pelo corredor.

Estava a caminho de sua sala quando ouviu alguém chamá-la. Continuou andando e se deixou ser alcançada por Peabody.

— Dallas. Senhora... Tenente!

— Tem uma papelada no seu cubículo à sua espera. Livre-se dela. Reunião na minha sala em dez minutos. Vamos para a rua em meia hora.

— Senhora, já fui informada sobre a operação. McNab deu uma passadinha na sala das provas e me esperou sair.

Ótimo, pensou Eve. *Muito bom para ele.* Mas manteve a linha dura e a cara amarrada ao dizer:

— O fato de o detetive zé mané ter passado por cima do regulamento e divulgado detalhes sobre a operação não a libera de participar da reunião.

— Ele não teria precisado me contar se você o tivesse feito.

Foi o tom de reclamação que irritou Eve, quando ela entrou na Divisão de Homicídios.

— Na minha sala — ordenou. — Agora!

— Você descobriu que era Renquist ontem à noite — argumentou Peabody, trotando atrás de Eve. — Eu deveria ter sido avisada sobre a busca no local. Foi *você* quem passou por cima do regulamento.

Eve entrou e bateu a porta com força.

— Está questionando meus métodos ou minha autoridade, policial?

— Seus métodos, tenente. Mais ou menos. Isto é, puxa vida! Se ele estivesse em casa ontem à noite, você o teria agarrado, sem a minha participação. Na condição de sua auxiliar...

— Na condição de minha auxiliar você faz o que a mandam fazer e quando mandam. Se não está satisfeita com a situação, faça uma queixa por escrito contra mim.

— Você avançou na investigação sem mim. Montou uma operação durante a reunião da manhã sem eu estar presente. O exame não devia ter prioridade sobre o meu envolvimento neste caso.

— Eu decido o que tem mais prioridade ou não. Questão encerrada. Se você tiver mais reclamações e mi-mi-mis a respeito disso, repito: faça queixa por escrito e encaminhe-a aos canais adequados.

— Não pretendo fazer queixa nenhuma, tenente — reagiu Peabody, com o queixo erguido.

— A escolha é sua. Livre-se da papelada na sua mesa. Encontre-me na garagem em vinte e cinco minutos. Vou atualizar você sobre o caso durante o trajeto.

Aquele seria um longo dia, imaginou Eve, enquanto caminhava de um lado para o outro no loft de Katie Mitchell, como fizera mais cedo pelo holograma do local. Seria uma longa noite também.

Onde quer que Renquist tivesse se enfiado, havia feito um bom trabalho.

A bola está no seu campo agora, pensou, e engoliu mais café.

Ela montara uma rede em todos os hotéis da região, mas não conseguira encontrá-lo. Enquanto andava de um lado para o outro no loft, a busca se ampliava.

Foi até a porta do escritório do loft, onde Roarke e Feeney trabalhavam.

Imitação Mortal

— Nada até agora — disse Roarke, percebendo a tensão nela. — O mais provável é que ele esteja usando uma casa particular. Aluguel por temporada, talvez. Estamos buscando em toda a área.

Eve olhou para o relógio, mais uma vez. Faltavam muitas horas ainda e ela não podia se arriscar a ficar saindo e entrando no prédio. Foi até a cozinha e deu uma olhada no que havia disponível no AutoChef de Katie Mitchell.

— Agitada? — perguntou Roarke, atrás dela.

— Odeio esperar e ter que ficar aqui sem ação, a não ser a de refazer os planos na cabeça. Isso me deixa inquieta.

Ele se inclinou e lhe beijou a nuca.

— Armar um barraco com Peabody também deve ter contribuído para isso.

— Por que os homens sempre dizem que as mulheres gostam de armar um barraco? Homens nunca armam um barraco? Essa expressão é idiota e ridícula.

Ele massageou os ombros dela. Como seus músculos pareciam pedra, pensou em marcar, assim que tivesse chance, um tratamento à base de massagens e relaxamento para ela. Quer ela quisesse ou não.

— Por que não perguntou como ela foi de prova?

— Quando ela quiser que eu saiba, vai me contar.

Ele se inclinou um pouco mais, passou os lábios sobre o cabelo dela e cochichou junto do seu ouvido:

— Ela acha que se deu mal.

— Merda. — Eve cerrou os punhos. — Merda, porra, cacete! — Ela foi até o freezer, avaliou o que havia ali e confiscou um pote de sorvete de morango.

Pegou uma colher, enfiou no pote e seguiu em direção ao quarto.

— Essa é a minha garota — murmurou Roarke.

Peabody estava sentada na beira da cama, assistindo à gravação da reunião daquela manhã em seu tablet. Ergueu a cabeça quando Eve entrou e já estava armando um bico quando viu o pote de sorvete.

— Tome. — Eve entregou o sorvete na mão dela. — Coma tudo e se livre desse bico. Preciso de você cem por cento alerta.

— É que... acho que eu fiz tudo errado na prova. Fui mal à beça.

— Não quero que você ache nada. Tira isso da cabeça, esquece! Você tem que manter o foco. Não pode se dar ao luxo de comer mosca, deixar de perceber um movimento ou perder um sinal. Daqui a poucas horas você vai estar deitada aí nessa cama, no escuro. Quando ele entrar por aquela porta, seu único propósito será o de matar você. Ele certamente vai usar óculos de visão noturna. Marsonini gostava de trabalhar no escuro. Ele vai ver você, mas você não vai vê-lo. Até o momento em que ele atacar, você não vai vê-lo. Então, você não pode estragar tudo, senão sairá daqui ferida. E, se você se ferir, aí eu vou ficar revoltada de verdade.

— Desculpe sobre a briga de hoje à tarde. — Peabody atacou com vontade o sorvete de morango. — Eu estava muito estressada. Passei o dia me xingando, desde que acabei de fazer a prova. Precisava descontar em alguém. Comecei a achar que se você tivesse me chamado para participar da ação, eu não teria precisado fazer essa prova sacal e ridícula.

— Mas fez. E amanhã vai saber o resultado. Agora esqueça o assunto e se ligue no trabalho.

— Tá legal. — Ela ofereceu uma colherada do sorvete para Eve. Aceitando, Eve saboreou com calma e reclamou:

— Caraca! Isso é horrível!

— Pois eu acho bem gostoso. — Mais animada, Peabody pegou a colher de volta e atacou novamente o sorvete. — Você virou esnobe porque agora pode comer sorvete com morangos de verdade. Obrigada por não estar mais revoltada comigo.

— Quem disse que não estou? Se eu gostasse de você, teria mandado alguém buscar sorvete de verdade em vez de roubar esse cocô congelado do freezer de uma civil.

Peabody simplesmente sorriu e lambeu a colher.

Capítulo Vinte e Três

Ele devia estar se vestindo naquele exato momento, imaginou Eve, olhando para as janelas com telas de privacidade acionadas no apartamento de Katie Mitchell. Em breve, a noite cairia por completo. Marsonini sempre fazia uma refeição longa e vagarosa, acompanhada de duas taças de vinho, antes de um assassinato. Escolhia sempre um restaurante de alto nível, e reservava uma mesa de canto.

Gastava de duas a três horas nisso. Saboreava a comida e apreciava o vinho. Terminava tudo com café e uma sobremesa especial. Era um homem que gostava de coisas refinadas.

Renquist iria curtir muito fazer tudo isso.

Eve conseguia vê-lo agora, em sua mente. Abotoando uma camisa imaculadamente branca, feita sob medida. Observando seus próprios dedos no espelho. Devia estar em um quarto amplo, bem mobiliado. Ele não toleraria nada a não ser o melhor, tanto como Renquist quanto no papel de Marsonini.

Uma gravata de seda. Sim, provavelmente de seda. Ele iria adorar o jeito como seus dedos deslizariam pelo tecido enquanto a colocava em torno do pescoço e preparava o nó perfeito.

Certamente ele a tiraria, depois de subjugar e amarrar a vítima. Dobraria todas as peças de roupa cuidadosamente, depois de despi-las, para evitar dobras e marcas. Ele odiaria vê-las amarfanhadas ou com manchas de sangue.

Por ora, no entanto, curtiria o ato de se vestir bem, aproveitaria a sensação de material de boa qualidade deslizando sobre a pele, a expectativa sobre a comida e o vinho, e o que se seguiria.

Eve conseguia ver Renquist se transformando em Marsonini. Penteando os cabelos ruivos compridos que eram sua fonte de orgulho e vaidade. Será que Renquist via o rosto de Marsonini no espelho agora? Imaginou que sim. A pele mais escura, as feições do rosto não tão simétricas, os lábios mais carnudos, os olhos claros que viam tudo por trás de lentes escuras. Ele certamente precisaria enxergar bem ou a noite não teria o mesmo sabor.

Agora, o paletó. Algo cinza-claro, talvez, ou quem sabe um tecido mais escuro tipo risca de giz. Uma bela roupa de verão para um homem de gosto sofisticado. Depois, algumas gotas de colônia.

Em seguida, ele verificaria sua pasta. Respiraria fundo para sentir o aroma do couro. Será que tiraria todas as ferramentas lá de dentro, para uma vistoria final? Provavelmente. Depois, passaria as mãos ao longo dos pedaços de corda. Cordas finas, mas resistentes, que deixariam dolorosos sulcos na carne da vítima.

Ele adorava imaginar a dor delas. E então a mordaça em couro do tipo *ball gag*. Preferia a humilhação do couro, superior à das mordaças comuns, de pano. Os preservativos também estariam ali, claro, para sua segurança e proteção. As cigarrilhas e o fino isqueiro de ouro. Ele adorava boas baforadas, quase tanto quanto aplicar pequenas queimaduras circulares na pele de suas vítimas, para observar a expressão de agonia que tomava conta de seus rostos. O frasco antigo que ele enchera com álcool serviria para derramar o líquido sobre as feridas. Isso dava um toque especial.

Um bastão retrátil em aço trabalhado também era importante, desde que fosse forte o bastante para quebrar ossos e esmagar

Imitação Mortal

cartilagens, e fálico o suficiente para servir a outros propósitos caso ele se sentisse no clima.

Lâminas, é claro. Lisas e serrilhadas, para o caso de as facas da cozinha da mulher serem de qualidade inferior.

Ali também estavam os discos de música, os óculos de visão noturna, a pistola de mão, a miniarma de atordoar e as luvas finas como papel. Ele detestava a textura e o cheiro do Seal-It, o spray selante, que sempre empesteava as roupas.

Pegou sua toalha pessoal. Branca, de algodão egípcio e, em seguida, a barra de sabonete sem perfume para se lavar, depois do trabalho concluído.

Por fim, os códigos do sistema de segurança, clonados na véspera, durante sua visita ao loft, além do misturador de sinais eletrônicos que iria desligar as câmeras, para que ele pudesse entrar e sair do prédio sem deixar vestígios.

Com tudo preparado e guardado, fechou a pasta elegante.

Uma última olhada no espelho de corpo inteiro, para exibir a si mesmo o seu aspecto marcante, dos pés à cabeça. Tudo devia estar perfeito. Um último peteleco sobre a lapela, para remover um fiapo que ficara pregado ali.

E ele sairia pela porta afora, pronto para dar início à sua noitada.

— Onde você estava? — perguntou Roarke ao ver que seus olhos mudaram de expressão no instante em que os ombros relaxaram.

— Eu estava com ele. — Ela olhou para trás e viu que ele segurava duas canecas de café. — Obrigada. — Ela pegou uma.

— Onde ele está?

— Saindo para jantar. Refeição completa, da entrada à sobremesa. Vai pagar em dinheiro, sempre paga em dinheiro. Vai curtir o ambiente até meia-noite, e depois fará uma longa caminhada. Marsonini não dirigia e raramente pegava táxis. Renquist virá a pé até aqui, curtindo a expectativa a cada minuto, a cada quarteirão.

— Como conseguiram pegar Marsonini? — Roarke sabia, mas queria que Eve contasse, como desabafo.

— Lisel, a mulher que ele pretendia atacar, morava em um loft não muito diferente deste. Faz sentido. Uma das amigas dela teve uma briga colossal com o namorado e veio chorar as mágoas no ombro de Lisel, ou sei lá o que as mulheres fazem nessas horas.

— Às vezes elas comem sorvete de morango.

— Não enche! Então, a amiga desabou no sofá, depois de se acabar de chorar. Foi a música alta que a acordou. Ela não ouvira ninguém chegar, pois parece que as duas tinham matado uma garrafa de vinho barato, ou algo assim, antes de capotar de sono. Marsonini não reparou que havia alguém dormindo na sala, e essa foi sua mancada. A amiga foi até o quarto para saber qual era a da música alta. Lisel já estava com os membros amarrados, amordaçada e com a patela fraturada. Marsonini estava nu, de costas para a porta. Já estava subindo na cama, pronto para estuprar Lisel.

Eve sabia o que passara pela cabeça da vítima, parecendo flutuar em um mar de dor. Sabia que o terror do que estava por vir era pior, muito pior do que a dor propriamente dita.

— A amiga manteve a cabeça fria — continuou Eve. — Correu de volta para a sala de estar, ligou para a polícia e depois foi acudir a amiga. Pegou o taco que ele usara para quebrar a rótula de Lisel e deu-lhe uma porretada na cabeça. Fraturou o crânio dele, quebrou seu maxilar, seu nariz e um cotovelo. Quando os tiras chegaram, ele estava desmaiado, em um estado deplorável. Ela desamarrou Lisel, cobriu-a e ficou com uma faca encostada debaixo do queixo do canalha, torcendo, segundo declarou no depoimento, para que ele acordasse, pois ela teria motivos para enfiar a faca na garganta dele.

— Pode-se dizer que o fato de ter sido uma mulher a derrotá-lo ficou encravado em sua garganta, literalmente.

Os lábios dela se abriram de leve, porque ela o compreendia.

— Estou contando com isso. Ele morreu na prisão, dois anos depois, quando um preso não identificado, ou talvez um guarda, o castrou e o abandonou na cela. Ele sangrou até morrer.

Ela respirou fundo, devagar, pois sabia que isso ajudava a raciocinar melhor

Imitação Mortal

— Vou fazer minhas rondas. Você ainda tem duas horas para esticar as pernas, andando pelo loft. Depois disso, vamos nos esconder. E esperar.

Quando deu meia-noite, Eve levou um banco alto para o closet. Manteve a porta entreaberta, em um ângulo que lhe dava visão completa da cama e da parte de cima do corpo de Peabody.

O apartamento estava completamente às escuras, envolto em um silêncio total.

— Peabody, fale alguma coisa no seu comunicador a cada quinze minutos, até eu ordenar que o desligue. Não quero que você dê nenhuma cochilada enquanto espera, deitada.

— Tenente, eu não conseguiria dormir nem se tomasse um tranquilizante poderoso. Estou ligadona.

— Mesmo assim, faça as checagens e fique fria.

E se eu estiver errada?, perguntou-se Eve. *Se ele mudar de tática, mudar de método, sentir a minha presença? Se ele não vier esta noite, será que vai sair por aí matando aleatoriamente ou vai se entocar? Será que ele tem um plano B? Uma saída preparada, fundos para emergências, uma identidade falsa?*

Ele virá, garantiu a si mesma. *E, se não aparecer, eu vou atrás dele.*

Ela verificou tudo, recebeu o sinal de silêncio total das equipes da rua e do loft. Depois de uma hora de espera, ela se levantou para esticar as pernas e aquecer os músculos.

Depois de duas horas, sentiu o sangue acelerar. Ele estava chegando. Eve soube que ele estava chegando alguns segundos antes de o comunicador estalar no seu ouvido.

— Possível suspeito. Homem sozinho vindo do sul em direção ao prédio. Um metro e oitenta e cinco, cerca de oitenta e cinco quilos. Terno de cor clara e gravata escura. Está carregando uma pasta.

— Observem apenas. Não o abordem nem se aproximem. Feeney, está na escuta?

— Alto e claro.

— McNab?

— Estou dentro.

— Parece que é um alarme falso, Dallas. Ele está passando direto pelo prédio, seguindo rumo ao sul. Espere... Está prestando atenção em tudo à sua volta, é isso. Analisando o ambiente, verificando a rua. Está voltando, se aproximando novamente do prédio. Tem algo na mão. Pode ser um misturador de sinais. Ligou o aparelho. Está entrando no prédio, tenente.

— Fiquem na van. Esperem pelo meu comando. Peabody?

— Estou pronta.

Eve notou um leve movimento sobre a cama, e sabia que Peabody estava com a pistola de atordoar na mão.

— Feeney, você e o civil devem ficar dentro do escritório, até eu avisar. Quero pegá-lo no flagra. McNab, quero a força do elevador desligada assim que ele entrar no loft, e quero sua equipe bloqueando o corredor um segundo depois. Entendido?

— Perfeito. Como está minha rainha do sexo?

— Como disse, detetive?

— Ahn... Minha pergunta foi direcionada para a policial Peabody, tenente.

— Não quero recadinhos pessoais nem comentários idiotas durante uma operação, por favor. Informe a localização exata do suspeito.

— Ele pegou as escadas, senhora. Está entre o segundo andar e o terceiro. Consegui uma visão clara do seu rosto, Dallas. Identificação positiva para Niles Renquist. Vai na direção da sua porta agora. Pegou uma chave mestra. Acionou o mecanismo. Entrou.

— Todos em seus postos — disse Eve em um sussurro. — Todas as unidades se aproximem, agora, e aguardem o sinal.

Eve não conseguiu ouvi-lo a princípio, então o visualizou mentalmente. Marsonini sempre tirava os sapatos antes de entrar no quarto. As meias também. Deixava-os perfeitamente arrumados junto à porta de entrada. Em seguida, tirava os óculos que usava e colocava os outros, para visão noturna. Com eles, conseguia se mover no escuro como um gato. Então se colocava sobre a vítima, observando-a dormir, antes de atacar.

Imitação Mortal

Eve sacou a arma. E esperou.

Ouviu um quase imperceptível ranger no piso e torceu para ele chegar. *Venha logo, seu filho da mãe.*

Como os olhos dela estavam ajustados à escuridão total havia várias horas, conseguiu divisar a silhueta dele em meio à penumbra, e o viu acariciar de leve as costas de Peabody.

Ela chutou a porta com força.

— Luzes! — gritou.

Ele girou o corpo, mas a iluminação súbita o deixou ofuscado. O taco estava em sua mão, e ele o girou com força, indo na direção da voz de Eve, ao mesmo tempo que arrancava os óculos de visão noturna.

— Polícia! Baixe a arma! Baixe a arma e fique imóvel ou eu derrubo você!

Os olhos dele pareciam imensos e piscavam sem parar. Mas Eve percebeu o instante exato em que ele a reconheceu e compreendeu tudo. Ela viu seus planos e vitórias escorrendo pelo ralo, mentalmente.

— Sua xereca imunda!

— Podem entrar. — Ela baixou a arma e apontou o dedo indicador para a porta quando Roarke entrou com fúria, na frente de Feeney. — Não façam nada! — berrou para eles.

Renquist uivou, com o taco para cima, e pulou.

Ela desviou, mas sentiu o movimento do taco de metal a milímetros do seu ombro. Como usar o corpo era muito mais gratificante do que a arma de atordoar, baixou a cabeça para atacá-lo como um touro, usando o ombro para lhe acertar a barriga e o joelho para atingi-lo entre as pernas. E, quando ele se dobrou de dor, seu punho encontrou o caminho exato do maxilar dele.

— Esse último golpe foi por Marlene Cox — sussurrou Eve.

Ela plantou o pé nas costas dele, próximo à cintura, e pegou as algemas.

— Mãos para trás, seu monte de merda!

— Vou matar você. Vou matar todos vocês! — Um filete de sangue escorreu da sua boca, enquanto ele se debatia. Seus olhos se arregalaram e mostraram fúria infinita quando Eve lhe arrancou a peruca.

— Não encoste a mão em mim, sua vadia revoltante! Você *sabe* quem eu sou?

— Sim, sei direitinho quem você é. — Ela o virou de barriga para cima, porque queria que ele a visse com clareza. Queria que ele a fitasse nos olhos. O ódio estava ali, o mesmo que ela já vira antes. O tipo de abominação profunda que encontrara nos olhos da própria mãe.

Mas ver esse mesmo olhar agora lhe trazia apenas satisfação.

— Você sabe quem eu sou, Niles? Sou a mulher, a vadia revoltante, a xereca imunda que vai foder com a sua vida patética. Sou eu a mulher que vai trancar a fechadura da sua cela.

— Você nunca conseguirá me levar para a cadeia. — As lágrimas começaram a lhe brotar dos olhos. — Você não pode me trancar de novo no quarto escuro.

— Você já era. E, quando Tom Breen escrever sobre suas façanhas, vai dar muito destaque ao fato de ter sido uma mulher que venceu você.

Ele começou a gemer e a chorar baixinho. Eve achou que ele parecia uma mulherzinha, mas não quis insultar todas as pessoas do seu sexo.

— Leia os direitos dele — pediu a Peabody, que já levantara da cama, se vestira e estava de farda completa. — Leve-o até a Central e prepare a ficha dele. Você conhece os procedimentos.

— Sim, senhora. Deseja acompanhar o prisioneiro, tenente?

— Quero arrumar algumas coisas por aqui, mas vou logo em seguida. Acho que você conseguirá lidar com ele, detetive.

— Até um menino de dez anos conseguiria lidar com ele nesse estado, senhora. — Ela balançou a cabeça ao ver que Renquist continuava a chorar e a espernear como uma criança com ataque de raivinha. De repente, porém, ergueu a cabeça. — O quê? O que foi que você disse?

— Será que preciso repetir o procedimento padrão para lidar com um prisioneiro?

— Não. Não, senhora. Será que eu a ouvi me chamando de... detetive?

Imitação Mortal

— Há algo errado com sua audição? Ah, a propósito, meus parabéns! O suspeito foi imobilizado e será levado sob custódia — disse Eve ao comunicador, quando saiu da sala. Antes, porém, parou e deu uma piscadela para Roarke. — Todas as unidades estão dispensadas. Belo trabalho.

— Vá em frente — disse Feeney a Peabody, que continuava petrificada de choque, ouvindo os barulhos de beijos e aplausos de McNab em seu fone de ouvido. — Pode deixar que eu cuido desse saco de merda.

Dando um pulinho de alegria, Peabody saltou por cima de Renquist.

— Dallas! Você tem certeza? De verdade? O resultado só vai sair amanhã.

— Por que não está seguindo minha ordem de levar o prisioneiro embora?

— *Por favor.*

— Nossa, você parece uma criança! — Mas Eve precisou de toda a força de vontade para segurar o riso. — Eu mexi alguns pauzinhos, conheço um pessoal aí... O resultado será divulgado às oito da manhã. Você ficou em vigésimo sexto lugar, o que não é nada mal. Vão aproveitar os cem primeiros candidatos, então você está dentro. Mas podia ter ido um pouco melhor nas simulações.

— Eu *sabia.*

— Mesmo assim, você foi muito bem. Somando tudo, o resultado foi ótimo. A cerimônia de entrega dos distintivos será depois de amanhã ao meio-dia, e *não quero* choros durante o encerramento de uma operação — disse Eve, quando os olhos de Peabody se encheram de lágrimas.

— Tudo bem, não vou chorar. — Peabody abriu os braços e deu um passo à frente.

Eve recuou.

— Nada de beijos também! Santa mãe de Deus! Eu lhe dou um aperto de mãos, pode ser? Um aperto de mãos. — Ela estendeu o braço para se defender. — Nada mais que isso.

— Sim, senhora. Sim, senhora. — Ela pegou a mão de Eve e a balançou com força. — Ah, que se dane! — disse, apertando os braços em torno de Eve com tanta força que quase quebrou suas costelas.

— Sai fora, me larga, sua maníaca! — Mas dessa vez Eve não conseguiu segurar o riso. — Vá pular em cima de McNab, deixe que eu levo o prisioneiro.

— Obrigada. Puxa, caraca! Superobrigada, Dallas! — Ela começou a correr na direção da porta no instante em que ela se abriu e McNab a pegou no ar, sem perder o equilíbrio. Eve teve de reconhecer que foi um feito e tanto.

Lançando os olhos para cima e balançando a cabeça, só para manter a tradição, ela também saiu da sala.

— Deixe que eu o levo — ofereceu Feeney. — Deixe a garota ter um tempinho a mais para fazer sua dança da vitória.

— Perfeito. Estou indo para lá daqui a pouco.

— Você vai se arrepender! — Os olhos de Renquist ainda estavam chorosos, mas a fúria voltara a eles, e competia com as lágrimas. — Vai se arrepender muito do que fez!

Eve se aproximou dele, olhou-o fixamente e esperou em silêncio até ver o medo substituir o ódio.

— Eu sabia que era você desde a primeira vez em que nos encontramos. Vi o que você era. Sabe o que você é, *Niles*? Um covarde fraco e patético que se esconde atrás de outros covardes porque não tem colhões para ser você mesmo, nem quando mata gente inocente. Sabe por que eu mandei minha detetive levar você? Porque você não merece nem um minuto a mais do meu tempo. Está acabado!

Ela se afastou quando ele começou a choramingar novamente.

— Você me dá uma carona, marinheiro? — perguntou a Roarke.

— O prazer é todo meu. — Ele pegou a mão de Eve quando ela abriu a porta, e a apertou com mais força quando ela tentou se desvencilhar dele.

— Tarde demais para se preocupar com essas coisas agora. Você me lançou uma piscadela durante uma operação.

— Isso é absurdo. Não faria uma coisa dessas. — Ela apertou os lábios, com recato. — Acho que eu estava com um cisco no olho.

— Deixe-me dar uma olhada. — Ele a prendeu de costas contra a parede do corredor, e riu quando ela o xingou. — Não, não estou vendo nada, a não ser dois lindos e imensos olhos de tira. — Ele beijou o espaço entre eles. — Peabody não foi a única que fez bonito hoje.

— Eu só cumpri minha missão. Isso me basta.

Dois dias depois, Eve leu o relatório preliminar que Mira preparou sobre Niles Renquist. Então se recostou na cadeira e olhou para o teto. Ele estava usando um estratagema interessante, refletiu. Se a sua equipe de advogados fosse boa, era bem capaz de escapar.

Olhou para o vaso de flores sobre a sua mesa, que chegara naquela manhã. Foi Marlene Cox quem lhe havia enviado o presente, por intermédio de sua mãe. Em vez de se sentir embaraçada, como poderia ter acontecido, Eve se sentou satisfeita.

Não importa o estratagema do prisioneiro, a justiça seria feita. Niles Renquist nunca mais seria solto. E Eve estava quase conseguindo acusar sua esposa como cúmplice posterior.

Pelo menos o promotor concordara em pedir isso, e talvez fosse o bastante.

Se eles conseguissem acusá-la, uma menininha iria ficar órfã, na prática. Uma menina de cinco anos seria criada sem mãe, nem pai. Eve se levantou da cadeira e caminhou até a janela. Algumas crianças ficariam melhor órfãs do que sendo criadas por certos tipos de pais, não é verdade?

Como é que ela podia saber? Passou as mãos pelos cabelos e desceu com elas pelo rosto. Tudo o que podia fazer era executar bem o seu trabalho e torcer para, depois de a poeira assentar, tudo dar certo.

E sentiu que daria certo.

Ouviu o barulho da maçaneta sendo girada e, logo em seguida, a batida na porta. Ela havia passado a tranca, e olhou para o relógio. Rolando os ombros, pegou seu quepe e o colocou com cuidado.

Assim que abriu a porta, viu uma raríssima expressão de choque no rosto de Roarke, que logo se transformou em interesse, e sentiu um rubor lhe subir pelo pescoço.

— Tá olhando o quê?

— Não tenho certeza. — Ele entrou antes que ela tivesse chance de sair e fechou a porta.

— Temos que ir — avisou ela. — A cerimônia começa em quinze minutos.

— Dá para chegar lá em menos de cinco. Dê uma voltinha.

— Nem pensar. — Mais alguns segundos e ela sabia que o rubor chegaria ao seu rosto, e se sentiu mortificada. — Você já viu uma tira de uniforme.

— Mas nunca vi a *minha* tira de uniforme. Nem sabia que você tinha um desses.

— É claro que tenho um desses. Todo policial tem. Eu é que nunca uso. Hoje é um dia... especial, só isso.

— Você parece... — ele passou o dedo em um dos botões brilhantes do uniforme — ... surpreendente. Muito sexy.

— Ah, para com isso!

— Sério! — Ele afastou um pouco o corpo para observá-la melhor. A silhueta comprida e esbelta de Eve fazia maravilhas ao contrastar com os botões dourados e o azul-noite do uniforme.

Várias medalhas, conquistadas em ação, se enfileiravam sobre o paletó firme. Ela engraxara os sapatos pretos de tira. Sapatos que ele imaginava que ela deixava escondidos no fundo do closet. Eles brilhavam como se fossem de verniz. Usava a arma na cintura e o quepe sobressaía muito sobre seus cabelos curtos.

— Tenente — disse ele, com um ronronar macio na voz. — Você *tem que* usar isso lá em casa.

— Por quê?

— Adivinha. — Ele sorriu.

— Você é doente, sabia?

— Podemos brincar de polícia e ladrão.

— Sai da minha frente, tarado.

— Deixe-me ver só uma coisinha. — Ele tinha mãos rápidas e enfiou uma delas dentro do seu colarinho duro, antes de ela conseguir impedir. E puxou, com muita alegria, a corrente com o imenso diamante que um dia lhe dera de presente. — Agora, sim, está perfeito — murmurou, antes de colocá-la novamente para dentro.

— Não quero entrar lá de mãos dadas. De jeito nenhum.

— Tudo bem. Na verdade eu estava planejando caminhar uns dois passos atrás, para ver sua bunda se remexendo dentro desse uniforme.

Ela riu, mas o puxou para fora da sala.

— Recebi uma atualização sobre Renquist, se você estiver interessado.

— Eu estou.

— Ele está tentando apelar para a insanidade, o que já era de esperar. Só que está fazendo o jogo muito bem, usando o velho truque da múltipla personalidade. Em um minuto ele é Jack, o Estripador, depois vira o Filho de Sam ou John Wayne Gacy. De lá, pula para DeSalvo e depois volta a se expressar como Jack.

— E alguém vai achar que isso é autêntico?

— Nem por um minuto, e Mira não embarcou no golpe. Mas pode ser que ele consiga se safar. Sua equipe de defesa certamente vai contratar um monte de psiquiatras que vão dar laudo positivo, porque ele é bom nesse jogo. Na pior das hipóteses, ele vai se livrar da jaula de concreto e vai ser levado para uma cela acolchoada, no pavilhão dos doentes mentais.

— Como se sente a respeito disso?

— Preferia a cadeia, mas nem sempre a gente consegue o que quer. Vou até o hospital depois do turno para contar a Marlene Cox e sua família o que poderá acontecer.

— Acho que eles aceitarão numa boa. Não são soldados, Eve — disse, ao olhar para ela. — Eles simplesmente querem que ele seja afastado da sociedade, e você conseguiu isso. Mesmo que o pagamento não seja o bastante para você, será para eles.

— Tem que ser o melhor para mim, porque agora acabou. E haverá outros assassinos para enfrentar. Saber disso deixa alguns tiras deprimidos.

— Não a minha tira.

— Não. — Mandando para o inferno a discrição, ela tomou a mão dele quando eles entraram no salão de reuniões que fora preparado para a cerimônia. — No meu caso, isso me dá mais tesão de continuar. Encontre um lugar para você em algum canto. Eu preciso subir naquele palco ridículo.

— Meus parabéns, tenente. — Ele levou a mão sobre os lábios dela. — Você fez um trabalho magnífico com sua auxiliar.

Ela olhou para trás, acompanhando o olhar de Roarke, para o local onde Peabody estava em pé, lá na frente, acompanhada por McNab.

— Ela conseguiu isso por mérito próprio. — Foi tudo o que Eve disse.

Eve ficou satisfeita ao notar que o comandante Whitney havia arrumado um tempinho em sua agenda para participar da cerimônia. Ela subiu no palco com ele, pegando a mão que ele lhe ofereceu.

— Congratulações, tenente, pela promoção da sua auxiliar.

— Obrigada, senhor.

— Vamos começar logo. Tivemos vinte e sete promoções de gente aqui da Central. Dezesseis detetives de grau três, oito de grau dois, e três sargentos-detetives. — Ele sorriu. — Acho que nunca vi você de uniforme desde que foi promovida a tenente, Dallas.

— Nunca, senhor.

Ela deu um passo atrás, com os outros instrutores, e ficou ao lado de Feeney.

— Um dos meus rapazes conseguiu ser promovido a detetive de grau dois — contou ele. — Pensei em celebrarmos tomando um drinque aqui perto, depois do turno. Vai dar para você ir?

— Eu topo, mas o civil vai querer ir também. Ele adora Peabody.

— É justo que ele vá. Vai começar a cerimônia. Jack vai fazer o seu discurso padrão. Graças a Deus que é ele, e não o bundão do Leroy, que sempre preside esses troços quando Whitney não está disponível. Leroy tem diarreia na língua, não consegue parar de falar.

Imitação Mortal

No lugar que lhe fora designado, Peabody se mantinha sentada com a espinha reta, mas seu estômago dava cambalhotas. Estava apavorada de cair no choro, como aconteceu quando ligou para casa e contou aos pais. Seria um mico federal isso acontecer em público, mas a emoção estava forte, inundando sua garganta, ameaçando transbordar, e ela receava que a voz sumisse e as lágrimas jorrassem quando ela abrisse a boca para agradecer.

Seus ouvidos zumbiam, e ela teve medo de não ouvir seu nome ser chamado e permanecer sentada ali, feito uma idiota. Resolveu se concentrar em Eve e admirou como ela estava em pé, linda, perfeita, em posição de descanso, vestindo uniforme.

Quando viu sua tenente entrando de uniforme completo, Peabody quase deu um grito de espanto, mas não teve chance de falar com ela.

Com zumbido ou não, ela ouviu seu nome ser pronunciado pela voz de trovão do comandante. Detetive Delia Peabody, grau três. E se levantou. Não conseguiu sentir os joelhos, mas, de algum modo, caminhou rumo ao palco, subiu os degraus laterais e foi em frente.

— Meus parabéns, detetive — cumprimentou o comandante, envolvendo a mão de Peabody com a sua, que era imensa, para logo em seguida dar um passo atrás.

Então Dallas deu um passo à frente.

— Parabéns, detetive. Bom trabalho. — Ela estendeu o distintivo e, por um momento, um rápido instante, exibiu um sorriso.

— Obrigada, tenente.

Eve deu um passo para trás, e a coisa estava feita.

Ao voltar para seu lugar, tudo o que Peabody conseguia pensar era que tinha conseguido segurar o choro. Não havia chorado e estava com um distintivo de detetive na mão.

Ainda se sentia nas nuvens quando a cerimônia acabou e McNab correu para erguê-la no ar. Roarke se inclinou e — meu Deus! — lhe deu um selinho caprichado, *bem na boca*.

Ela não conseguiu encontrar Eve. Em meio aos parabéns, tapinhas nos ombros e nas costas, o tumulto e o barulho, não conseguiu encontrar Eve em lugar nenhum. Por fim, ainda apertando o distintivo com força, saiu do salão.

Quando encontrou Eve em sua sala, sua tenente já estava novamente vestida à paisana, sentada à sua mesa, enterrada em trabalhos burocráticos.

— Senhora. Por que foi embora tão depressa?

— Tinha um monte de coisas para fazer.

— A senhora estava usando uniforme!

— Por que será que todo mundo por aqui acha que isso é motivo para feriado nacional? Escute... Meus parabéns, Peabody. De coração. Estou orgulhosa de você, e muito feliz. Só que o recreio acabou, e eu tenho uma pilha de papéis para encaminhar.

— Bem, preciso só de uns segundinhos para lhe agradecer, prometo. Não teria conseguido isso se não fosse por você, Dallas. — Ela mantinha o distintivo na mão, com reverência, como se ele fosse feito do mais fino cristal. — Porque você acreditou em mim, me deu força e me ensinou. Foi por isso que eu consegui.

— Parte disso é verdade. — Eve reclinou a cadeira para trás e colocou a sola de uma das botas sobre a mesa. — Mas, se você não tivesse acreditado em si mesma, se não se cobrasse o tempo todo e não tivesse aprendido, eu não teria lhe servido de nada. Portanto, agradeço muito por você achar que eu tomei parte nisso. Você é uma boa policial, Peabody, e vai melhorar cada vez mais à medida que o tempo passar. Agora, deixe-me cuidar da papelada.

A visão de Peabody ficou completamente embaçada, e ela piscou várias vezes para afastar as lágrimas.

— Já vou cuidar disso, tenente.

— Essa não é sua função.

— Mas, como sua auxiliar...

— Você não é mais minha auxiliar. Tornou-se detetive, e parte dessa papelada que estou separando será a sua nova missão.

As lágrimas secaram e o fluxo de excitação, de alegria e o vermelho de seu rosto desvaneceram por completo.

— Não compreendo.

Imitação Mortal

— Detetives não podem ter seu talento desperdiçado fazendo trabalhos de auxiliar — explicou Eve, com poucas palavras. — Você vai ser transferida para outro local. Suponho que queira continuar lotada na Divisão de Homicídios.

— Mas... por Deus, Dallas! Eu nunca imaginei que não poderia mais ficar... que nós não iríamos mais trabalhar juntas. Nunca teria feito essa porcaria de exame se soubesse que você iria me dar um chute na bunda.

— Isso é uma coisa ridícula de se dizer, uma falta de respeito com o distintivo. Vou lhe dar uma curta lista de escolhas para sua nova localização. — Eve apertou uma tecla do computador e uma folha foi impressa. — Se você continuar com esse mi-mi-mi, eu mesma determinarei uma nova função para você.

— Eu não fiquei de mi-mi-mi, estava só raciocinando. — Seu estômago começou a doer novamente. — Não consigo aceitar isso. Não dá para, pelo menos, eu ficar mais alguns dias, em período de transição? Continuar a trabalhar como sua auxiliar enquanto você faz outras coisas? Eu poderia limpar as pendências e...

— Peabody, eu não preciso de uma auxiliar. Nunca precisei em toda a minha carreira e me saía muito bem sem você antes de começarmos a trabalhar juntas. Agora é o seu momento de ir em frente.

Eve voltou à sua mesa com um gesto de "dispensada". Com os lábios apertados, Peabody assentiu.

— Sim, senhora.

— Não preciso de uma porcaria de assistente — repetiu Eve. — Mas seria bom ter uma parceira.

Ao ouvir isso, Peabody se sentiu paralisada.

— Como assim, senhora? — conseguiu balbuciar, com a voz entrecortada.

— Só se você estiver interessada, é claro. E, como oficial de patente superior, vou despejar a parte ruim do trabalho em cima de você. Vai ser o que eu mais vou curtir.

— Parceira? Sua parceira! — Os lábios de Peabody tremeram, e as lágrimas venceram a batalha e começaram a escorrer.

— Ah, pelo amor de Deus! Se você vai abrir a torneira, feche a porta. Acha que eu quero que alguém na sala de ocorrências escute choro aqui dentro? Podem pensar que sou eu!

Ela se levantou e bateu a porta, com força, mas se viu capturada em um dos abraços de urso de Peabody.

— Suponho que isto seja um sim — disse Eve.

— Este é o melhor dia da minha vida! — Peabody deu um passo para trás e enxugou as lágrimas do rosto. — O máximo dos máximos. Prometo que vou ser a melhor parceira do mundo.

— Aposto que sim.

— E não vou mais pagar o mico dos abraços e choros, a não ser em circunstâncias extremas.

— É bom saber. Agora caia fora que eu preciso terminar meu trabalho. Vou lhe pagar um drinque depois do turno.

— Não, senhora, quem paga sou eu. — Ela abriu a mão e exibiu a Eve o seu distintivo. — Ele é lindo, não é?

— Sim. É, sim, é lindo.

Sozinha, Eve tornou a se sentar junto à mesa, pegou o próprio distintivo e o analisou com atenção. Tornou a guardá-lo no bolso e olhou para o teto. Só que, dessa vez, sorriu.

As coisas estavam certas. Tudo estava no lugar certo.